Augusta und Owen sind von der Großstadt Philadelphia aufs Land gezogen, wo sie ein ruhiges, abgeschiedenes Leben führen, wo sie Raum für sich und ihre Kunst haben, Gus als Malerin, Owen als Schriftsteller. Doch ihre Verletzungen konnten sie nicht zurücklassen: Gus hatte eine Affäre, und nun versuchen die beiden, ihre Ehe zu retten. Als ins nächstgelegene Haus eine neue Mieterin einzieht, die quirlige Britin Alison, geschieden und ebenfalls Malerin, ändert sich das stille, isolierte, vorsichtige Leben des Paars grundlegend …

Ein kluger, intensiver Roman über die Liebe, vor allem über die Liebe in der Ehe, über das, was sie zerstören und was sie erhalten kann.

ROBIN BLACK lebt mit ihrem Mann und ihren drei Kindern in Philadelphia. Ihre Erzählungen und Essays sind in zahlreichen Zeitschriften veröffentlicht worden, und sie hat Stipendien der Leeway Foundation und der MacDowell Colony erhalten. Heute lehrt sie am Brooklyn College. Mit ihrem Roman »Porträt einer Ehe« kam sie auf die Longlist des Flaherty-Dunnan First Novel Prize.

Robin Black

Porträt einer Ehe

Roman

*Aus dem Amerikanischen
von Brigitte Heinrich*

btb

Die Originalausgabe erschien 2014 unter dem Titel
»Life Drawing« bei Random House, Imprint von Random
House LLC, Penguin Random House Company, New York.

Sollte diese Publikation Links auf Webseiten Dritter enthalten,
so übernehmen wir für deren Inhalte keine Haftung,
da wir uns diese nicht zu eigen machen, sondern lediglich auf
deren Stand zum Zeitpunkt der Erstveröffentlichung verweisen.

Verlagsgruppe Random House FSC® N001967

1. Auflage
Genehmigte Taschenbuchausgabe Februar 2018
btb Verlag in der Verlagsgruppe Random House GmbH,
Neumarkter Straße 28, 81673 München
Copyright © der Originalausgabe 2014 Robin Black
Copyright © der deutschsprachigen Ausgabe 2014
Luchterhand Literaturverlag, München, in der
Verlagsgruppe Random House GmbH
Umschlaggestaltung: semper smile, München
Covermotiv: © Composing mit Shutterstock / jara 3000
Druck und Einband: GGP Media GmbH, Pößneck
CP · Herstellung: sc
Printed in Germany
ISBN 978-3-442-71589-3

www.btb-verlag.de
www.facebook.com/btbverlag

Für meine Kinder
Elizabeth, David und Annie
&
Für meine Mutter
Barbara Aronstein Black

Das größte Glück im Leben besteht in dem Bewusstsein, geliebt zu werden; geliebt um unserer selbst willen beziehungsweise ungeachtet unserer selbst.

Victor Hugo

Unsere Toten sind für uns niemals tot, bis wir sie vergessen haben.

George Eliot

1

In den letzten Tagen vor seinem Tod besuchte mein Mann Alison jeden Nachmittag. Ich schaute zu, wenn Owen über die verschneite kleine Anhöhe zwischen unseren Grundstücken stapfte, einmal von mir weg, das andere Mal auf mich zu. Und fragte mich, woran er dabei dachte. Fragte mich auch, ob Alison ihm ebenfalls von einem Fenster aus zusah und ob sein Gesichtsausdruck, wenn er auf sie zukam, sich von dem unterschied, den ich sah, wenn er wieder nach Hause zurückkehrte.

In den Wochen nach seinem Tod starrte ich aus demselben Fenster in unserem Wohnzimmer, dem am nächsten zum Kamin gelegenen, oft eine geschlagene Stunde lang. Manchmal sogar länger. Einen Tag nach seinem Begräbnis hatten wir einen gewaltigen Schneesturm. Ich sah zu, wie beinahe ein Meter Schnee fiel und den ganzen Januar über, bis in den Februar hinein, liegen blieb; gelegentlich kamen noch ein paar Zentimeter hinzu, und überall bildeten sich Verwehungen, die die Landschaft einebneten, so dass die Anhöhe nicht mehr ganz so ausgeprägt war und sämtliche Bäume mit ihren tief im Schnee steckenden Stämmen weniger hoch erschienen.

Ich stelle mir vor, dass es sehr schön ausgesehen haben muss. Doch sich etwas vorzustellen und sich an etwas zu erinnern ist nicht ganz dasselbe. Ich kann mich nicht erinnern, dass ich es damals anders als gespenstisch empfand.

Owen erhielt keine Erdbestattung. Praktisch seit dem Tag, an dem wir uns kennenlernten, hatte ich gewusst, dass er eingeäschert werden wollte. Wir hatten einander auf eine Weise den Hof gemacht – auch wenn dieser Ausdruck uns beiden altmodisch vorgekommen wäre –, zu der gehörte, dass wir viel über den Sinn des Lebens und die Aussicht auf den Tod diskutierten. Wir waren jung, blutjung, und zweifellos glaubte keiner von uns wirklich daran, dass er jemals sterben würde, was diese Diskussion, die oft spätnachts, gleich nach dem Sex stattfand, erfrischend machte. Die Vergänglichkeit der Existenz berge eine gewisse Schönheit, sagten wir. Die Sterblichkeit zu akzeptieren sei befreiend. Religion sei etwas für Dummköpfe. Religion, im Verein mit Trauungen, Thanksgiving-Essen, Kombiwagen, Fortpflanzung und so weiter. Eine Beerdigung sei eine perverse Idee, wenn man einmal wirklich darüber nachdenke, ohne die kulturellen Voraussetzungen, die einen blendeten. All diese toten Körper, die all dieses Land für sich beanspruchten. Ein absonderlicher, fetischistischer Brauch.

Wir würden ein Paar sein, das sich einäschern ließ. Das wurde schon früh beschlossen.

Außer dass wir niemals sterben würden.

Ich dachte über so viele Dinge nach in jenen ersten, schneereichen Wochen, einschließlich der Tatsache, dass auch ich sterblich war, dass auch ich eines Tages verschwinden und Dinge hinterlassen würde wie zum Beispiel Glasscheiben, durch die andere hindurchblicken konnten, und eine Kälte, die sie spüren würden. Schnee, der nicht nur versonnen betrachtet werden konnte, sondern geräumt werden musste. Praktische Dinge, bei denen ich nicht länger Hilfe oder Hindernis sein würde. Beziehungen, die aufgegeben wurden wie nicht zu Ende geführte Gedanken.

Nicht, dass noch nie ein mir nahestehender Mensch gestorben wäre. Ich war siebenundvierzig. Nur wenige erreichen dieses Alter unbeschadet, und ich war noch ein Kleinkind, als eine Hirnblutung innerhalb von Stunden meine Mutter dahinraffte; dann verlor meine ältere Schwester Charlotte mit sechsundvierzig den schmutzigen Kampf gegen Krebs, und mein Vater befand sich einsam und dement auf dem Weg in einen hässlichen, zutiefst ungerechten Tod.

Doch Owen war Owen. Owen war ich selbst. Ich war Owen. Einschließlich der Wut und allem, was dazugehörte. Dem Verrat und allem, was dazugehörte. Wenn Owen ins Zimmer kam, hätte ich ihn vielleicht oft – sozusagen – am liebsten umgebracht, doch gleichzeitig hätte ich die meiste Zeit meines Lebens nicht wirklich sagen können, wo ich aufhörte und er begann. Und dann starb er. Ließ mich am Fenster stehen und auf die Landschaft hinausstarren, als könnte er, nun, als könnte er eines Tages einfach wieder auftauchen. Natürlich.

Was die Einäscherung anbetraf, war ich meiner Sache sicher, tatsächlich aber waren viele unserer Ansichten im Lauf der Jahre gemäßigter geworden. Das ist der Lauf der Dinge. Irgendwann gab es eine Trauung. Es gab Versuche zur Fortpflanzung, die in der Entdeckung mündeten, dass Owen nicht konnte. Und als wir den Minivan kauften, etwas, das wir geschworen hatten, niemals zu tun, geschah das zum Transport meiner Bilder, nicht irgendwelcher Kinder wegen. Wir wurden nie religiös, keiner von uns, doch den Wert von Ritualen lernten wir schätzen. Zwar feierten wir kein Thanksgiving samt seiner Anspielungen auf pockeninfizierte Decken und europäische Dominanz, doch am zweiten Samstag im April veranstalteten wir eine große Party, luden alte Freunde aufs

Land ein, kochten unsinnige Mengen, tranken zu viel und sprachen angeregt über heidnische Frühlingsfeste. Und als wir noch in der Stadt wohnten, durchlebten wir eine Phase, in der wir jeden Mittwochabend Kerzen anzündeten. »*Ain't nobody's Sabbath but our own*«, sang Owen beim ersten Mal, und danach spielten wir jeden Mittwoch Billie Holiday.

Doch eigentlich ist *gemäßigter* nicht das richtige Wort. Unsere Ansichten mäßigten sich nicht. Genauer gesagt, reagierten wir auf das Leben. Und immer wieder reagierten wir auf Bedrohungen. Gegen uns. Gegen uns als die, die wir waren. Warum heirateten wir schließlich doch? Weil ich das Versprechen gebrochen hatte, das wir einander nie gegeben hatten. Owen verzieh mir, jedenfalls machten wir weiter, dieses Mal aber mit einem Gelöbnis. Warum versuchten wir, Kinder zu bekommen? Weil es irgendwann eine Zeit gab, als sich – fünf Jahre zuvor noch völlig absurd! – die Möglichkeit in unsere Gedanken einschlich, dass wir mehr brauchen könnten als nur einander. Unser Gefüge schien sich zu verschleißen. Und weshalb dieses Bedürfnis nach Ritualen? Um uns einen Halt zu geben. *Ich werde jeden zweiten Samstag im April da sein. Ich werde jeden Mittwochabend da sein.*

So sahen wir es natürlich nie. Ich sah es später so. Das passiert, wenn einer von zweien stirbt. Die Uhr bleibt stehen. Die Geschichte endet. Man kann versuchen, allem einen Sinn zu geben. Anfangen, Muster zu erkennen. Anfangen zu verstehen. Vielleicht kann man nur anfangen zu verstehen. Vielleicht sind die Muster lediglich aufgezwungen. Doch die Sache nimmt eine andere Form an. Sie nimmt eine Form an.

Oder, wie einer meiner Lehrer zu sagen pflegte, du kannst die Landschaft nicht sehen, in der du stehst.

Aber du fängst damit an, wenn du einen Schritt zur Seite trittst.

Das bin ich, kurz vor meinem ersten flüchtigen Blick auf Alison: Ich stehe da, die Hände in die Hüften gestemmt, und betrachte ein Beet mit Basilikum, das Samenstände gebildet hat, und ärgere mich über mich selbst, weil ich wieder so viel gesät und es wieder nicht geschafft habe, es rechtzeitig zu ernten. Es ist einer dieser obszön heißen, späten Julitage, an denen man aus dem Haus tritt und glaubt, irgendwo sei ein schrecklicher Fehler passiert, denn Wetter könne eigentlich nicht so drückend sein. Meine Haare sind lang und immer noch beinahe tiefschwarz; ich habe sie zu einem festen Zopf geflochten und am Hinterkopf festgesteckt, um den Nacken freizuhalten, und wenn die Sonne nicht zu hoch gestanden wäre, um einen Schatten zu werfen, dann hätte meiner ausgesehen, als ständen von meinem Kopf Federn ab. Ich trage nur einen BH und Shorts. Mit siebenundvierzig ist mein Körper gebräunt von der Gartenarbeit, vom Mähen und Spazierengehen. Und ich bin kräftig, kräftiger denn je, bevor ich aufs Land gezogen bin. Mein Gesicht? Mein Gesicht ist großflächig, meine russischen Vorfahren haben mir ihre breiten, hervorstehenden Wangenknochen und ihre schweren, kantigen Kiefer vererbt. Und meine Augen sind dunkelblau und wirken unter den dicken schwarzen Brauen noch blauer. Falls ich schön bin, dann nicht im klassischen Sinne; doch mit siebenundvierzig finde ich mich schön. Schöner als mit zwanzig oder dreißig. Inzwischen habe ich nicht mehr so viel gegen Spiegel einzuwenden. Wenn ich ehrlich bin, gebe ich zu, dass ich sie manchmal aufsuche. Ich betrachte mein Gesicht, meinen Körper mit einer Art klinischer Nüchternheit, in die sich eine gewisse Bewunderung mischt. Ich wollte immer stark sein. In diesem Jahrzehnt sehe ich endlich stark aus. Ich fühle mich stark.

Und ich fühle mich allein. Als ich so vor dem Haus stehe in dem Wissen, dass die Post schon da war und in den nächsten vierundzwanzig Stunden niemand mehr in die Nähe kommen wird, bin ich auf eine Weise allein, die mir inzwischen vertraut geworden ist, die ich aber niemals so erlebt habe, bis wir vor knapp drei Jahren an diesen Ort am Ende der Welt zogen. Es ist eine Art Einsamkeit, die sogar dann noch andauert, wenn Owen neben mir steht. Es ist eine Einsamkeit, die ihn mit einschließt. Wir sind vom Rest der Welt abgeschnitten. Wir sind für die Welt unsichtbar. Zu diesem Zeitpunkt sind wir ein einziges Wesen, ein Wesen, das hin und wieder mit sich selbst streitet – wie ein Knie, das schmerzt, oder ein müder Rücken, der nicht mehr will, so dass man sagt: *Mein Gott, könntest du nicht mal aufhören, so herumzuzicken?*, doch man sagt es zu einem Teil von sich selbst.

Während ich auf die Kräuter hinunterblicke, ist Owen in der Scheune und schreibt – oder versucht zu schreiben. Seit Monaten schon ist er der müde Rücken, der nicht mehr will. Er stellt sich vor, seine Prosa sei an einen fernen Teil unseres Universums abgewandert, habe sich dort irgendwo verkrochen und sei gestorben. Er verbringt noch immer ganze Tage in der Scheune, doch wenn er herauskommt, sieht er bekümmert aus. Ich spüre die ganze Zeit seinen Schmerz, obwohl es mit meiner Arbeit gut vorangeht, und wahrscheinlich ist das der Grund, weshalb ich in den Garten gegangen bin, in diesen so schrecklich heißen Tag hinaus. Ich bin an seiner statt ruhelos. Ich bin als Teil von ihm ruhelos.

Das Basilikum, das ich so ärgerlich beäuge, wuchert. Die Luft duftet danach und nach Lavendel. Owen und ich sind enthusiastische, unerfahrene Gärtner. Wir sind nicht aufmerksam genug. Wir staunen immerzu. Wir sind ahnungslos, was die Natur angeht, von jedem ihrer Tricks aufs Neue verblüfft.

Sogar als ich mich über mich selbst ärgere, weil ich das Basilikum habe ins Kraut schießen lassen, bin ich noch von Ehrfurcht erfüllt. Ein Wunder! Diese Pflanzen, die einfach immer weiterwachsen und wissen, was als Nächstes zu tun ist und als Nächstes und Übernächstes.

»Halloooo...«

Ich bin nicht allein.

Zunächst: eine britische Stimme. Dann eine kleine Frau in einem fliederfarbenen Sommerkleid. Mit einem grauen Lockenschopf. »Alison Hemmings«, sagt sie und streckt die Hand aus, lange bevor ich sie ergreifen kann. »Ich habe das Haus dort drüben gemietet. Es tut mir leid, wenn ich in einem unpassenden Moment auftauche...« Ein lächelndes Gesicht. Runde Wangen. Ein fester Händedruck. Auffällige, hellgraue Augen, beinahe so silbern wie ihr Haar.

Seit wir hier sind, hat noch nie jemand nebenan gewohnt, in dem einzigen Gebäude, das von unserem Haus aus zu sehen ist. Ich habe aufgehört, es mir mit Innenräumen vorzustellen. Es ist nur noch eine schäbig schöne Fassade.

»Gus Edelman«, sage ich. »Eigentlich Augusta, aber Gus. Willkommen.«

In meiner Stimme schwingen lauter Fragezeichen, dann fällt mir ein, dass ich nur einen BH trage. Zwischen den Gedanken an die Nachbarin mischt sich der, dass dieser BH, purpurfarben, vielleicht als Badeanzug durchgeht, dann der, dass es ihr recht geschieht, wenn sie einfach so hereinplatzt – obwohl sie eigentlich nicht hereingeplatzt ist. Dann der Gedanke, dass es zu spät ist, noch etwas zu meinem BH zu sagen. Wir haben die Tatsache, dass er da ist, bereits hingenommen. Wir machen weiter.

»Es ist so schön hier, nicht wahr?«, sagt sie.

»Ja, das ist wahr«, sage ich. »Kann ich Ihnen irgendwie

behilflich sein?« Das klingt nicht ganz richtig, ich weiß. Ich höre mich an wie eine Verkäuferin, die am Ende des Tages so schnell wie möglich ihren Laden schließen will.

Sie erzählt mir, dass sie das Haus gemietet hat. »Mindestens bis Ende September«, sagt sie. »Vielleicht länger. Je nachdem, wie es läuft.«

»Ich habe gar nicht mitbekommen, dass es zu vermieten war.«

Die Eigentümer, ein junges Paar, die das Anwesen von einem entfernten Verwandten geerbt haben, waren nur ein einziges Mal zur Besichtigung da gewesen, vor vielleicht einundhalb Jahren. Sie waren das Land abgeschritten, etliche Hektar, hatten sich allem Anschein nach gestritten und waren dann davongefahren, um nie wieder zurückzukehren.

»Haben Sie die Anzeige nicht gesehen?«, fragt sie. »Denn Sie werden darin genannt. Sie und ... Ihr Mann?«

Ich schüttle missbilligend den Kopf. »Ich hatte keine Ahnung ...«

»Auf einer dieser Vermietungsseiten. Eine der Besonderheiten ist das Ehepaar nebenan. Der Schriftsteller. Die Malerin.«

»Oh. Wie merkwürdig. Sie haben mit keinem Wort erwähnt ...«

Sie lächelt. »Ich verspreche Ihnen, dass ich Sie nicht belästigen werde, aber die Lage wurde dadurch etwas reizvoller. Tatsächlich bin ich ebenfalls Malerin. Und irgendwie war der Gedanke einer kreativen Enklave ... außerdem dachte ich mir, wenn Sie in der Anzeige genannt werden, sind Sie wahrscheinlich keine Axtmörder.«

»Nicht in letzter Zeit«, sage ich. »Zumindest ich nicht.«

Während unseres Gesprächs komme ich zu dem Schluss, dass sie nur ein paar Jahre älter ist als ich, trotz ihrer grauen

Haare. Anfang fünfzig. Wir betrachten einander verlegen, bis sie sagt, dass sie sich eigentlich wieder ans Auspacken machen sollte. Ich biete ihr an, es uns wissen zu lassen, wenn wir ihr bei der Eingewöhnung behilflich sein könnten, aber ich sage es ohne besonderen Enthusiasmus, und als sie sich umdreht, bücke ich mich und pflücke sofort ein paar Stängel des aufgeschossenen Basilikums, als hätte sie mich bei einer wichtigen, dringenden Aufgabe unterbrochen.

»Vielen Dank«, ruft sie zurück. »Es war sehr nett, Sie kennenzulernen!«

Als ich mir sicher bin, dass sie weg ist, richte ich mich auf, die Hände voller Basilikumstängel. Ich blicke in Richtung Scheune und überlege mir, ob ich hinübergehen soll. Eine neue Nachbarin ist eine große Neuigkeit. Doch dann beschließe ich, dass das noch warten kann. Owen braucht seine Ruhe, damit er den Stein wieder den Berg hinaufrollen kann. Auch ich muss mich wieder an die Arbeit machen, und so gehe ich statt nach links nach rechts und ins Haus.

Wir waren vor knapp drei Jahren in dieses Farmhaus gezogen, nach dem Tod von Owens Tante Marion, die uns überraschend ein kleines Vermögen vererbt hatte. Sehr klein. Doch immerhin, für uns ein Vermögen. Genug Geld, um gründlich darüber nachdenken zu können, was wir in unserem Leben verändern wollten, und genug Geld, etwas zu verändern, ohne allzu sehr darüber nachdenken zu müssen. Zum ersten Mal überhaupt verfügten wir über ein Sicherheitsnetz. Wir hatten immer schon davon gesprochen, vielleicht, eines Tages, auf dem Land zu leben, doch als es möglich wurde, machten wir Ernst, prüften die Immobilienseiten im Internet, fuhren über die Vororte hinaus, um Häuser zu besichtigen, von denen wir in Sekundenschnelle wussten, dass wir sie niemals würden besitzen wollen. Zu neu. Zu offensichtlich für Familien mit Kindern gebaut. Zu nah bei anderen Menschen.

Dann stießen wir auf dieses Farmhaus und waren sofort Feuer und Flamme. 1918 erbaut, war es auf genau die Art und Weise bezaubernd, nach der wir gesucht hatten. Wir sahen es zum ersten Mal an einem windigen Maitag, als landauf, landab jedes Blatt zwischen Erde und Himmel nur so schimmerte und glänzte. Ich hatte das Gefühl, als wären wir zufällig auf den geheimen Ort gestoßen, an dem das Universum seine exquisitesten Grüntöne testete. Der makellos runde Teich sah aus wie aus dem Märchen, bald würden sich Froschkönige ans Ufer setzen. In meinem ganzen Leben habe ich mich nur sehr selten verliebt; und einmal waren es diese drei Hektar, unser Zuhause, noch am selben Tag.

Ich wollte dort leben. Ich wollte jede Aussicht malen.

Owen konnte in der Scheune mit den steinernen Grundmauern schreiben, sobald wir Strom hatten, und ich konnte mir in der dreiseitig verglasten Veranda ein Atelier einrichten. Natürlich musste einiges getan werden. Die Küche an der Rückseite des Hauses bot einen furchtbaren Anblick; ihre einzigen Vorzüge waren ein wunderschöner alter Terrakottafußboden und eine Tür mit Sprossenfenstern, die ins Freie führte, dorthin, wo später einmal unser Garten sein sollte. Das Dach war ein Witz – wie ein Glas mit Löchern, zum Lecken prädestiniert. Doch das Haus war spottbillig, und wir hatten mehr als genug Geld, es herzurichten.

Unsere Freunde in Philadelphia, unverbesserliche Städter, hielten uns für verrückt, und wir beide gefielen uns ganz gut in dieser Rolle. In unserem Bekanntenkreis war es schwer, sich irgendeine Exzentrik zuzulegen, die nicht schon ein anderer für sich beanspruchte. Über Nacht wurden wir schräge

Vögel, derentwegen man die Augen rollte und amüsiert den Kopf schüttelte.

In einer Woche sind sie wieder da. Wir hatten uns von der Gruppe abgesetzt. Und in einem anderen Sinne, einem ganz und gar wörtlichen Sinne, war es genau das, was wir brauchten.

Keiner von uns gestand sich ein, dass dieser Umzug irgendetwas mit meiner Untreue zwei Jahre zuvor zu tun hatte. Unsere Trauung in der City Hall, dieses Ritual, das einen Schlusspunkt unter die ganze Episode hatte setzen sollen, lag schon ein paar Monate zurück. Das bedeutete jedoch nicht, dass der Verrat nicht weiterhin irgendwo in unserem Leben lauerte, ein höhnischer kleiner Kobold, der uns herausforderte, ihn beim Namen zu nennen.

Owen, das wusste ich, wurde auf Schritt und Tritt daran erinnert. Als ich es ihm gestanden hatte, hatte ich alles gebeichtet – mit der ganzen irregeleiteten Leidenschaftlichkeit einer Frau, die glaubt, sich selbst zu erlösen, und dabei vergisst, dass sie damit vielleicht den Zuhörer belastet. Owen wurde zu dem Mann, der zu viel wusste. Er hatte ständig eine Landkarte mit Treffpunkten im Kopf, mit Orten, an denen wir Bill zufällig hätten begegnen können. Vor seinem inneren Auge sah er uns hier in ein schummrig beleuchtetes Café hineinhuschen oder, ein paar Minuten danach, dort aus einem Hotel schlüpfen. Er kannte den Weg von unserem Haus zu Bill. Er wusste, wo Bills Anwaltspraxis lag.

Ich glaubte immer, dass Owen wahrscheinlich eines Tages seinerseits eine Affäre haben würde, in gewisser Hinsicht um das Gleichgewicht wiederherzustellen. Wenn ich in einer bestimmten düsteren Stimmung war, glaubte ich sogar, er habe das Recht dazu, obwohl mich der Gedanke abstieß. Sexuelle Eifersucht. Emotionale Eifersucht. Ich konnte die Aussicht nicht ertragen durchzumachen, was er durchgemacht hatte. (Was ich ihn durchzumachen gezwungen hatte.) Doch ein Teil von mir glaubte, dass es nur gerecht wäre. Ein Teil von mir glaubte, es würde uns vielleicht wieder ins Lot bringen.

Ein paar Mal hatte ich mich selbst beinahe davon überzeugt, dass es so weit war. Da war eine seiner Studentinnen, deren Name allzu oft genannt wurde. Victoria Feldman. Und ein wenig später eine junge Frau, ein Mädchen eigentlich, die in einem Café in der Nähe arbeitete. In beiden Fällen meinte ich, eine gewisse atmosphärische Spannung wahrzunehmen. Ich hatte so meinen Verdacht. Doch dann, aus welchen Gründen auch immer, änderte ich meine Meinung wieder. Vielleicht sagte er, Victoria Feldman sei *ermüdend*, ein Wort, von dem ich wusste, dass er es nie auf eine Frau anwenden würde, mit der er ins Bett ging, nicht einmal, um etwas zu vertuschen. Vielleicht nahm ich die hübsche Bedienung im Café ein wenig genauer in Augenschein und stellte fest, dass ihr Alter näher bei sechzehn lag, als ich vermutet hatte. Ich erinnere mich nicht mehr genau, wie ich zuerst auf den Gedanken dieser nichtexistenten Liebschaften kam und dann wieder davon abrückte, doch im Grunde war ich stets auf der Hut.

Lange vor diesen Ereignissen, als Teenager, spielten meine Schwestern und ich, nur wir drei, immer ein Spiel, das aus nichts anderem bestand, als *Da ist ein netter kleiner Freund für dich* zu flüstern, sobald wir einen Jungen sahen – oder, im Fall meiner Schwester Jan, ein Mädchen. Meist war es sarkastisch gemeint: *Da ist ein netter kleiner Freund* oder *eine nette kleine Freundin für dich*, wenn auf einer Party gerade der schlimmste Skinhead oder die hässlichste Punkerin zur Tür hereinkam. Hin und wieder war es aber auch anerkennend gemeint: *Da ist ein netter kleiner Freund für dich. Nein, im*

Ernst. Neben der Tür. Wir hielten stets und ständig Ausschau. Alle Teenager tun das, nehme ich an. Wir waren menschliche Periskope, die suchten und suchten. Und die Tatsache, dass wir zu dritt und in einem ähnlichen Alter waren, bedeutete, dass es nie vorkam, dass nicht wenigstens ein Augenpaar auf diese Weise beschäftigt war.

Die Zeit zwischen meiner Affäre und unserem Umzug aufs Land glich dem ein wenig. Ist sie das? Wäre das möglich? *Da ist eine nette kleine Freundin für dich.* Ich hoffe, er ist anderer Meinung. Ich hoffe, er sieht sie nicht. Ich hoffe, er sieht sie. Ich hoffe, er erzählt es mir nie. Ich hoffe, er tut es. Der Gedanke war niemals fern.

Wir könnten jetzt aufs Land ziehen, weißt du.

Wir erzählten die Geschichte immer so, als wären wir beide gleichzeitig auf die Idee gekommen, gerade so, als hätten wir sie in die Tat umgesetzt, ohne dass einer von uns sie hätte in Worte fassen müssen. Tatsächlich aber war ich diejenige, die es aussprach, als wir spätnachts bei Kaffee und Kuchen in einem Diner herumsaßen und zu begreifen versuchten, wie sehr unsere Lebensumstände sich durch dieses neuerdings üppige Bankkonto verändert hatten.

»Wir könnten jetzt aufs Land ziehen, weißt du.«

Das ist Owen am Tag unseres Einzugs: Er schreitet die Entfernung zwischen der Küchentür und dem großen Scheunentor ab. Knapp zwei Meter groß und schlank, nahezu schlaksig, setzt er die Ferse des einen Fußes immer wieder vor die Zehen des anderen; dabei sieht er aus, als hätte er nur ein Bein, und schon eine leichte Brise würde ihn umwehen. Es ist Herbst, Mitte Oktober, und die Grüntöne von unserer ersten Begegnung mit dieser Landschaft haben sich in Schale geworfen, in

Orange, Scharlachrot und Gelb, um uns willkommen zu heißen. So viel Schönheit kann man kaum in sich aufnehmen. Und aus diesem Grund tut Owen, was er tut, und vermisst diese Linie – die zu messen es nicht den geringsten Grund gibt. Weil Owen genau das tut, wenn er von etwas überwältigt ist.

Während ich ihm von meinem zukünftigen Atelier aus zusehe, weiß ich, dass er nicht wirklich wissen muss oder auch nur wissen will, wie viele Fußlängen es von einem Gebäude zum anderen sind. Außer dass es ein Anfang ist. In diesem Wirbelsturm unfassbarer Schönheit fängt er mit dem Boden an, mit seinen eigenen Füßen auf diesem Boden. Er fängt mit einer Messung an. Und während ich am Fenster stehe, erinnere ich mich daran, wie er mich zum ersten Mal liebte, körperlich liebte. Wie sich diese ersten sexuellen Momente anfühlten, als er die Sommersprossen auf meinem Bauch zählte, seine Hand über meine Brust spannte, von Warze zu Warze, und meinen Körper mit seinem vermaß, so ernsthaft, so merkwürdig in sich selbst versunken und doch auf nichts anderes aus, als mich kennenzulernen, beides zusammen. Es war eine Form der Hingabe, wie ich sie mir davor nie hätte vorstellen können; er prägte sich meinen Körper ein, und damit vertraute er sich mir an.

Ich würde dem nie etwas Entsprechendes entgegensetzen können, dessen war ich mir sicher.

Als er die Scheune erreicht, entspannt sich sein Körper. Er dreht sich um und geht rasch, locker, wieder zum Haus zurück. Mit achtundvierzig wirkt er immer noch jungenhaft. Er ist dieser Junge mit den etwas zu langen Haaren, die ihm ins Gesicht fallen, in einem Pullover, den er sich offenbar von seinem Vater geliehen hat. Seine Gliedmaßen wirken immer noch so, als würde er mit der Zeit in sie hineinwachsen. Als er näher kommt, sehe ich den Ernst in seinem Gesicht. Er hat ein Problem gelöst. Jetzt wird er sich dem nächsten widmen. Die Tiefe des Teichs ausloten. Oder die Kellerstufen zählen. Das bedeutet es für ihn, irgendwo einzuziehen, so wie für mich, die Wände anzustreichen und Bilder aufzuhängen. Bei ihm geht es vor allem darum, Wissen zu erwerben. Bei mir geht es darum, einen Ort so umzugestalten, wie ich ihn haben möchte.

Das sind die Dinge, die man sieht, wenn man einen Schritt zur Seite tritt. Das bedeutet nicht, dass man recht hat. Es bedeutet nur, dass es das ist, was man sieht.

2

Das Basilikum, das ich an jenem Tag pflückte, endete in einem Einmachglas auf dem Küchentisch, wo es mehr als nur ein bisschen traurig aussah, und ich ging zurück in mein Atelier und machte mich wieder an die Arbeit.

Es ist typisch für mich, dass meine künstlerischen Schaffensphasen aus etwas entstehen, das sich meiner Kontrolle entzieht. (Das trifft natürlich auch auf schlechte Zeiten zu, was die Hölle ist – wie Owen es gerade tagtäglich erlebt.) Meine Schaffensphase in diesem Sommer hatte mit der Renovierung des Badezimmers begonnen, zu der wir ein paar Wochen vor Alisons Ankunft endlich gekommen waren. Das Badezimmer im zweiten Stock war eine Katastrophe. Wir hatten es kaum benutzt und seinen Zustand mehr oder weniger ignoriert, doch in diesem Winter waren erstmals die Kacheln von der Wand gesprungen, und irgendwie machte das die durchhängende Decke unerträglich. Im Mai holten wir einige Angebote ein, die alle günstig waren. Niemand hatte genug Arbeit, alle kürzten ihre Gewinnspannen. Wir beauftragten den Mann, den wir am nettesten fanden, und noch bevor die Woche um war, hatte er ein paar Leute geschickt, die alles herausrissen.

Schlecht gelaunt hatte ich den Morgen damit verbracht, mir das Hämmern und Krachen und das allzu laut dröhnende Radio anzuhören und war dann gegen Mittag hinaufgegangen, um zu fragen, ob sie etwas zum Mittagessen bräuchten.

Dabei fiel mein Blick auf etwas, das in meinem Flur herumlag. Ein Haufen zerknüllter, zerknitterter alter Zeitungen.

»Was ist das?«

»Von früher, als das Haus gebaut wurde«, sagte der Handwerker, Thad. »Die hat man als Isoliermaterial benutzt. Damals.«

Als Erstes bügelte ich diese Zeitungen. (Owen lachte, weil in all den Jahren, die wir schon zusammen waren, noch keiner von uns je etwas gebügelt hatte. Das Bügeleisen war mit dem Haus gekommen, wie eine ganze Menge anderer Kram.) Ich brauchte lange dafür. Ich brauchte bei weitem länger, als nötig gewesen wäre, weil ich von der Art und Weise gefesselt war, wie Gesichter, Bilder und Worte wieder eindeutige Formen annahmen. Die Knitterfalten waren wie ein verschwommener Blick, den ich manipulieren konnte. Außerdem hatte ich natürlich das Gefühl, mich in der Zeit rückwärts zu bewegen. Nicht nur, weil die Zeitungen alt waren, sondern weil das Zerknüllen einer Zeitung ein strikt nach vorne gerichteter Akt ist. Normalerweise nichts, was man tut, um es dann wieder rückgängig zu machen. Im Prozess des Bügelns ging es im Grunde um Wiederherstellung. Wiederherstellung, Klarheit. Und dann auch Verlust. Der Krieg. 1918. Der Erste Weltkrieg. Zerknüllte Zeitungen mit den Zahlen der Toten. Dem dokumentierten Aufkeimen der Hoffnung. Niederlagen. Toten über Toten. Heimkehrern und noch mehr Toten.

Ich knullte ein paar Seiten erneut zusammen, um ein Gefühl dafür zu bekommen. Einfach nur dieser Akt, die Namen der Gefallenen klar leserlich und dann wieder unleserlich zu machen, dann wieder leserlich. Ich begann, mir Notizen zu Dauer und Vergänglichkeit zu machen. Ich begann, mir die Zeitungen in anderer Form vorzustellen. Als Dinge, die nicht zerknüllt werden konnten. In Stein gemeißelt. In Metall geätzt. Ich nahm eine und verbrannte sie in einer kleinen Kupferschale und hob die Asche auf. Warum? Ich wusste nicht, warum. Ich hatte aufgehört, vernünftig zu denken – was zu Beginn eines Projekts für mich *nicht* üblich ist. Doch hier war es von Anfang an anders. Hier ging es um Ideen, Intuition, etwas, das mich faszinierte und das ich nicht verstand. Und anfangs fühlte es sich auch richtig an.

Ich fotografierte das Badezimmer noch als Baustelle, machte Bilder von dem Zwischenraum in den Wänden, wo die Zeitungen gesteckt hatten. Ich sann darüber nach, dass diese Seiten verwendet worden waren, um Wärme zu speichern, und dass die Hitze des Bügeleisens sie wieder in Zeitungen verwandelte. Ich versuchte, daraus etwas zu machen. Ich dachte an die abgesprungenen Kacheln, stellte mir vor, dass sich der Druck nicht durch Temperaturschwankungen über Jahre hinweg aufgebaut hatte, sondern durch die Worte und Bilder selbst.

In einem kreativen Leben gibt es Momente, in denen man versteht, warum man tut, was man tut. Diese Momente mögen ein paar Sekunden dauern, bei manchen Menschen vielleicht auch Jahre. Welche Zeitspanne auch immer vergehen mag, es fühlt sich an wie ein einziger Moment. Und ist genauso zerbrechlich wie ein Moment, labil genug, um von einem Hauch zerschmettert zu werden, getrennt von all der anderen Zeit, die vergeht, einzigartig.

Doch dann verändert es sich; was anfangs so ungeheuer belebend war, fühlt sich festgefahren an, selbst wenn es mit einem Projekt gut vorangeht. Allmählich und unvermeidlich tritt Ernüchterung ein, und das Recht auf Passivität schwindet. Was ein Geschenk des Himmels war, gehört einem jetzt tatsächlich. Und dann ist es Arbeit. Dann ist es hart.

Bei Alisons Ankunft war ich bei diesem zweiten Stadium angelangt. Dem, das einem nicht nur dieses Gefühl unendlicher Möglichkeiten, sondern auch praktische Entscheidungen abverlangt. Welche Form soll dieses Projekt annehmen? Mein ganzes Leben lang, selbst in meiner Kindheit, hatte ich immer nur Ansichten gezeichnet oder gemalt. Landschaften. Straßenzüge. Gebäude. Innenräume. Was zufällig vor dem Fenster lag. Seit wir aufs Land gezogen waren, waren es meist ländliche Ansichten gewesen, gelegentlich mal eine Dorfstraße. Für den bescheidenen Kreis der Menschen, die meine Arbeit kannten, waren meine Bilder aufgrund ihrer Präzision und der minutiösen Details unverkennbar. Und ich hatte immer ein Händchen gehabt für das Licht, eine Essenz, die eine Sprache zu sprechen schien, die ich fließend beherrschte, ein Vokabular aus Projektion und Schatten. Aber ich war nie eine besonders gute Porträtmalerin gewesen. Ich schaffte simple Ähnlichkeiten, wie jeder ernsthafte Kunststudent sie hinkriegen würde, doch menschliche Gestalten, menschliche Gesichter waren nicht meine Sache.

Und jetzt waren es diese Jungs, die auf den Fotos in den Todesanzeigen verewigt waren, und die Tatsache, dass sie als Kanonenfutter gestorben waren, was mich fesselte. Nicht wie sonst eine inspirierende Aussicht, sondern eher eine Geschichte. Ihr Tod und dann ihr zweckgebundenes Spuken in meinem Haus.

Ich verstand dieses Projekt zwar noch nicht, auch nicht, was es im Lauf der Zeit für mich bedeuten würde, fand aber die Faszination, die diese Todesgeschichten auf mich ausübten, bereits merkwürdig; schließlich war ich mir meines Talents bewusst, mich über etwas zu definieren, das ich verloren hatte, seit in jungen Jahren meine Mutter verstorben war, und ich war mir bewusst, dass der Tod meiner Schwester Charlotte dieses Talent noch gesteigert hatte. Die Malerei war immer ein Schutzschild gegen diese Wunden gewesen, und meine Arbeiten waren stets menschenleer und von gnadenloser Schönheit, ein Trost für die hässlicheren Tatsachen menschlichen Daseins. Dass diese Tatsachen nun Eingang in meine Arbeit finden sollten, verwirrte mich; ihren Sog konnte ich jedoch nicht ignorieren.

Das waren also die Probleme, mit denen ich mich an jenem Morgen kurz vor meiner Begegnung mit Alison herumschlug, Probleme, auf die ich mich nach unserem Gespräch im Garten nicht mehr ohne weiteres einlassen konnte. *Hallooooo...* Unbefugtes Eindringen, diese Formulierung ging mir durch den Kopf, als handelte es sich um ein eindeutig negatives Ereignis, auch wenn hinter dieser ablehnenden Haltung gegenüber jeder Unterbrechung unserer Einsamkeit eine Neugier rumorte, die an Aufregung grenzte.

Außerstande, mich zu konzentrieren, gab ich es auf und las meine E-Mails. Und da, zwischen den politischen Petitionen, die ich unterzeichnen sollte, und den Ankündigungen einiger Vernissagen in Philadelphia, die ich nicht besuchen würde, entdeckte ich ein Schreiben von Bills Tochter Laine. Laine, die der Grund dafür war, dass Bill und ich einander kennengelernt hatten. Während ihrer Highschoolzeit war sie eine meiner Privatschülerinnen gewesen. Als Alison auftauchte, hatte Laine ihr Studium an der New York University seit einigen Wochen abgeschlossen und war noch in der Stadt geblieben, jobbte dort zeitweilig in einem Büro und nahm Malunterricht. Wir mailten einander regelmäßig, ungefähr alle zwei Monate, eine Tatsache, die ich vor Owen verborgen hielt, auch wenn ich es so nicht bezeichnen wollte. Ich hatte es einfach nie erwähnt, wie ich es vor mir selbst nannte. Ich freute mich immer, wenn ich in meinem Postfach ihren Namen sah, auch wenn mich bei ihren Mails jedes Mal unvermeidlich eine Welle von Traurigkeit erfasste.

Also, Zeit, Dir vom Sommer zu berichten. Brennst Du nicht geradezu darauf zu erfahren, wie mein Abenteuer in der Großstadt sich entwickelt?

Wir hatten im Frühjahr 2005 mit unserer gemeinsamen Arbeit begonnen, kurz nach Charlottes Tod. Damals, mit siebzehn, war Laine eine Nervensäge. Es war ihre Mutter gewesen (Georgia, für die ich später gewitterähnliche Gefühle entwickeln sollte), die mich angerufen und Laine *trotz allem* als sehr lieb beschrieben hatte. Und künstlerisch begabt – wie sie fanden. Sie suchten eine Aufgabe für Laine, in die sie sich vertiefen konnte, etwas, das sie davon abhielt, ein komplett gestörter, desinteressierter Teenager zu werden. Halb war sie schon so weit, auf dem besten Weg, sich auszuklinken, wie ihre Mutter es nannte; und ich empfand großen Respekt für Georgias freimütige Worte. Die meisten Teenager in meinem Unterricht, die Probleme machten, hatten Eltern, die sich beide Ohren zuhielten und alles schönredeten. Ich war gespannt darauf, eine Mutter kennenzulernen, die bereit schien, ihr Kind so zu sehen, wie es tatsächlich war.

Doch dann war es nicht die Mutter, die Laine an diesem ersten Freitagnachmittag zu mir brachte. Es war der Vater. Es war Bill.

Es war immer Bill.

Laine und ich arbeiteten eineinhalb Jahre lang miteinander, und in dieser Zeit wurde aus einem mürrischen, feindseligen Mädchen, das wild entschlossen war, jeden Erwachsenen vor den Kopf zu stoßen, eine hart arbeitende junge Frau, die unbedingt gefallen wollte – und außerdem eine verdammt gute Malerin. Und in all diesen Monaten, an all diesen Freitagnachmittagen und später dann freitags und dienstags, war es Bill, der sie brachte, und Bill, der sie abholte – weil Laine noch nicht Autofahren gelernt hatte und weil das ihre ganz besondere Zeit miteinander war; und weil das Universum hin und wieder einfach darauf besteht, dein Leben auf eine Art und Weise aus dem Gleichgewicht zu bringen, um die du nie gebeten hast.

Diese Malklasse, an der ich da teilnehme, ist es absolut wert, auch wenn ungefähr die Hälfte der Leute dort totale Freaks sind – und zwar auf keine gute Art. Aber der Lehrer ist wirklich hervorragend, wenn auch natürlich nicht so hervorragend wie Du…

Manchmal springt zwischen Lehrer und Schüler ein Funke über, selbst wenn ihre Arbeiten sehr verschieden sind, und das war unsere Geschichte. Während ich mich nie besonders zu figürlicher Malerei hingezogen gefühlt hatte, sah Laine sich damals schon als eine Art Porträtmalerin. Während ich es manchmal seltsam beunruhigend fand, in fremde Gesichter zu starren, wurde Laine sich immer klarer darüber, dass genau dies ihr Trost und Inspiration verschaffte. Und da Bill und ich am einfachsten als Modelle verfügbar waren, oder eben Laine selbst, wenn sie sich in einem von mir gestifteten Spiegel betrachtete, zeigten viele ihrer Bilder einen, zwei oder manchmal alle drei von uns. Gelegentlich tauchte sie auch mit Skizzen ihrer Mutter Georgia auf, was bedeutete, dass Georgia uns im Lauf einiger Wochen im Auge behielt. Hin und wieder hieß ich Laine, ihren Blick aus dem Fenster auf Philadelphias Skyline zu richten, oder ich nahm sie mit in den Fairmount Park und forderte sie auf, ihren Blick zu weiten und eher an das große Ganze zu denken, an das Zusammenspiel des Lichts mit anderen Dingen als einem Gesicht; doch sie wandte sich immer wieder dem zu, was sie liebte.

»Das ist das Einzige, was mich interessiert«, sagte sie. »Menschen.«

»Nun, mich auch, schätze ich. Aber es gibt mehr an einem Menschen als nur den Menschen selbst.«

Ich habe gerade mit Dean Schluss gemacht – der in Wirklichkeit nicht einmal Dean heißt, wie sich herausgestellt hat. Ist das zu glauben? Er hatte diese James-Dean-Fixierung, und der Name war eine Art Hommage, und ehrlich, wenn ich das von Anfang an gewusst hätte, hätte ich mir die drei Monate erspart, bis ich herausfand, was für ein prätentiöser Möchtegern-Hipster-Idiot er tatsächlich ist. Aber wenigstens waren es nur drei Monate ...

Im Verlauf dieser Monate, in denen sie und ich miteinander arbeiteten und stritten und uns entwickelten – wir beide –, bahnte sich zwischen mir und Bill etwas an, auch wenn wir eine bestimmte Grenze nie überschritten oder mehr taten, als uns miteinander zu unterhalten. Und wir sprachen nie über irgendetwas, das auch nur im entferntesten unangemessen gewesen wäre. Ich war gleich zu Anfang mit Charlottes Tod herausgeplatzt, vielleicht als Entschuldigung für einen Terminfehler, der mir unterlaufen war, da meine Gedanken immer noch konfus waren und mein Gehirn nicht richtig funktionierte; wie sich herausstellte, hatte auch er ein Geschwister verloren – einen Bruder, als sie noch klein gewesen waren. Bei einem Brand; auch Bill hatte sich in dem Haus befunden, war aber rechtzeitig gerettet worden. Ich erinnere mich daran, wie die Umgebung nur für einen Augenblick zu erstarren schien, als er mir das erzählte, als benötigte ich eine Pause von der Realität, um ihn und uns alle neu darin zu verorten.

Ich hatte seinen Anzug, seinen Aktenkoffer, seine klar umrissene, anwaltliche Präsenz sehr rasch abgetan und sie für sein wahres Ich gehalten. Ich hatte mich so sehr getäuscht. In all den folgenden Monaten sprachen wir weder ausschließlich noch besonders häufig über unsere Trauer, überhaupt nicht, doch wir teilten eine Vertrautheit miteinander, wie ich sie mit Owen nicht empfand. Und zunehmend teilten wir auch Laine. Seine Tochter, die auch ich großzog – in gewisser Weise. Die mich brauchte. Die einiges von meinen Sichtweisen, meinem Wesen übernommen hatte. Ich hätte nie gesagt, dass sie zu uns gehörte, zu uns beiden, doch in meinem tiefsten Innern empfand ich es so.

»Weder Georgia noch ich haben die geringste kreative Ader«, sagte Bill. Und staunte auf eine Weise über meine Arbeit, die ich nicht gewohnt war, da ich mich in Künstlerkreisen bewegte, wo man einfach davon ausging, dass jeder ein Talent hatte. Für Bill kam die Tatsache, dass ich eine Leinwand mit öliger Schmiere aus Tuben füllen konnte und ein sowohl schönes als auch – wie er immer wieder behauptete – emotional faszinierendes Ergebnis erhielt, einer übermenschlichen Fähigkeit gleich. Dass ich seiner Tochter helfen konnte, das Gleiche zu tun, war für ihn ein Wunder. Er besaß eine Unschuld, eine Unschuld meiner Welt gegenüber, die auf mich letztlich so anziehend wirkte, dass wir uns nicht mehr für unschuldig erklären konnten, selbst wenn wir es gewollt hätten.

Manchmal, wenn Laine uns als Modelle benutzte, bat sie uns, regungslos sitzen zu bleiben, während wir uns unterhielten, und gelegentlich bestand sie sogar darauf, dass wir nicht einmal die Lippen bewegten – beinahe so, als spürte sie, dass etwas passieren könnte, was sie versuchen sollte, zu verhindern.

Doch nichts konnte verhindern, was dann geschah.

Laine in jener Zeit zu beobachten war, wie sich die Zeitlupenaufnahme eines Autofahrers anzusehen, der verdammt nah dran ist, aus der Kurve zu fliegen, sie dann aber gerade rechtzeitig doch noch kriegt. Mich zu beobachten war schätzungsweise so etwas wie das Gegenteil. Damals hatte ich das Gefühl, dass die Beziehung, die sich zwischen Bill und mir anbahnte, meine Genesung unterstützte – von Charlottes Tod, von der Nachricht, dass ich mit Owen niemals die Kinder haben würde, die ich mir schließlich doch gewünscht hatte. Ich war damals nicht nur bodenlos traurig; ich fühlte mich wertlos. Ich war außerstande gewesen, meine Schwester zu retten. War außerstande, Mutter zu werden. Wozu war ich überhaupt imstande? Welche Stärken besaß ich eigentlich? Wie das Kaninchen vor der Schlange stand ich vor der unbestreitbaren Tatsache, dass wir, ungeachtet all der Kleinigkeiten, bei denen es uns irgendwie gelingt, unser Leben meist nicht unter Kontrolle haben; und ich hatte keine Ahnung, wie ich darauf reagieren sollte.

Dabei handelte es sich um eine Lektion, die ich vielleicht schon hätte lernen können, als ich zwei Jahre alt war und meine Mutter starb. Eine Lektion, die sich mir damals vielleicht hätte einprägen sollen, bewusst oder unbewusst, doch nach Charlottes Tod und nachdem mein eigener Körper leer, die Hoffnung unerfüllt blieb, fühlte sie sich erneut wahr an.

Und um ehrlich zu sein, nach dem falschen Dean habe ich von Beziehungen vorerst die Nase voll. Dieses ganze »Wir-gehen-miteinander«-Ding ist ein Witz. Ich weiß, dass Du schon Dein ganzes Erwachsenenleben mit Owen zusammen bist, Tatsache ist aber, dass eigentlich keins der Paare in meinem Alter über das erste Jahr hinauskommt. Warum also so tun, als wäre es so was wie eine Sache fürs Leben? So viel Engagement würde ich viel lieber in meine Arbeit stecken…

Das sind wir am Nachmittag von Laines letzter Stunde:

Bill und ich sitzen hinten in meinem Atelier, einer unrenovierten Fabrikhalle, auf wackligen alten Hockern. Und plötzlich sind wir verlegen. Weil es blitzschnell passierte. Ein Blick, der zwischen uns hin und her ging, eine schlagartige, nicht wiedergutzumachende Verschiebung. Die unseren Redefluss zum Verstummen brachte. Wochen-, monatelang haben wir jede Aufregung über Laines nächsten Schritt geteilt. Sie wird von dem College angenommen, das sie sich gewünscht hat. Für ein Projekt hat sie Bilder zusammengestellt, die so ausdrucksstark sind, dass sie etwas Ewiges an sich haben; sie wirken wie echte Kunst. Es ist alles so aufregend. Ich bin sehr stolz, als wäre sie mein eigenes Kind. Vielleicht übertreibe ich meine Rolle in dem Ganzen – meinen erneuten Vorstoß in Richtung Universum. *Seht her! Seht her, es ist wichtig, was wir tun. Es ist wirklich wichtig.*

Doch in all dieser Aufregung, bei all diesem Stolz wurde etwas Entscheidendes übersehen.

Es sollte nicht allzu schwierig sein – nicht, wenn wir, wie man so sagt, tatsächlich nur Freunde sind. *Nun, wir werden uns einfach von Zeit zu Zeit auf einen Kaffee treffen müssen.*

Außer dass das, was eigentlich hätte einfach sein sollen, unmöglich wurde. Alles ist unmöglich geworden, während wir zusammensitzen und Laine ungefähr zehn Meter von uns entfernt ein Selbstporträt malt. Es ist inakzeptabel, unsere Treffen dem Zufall zu überlassen. Doch uns zu verabreden… wir können uns nichts vormachen. Sich zu verabreden heißt, sich zu verabreden.

Und wir verabreden uns nicht. Aber ich weiß, dass wir uns

verabreden werden. Laine verabschiedet sich mit einer ausgiebigen, herzerschütternden Umarmung von mir; und während ich aufräume, das Nachhausegehen hinauszögere, während ich die sechs Straßen entlanggehe und dann noch einmal sechs, während ich mit Owen zu Abend esse, an jenem Abend, in jener Nacht, in den nächsten zwei Tagen allen möglichen Tätigkeiten nachgehe, bin ich gleichzeitig aufgewühlt und verstörend gelassen. Weil ich weiß, was geschehen wird. Und es mir eine Höllenangst einjagt. Und doch fühlt es sich auch richtig an. Und gut. Und verdient.

> *... Und mit meiner Arbeit läuft es gut. Zumindest glaube ich das. Ich hoffe, mit Deiner auch, und ich hoffe, das Landleben ist immer noch richtig. Du musst mir alles erzählen. Es ist viel zu lange her. Du schuldest mir einen ausführlichen Bericht.*
> Alles Liebe,
> Laine

Verdient.

Worauf genau glaubte ich, mit Bill ein Anrecht zu haben? Es gibt eine Antwort auf diese Frage: Freude. Nicht Glück, das mir damals wie ein Hirngespinst vorkam, das man offenbar aufgeben musste, um nicht verrückt zu werden. Gibt es jemanden, der im Alter von vierzig Jahren nicht irgendwann einmal einsehen muss, dass Glück oder das, was man in seiner Jugend dafür hielt, eine Illusion ist? Dass man bestenfalls darauf hoffen kann, nicht allzu viele Tragödien zu erleben und dass der Weg durch die unvermeidlichen Trauerphasen wenn schon nicht glatt, dann doch stetig verläuft? Der Alltag war offensichtlich eine blasse, graue Angelegenheit, und wer etwas anderes erwartete, war – bestenfalls – ein Idiot.

Doch Momente der Freude konnte es geben. Und an diesen Nachmittagen mit Bill und Laine hatte es so etwas wie Freude gegeben. Ich hatte Stunden erlebt, die mich so gestärkt hatten, die sich so sehr auf meine Lebenskraft auswirkten, dass der Gedanke *nie wieder* sich anfühlte wie das Ende. Und es hatte genügt. Solange Laine da war und sie mein Schützling sein konnte, mein Mädchen, und ihr Vater mein Partner, genügte das.

Wenn nur die Zeit zum Stillstand gezwungen gewesen wäre.

Wir waren die Umkehrung des Paars, dessen Ehe zerbricht, wenn das Kind aus dem Haus geht – wie die Ehe von Bill und Georgia keine zwei Jahre später, als ihr Sohn aufs College ging. Unser Kind verließ uns, und wir verliebten uns ineinander.

Am Tag von Alisons Ankunft liebte ich Bill nicht mehr, doch es schmerzte immer noch, schmerzte wie eine Prellung; und das war kein Gefühl, das ich an jenem Tag haben wollte, ein Tag, der nicht für melancholische Erinnerungen vorgesehen war, sondern für das komische, vielleicht auch ärgerliche Potential einer neuen Nachbarin, die sich jenseits der Anhöhe materialisiert hatte. Ich tippte hastig eine Antwort.

Wie gut, von Dir zu hören, Laine. Der Unterricht klingt gut. Der Junge ist sicher kein Verlust. In Kürze sehr viel mehr, versprochen. Hier passieren viele komische Dinge, auch ein paar weniger komische. Ich werde Dich auf den neuesten Stand bringen müssen. Alles Liebe …

Und dann hielt ich inne, nur ganz kurz, bevor ich mit *Augie* unterschrieb, Laines Spitzname für mich, entstanden aus ihrer Weigerung, bei unserer ersten Begegnung irgendetwas zu tun, worum sie gebeten wurde. »Warum werden Sie bei der zweiten Silbe genannt? Die Leute sollten Sie Augie nennen. Hat irgendjemand Sie schon mal Augie genannt?« Nein. Das hatte noch niemand getan. Und es tat auch niemand – bis auf Laine und Bill.

Augie schrieb ich, drückte auf Senden und ging wieder an die Arbeit.

Wie um mich in das Projekt zurückzukatapultieren, nahm ich eine der Todesanzeigen vom Stapel, John »Jackie« Mayhew, in Frankreich mit siebzehn Jahren im Kampf gefallen, und begann mit einer Kohleskizze seines Gesichts. Ich bekam die Umrisse hin, die breite Stirn, die von einem breiten Unterkiefer ausbalanciert wurde. Und es gelang mir, seine Augen wiederzugeben, rund und ein wenig engstehend, die schmalen Lippen mit dem ernsten, unbewegten Ausdruck für den Fotografen. Alles richtig wiedergegeben. Alle Entfernungen zwischen den einzelnen Zügen korrekt. Doch beim Zeichnen spürte ich, wie plötzlich der vertraute Sog der Mittelmäßigkeit meinen Arm ergriff, durch die Finger in den Kohlestift und auf das Papier schoss, wo meine Striche steif wurden und ihre Lebendigkeit verloren.

»Natürlich«, sagte ich laut, als ich das Ergebnis betrachtete. »Was habe ich denn anderes erwartet?«

Die Westseite meines Ateliers blickt auf den Teich. Die Ostseite auf den Rasen vor unserem Haus. Wenn man in der nordöstlichen Ecke steht, kann man in einiger Entfernung zwischen den Bäumen Ausschnitte und Teile von Alisons Anwesen erkennen; und ich wusste beim Zeichnen, dass sie dort war, dass ich sie, wenn ich wollte, vielleicht sehen könnte, wenn sie Kisten oder sonst etwas hin und her trug. Ich wusste außerdem, dass ich, wenn ich einmal hinsah, nicht mehr damit aufhören würde. Statt meine Skizze zu zerknüllen, wie ich es zunächst vorgehabt hatte, machte ich deshalb weiter, milderte hier und da mit dem Finger eine Linie und benutzte Licht und Schatten, meine verlässlichen Kameraden, um, wenn schon nicht Jackie Mayhems ausdrucksloses Gesicht, dann immerhin die Komposition interessanter wirken zu lassen.

Owen entdeckte Alisons Auto, als er gegen fünf aus der Scheune trat. Ich sah ihn kommen und ging vom Atelier durch das Wohnzimmer in die Küche, um ihm die Neuigkeit mitzuteilen.

»Was du nicht weißt«, erzählte ich ihm, »ist, dass sie Malerin ist und zum Teil deshalb hierherkam, weil wir offenbar zu den Besonderheiten ihres Hauses gehören. Das Künstlerpaar nebenan.«

»Na großartig. Genau das wollte ich hören. Vielleicht können wir von den Leuten ja Eintritt verlangen, damit sie mir dabei zusehen, wie ich hoffnungslos die Wände anstarre.« Er drehte den Wasserhahn auf. Sein Nachmittagsgetränk. Ich war mir nie sicher, ob er wusste, dass er jeden Nachmittag das gleiche Glas füllte, wenn er aus der Scheune kam. Ich schwieg, während er trank, als könnte keiner von uns sprechen, solange er den Mund voll hatte.

Mit einundfünfzig hatte Owen einiges von seiner Jungenhaftigkeit eingebüßt. Sein Gesicht mit den klaren Zügen – einer langen, geraden Nase und einem scharf geschnittenen Kinn mit einem beinahe unsichtbaren Grübchen – nahm bereits sichtlich zerfurchte Züge an. Die Falten rechts und links von seinem Mund hatten sich tiefer eingegraben, und die hellbraunen Augen leuchteten inzwischen unter tieferen

Brauen hervor. Obwohl er immer noch schlank war, hatte er an Substanz zugelegt, wie das bei Männern manchmal der Fall ist, beinahe so, als hätten ihre Knochen, nicht das Fleisch, an Stattlichkeit zugenommen. Sein Haar, das seit Jahren unter Samson-und-Delilah-Witzen von mir geschnitten wurde, ergraute langsam völlig. Keine immer silbriger schimmernden Koteletten, einfach von Jahr zu Jahr ein Hellerwerden.

»Draußen herrscht eine Gluthitze«, sagte er, als er das Glas abstellte. »Wir könnten ein Gewitter vertragen.«

»Ja, das ist wahr.«

Zu diesem Zeitpunkt waren es ungefähr zehn Monate, seit Owen nichts mehr schreiben konnte, was er für gut hielt. Seit seinen frühen Dreißigern hatte er fünf eigenartige kleine Bücher verfasst, die alle von Kleinverlagen veröffentlicht, von sämtlichen Kritikern, die sie lasen, gutwillig aufgenommen und mit Ausnahme einiger tausend Leser kaum bemerkt wurden. Seine schriftstellerische Karriere war von der Art, die ihm Beschreibungen wie *unterschätzt* oder *Autorenschriftsteller* eintrug, ernsthaftes, gewichtiges Lob im Rahmen einer gewissen enttäuschten Betroffenheit. Im großen Rennen um berufliches Fortkommen sah er sich selbst als ultimativen Igel, der immer wieder neuen Hasen zuwinkt und sich weiter einen Sieg erhofft. Sein Beitrag zu unserem Einkommen hatte im Verlauf der Jahre aus einem Jongleurakt zwischen freien Mitarbeiten und Lehraufträgen bestanden, wie sie in Philadelphia und Umgebung großzügig vergeben wurden – obwohl das Wort *großzügig* nicht wirklich zutreffend erscheint, um etwas zu beschreiben, für das man im Gegenzug so wenig Geld und Prestige erhielt. Doch ungeachtet all dieser Widrigkeiten fuhr er Jahr für Jahr mit dem Unterrichten und Schreiben fort, und das alles mit einer Ruhe und einem Selbstvertrauen, dass ich mich wie ein kaputtes Barometer fühlte, wenn ich in meiner eigenen, äußerst bescheidenen beruflichen Laufbahn über Höhen und Tiefen von Hoffnung und Verzweiflung stolperte.

Doch dann, im Herbst vor Alisons Ankunft, kam für Owen alles quietschend zum Stillstand.

Das einzige Mal, dass ich selbst mich im Griff einer so schlimmen kreativen Leere befunden hatte, war in dem Jahr, nachdem ich ihm von meiner Affäre erzählt hatte; und es war für mich leicht gewesen, die beiden Geschehnisse miteinander zu verknüpfen. In jenen Monaten war bei jedem Erwachen in mir der Schmerz aufgeblüht, eine körperliche Reaktion in den Eingeweiden, als hätte ich eine giftige Blume verschluckt, die auf den Sonnenaufgang reagierte. Beinahe all meine Energie, nicht nur die schöpferische, floss in das Bemühen, diesen Schmerz auszuhalten.

Und meine unausgesprochene Angst war, dass Owens Schreibblockade Jahre später ebenfalls mit dieser Zeit zusammenhing.

Als ich ihm von Bill erzählte, war er gerade gleichzeitig mit zwei Projekten beschäftigt, den Büchern vier und fünf, das eine eine Essaysammlung über die Wanderjahre seiner Kindheit als einziges Kind eines Archäologen-Ehepaars, das andere ein Roman, in den verwandtes Material einfloss, weil er einen bestimmten Sommernachmittag im Leben seiner Mutter zu Beginn ihrer Karriere beschrieb, als sie in Marokko an einer Ausgrabung teilgenommen hatte. Beide Projekte wurden für ein paar Monate auf Eis gelegt, während wir uns damit herumschlugen, ob wir zusammenbleiben sollten; doch dann, als die Entscheidung gefallen war und ich mich in meiner Arbeit so gut wie gelähmt sah, machte er sich sofort wieder ans Werk. Diese Bücher beschäftigten ihn während unseres plötzlichen Wohlstands und der ersten Zeit unseres Landlebens.

Als sie erschienen, wurden sie von Kritikern entlegener Literaturzeitschriften in den Himmel gelobt, verkauften sich jedoch kaum – genau wie all seine früheren Werke. Ich verstand das nie. Ich liebte sie alle. Die behutsame, präzise Einfühlung, die unaufdringliche Hingabe, alles richtig hinzubekommen, während er gleichzeitig offen und in aller Schärfe bezweifelte, dass so etwas überhaupt möglich war. Jedes Mal, wenn ich seine Bücher las, dachte ich, dass alle seine Leser sich verlieben müssten, und vielleicht taten sie das auch, doch aus Gründen, die sich mir entzogen, gab es davon nie eine sehr große Gruppe.

Dann, bald nach dieser zweifachen Veröffentlichung, wurde klar, dass er um einen neuen Einfall rang. Eine Übergangszeit war nur logisch, doch dieses Mal hatte man von Anfang an das Gefühl, dass es um mehr ging als lediglich um die Pause zwischen zwei Projekten. Ich sah die Panik in seinen Augen, wenn er aus der Scheune wiederkam. Manchmal hatte es für ein paar Tage, vielleicht sogar ein paar Wochen den Anschein, als wäre er auf etwas gestoßen, doch dann kam er wieder mit diesem unmissverständlichen Gesichtsausdruck ins Haus. Ein weiteres Projekt, das sich als unergiebig erwiesen hatte. *Ich bezweifle, dass ich jemals wieder etwas tun werde, was die Mühe lohnt.*

Ich war mir lebhaft bewusst, dass er zum ersten Mal, seit ich ihm von Bill erzählt hatte, etwas Neues schaffen musste, und es fiel mir nur allzu leicht zu glauben, dass etwas von dem, was ich damals zerstört hatte, einen notwendigen Teil seiner Kreativität ausmachte. Die Verräterin erfährt wenig Mitleid, nicht einmal vor sich selbst, aber tatsächlich ist es eine schwere Bürde, jemanden verletzt zu haben, den man liebt, und es kann einem auch Jahre später noch Schwierigkeiten bereiten, wenn man um den Schaden, den man angerichtet hat, unüberwindbare Barrieren entdeckt.

Am Tag von Alisons Ankunft sprachen wir weder über Schriftstellerei noch über Malerei – natürlich auch nicht über Laines E-Mail –, während wir gemeinsam ein Essen aus gegrilltem Lamm, Salat und Reis zubereiteten. Zu diesem Zeitpunkt wusste ich bereits, dass es besser war, nicht über die Arbeit zu sprechen, nicht über meine und nicht über seine. Vor einiger Zeit, im Frühjahr, hatte er mir erklärt, dass es ihm nicht weiterhalf, mir jeden Tag *Bericht erstatten* zu müssen – sein Ausdruck. Also hörte ich auf zu fragen. Und verzieh ihm den Ärger in der Stimme, die gehässige Formulierung, weil ich verstand, wie entsetzt er war, dass sich alles einfach in Luft aufgelöst hatte. Manchmal war ich versucht, ihm Mut zuzusprechen, Dinge zu sagen wie *Bei mir war es genauso, und jetzt geht es wieder. Bei Dir wird es auch wieder gehen.* Doch ich wusste, es würde ihn nur wütend machen, wie es auch mich wütend gemacht hätte. Und im Kontext dieses Sprechverbots über seine Arbeit war es schlicht unmöglich, meine eigenen Projekte anzusprechen, so gut oder schlecht es damit auch vorangehen mochte.

»Hat sie gesagt, wie lange sie hierbleibt?«, fragte er beim Essen.

»Das scheint nicht ganz klar zu sein«, sagte ich.

Dieses Tabu bewirkte eine tiefe Kluft in unseren Tagen, eine schreckliche Veränderung in unserem Rhythmus. So vieles in dem Leben, das wir geteilt hatten, ein Leben, das begonnen hatte, als ich gerade einmal zweiundzwanzig gewesen war, hatte damit zu tun gehabt, dass wir über unsere Arbeit sprachen, verschiedene Arten der Kreativität verglichen, lausige Tage gemeinsam durchstanden und Triumphe gemeinsam feierten. Dieser Dialog hing jedoch davon ab, dass wir beide ihn wollten, und er wollte ihn nicht mehr.

Es war nicht meine erste Erfahrung mit einem Leben unter

dem Diktat unansprechbarer Themen. Ich war darin wohlgeübt. Nach dem Tod meiner Mutter hatte mein Vater verfügt, dass sie nicht mehr erwähnt werden durfte; ich war also bereits seit Beginn meiner bewussten Erinnerung an meine Kindheit darauf trainiert, den Strom zwischen meinen Gedanken und meiner Stimme zu unterbrechen.

Owen hatte sehr wenige Züge, die mich an meinen Vater erinnerten – schon allein die Idee einer Ähnlichkeit hätte mich zu gewissen Zeiten entsetzt –, tatsächlich aber nahmen beide in meinem Leben eine Zensorenrolle ein und machten aus meiner Sprache eine Art Formgehölz, das gezogen, gestutzt und zurechtgeschnitten werden musste, um zu gefallen.

»Ich habe furchtbare Kopfschmerzen«, sagte er, als er die Gabel beiseitelegte. »Aber ich glaube nicht, dass wir der neuen Nachbarin die Schuld daran in die Schuhe schieben können.«

»Warum nicht?«, fragte ich. »Warum nicht von jetzt an ihr alle Schuld in die Schuhe schieben?«

Warum nicht, in der Tat. Zu diesem Zeitpunkt war ich mehr als bereit, die Rolle der schuldigen Partei jemand anders zu überlassen.

3

Wenn wir nicht gewusst hätten, dass Alison schon eingezogen war, hätten wir – von ihrem Auto in der Einfahrt einmal abgesehen – in ihrer ersten Woche in der neuen Bleibe kaum gemerkt, dass sie da war. Sie stand zu ihrem Wort und ließ uns in Ruhe, und wir hörten keinen Laut. Die einzige praktische Veränderung, mit der ich auf ihre Anwesenheit reagierte, bestand darin, nicht mehr halb bekleidet im Garten herumzuspazieren, und obwohl ich mich bei Owen darüber beschwerte, war es in Wirklichkeit keine große Sache.

Doch dann tauchte sie eines Tages vor unserer Küchentür auf.

»Klopf, klopf«, rief sie ins Haus. »Hallooo?«

Sie trug dasselbe fliederfarbene Kleid. Sie sah ganz genauso aus wie beim letzten Mal, so als hätte sie in der Zwischenzeit überhaupt nicht existiert. Ein Geist. Sie entschuldigte sich für ihr Hereinplatzen, und ich tat ihre Entschuldigung mit den Worten ab, wir hätten eigentlich vorgehabt, bei ihr vorbeizuschauen, aber… Ich fuchtelte in der Luft herum, als wäre diese voller unerledigter Aufgaben und Verpflichtungen. »Ich fürchte, wir waren nicht sehr zuvorkommend. Wir hatten in letzter Zeit seltsam viel zu tun.«

»Eigentlich«, sagte sie, »bin ich vorbeigekommen, um Sie und Ihren Mann zu fragen, ob Sie nicht mal abends auf ein Glas vorbeikommen möchten. Vielleicht heute Abend. Oder an irgendeinem anderen Abend. Aber bitte zögern Sie nicht,

es zu sagen, wenn Sie keine Zeit haben. Ich stelle fest ...
Ich weiß, was es heißt, Ruhe und Einsamkeit zu suchen. Ich
dachte nur ... Nun, ich dachte, ich könnte mal fragen ...«

Und so fängt es an«, sagte Owen, als wir in der Dämmerung
gemeinsam über die Anhöhe zwischen unseren Häusern spazierten.
 Und so fing es an.

Zwei Frauen und ein Mann mittleren Alters, die zurückgelehnt auf grellen, plastiküberzogenen Sofas mit Sonnenblumenmuster sitzen. Die Veranda, auf der sie stehen, ist aus Redwood und lieblos an dieses hübsche alte Farmhaus geklatscht. Der Tag weicht der Dunkelheit, das Licht schwindet, so dass die strotzenden, grünen, hochsommerlichen Bäume in zwanzig Meter Entfernung sich zurückzuziehen und von der Bühne abzugehen scheinen. Nur zwei Lichtflecken bleiben noch. Der Lichtschein aus der Küche, der auf die Veranda fällt, und das fließende Silberhaar einer der beiden Frauen, das, gegen den Sonnenuntergang eigenartig immun, glänzt und leuchtet wie ein auf die Erde gefallener, unruhiger Mond.
 Auf einem Tisch in der Nähe stehen Flaschen, Alkoholika, die für eine Party mit fünfzig Gästen gereicht hätten, so als wären die anderen schon alle gegangen. Oder als wären sie nie gekommen.
 »Ich war mir nicht sicher, was Sie trinken wollen, deshalb habe ich einfach alles auf die Veranda gestellt.«
 Die drei Menschen unterhalten sich leise, ernsthaft. Hin und wieder ein Lachen – aber nicht zu herzhaft. Sie lachen

wissend. Als wären sie über eine Erkenntnis oder einen Beweis gestolpert oder über eine Zufälligkeit. *O ja!* Ein bestätigendes Lachen. *Das ist so wahr.*

Ihre zurückgelehnten Körper verleihen dieser Szene eine zusätzliche Intimität, während die Unterhaltung leise dahinplätschert.

»Ich war achtundzwanzig, als ich Nora bekam. Ich hielt mich für sehr erwachsen, was ich natürlich überhaupt nicht war.«

»Wir haben an dem Haus viel getan. Wir tun immer noch viel daran. Wir werden immer etwas an diesem Haus zu tun haben.«

»Vor meiner Ehe wollte ich Ärztin werden, doch dann hatte das Leben andere Pläne. Zum Besseren und zum Schlechteren, wie man so sagt.«

»Owen benutzt die Scheune. Ich habe ein Atelier im Haus.«

Bald beginnen sie, sich mit der flachen Hand auf die Haut zu schlagen. Nackte Knöchel. Hälse. Hin und wieder klatscht der Mann in die Luft. Eine der Frauen macht rasch eine Faust, öffnet ihre Hand und untersucht sie. Dieser Rhythmus nimmt zu, bis das Klatschen und Schlagen, die seltsamen Gefechte mit dem Unsichtbaren, die Unterhaltung überlagern. Doch noch immer steht niemand auf. Noch eine ganze Weile nicht, während die Sonne entschlossen untergeht und die letzten Farbreste verblassen.

»Wir sollten vielleicht ins Haus gehen«, sagt die silberhaarige Frau. Die beiden anderen sehen einander an, eine Frage geht zwischen ihnen hin und her. »Aber Sie beide müssen vielleicht nach Hause«, sagt sie. »Ich will Sie nicht aufhalten.«

»Wir müssen nicht unbedingt gehen«, sagt die andere Frau. »Wir möchten aber nicht aufdringlich sein...«

»O nein. Ich wäre begeistert, wenn Sie noch bleiben könnten.«

Sie erheben sich langsam, und jeder nimmt ein paar Flaschen vom Tisch, ein paar Gläser. Sie gehen mit vollen Händen ins Haus.

Wenn man etwas zum ersten Mal tut, ist man sich manchmal bewusst, dass es das erste von vielen Malen ist. Als ich zum ersten Mal mit Owen schlief, wusste ich das. Ich dachte für mich: Dies wird immer das erste Mal gewesen sein, selbst wenn wir tausendmal Sex hatten, eine Million Mal, diese Berührung wird immer die erste gewesen sein. Und diese. Und diese. (Bei Bill, zwei Jahrzehnte später, kam ich nie auf diesen Gedanken. Jedes Mal sollte das letzte sein – besonders beim ersten Mal, als ich noch verhältnismäßig unschuldig war. *Nur dieses eine Mal. Das war ein Fehler. Nie wieder.*)

»Wir gehen nur dieses eine Mal«, hatte ich zu Owen gesagt, als ich ihm Alisons Einladung übermittelte. »Einfach um es hinter uns zu bringen.«

Doch ich hatte von einer Wirklichkeit gesprochen, die sich augenblicklich in nichts auflöste.

Ihr Küchenfußboden bestand aus den gleichen Terrakottafliesen wie unserer, doch diese hier waren gesprungen und an den Rändern abgebrochen. Und ihre Armaturen sahen denen sehr ähnlich, die wir ersetzt hatten. Zu alt, um noch gut zu funktionieren, zu neu, um als antik zu gelten. Wir hatten den Elektroherd zugunsten eines Gasherds hinausgeworfen, doch sie hatte immer noch diese schrecklichen schwarzen Spiralen. Dennoch verfügte der Raum über ein paar reizvolle Details, die andere Werte verkörperten als alte Armaturen oder schäbige Fliesen. Die Fenster waren viel größer als bei uns, und sie hatte eine geräumige Speisekammer, die mich sofort neidisch machte.

»Welche von den Möbeln sind Ihre?«, fragte ich, als Owen und ich an dem eichenen Klapptisch saßen.

»Fast gar keine«, sagte sie. »In diesem Raum gar nichts. Es ist eine merkwürdige Zusammenstellung. Ein paar sehr hübsche Sachen und dann ein paar absolute Bomben.«

»Aber die Küche ist schön«, sagte ich. »Sie hat eine gute Struktur.«

Sie machte uns Spaghetti, während wir dasaßen und über die dicken Stiche stöhnten, die wir jetzt alle hatten, und alle miteinander stellten wir fest, was für ein schöner Abend es war, und meinten damit die Schönheit des verblassenden Lichts und die milde Luft, auch, dass die Schönheit uns von unserer Sorge, von den Stechmücken aufgefressen zu werden, abgelenkt hatte; und wir meinten damit auch, wie überraschend, wie unterhaltsam.

Wir alle gaben mehr Informationen über uns selber preis. Eine Art Quiltkreis, ein Zusammenfügen. Da wussten wir bereits, dass Alison seit zwei Jahren geschieden war – und dass da etwas Hässliches gewesen war, auch wenn sie nicht ins Detail ging. Wir wussten, dass sie in den letzten neunzehn Jahren in Boston gewohnt hatte, ursprünglich aber aus London stammte und in ihren Zwanzigern eine Zeitlang in Washington gelebt hatte. »Man sagt, dies sei ein großes Land, aber in fast dreißig Jahren habe ich es lediglich von einem Ende der Amtrak-Eisenbahnlinie im Nordosten bis ans andere geschafft.«

Wir erfuhren, dass sie als Lehrerin an einer privaten Highschool Naturwissenschaften unterrichtete, ursprünglich wegen der Studiengebühren für ihre Tochter, die gerade an der Tuft's University ihren Abschluss gemacht hatte – und, wie ich feststellte, genau in Laines Alter war.

»Ich bin immer davon ausgegangen, dass ich mit dem Unterrichten aufhören werde, sobald sie die Highschool abgeschlossen hat, aber dann ging meine Ehe in die Brüche. Leeres Nest, leere Ehe. Deshalb brauchte ich etwas für meinen Lebensunterhalt.« Sie rührte die Sauce um, die sie aus Tomaten, Basilikum und Knoblauch zubereitet hatte, und erzählte uns, dass sie zur Zeit ein Sabbatical mache. Es war die Art von Schule, die über einen Fonds verfügte, damit die Lehrer ein Sabbatical nehmen konnten, eine wohlhabende Schule für wohlhabende Kinder. »Der Zeitpunkt war perfekt. Um in den Wald davonzurennen und Künstlerin zu werden. Für eine gewisse Zeit jedenfalls.« Ihr früherer Mann war Philosophieprofessor. »Aber nicht so, wie Sie sich das jetzt vorstellen«, sagte sie. »Nicht die geistesabwesende Sorte in Tweed. Überhaupt nicht.« Ihre Tochter – Nora – reiste in diesem Sommer durch Europa und würde Ende August oder über Labor Day für ein paar Tage zu Besuch kommen. »Sie hofft, nun, sie hatte Kreatives Schreiben als Hauptfach, und ich schätze, sie hofft, dass sie damit weitermachen kann. Aber jetzt muss sie sich erst mal nach einer Arbeit umsehen«, sagte sie. »In irgendeiner Non-Profit-Organisation, vermute ich. Sie hat eine wohltätige Ader.«

»Dagegen ist nichts einzuwenden«, sagte Owen. »Natürlich auch nicht gegen Kreatives Schreiben. Außer man hat vor, glücklich zu werden.«

»Nein... obwohl...« Sie schaute vom Herd zu uns herüber. Ihr Gesicht war feucht und ein wenig gerötet infolge des kochenden Wassers und der diversen Gläser, die wir inzwischen alle intus hatten. »Ich sollte Sie das fragen. Ich weiß nicht, ob einer von Ihnen religiös ist?«

Wir versicherten ihr, dass wir das nicht waren. »Heiden durch und durch«, sagte Owen.

»Nun, das ist eine gewisse Erleichterung. Dann kann ich offen sein ...«

Die Tochter, stellte sich heraus, war Christin und Kirchgängerin geworden. Im zweiten Collegejahr hatte es einen Freund gegeben. »Ich mochte ihn nie, aber ich hatte nichts zu sagen.« Die Beziehung war vorbei, doch der Einfluss bestand weiter. »Es ist furchtbar, sich darüber zu beschweren, dass das eigene Kind an Gott glaubt, dass es in die Kirche geht. Andere Menschen müssen mit viel schlimmeren Dingen fertigwerden. Und ihre politischen Ansichten hat das nicht verändert. Ich will damit sagen, sie ist nicht, nun ... wahrscheinlich sollte ich Sie auch nach Ihren politischen Überzeugungen fragen.«

»Wir sind genau das, was Sie vermuten würden«, sagte ich. »Schauen Sie sich uns an.«

»Richtig. Nun, ich wollte sagen, dass sie keine rechtsradikale Wahnsinnige geworden ist. Wie ich es sehe, glaubt sie einfach an ein Märchen. Es ist das erste Mal, dass ich das Gefühl habe, wir sind wirklich verschieden. Aber es gibt Gründe, sie musste mit vielem zurechtkommen ... das lässt eine gewisse Art von ...«

Der Satz wurde von der Speisekammer verschluckt, als sie eine Packung Spaghetti holte. Owen und ich wechselten einen Blick. Fügten eine weitere Tatsache hinzu, vermerkten noch etwas Unbekanntes.

Was erfuhr sie über uns an jenem ersten Abend? Eine Ehe ist wahrhaftig nur ein blasses Gerippe, wenn beide Partner anwesend sind und sich mit jemandem unterhalten, den beide nicht gut kennen. Die beiläufigen Kleinigkeiten, die eventuell durchscheinen oder herausplatzen, wenn einer allein ist, werden zensiert. Wie viele Jahre waren wir verheiratet? *Wir sind seit einem Vierteljahrhundert zusammen.* Kinder? *Nein.* Wo waren Sie vor dem Umzug aufs Land? *In Philadelphia. (In der Vorhölle. In der Hölle.)*

»Wir haben viel unterrichtet«, sagte Owen. »Besonders Gus, die immer eher Einzelaufträge bekam, die besser bezahlt sind als freie Mitarbeit. Außerdem ist sie als Lehrerin viel besser, als ich es je sein werde. Aber wir kamen gerade so über die Runden. Nicht unbedingt ein Mansardendasein, aber fast. Dann starb meine Tante, und wir kamen zu ein bisschen Geld, und plötzlich ergab sich diese Gelegenheit.«

Wir sprachen nicht viel über Kunst an jenem Abend. In Owens Gegenwart schien es Alison peinlich zu sein, dass sie sich als Malerin bezeichnet hatte. »Ich habe einfach mal probiert, es so zu sagen. Tapfer zu sein. In Wirklichkeit bin ich Biologielehrerin und male gern.« Owen und ich hielten uns beim Thema Arbeit natürlich an unser gut eingespieltes Schweigen, und so blieb, abgesehen von der kurzen Bemerkung über die schriftstellerischen Ambitionen der Tochter, das Thema Kreativität völlig außen vor.

Wir unterhielten uns über die Landschaft, die uns umgab. Alison war in den Wäldern, die an unsere beiden Grundstücke grenzten, spazieren gegangen. Sie war auch zu Fuß die beinahe zwei Meilen ins Dorf gegangen. Wir erzählten ihr, welche Geschäfte wir bevorzugten – nicht dass es eine große Auswahl gegeben hätte.

»Wir haben keine Ahnung, wie die Apotheke an der Ecke überlebt«, sagte ich. »Patterson's. Ich habe sie sogar gemalt, den ganzen Block. Letzten Sommer hatte ich auf der anderen Straßenseite fast zwei Wochen lang meine Staffelei aufgestellt, und ich glaube nicht, dass ich zehn Kunden hineingehen sah. Niemand unter achtzig. Ich bin mir sicher, dass sie im Hinterzimmer immer noch ihre eigenen Pillen drehen. Ein Drugstore, über den die Zeit hinweggegangen ist.«

»Ja, und der von dem Rite-Aid drüben in Lowry ersetzt wurde«, sagte Owen. »Nur hat keiner den Pattersons Bescheid gesagt.«

Es wurde nichts von besonderer Gewichtigkeit gesagt, doch das schien mit dem, was vor sich ging, nichts zu tun zu haben.

Als ich ahnungslos mit dem Gärtnern anfing, erschrak ich über die Wirkung, die Wasser auf eine durstige Pflanze haben konnte. Natürlich wusste ich, dass Pflanzen Wasser brauchten, aber ich hatte keine Ahnung von der wundersamen Wirkung gründlichen Bewässerns. Mein Blick fiel zum Beispiel auf irgendeine Staude, häufig auf einen Salbeibusch – wir hatten eine Menge Salbei gepflanzt, wegen seiner Farbe und Robustheit –, der in der Hitze und der Trockenheit praktisch verdorrt war, dann holte ich den Gartenschlauch, und eine halbe Stunde später war ich Zeuge seiner Wiederbelebung; die Blätter hatten sich entfaltet, und er schien im Innersten geheilt.

Owen und ich hatten Sex, als wir nach Hause kamen.

Wir gingen gleichzeitig ins Bett, ungewöhnlich in diesem Sommer. Meist ging ich abends mit einem Buch nach oben, oft eines über den Ersten Weltkrieg, und er ging zurück in die Scheune, um sich noch eine Weile den Kopf zu zerbrechen. Oder ich wachte in den frühen Morgenstunden auf und fand ihn unten, ein Glas in der Hand. Doch an jenem Abend stiegen wir zusammen die Treppe hinauf und ließen das dunkle Haus unter uns zurück.

Wann genau hatte jeder von uns die erotische Spannung gespürt? Auf dem Heimweg über die Anhöhe hatten wir beschwipst miteinander gelacht. Ich hatte ihm flirtend, neckisch, wie ein Teenager einen Hüftstoß versetzt. Sobald wir im Haus waren, unten die Lichter ausknipsten und in der Küche den leckenden Wasserhahn überprüften, spürte ich die Spannung in der Luft. Unverkennbar.

Nichts Scheues, nichts Subtiles, kein Sich-im-Bett-Aneinanderkuscheln, um sich von vertrautem Sex trösten zu lassen, bei dem es halb um Vergnügen, halb ums Einschlafen geht. Ich saß, noch in Jeans, auf der Bettkante und spreizte die Beine, zog den Reißverschluss auf, lehnte mich zurück und wartete auf seine Hände an meinen Hüften, die den Denimstoff nach unten zogen, wartete auf das Gefühl seines Mundes auf meinem Körper. Ich wartete nicht lange.

Sex. Wir hatten immer viele verschiedene Arten von Sex gehabt. Wie verschiedene Arten von Musik. Manchmal zärtlich. Manchmal beinahe gewalttätig. Keine Peitschen und Ketten, aber mit ein wenig zu spitzen Zähnen und hin und wieder einem Klaps. Ein bisschen grob. Manchmal in der Öffentlichkeit, halb in der Hoffnung, erwischt zu werden. Owen verführte mich unter Restauranttischen und auf Taxirücksitzen. Bevor wir ein so zurückgezogenes Leben führten.

Und dann war da der andere Sex, Sex wie die einigermaßen angenehme Musik, die man hört, weil die Fahrt so lange dauert und dies der einzige Sender ist, den man empfangen kann.

In jeder Ehe, vielleicht jeder langen Beziehung gibt es Zeiten, in denen man mit dem Partner nicht deshalb Sex hat, weil man sich zu diesem Menschen so hingezogen fühlt, so von ihm angeturnt ist, dass man Sex haben will, sondern weil man Sex möchte und er oder sie derjenige ist, mit dem man ihn haben kann.

Zu der Zeit, als wir Alison kennenlernten, hatten wir nicht mehr häufig Sex – nicht, wenn man von unserem früheren Standard ausging. Und der, den wir hatten, war meist von der Radiosender-Sorte, der Lange-Autofahrt-Sorte. Einer von uns hatte das Bedürfnis. Und der andere entsprach diesem Bedürfnis. Wir kamen wochenlang ohne aus.

Doch dann, in jener Nacht, nach unserem Abendessen mit ihr, brachten wir das Bett zum Beben. Hungrig. Ein bisschen fest, ein bisschen grob. Die Art Sex, bei der man sich zugleich unterwürfig fühlt und gemein, bei der man sich ganz dieser Spannung des Begehrens hingibt, dankbar ist für diesen Moment, wütend auf die Macht, die solche Momente ausüben. Hände, Münder überall. Prickelnde Haut. Unerträglich.

»Gott, das hab ich gebraucht«, sagte Owen danach.

»Ich auch«, sagte ich. »Gott, das hab ich gebraucht.«

In einer Ehe laufen oft zwei Gespräche nebeneinander ab. Das, das man gerade führt, und das, das man gerade nicht führt. Manchmal weiß man nicht einmal, wann dieses zweite, stillschweigende, begonnen hat.

4

Eine der unvorhergesehenen Auswirkungen des Landlebens war die Veränderung des persönlichen Zeitgefühls. In Philadelphia waren wir Lehrer gewesen, Menschen, die einkaufen gingen, mit anderen verkehrten, Therapien besuchten, den Bus nahmen. All diese Dinge erfordern ein Bewusstsein für Uhrzeit und Kalender. Man muss wissen, dass Montag ist, und man muss wissen, dass Mittagszeit ist, wenn man seinen Termin montags um ein Uhr pünktlich einhalten will. Doch bereits nach ein, zwei Monaten im Farmhaus ging uns dieses Bewusstsein allmählich verloren. Es kam so selten vor, dass es eine Rolle spielte, ob Dienstag oder Sonntag war. Wir hörten auf, an den Mittwochabenden Kerzen anzuzünden. Der Rhythmus stimmte nicht. Wir lebten nicht mehr in Sieben-Tage-Zyklen. Überhaupt nicht in Zyklen. Selbst mein Körper gab seinen Zyklus auf, meine Gebärfähigkeit stotterte einem frühen Ende entgegen, als ergebe sie sich der Zwecklosigkeit. Ich achtete natürlich immer noch auf das Tageslicht und stellte fest, wann die Tage trüber wurden, wie Maler das tun müssen, doch das ist eine allmähliche, durch nichts markierte Art der Zeitmessung.

Gelegentlich gab es jedoch einen Grund, auf den Ablauf der Zeit zu achten. An dem Morgen nach unserem Abendessen bei Alison stellte ich fest, dass es zwei Wochen her war, seit ich zum letzten Mal meinen Vater besucht hatte – obwohl es seltsam war, das zu messen. Er war auf dem Weg in seine eigene Wirklichkeit bereits so weit vorangeschritten, dass die Zeit für ihn ohnehin eine ganz andere Qualität hatte. Wenn ich bei ihm auftauchte – falls er überhaupt wusste, wer ich war –, dachte er vielleicht, dass ich tags zuvor schon da gewesen sei. Oder schon seit zehn Jahren nicht mehr. Bei meinem letzten Besuch hatte er mich mit der Neuigkeit begrüßt, dass ich gerade meine Schwester Charlotte verpasst hätte (die seit sechs Jahren tot war). Es sei ein Jammer, sagte er, denn sie habe Kekse mitgebracht, von denen ich ein paar hätte haben können.

In seinem dementen Zustand liebte ich meinen Vater in vieler Hinsicht mehr. An jenem Tag damals hatten wir uns hingesetzt und uns lange über Charlottes Besuch unterhalten. Es war ein merkwürdiger, schöner Gedanke gewesen, dass sie gerade erst vor ein paar Minuten das Zimmer verlassen hatte. Dass die Tatsache, dass sie nicht mit mir zusammen hier war, einem verpassten Treffen geschuldet war, dem Versäumnis, unsere Pläne besser aufeinander abzustimmen. Damals hatte mich das getröstet. Mein Vater hatte mich getröstet, was selten vorgekommen war, als er, stoisch und mit zusammengepressten Lippen, noch wirklich mein Dad gewesen war und nicht dieser Mystiker aus einer anderen Welt, der Besuche und Kekse von Toten empfing.

Owen bot an mitzukommen, doch ich wusste, dass er zu Hause bleiben wollte, und ich wollte nicht der Grund dafür sein, dass er eine Chance zum Durchbruch verpasste, zu dem es irgendwann einmal kommen musste, und fuhr deshalb allein los.

Es war meine andere, meine jüngere Schwester Jan, die Ärztin, die Praktische, die den Ort gefunden hatte, wo mein Vater allmählich weniger werden und schließlich verschwinden würde. (Manchmal stellte ich mir einen Stern vor, der im Lauf von Millionen Jahren genau das tut, der ganz, ganz langsam seinen Bezug zum Universum verliert und schließlich erlischt.) Das Heim lag gleich westlich von Philadelphia, nicht weit von dem Ort, an dem wir aufgewachsen waren, ungefähr eine Stunde von meinem jetzigen Zuhause entfernt und ein wenig näher zu der Ortschaft, wo Jan und ihre Partnerin Letty wohnten. Und es war ein schrecklicher Ort, aber auch so gut, wie ein solcher Ort eben sein kann. Jan und Letty sind großzügige Menschen. Es hatte nicht immer so ausgesehen, denn Jan verfügte über eine gewisse Härte, zumindest mir gegenüber; finanziell gesehen waren sie in dieser Sache jedoch absolut großzügig. Jan wählte den Ort in dem Wissen aus, dass die Pension unseres Vaters als ehemaliger Lehrer niemals reichen würde, um für die Kosten aufzukommen, und dass meine sporadischen Einkünfte als Lehrerin nicht ins Gewicht fielen, dass aber sie beide, die Ärztin und die Investmentbankerin, die Ausgaben nicht einmal bemerken würden. Als Owen und ich plötzlich gut bei Kasse waren, erbot ich mich, mehr beizusteuern, doch was wir für gut bei Kasse hielten, war für die beiden immer noch am Rande der Wirtschaftlichkeit, und sie beeilten sich, nein zu sagen.

Die Fahrt dorthin weckte in mir immer ein Gefühl der Dankbarkeit für den Ort, an dem ich lebe, stimmte mich aber auch auf die große Traurigkeit ein, die mich erwartete. Ich fuhr durch sieben Gewerbegebiete – eine Zahl, die ich kannte, weil Owen sie einmal gezählt hatte. Nicht eines davon, in dem es nicht mindestens ein Geschäft gab, das sich auch in einem der anderen fand, und zwei von ihnen, das am nächsten zu uns und das am nächsten zu meinem Vater, waren mehr oder minder identisch. Dieser unmissverständliche Absturz in die Gleichförmigkeit deprimierte mich jedes Mal aufs Neue. An einem gewissen Punkt dieser Fahrt zu meinem Vater ertappte ich mich stets bei dem Gedanken: *Was soll das eigentlich, verdammt noch mal?* Vielleicht lag es auch nicht daran, dass ich inzwischen an zwei Bed, Bath & Beyonds, zwei Lowe's, zwei Home Depots, zwei Michael's und drei Taco Bells vorbeigekommen war. Ich weiß, meine Verzweiflung hatte noch andere Gründe. Doch ich redete mir ein, es liege an der hässlichen Umgebung, jedes Mal.

Mein Vater war an diesem Tag in seinem *absoluten Science-Fiction-Modus*, wie Owen es nannte, was bedeutete, dass nichts von dem, was er sagte, irgendeinen Bezug zur Wirklichkeit hatte, alles aber dennoch irgendeinen Sinn ergab. In welchem Universum auch immer er sich bewegte, es verfügte über einen soliden, logischen Unterbau. Er war auf einem Segelboot gewesen und war wütend, weil der Verantwortliche – »Der Kapitän?«, fragte ich, als wäre Klarheit in diesem Punkt von Bedeutung – ihm gesagt hatte, dass er Meerwasser trinken könne, und das stimmte nicht. Der Mann hatte nicht gelogen, er hatte sich aber geirrt. Er hatte sich getäuscht.

Gelegentlich kam in meinem Vater der Lehrer zum Vorschein. Wie zum Beispiel, wenn er das Wort getäuscht benutzte. Wie in: *Ich fürchte, du hast dich getäuscht, junger Mann. Der amerikanische Bürgerkrieg wurde nicht von Napoleon angezettelt.* Der Lehrer und auch der Vater. Wie in: *Du magst vielleicht glauben, dass ich dich unterstütze, wenn du vom College abgehst, Augusta, um den ganzen Tag nur noch Bilder zu malen, aber da hast du dich sehr getäuscht.*

Ich widmete ihm nicht dieselbe Aufmerksamkeit wie bei

meinem letzten Besuch, als er mir vom Gebäck meiner längst verstorbenen Schwester erzählt hatte. Die meiste Zeit, die ich ihm auf dem kleinen Sessel gegenübersaß, der identisch war mit dem kleinen Sessel, den er mit seinem sich auflösenden, irrlichternden Ich kaum noch ausfüllte, beobachtete ich sein Mienenspiel und versuchte, es in etwas zurückzuübersetzen, das mit ihm zu tun hatte. Wenn er so streng wurde, stand er dann irgendwo in den Windungen seines Gehirns tatsächlich wieder vor einer Klasse und gab der Versuchung nach, ein dummes Kind noch dümmer aussehen zu lassen? Oder machte er, als sein besseres Ich, dem Maulheld die Hölle heiß, der das magere Kerlchen piesackte, das mit dreizehn immer noch nicht richtig seine Schnürsenkel binden konnte? War es möglich, dass es da diesen zweiten Erzählstrang gab, den, den er tatsächlich lebte, der sich in seinem tiefsten Innern abspielte? War es möglich, dass das unvermittelte Lächeln, das sich plötzlich auf seinem Gesicht abzeichnete, von jenem Vatertag herrührte, an dem wir drei, Charlotte, Jan und ich – natürlich unter Charlottes Regie, denn sie war bei solchen Aktivitäten immer die Anführerin –, einen kleinen Sketch über Gott weiß was aufführten? Ich konnte mich nicht mehr erinnern. Aber vielleicht konnte er es. Irgendwo.

»Ein Mann, der ein Schiff befehligt«, sagte er, »sollte über Wasser Bescheid wissen.«

Hinter ihm hing ein altes Bild von mir, das ich mir während seiner Schilderung ansah. Ein Straßenzug, den ich mit zwanzig in New York gemalt hatte. Die vierzehnte Straße. Ungefähr ein halbes Jahr vor meinem heutigen Besuch hatte ich es hinter seinem Bett entdeckt. Ohne zu wissen, dass es meins war, erzählte mir eine Krankenschwester, dass er es langweilig genannt hätte. »Ausgerechnet«, sagte sie. »Langweilig!« Er hatte nicht unrecht. Es stammte noch aus der

Zeit, bevor ich lernte, meine natürliche Präzision zu meinem Vorteil zu nutzen; es steckte jenes angestrengte technische Bemühen um Korrektheit darin, das so ungefähr alles fade wirken lässt. Ich war im Begriff gewesen, es aus dem Spalt hinter dem Bett herauszuholen, mit nach Hause zu nehmen, es hinauszuwerfen oder zu verstecken, aber Owen hatte gemeint, das sollte ich nicht tun. Denn was wäre, wenn mein Vater es jemals zurückhaben wollte? Was wäre, wenn er eines Tages aufwachte und fragte: *Wo ist mein altes Bild? Das, das meine Tochter Augusta gemalt hat?* Was sehr wohl der Fall sein konnte, denn im Lauf des Frühjahrs tauchte das Bild wieder auf. Auch wenn es ebenso plausibel war, dass eine andere Krankenschwester es gefunden hatte und meinte, dass es an die Wand gehörte.

Ich blieb ungefähr zwei Stunden. Ich küsste ihn nicht zum Abschied, wie ich ihn auch zur Begrüßung nicht geküsst hatte. Wir waren keine küssende Familie. Jedenfalls nicht die drei Stachligen von uns, die noch am Leben waren. Meine Schwester Charlotte war vor Zuneigung übergeschäumt, und ich stellte mir immer vor, dass auch meine Mutter so gewesen war, ich jedoch nicht, Jan nicht und mit Sicherheit nicht unser Vater.

Die Sonne stand tief, als ich in unsere Einfahrt bog. Am westlichen Rand des Rasens vor dem Haus wächst eine Reihe großer Fichten. Sie markieren die Stelle, wo Owen mit dem Mähen aufhört und alles dahinter als Wiese belässt. Wenn die Sonne an Sommernachmittagen einen bestimmten Stand erreicht, liegen die Schatten dieser Bäume über dem Gras wie gefällte Riesen. »Warum nicht einfach schlafende?«, fragte Owen, als ich ihm das erzählte.

»Sie sind zu still, um zu schlafen«, antwortete ich. »Sie sind zu friedvoll.«

Auf der ganzen Heimfahrt hatte ich gespürt, wie das Alter sich auf mich legte. Nicht mehr länger die Tochter. Nicht einmal mehr die siebenundvierzigjährige Frau. Gewiss nicht die Verführerin, die mit ihrem Geliebten in der vergangenen Nacht das Bettzeug zerwühlt hatte. Sondern eine müde alte Seele. Der, vom Herzen ausgehend, der ganze Körper schmerzte. Nachdem ich den Motor abgestellt hatte, blieb ich noch ein paar Minuten in der Einfahrt sitzen. Seufzte beim Blick auf die schweren Schatten auf unserem Rasen. Als ich die Tür öffnete, um meinen neuerdings alten Körper ans Tageslicht zu hieven, sah ich Alison in der Einfahrt stehen. Mein Zustand war an ihrem Gesicht abzulesen, noch bevor wir überhaupt hallo sagen konnten.

»Ich komme gerade von einem Besuch bei meinem Vater zurück«, sagte ich. »Ich glaube, ich habe davon erzählt. Er ist in einem Heim. Er hat Alzheimer. Es war ein langer Tag.«

»Wie furchtbar. Das glaube ich.« Und dann: »Sie sehen aus, als ob Sie ein Glas gebrauchen könnten. Vielleicht sogar zwei.«

Ich lächelte – knapp. »Ich sehe schon, Sie sind ein schlechter Einfluss«, sagte ich. »Aber ich glaube, Sie haben recht.« Ich blickte zur Scheune hinüber. »Warum kommen Sie dieses Mal nicht zu uns. Wir haben einen guten Roten... Ich will nur schnell Owen Bescheid sagen, dass ich wieder da bin, dann gehen wir ins Haus.«

Sie sagte, sie sei in einer halben Stunde zurück. Sie streckte den Arm aus und drückte kurz meine Hand, bevor sie sich abwandte.

Wenn es mit Owens Arbeit gut voranging, kam ich gar nicht auf die Idee, anzuklopfen. Sondern marschierte einfach hinein. Selbst wenn die Tür geschlossen war. Ich wusste, dass er ein Klopfen überhören würde, wenn er wirklich in die Arbeit vertieft war. Er war dann weit, weit weg, an einem anderen Ort, in einer anderen Zeit.

Doch in den vergangenen, frustrierenden Monaten hatte ich gelernt, vor der Tür innezuhalten und ihm zur Warnung wenigstens etwas zuzurufen. Nicht weil sich dort drinnen irgendetwas abspielte, das ich durch meine Unterbrechung zum Entgleisen gebracht hätte, sondern weil er sich schämte. Er brauchte einen Moment, um sein Gesicht unter Kontrolle zu bringen oder sich vielleicht vor den Computer zu setzen, als wäre er gerade beschäftigt. Wir hatten dieses Gespräch nie geführt, er hatte mich nie explizit darum gebeten. Aber ich hatte gelernt. Und deshalb klopfte ich an jenem Tag und rief von der breiten Rampe, die zum offenen Scheunentor führte: »Ich bin wieder da.«

»Ah, gut. Komm rein.«

Die Scheune ist fraglos der spektakulärste Ort des ganzen Anwesens. Nachdem alle Spuren der Tiere getilgt waren, die sie früher beherbergt hatte, war nur noch die äußere Hülle übrig geblieben. Böden aus Pennsylvania Bluestone, Holzwände aus horizontalen Brettern, schwere Balken, eine gewölbte Decke, in die wir vier Oberlichten geschnitten hatten, mit Rahmen aus dem verwitterten alten Holz der Scheune selbst. Im Innern herrschte die kühle Stille einer Kirche.

»Wie war es?«, fragte er.

»Es war wie immer. Es war traurig. Ich bin müde.« Ich trat neben ihn und berührte ihn an der Schulter, knetete sie ein wenig. Ich erkundigte mich nicht, wie sein Morgen verlaufen war. »Alison kam gerade vorbei«, sagte ich und trat einen Schritt zur Seite. »Wir trinken gleich ein Glas Wein miteinander. Oder so was. Zwei Gläser Wein. Sie hat mein Bedürfnis richtig erkannt.«

Er sah mich mit einem angedeuteten Lächeln an. »Sag ihr, ich hätte gesagt, sie solle dich ordentlich betrunken machen. Ich hätte nichts gegen einen Nachmittag wie gestern Nacht einzuwenden.«

»Dich und mich, uns beide«, sagte ich. »Betrachte dich als eingeladen. Zu einem Glas Wein, heißt das.«

»Sehr komisch. Aber ich glaube, ich mache noch eine Weile hier weiter.«

»Das klingt wie ein Plan«, sagte ich, da ich nie ganz sicher war, wie ich reagieren sollte, wenn ich das Gefühl hatte, dass Owen sich tiefer und tiefer in sein scheinbar endloses Bemühen verstrickte. Und dann: »Bis bald.«

Wir saßen im Wohnzimmer, Alison auf dem hellen, mit einer Husse überzogenen breiten Sessel, der mit dem Haus gekommen war, und ich auf dem kürbisfarbenen Ohrensessel, den wir uns aus den alten Möbeln im Haus von Owens Tante ausgesucht hatten. Ich schenkte uns beiden ein großes Glas Wein ein. Ein sehr großes.

Alison kommentierte die Schönheit des Hauses, die alten Fußböden aus unterschiedlich breiten Dielen, den steinernen Kamin, und ich dankte ihr. Sie wollte wissen, ob der Raum hinter den Glastüren neben dem Kamin mein Atelier sei, und ich sagte ja.

»Es tut mir leid, wenn ich ein wenig daneben wirke«, sagte ich. »Die Besuche bei meinem Vater ... sie verstören mich jedes Mal.«

»Nein, mir tut es leid«, sagte Alison. »Es ist ein so schrecklicher ... Weg. Eine schreckliche Art, seine letzten Jahre zu verbringen.«

»Ja. Ja, das ist wahr.«

Ich fragte sie, wie ihr Morgen gewesen sei; doch als sie dann antwortete, hatte ich das Gefühl, ihre Worte schwebten durch die Luft, ohne ganz den Weg in mein Bewusstsein zu finden; meine Aufmerksamkeit war auf etwas anderes gerichtet, eine Million Meilen weit weg, war wieder bei meinem Vater, bei meiner Kindheit – dann heftete sie sich schließlich auf eins meiner Bilder über dem Kamin, ein Ölgemälde eines alten Hutmachergeschäfts im Süden Philadelphias, der Blick von innen nach außen, durch das Fenster, das mit fertigen Hüten auf Puppenköpfen ausgefüllt war. Das erste Bild, das ich nach Bill gemalt hatte. Das Bild, das nach so viel Herzschmerz den wahren Beginn meiner Genesung markierte. Ich starrte darauf, als könnte es mich stützen, wie ein wirbelnder Tänzer, der einen einzigen Fixpunkt findet.

»Ist das eins von Ihnen?« Alison war meinem Blick gefolgt.

»Ja. Es tut mir leid. Ja. Von vor ein paar Jahren. Aber ich wollte nicht abschweifen... Ich fürchte, ich bin wirklich müde.«

»Es gefällt mir sehr gut. Und Sie sollten sich einfach entspannen. Achten Sie nicht auf mich. Es sei denn, Sie möchten, dass ich gehe ...«

»Nein, überhaupt nicht. Es tut mir nur leid, dass ich nicht ganz da bin. Ich bin aber sehr froh über die Gesellschaft.«

»Mir gefallen die Hüte«, sagte sie. »Jedes Detail ist so ... so lebendig. Sogar das Netzgewebe. Sie müssen einen Pinsel mit einem einzigen Haar benutzt haben.«

Ich lachte. »Nicht ganz, aber fast. Ich dachte, ich würde nur das Fenster malen, von außen, meine ich. Es war so ... so schön, und Außenansichten haben mich schon immer fasziniert. Aber dann ... dann stellte ich fest, dass ich die Hüte weniger interessant fand als die Szenerie dahinter. Außerdem war es sehr kalt draußen.«

Kalt draußen. Und kalt in meinem Innern. Ein ganzes Jahr nach Bill. Elf Monate nachdem ich es Owen gestanden hatte. Mein Herz noch immer wie ein einzelner Zahn, scharf und nutzlos; meine Fähigkeit zum Malen erstarrt, vielleicht für immer verschüttet. Auf einem jämmerlichen, ziellosen Spaziergang, von dem ich mir außer der Befreiung von der Frustration in meinem Atelier nichts versprochen hatte, war ich eines Nachmittags auf Steinman's gestoßen. Ich war über das winzige Geschäft gestolpert, die knallrote Tür, die goldenen Lettern, die kunstvoll gearbeiteten Hüte, die in dem schmutzigen Grau der Fourth Street wunderschön und phantastisch wirkten.

»Das scheint lange her zu sein.« Das stimmte nicht ganz. Manchmal schien es, als könnte ich aufstehen, auf dem Absatz kehrtmachen und auf direktem Weg in diese Zeit zurückmarschieren. »Es hat mir dort sehr gut gefallen«, sagte ich.

Dieser Teil stimmte. Das Geschäft war von einem älteren Paar geführt worden, Bruder und Schwester, Len und Ida Steinman, beide Anfang siebzig. Keiner von ihnen war je verheiratet gewesen, und zwischen ihnen herrschte die Vertrautheit eines Ehepaars, deshalb war ich anfangs davon ausgegangen, dass sie verheiratet waren. Er war groß, größer als Owen – was mich, die ich aus einer Familie kleiner jüdischer Männer stammte, überraschte. Sie war allerdings winzig. Wie ein Vögelchen. Und schön. Von unnachahmlicher Eleganz. Im Laden selbst herrschte ein großes Durcheinander, ein Chaos von der Art, dass sich nur die Besitzer einer solchen Werkstatt darin zurechtfinden können; doch Ida selbst war das genaue Gegenteil. Inmitten der hauchzarten Stoffe und seltsamen

Holzformen, auf denen die Hüte angefertigt wurden, glich sie einem geschliffenen Edelstein, war in einem Meer der Ambitionen auf atemberaubende Weise komplett.

»Das Licht ist unglaublich«, sagte Alison. »Warum bin ich mir sicher, dass Winter ist?«

»Es war Winter. Winterlicht. Es hat eine gewisse Klarheit. Und dort hinter dem Fenster, sehen Sie? Das winzige Bäumchen dort auf der Straße ist kahl. Es springt einem nicht ins Auge, aber man registriert es, glaube ich.«

Ich hatte wochenlang in diesem Laden gesessen, hatte Skizzen angefertigt, dann die Leinwand aufgebaut, die Farben mitgebracht und gehofft, dass es keine Beschwerden geben würde, als die Luft neue Gerüche annahm. Weder Len noch Ida waren auf dem Bild zu sehen – nur ein Arm von Ida. Ich hätte sie gern vollständig gemalt, ein für mich seltener Impuls. Doch ich war zu ängstlich gewesen, es zu versuchen. Von meinem spärlichen Talent für Porträtmalerei einmal abgesehen, war ich mir sicher, dass Perfektion ein Kennzeichen ihres Wesens war und ich nicht das Recht hatte, zu versuchen, dieses Element einzufangen. Ich, in meinem gefallenen, reuigen Zustand. Deshalb hielt ich meinen Blick all diese Wochen auf die Tüllballen und Stoffblumen gerichtet, während das Licht im Schaufenster über die Goldlettern wanderte, und warf verstohlen lange, unerklärlich hungrige Blicke auf Ida Steinman. Auf dem Bild war das noch zu erkennen in der Art und Weise, wie sie darin weder vorkam noch nicht vorkam, dieser dunkelblaue Jackenärmel aus Sergestoff, in Kindergröße, der am Rand der Leinwand schwebte, am Rand meines Bewusstseins.

»Es ist keins meiner Lieblingsbilder«, sagte ich. »Aber Owen mag es sehr. Er hat mehr oder weniger darauf bestanden, dass ich es hier aufhänge.«

Doch ich wollte mich nicht länger über dieses Bild unterhalten. Es war, als hörte man das Meer, das Krachen der Wellen, so überschlugen sich in meinem Kopf die Erinnerungen, als wir darüber sprachen. Wie oft hatte ich mit Owen genau so dagesessen, nach meiner Zeit mit Bill, während mir das Herz brach und meine ganze Energie darauf gerichtet war, diese Tatsache zu verbergen? Was verborgene Meere, geheime Wellen anging, war ich damals wohlgeübt gewesen, sehr geschickt darin, mich zweizuteilen. Jetzt, diesmal, wollte ich das Thema einfach abschließen.

»Malen Sie schon?«, fragte ich. »Haben Sie alles eingerichtet?«

Sie erzählte mir, dass sie Sachen hin und her räume und immer noch versuche herauszufinden, welche Zimmer wofür geeignet waren. »Aber ich denke, ich weiß, welches Zimmer mein Atelier werden wird. Heute habe ich außerdem von Nora gehört«, sagte sie, und ihre Stimme hellte sich auf. »Nur eine kurze Nachricht, aber es war schön. Sie versucht gerade festzulegen, wann sie hierherkommen wird. Wahrscheinlich Anfang September. Zur Zeit ist sie in Florenz, und ich habe so eine Ahnung, dass es da einen Jungen gibt, obwohl sie das nicht so deutlich gesagt hat. Ich lese zwischen den Pixeln – oder was immer das für Dinger sind.«

»Sie müssen einander sehr nahestehen. Wenn Sie lesen können, was sie nicht sagt.« Ich fragte mich, ob mir das bei Laine gelänge, auch wenn ich mir schwer vorstellen konnte, dass Laine vieles ungesagt ließ – ein Gedanke, der mich zum Lächeln brachte.

»Oh, wir stehen einander nahe. Das tun wir wirklich, und das ist ein Geschenk, ich weiß. Was nicht heißt, dass wir nicht unsere Momente haben, aber ist das bei Müttern und Töchtern nicht immer so?«

»Ich nehme es an.«

»Ich kann kaum glauben, dass sie jetzt so erwachsen ist. Sich in ganz Europa herumtreibt. Es ist ein Klischee, aber ich glaube, für mich wird sie immer ein Kind bleiben. In meinen Gedanken ist sie irgendwann bei fünf stehengeblieben.«

»Ich denke, es ist schwierig, mit ihnen Schritt zu halten.«

»Das ist es. Man blinzelt einmal, und schon sind sie erwachsen.« Sie nahm einen großen Schluck Wein.

»Wir wollten Kinder«, sagte ich – etwas, das ich seit Jahren nicht mehr laut ausgesprochen hatte, ein Satz, auf dem sich zwischen all den anderen unaussprechlichen Sätzen Staub angesammelt hatte. Ich konnte kaum glauben, dass mir diese Worte herausgerutscht waren; sie waren mir entfleucht, während ich damit beschäftigt war, andere Themen aus meinen Gedanken zu verbannen. »Aber das hätte alle möglichen Eingriffe bedeutet. Und komplizierte Entscheidungen, und dann gab es da den Gedanken an eine Adoption, aber ...«

Aber damals war Charlotte schwer krank gewesen. Charlotte, die nie geheiratet hatte und nur ihre Schwestern hatte, die ihr bis zum Ende beistehen konnten. Die beiden Krisen waren irgendwie miteinander kollidiert, hatten um Raum gerungen. Das Sterben hatte den Sieg davongetragen. »Wir haben es nicht getan. Offensichtlich.«

»Das tut mir so leid.« Alison schüttelte ihre Sandalen ab und zog die Beine unter den Körper. »Sprechen Sie noch darüber?«, fragte sie.

»Eigentlich nicht.« Ich hoffte, sie würde nicht nach weiteren Details fragen. Owen wäre entsetzt gewesen, wenn ich mit der neuen Nachbarin über seine zu vernachlässigende Spermienzahl geplaudert hätte, und ich brachte nicht genügend kreative Energie auf, mir etwas einfallen zu lassen. »Owen ... nun, Owen ist jemand, der nach vorne schaut und weitermacht. Er ist eigentlich keiner, der einer Sache nachtrauert.«

»Vielleicht bin ich auch ein wenig so«, sagte Alison. »Ich trauere nichts nach – was gut ist. Denn wenn ich es täte, könnte ich leicht Jahrzehnte verplempern.«

Es war so lange her, seit ich mit einer anderen Frau so ein Gespräch geführt hatte. Ich hatte vergessen, wie leicht man bei vertraulichen Themen landen konnte. »Meinen Sie damit Ihre Ehe?«, fragte ich. »Sie sagten, das sei schwierig gewesen.«

»Das. Ja. Mein Mann, Paul, nun, das war alles sehr turbulent. Furchtbar eigentlich. Ich schätze, der Begriff dafür lautet ‚Wutbewältigungsstrategien'. Er hat Probleme mit seinen Wutbewältigungsstrategien. Deshalb war es gelegentlich sehr schwierig. Um es milde zu formulieren. Wenn es auch ohne diese Ehe keine Nora gäbe. Nichts ist also einfach, nicht wahr? Am wenigsten das Bedauern.«

»Es tut mir so leid. Das klingt furchtbar. Sie haben es lange ausgehalten.«

»Beinahe zwanzig Jahre.« Sie nahm einen Schluck Wein, den letzten aus ihrem Glas. Ich deutete auf die Flasche, und sie nickte. »Ja, danke. Einiges davon war allein Noras wegen, nehme ich an. Dass ich sie nicht diesem ganzen Zerbrochene-Familie-Ding aussetzen wollte. Und außerdem...« Sie zögerte. »Außerdem wollte ich Nora nicht mit ihm allein lassen, als sie noch klein war.« Sie schüttelte den Kopf. »Das kam falsch heraus. Ich meine nichts Schauerliches. Paul ist nicht von der Sorte, überhaupt nicht. Aus jahrelanger Erfahrung wusste ich nur, wenn ich da war, richtete sich seine Wut gegen mich. Und wenn sie angefangen hätte, viel Zeit mit ihm allein zu verbringen... Ich machte mir Sorgen. Vielleicht grundlos, doch ich fühlte mich besser, wenn sie unter meinem Dach war. Selbst wenn das bedeutete, ihn auch dazuhaben. Doch sobald sie dann aufs College ging, wurde es einfach... einfach unhaltbar.« Sie schloss kurz die Augen und schüttelte den Kopf. »Schrecklich«, sagte sie. »Ich dachte, ich wäre die Zeugin, die ihn vom Schlimmsten abhielt, doch dann stellte sich heraus, dass das Nora war.«

»Wie furchtbar«, sagte ich. »Ich kann es mir kaum vorstellen.«

»Ja, das ist es. War es«, sagte sie. »Aus diesem Grund blicke ich auch nicht allzu oft zurück.«

»Owen und ich halten uns eigentlich auch nicht allzu oft bei der Vergangenheit auf. Vielleicht, weil wir hier so sehr auf uns selbst angewiesen sind. Es gibt niemanden, mit dem man reden könnte, der all diese Ereignisse miterlebt hat.« Doch ich wusste, es war nicht unsere Einsamkeit, die so vieles von unserer Vergangenheit ausschloss. Es war unsere Vergangenheit, die unsere Einsamkeit herbeigeführt hatte. »Wir ... wir unterhalten uns über die Ereignisse des jeweiligen Tages. Es regnet. Im Garten muss Unkraut gejätet werden. Schau, was in der Zeitung steht. Wir sprechen selten über die Vergangenheit. Auch wenn ich denke, dass das eher an Owen liegt als an mir.«

Ich traf eine Entscheidung. Ich spürte es. Vielleicht beförderte der Wein diese Entscheidung, doch ich wollte mich Alison anvertrauen. Ich würde nicht unsere echten Geheimnisse ausplaudern, aber ich wollte ihr Dinge erzählen, die ich vor ihm nicht sagen würde. Über ihn. Über uns.

»Ehen sind nicht nur einfach«, sagte ich. »Nicht einmal, wenn sie halten.«

»Nun, ich habe keine Ahnung von denen, die halten.« Alison lachte kurz auf. »Ich wäre mit einer zufrieden gewesen, die nur schwierig war.«

Ich fragte sie, ob sie noch Kontakt hatte zu ihrem Ex.

»Überhaupt nicht«, sagte sie. »Nora sieht ihn. Ich nicht. Mit Emphase. Ich nicht.«

»Das muss seltsam sein«, sagte ich. »So lange mit jemandem vertraut zu sein und dann... Nichts.« Bill trat wieder in meine Gedanken. Wir waren so vertraut gewesen miteinander. Und dann – nichts. Ich nahm noch einen Schluck Wein.

»Oh, ich bin ganz groß darin, neu anzufangen. Eine zweite Chance. Eine dritte, wenn nötig.« Alison blickte auf das leere Glas in ihrer Hand. Stellte es ab und stand auf. »Ich werde jetzt nach Hause schwanken und wahrscheinlich das Bewusstsein verlieren. Und danach muss ich endlich das Haus fertig einrichten.«

An der Küchentür bedankte ich mich bei ihr. »Es war ein harter Tag«, sagte ich. »So ist er viel besser geworden.«

Sie lächelte. Sie sagte: »Für mich auch.«

Als sie gegangen war, trat ich noch einmal vor das Bild über dem Kamin – als hätten wir beide noch etwas miteinander zu erledigen, und vielleicht traf das sogar zu. Ich starrte auf Idas Arm. Dunkelblauer Serge. An der Manschette zwei Messingknöpfe. Ihre Hand verborgen unter einer Kaskade aus lila Taft. Ihr Ellbogen gleich außerhalb des Bildrands.

Wie oft hatte ich mir gewünscht, an diesem Ärmel zu ziehen? Wie viele Male hatte ich mich danach verzehrt, an diesem Stoff zu zupfen, als wollte ich ihre Aufmerksamkeit gewinnen und die Frau selbst ins Zentrum der Szene rücken.

Eine Malerin schaut hin. Das ist ihre Aufgabe.

Aber sie schaut nicht immer in die richtige Richtung.

5

Innerhalb weniger Tage fühlte es sich fast normal an, Alison zur Nachbarin zu haben – von der Neuigkeit, dass ihre Gegenwart an sich etwas Positives war, einmal abgesehen. Die anfängliche Verärgerung, dass jemand sich hier aufdrängte, hatte sich in Wohlgefallen aufgelöst. Und auch wenn sie und ich nicht sofort dazu übergingen, uns gegenseitig längere Besuche abzustatten oder gemeinsame Spaziergänge zu unternehmen, wie sie später regelmäßig zu unserem Tagesablauf gehörten, plauderten wir hin und wieder im Garten miteinander oder winkten uns von der Veranda aus zu. Wenn sie ihre Post holte, legte sie unsere vor die Tür, und wenn ich früher dran war, tat ich das Gleiche für sie. Und die ganze Zeit hatte ich das angenehme, mir fremd gewordene Gefühl, eine neue Freundin zu gewinnen. Wie lange war es her, seit ich das zuletzt getan hatte? Jahre. Vielleicht mein ganzes Leben – in gewisser Weise. Charlotte war immer meine engste Freundin gewesen, das Mädchen und dann die Frau, der ich alles anvertrauen konnte. Doch es gab einen Unterschied, denn das war zum Teil deshalb gewesen, weil Charlotte mich so gut kannte. Und bei Alison bestand das Vergnügen auch darin, dass sie mich überhaupt nicht kannte. Die Luft um uns war rein, ohne Geschichte. Ich hatte die Chance, mich neu zu erfinden. Zumindest glaubte ich das, und meiner früheren Fehler und Irrtümer müde, schwelgte ich in diesem Gefühl.

Im Lauf dieser Tage spornte ich mich selbst auch immer

weiter an zu ergründen, was ich eigentlich von den Zeitungssoldaten wollte – oder was ich ihnen geben wollte. Es spielte keine Rolle, wie interessant sie an sich waren oder inwiefern ihr Begrabensein in meinen Wänden meine persönlichen Obsessionen widerspiegelte; wenn ich den Weg in dieses Projekt nicht fand, dann ging es um wenig mehr als ein Kuriosum, auf das ich bei der Renovierung des Badezimmers zufällig gestoßen war.

Doch dann erwachte ich eines Morgens mit einer Idee. Wie bei einer spontanen Eingebung war ich mir plötzlich sicher, was zu tun war.

Die erste Leinwand, die ich vor mir sah, würde zwei Soldaten aus dem Ersten Weltkrieg zeigen, die in meinem Wohnzimmer, auf meinen Möbeln, Schach spielten. Die blasse, brokatbezogene Couch, der alte, orangefarbene Lehnsessel, die gehörten uns. Die Bäume vor dem Fenster: unsere Bäume. Unser Haus. Und sie. Diese schon allzu lange toten Jungen wurden aus meinen Wänden befreit und wieder in Bewegung versetzt. Ich stellte mir vor, dass einer sich vorbeugt, ganz auf den nächsten Zug konzentriert. Jackie Mayhew, der Schach spielen lernt. Der andere Junge, der von einem Ohr zum anderen grinst.

Ich stand auf und ging nach unten, ließ Owen weiterschlafen. Während der Kaffee durchlief, holte ich ein Skizzenbuch und ein paar Kohlestücke aus dem Atelier. Als Owen ungefähr eine Stunde später schließlich herunterkam, war ich tief in die Arbeit versunken, eine halbleere Tasse kalten Kaffee neben mir. Er sprach mich nicht an, und ich erwartete es auch nicht. Ich arbeitete. In einem Winkel meines Bewusstseins registrierte ich, dass er wieder nach oben ging; und dann, dass er wieder herunterkam. Vielleicht nahm ich einen Hauch seiner Dusche wahr, die Seife, das Shampoo. Ich hörte die Fliegengittertür in der Küche, das hölzerne Klappern, als sie zufiel. Ohne darüber nachzudenken, wusste ich, dass er in die Scheune gegangen war.

An jenem ersten Tag durchwanderte ich das Haus wie ein ruheloser Geist – ein Geist mit Skizzenblock und Kohlestift. In jedem Zimmer ließ ich meine Phantasie entscheiden, was diese Jungen, diese jungen Männer, dort eventuell tun könnten. Ich hatte keine genaue Vorstellung im Kopf, auch keine bestimmte Tätigkeit. Ich dachte nicht: *Es muss etwas Gewöhnliches sein.* Oder: *Es muss etwas Kindliches sein.* Im Gästezimmer fertigte ich eine Skizze von einem Jungen an, der das Fenster öffnet. Nur eine sehr grobe Skizze. In der Küche stellte ich einen neben den Kühlschrank, einen an den Herd, der Eier briet. Ein anderer saß da, die Füße in den schweren Stiefeln auf dem Tisch. Ich machte mir keine Gedanken über das Maß an Logik, das in diesen Arbeiten enthalten war. Versuchte ich tatsächlich, einen Haushalt darzustellen? Eine etwas andere Kaserne? Liefen all diese Dinge gleichzeitig ab? Zur gleichen Tageszeit? Würde ein einzelnes Gesicht in mehr als einem Raum auftauchen? Das alles waren Fragen, die ich in den kommenden Wochen stellen würde, doch damals wanderte ich nur ziellos von Zimmer zu Zimmer.

Noch eine andere Frage schob ich beiseite: Wie sollte ich Bilder malen, in denen menschliche Figuren eine so herausragende Rolle spielten? Das hatte ich noch nie getan. Ich würde es schon hinkriegen, sagte ich mir. Mein Instinkt konnte nicht so stark sein und sich gleichzeitig irren, sagte ich mir – als hätte ich noch nie in meinem Leben einen Fehler aus Leidenschaft gemacht.

Beim Abendessen platzte ich schließlich fast vor Aufregung, doch beim Anblick von Owens eingefallen wirkendem Gesicht hielt ich zurück, was ich so gern teilen wollte. Ich habe immer zu den Künstlern gehört, die über ihre laufenden Projekte sprechen. Ich unterhalte mich gern über das, was ich tue. Es hilft mir beim Denken. Doch so wie es Owen gerade ging, wäre es, das war mir klar, falsch gewesen, meinen Durchbruch und die jähe Gewissheit zu bejubeln – zu Beginn eines Projekts immer notwendig –, dass ich im Begriff stand, die beste Arbeit meines Lebens zu schaffen. Als er schließlich so weit war und sich erkundigte, wie mein Tag verlaufen sei, sagte ich nur: »Ich glaube, es geht voran.« Und als er es dabei beließ, bemühte ich mich, ihm nicht übelzunehmen, dass er aus meinem beiläufigen Ton nicht die Unaufrichtigkeit herausgehört hatte. Ein reicher Mann hat keinen Anspruch darauf, dass ein hungernder Mann sich nach seinem abendlichen Vier-Sterne-Menü erkundigt.

»Ich glaube, morgen gehe ich einkaufen«, sagte er beim Essen. »Uns fehlen ein paar Sachen, und ich könnte einen Ortswechsel vertragen.«

Ich hörte die Einladung, die darin mitschwang, doch die Arbeit am nächsten Tag einfach liegenzulassen war undenkbar. Ich sagte nichts, und nach einer Weile meinte er: »Dann mach eine Liste, falls du etwas brauchst.«

»Das tue ich«, sagte ich. »Danke.« Und dann: »Shampoo, glaube ich. Und Toilettenpapier. Definitiv Toilettenpapier.«

»Mach einfach eine Liste.«

Ich weiß nicht genau, wann mir der Gedanke kam, dass ich vielleicht mit Alison über meine – meine *und* ihre – Arbeit sprechen könnte, doch als Owen am nächsten Tag beim Einkaufen war, ging ich über die Anhöhe und klopfte mit diesem Gedanken an ihre Tür.

»Einen Augenblick...«, hörte ich.

»Ich bin es, Gus«, rief ich durch die Glasscheibe, als ich sie mit einem Geschirrtuch in der Hand aus der Küche auftauchen sah. Wie offenbar jeden Tag trug sie ein Kleid, dieses Mal in Hellblau, und eine Brille mit großen, runden, schwarz gefassten Gläsern. Die Gläser waren groß genug, um lächerlich zu wirken, doch stattdessen ließ der Kontrast ihre feinen Züge sogar noch zarter wirken. Sie trug Lippenstift, ein helles Korallenrot, was ich vage verwirrend fand, da sie allein war.

Als ich merkte, dass sie mich erkannt hatte, versuchte ich, die Tür zu öffnen, doch sie war verschlossen.

»Moment«, sagte sie, und drehte erst den einen Knauf und dann den anderen. »Wie nett, dass du vorbeikommst.« Zu meiner Überraschung beugte sie sich vor und küsste mich auf die Wange. Ich fragte mich, ob etwas von dem Korallenrot haften geblieben war.

»Es ist drei Tage her, seit ich Geschirr gespült habe.« Sie faltete das Geschirrtuch zusammen und sagte: »Das Alleinleben ist nicht ganz einfach, nicht wahr? Du denkst, es gäbe nichts sauberzumachen, niemanden, für den du es tust, und schon im nächsten Augenblick sind die Fruchtfliegen überall.«

»Seltsamerweise habe ich nie allein gelebt.« Ich fragte mich, ob ich ebenfalls am helllichten Tag die Türen abschließen würde, wenn ich je allein gelebt hätte.

»Nun, ich auch noch nie, bis ich Paul verlassen habe; aber jetzt tue ich es, Gott sei Dank, auch wenn ich Nora vermisse. Und hin und wieder entsteht ein gewisses Gefühl der Einsamkeit. Das verfliegt, wenn sie zu Besuch kommt.« Sie lächelte, und ihre Freude bei dem Gedanken an dieses unmittelbar bevorstehende Ereignis war offensichtlich. »Bist du aus einem bestimmten Grund hier? War ich zu laut?«, witzelte sie.

»Ja, genau«, sagte ich und schaute mich um. »Zu viele wilde Partys.« Seit unserem Abendessen hier hatte sie das Haus in ein Heim verwandelt. Bücher standen in den Regalen, auf dem Fußboden lagen Webteppiche. »Nein, ich bin nur vorbeigekommen, um hallo zu sagen und zu sehen, wie du dich eingelebt hast.«

»Sollen wir uns hinten ins Freie setzen?« Sie schüttelte das Geschirrtuch aus, faltete es noch einmal, während sie das sagte. »Für Alkohol ist es noch ein bisschen früh, aber ich könnte uns einen Kaffee kochen...«

Ich bemerkte einen schmalen gelben Farbstrich auf ihrem Arm.

»Eigentlich«, sagte ich, »würde ich gern... wenn es dir nichts ausmacht... würde ich mir gern deine Bilder ansehen.«

»Ah.« Ihre plötzliche Nervosität war offenkundig, ebenso ihr rascher Entschluss. »Nun, warum gehen wir dann nicht nach oben?«

Die Arbeiten erinnerten mich sofort an Beatrix Potter. Nicht an Potters Häschen und Mäuse, sondern an ihre botanischen Studien. Es gab Aquarelle, Gouachen und ein paar Tuschezeichnungen, Arbeiten, wie nur ein Wissenschaftler sie erschaffen konnte. Oder zumindest musste jemand, der mit solcher Akribie und Detailtreue Pflanzen und winzigste Pflanzenteile malen konnte, auf alle Fälle auch wissenschaftliches Interesse mitbringen. Selbst wenn Alison keine Miniaturmalerin war. Die Bilder waren riesig, ein Blütenblatt sechzig Zentimeter breit. Natur in Großbuchstaben. Sie waren jedoch nicht nur realistisch, sondern hatten etwas eigenartig Liebevolles an sich; vielleicht war das der Grund, warum man sich an Potter erinnert fühlte. Der Blick war eher liebevoll als kalt, ungeachtet der offensichtlichen Wissenschaftlichkeit. Von der Atmosphäre her waren sie eher warm als überwältigend.

»Sie sind wunderbar«, sagte ich und meinte es auch so – außerdem war ich erleichtert. »Zu denken, dass du meine Arbeit präzise genannt hast!«

»Nun, ich mache winzige Dinge riesengroß. Du malst so winzige Details. Unterschiedliche Arten der Präzision, schätze ich.« Sie ging im Zimmer umher, berührte die Bilder. Noch immer nervös. Auf einem langen, schmalen Tisch standen ein halbes Dutzend Mikroskope, eins neben dem anderen, Gläser, in denen allerlei Blumen und Blätter steckten. »Ich bin bloß Amateurin, ich weiß. Aber ich liebe diese Arbeit sehr.«

»Wenn du mir ein Bild verkaufst, bist du keine Amateurin mehr.«

Sie lachte. »Nein, ich glaube, dann werde ich zur Dilettantin. Und du zur Mäzenin. Aber du verstehst, was ich meine. Ich bin keine ausgebildete Künstlerin.«

»Vielleicht nicht, aber du bist offensichtlich eine ausgebildete irgendetwas. Beobachterin. Das ist mehr als die halbe Miete. Ich bin es auch nur gerade eben – mit ein paar wenigen Collegekursen Vorsprung, denke ich. Wir alle tun die halbe Zeit so, als ob, meinst du nicht?« Ich trat näher vor die große Bleistiftzeichnung eines Kiefernzapfens. »Wie lange machst du das schon?«

»Ach, na ja, schon immer. Auf die eine oder andere Art. Eine Tante schenkte mir mein erstes Mikroskop, als ich noch klein war. Neun oder zehn. Sie war entsetzt über meine oberflächliche Erziehung. Nichts als rosa Prinzessin und Ballettstunden. Meine Mum, die mir ständig in den Ohren lag, dass ich nicht so viel reden sollte, Jungs gefiele das nicht. Durch das Mikroskop begann ich, mich für Biologie zu interessieren, vielleicht auch für das Beobachten, wie du es nennst. Die Zeichnungen waren dann eine ganz natürliche Folge. Mein Leben war in vieler Hinsicht chaotisch. Die hier ...« Sie deutete auf die Bilder. »Sie waren immer die Stille im Auge des Sturms.«

Ich sagte ihr, dass mich das überrasche, ihre Selbstbeschreibung als chaotische Person. Auf mich wirke sie so beherrscht, so ordentlich.

Sie lachte. »Du kennst doch diese Leute, die das Leben anderer besser leben können als ihr eigenes? Die immer eine Lösung parat haben für die Probleme anderer? Aber dann nicht recht wissen, was sie selber machen sollen? Ich glaube, ich bin eine von ihnen. Die ordentliche Front ist nur ein Täuschungsmanöver.«

»Ich nehme an, dann können wir anderen uns glücklich schätzen.« Ich wollte immer noch über die Arbeit sprechen, die Tiefe ausloten, in der wir uns über unsere jeweiligen Arbeitsprozesse austauschen konnten. »Ich weiß nicht, ob dir das auch so ergeht«, sagte ich, »aber es gibt Momente, da bin ich so... ich weiß auch nicht, da regt mich ein Projekt wahnsinnig auf, nicht, weil es genial oder auch nur grandios ist, sondern einfach, weil es mich so sehr am Wickel hat. Ich bin dann beinahe zu aufgeregt, um es umzusetzen. Ich kann nicht stillsitzen. Ich muss mich zuerst beruhigen.«

Sie schien zu überlegen. »Nein, ich bin mir nicht sicher, ob ich so etwas schon einmal erlebt habe. Wie ich sagte, meine Arbeit ist... nicht der aufregende Teil in meinem Leben. Eher so etwas wie eine Tätigkeit, die mich zentriert. Aber eigentlich nur ein Hobby.«

»Das betonst du immer wieder«, sagte ich. »Aber ich bin mir sicher, es ist mehr als das.«

»Ich fürchte aber, es ist wirklich so. Ich mache das nebenbei. Ich... ich tue es einfach. Ich denke nicht besonders viel darüber nach.«

»Da sind wir wirklich völlig verschieden«, sagte ich. »Mir hat man durchaus schon mal vorgeworfen, zu viel darüber nachzudenken. Und Owen ist...« Als ich seinen Namen aussprach, überkam mich eine Welle der Trauer, dann eine der Wut, eindeutig beides. »Owen macht gerade eine harte Zeit durch«, sagte ich. »Mit seiner Arbeit, meine ich. Aber wenn die Arbeit gut läuft, ist er überhaupt nicht manisch. Sondern gelassen. Und glücklich. Alles nur Lächeln. Ich nicht, ich bin wie ein Aufziehspielzeug, das überdreht wurde. Allerdings habe ich ihn in dieser Stimmungslage schon sehr lange nicht mehr erlebt.«

Sie fragte mich, warum, und ich erzählte ihr mehr über Owens schlimme Monate, über die Muse, die ihn im Stich gelassen hatte, dass ich mich wegen seines fragilen Zustands auf Zehenspitzen bewegte, den damit verbundenen Stress, die Anspannung. Ich spürte, wie die Absicht, mit Alison über meine Arbeit zu sprechen, immer weiter schwand und ich mich auf ein Gebiet vortastete, auf dem ich stattdessen Geheimnisse über meine Ehe erzählen würde; und während dieses Sondierens fühlte ich mich zwar schuldig, aber auch im Recht. Owen hatte mir sinnvolle Gespräche verwehrt, und angesichts dieses Vakuums trug das Gefühl des Rechthabens den Sieg davon.

Findest du Alison sehr schön?«, fragte ich ihn beim Abendessen, einem saftigen, gegrillten Hähnchen, das er in der Stadt gekauft hatte.

An seinem Gesicht war nichts abzulesen. »Steht bereits

fest, dass sie schön ist?«, fragte er. »Und du fragst mich nur nach dem ›sehr‹?«

Ich rollte die Augen. »Ich finde sie sehr schön«, sagte ich. »Ich habe mich nur gefragt, ob es dir auch so geht.«

Er ließ sich einen Moment mit der Antwort Zeit. »Ja«, sagte er. »Ja, ich finde sie auch schön.«

»Es liegt an ihren Augen, nicht wahr?«

Er zuckte die Schultern. »Sie hat schöne Augen«, sagte er. »Es gibt furchtbar viele schöne Frauen auf der Welt, Gus.«

Und wenn ich eine hätte heiraten wollen... Er sagte es nicht, aber ich sagte es mir selbst.

»Sie trägt Lippenstift, wenn sie allein zu Hause ist. Ich denke, das könnte bedeuten, dass sie und ich verschiedenen Spezies angehören.«

»Aber du magst sie.« Das war keine Frage.

»Ich schätze schon.« Ich wischte mir mit der Serviette den Mund ab. »Du nicht?«

»Ich gewöhne mich langsam an die Tatsache, dass sie da ist. Ich bin mir nicht sicher, ob ich *das* mag, doch ja, ich mag sie. Ich bin mir nur nicht sicher, ob ich es mag, dass mir jemand so dicht auf die Pelle rückt.«

»Hm.« Ich konnte mich nicht überwinden, ihm zuzustimmen, und es hätte etwas Beleidigendes gehabt zu sagen, dass ich mich über die Gesellschaft freute. »Machst du dich später noch mal an die Arbeit?«, fragte ich.

»Du meinst, ob ich versuche zu arbeiten?« Er nickte. »Ja.«

»Bestens«, sagte ich – ein kleines bisschen zu fröhlich, um aufrichtig zu klingen. »Mach dir wegen des Geschirrs keine Gedanken. Es ist nicht viel, und du warst heute der Jäger und Sammler.«

»Und habe Grillhähnchen gejagt und Toilettenpapier gesammelt«, sagte er.

»Mein Tapferer«, sagte ich. »Ja. Du bist heute Abend definitiv von der Pflicht des Geschirrspülens befreit.«

Als ich später vom Schlafzimmer zur Scheune hinübersah, dachte ich, vielleicht fühlt sich eine Mutter manchmal so. Wenn sie ihren Kindern nicht helfen kann. Wenn sie nur danebenstehen und zusehen kann, wie ihre Tochter den Softball ins Aus schlägt oder ihr Sohn trotz aller Anstrengung in Mathe durchfällt. Dieser Schmerz. Dieser ausweglose Konflikt zwischen einem stürmischen, leidenschaftlichen Beschützerinstinkt und einer gleichermaßen schwer erträglichen, bleiernen Nutzlosigkeit. Und dazu noch die Ungeduld angesichts des Ganzen; und dann die Schuldgefühle wegen dieser Ungeduld und dass man es all der unermesslichen Liebe zum Trotz ein wenig belastend findet. Vielleicht fühlt es sich manchmal genau so an, Mutter zu sein, dachte ich.

6

Als ich in der Woche darauf noch weitere grobe Skizzen von Szenen innerhalb des Hauses anfertigte, stellte ich keine spezifischen Soldaten dar – abgesehen von Jackie Mayhew, der sich als eine Art emblematische Figur herausgebildet hatte. Ich ließ in den Skizzen lediglich einen Platz für die Jungen frei. Ich machte mich noch nicht an die Aufgabe, die Umrisse zu *vermenschlichen*, wie ich es nannte; ich verortete sie nur, diese Platzhalter in Menschengestalt, und zögerte die Aufgabe hinaus, vor der ich mich am meisten fürchtete.

Doch diese Verzögerungstaktik hatte auch ihre verwirrenden Seiten. An vielen Arbeitstagen war ich kribbelig und legte häufig Pausen ein, ging spazieren, jätete Unkraut im Garten, besuchte Alison und las meine Mails – wo sich eines Nachmittags, frisch eingetroffen, Laines Name fand.

Hey, Augie, erinnerst Du Dich, dass Du mir noch einen ausführlichen Bericht über den Sommer schuldest? Ich werde Dich nicht mehr in Ruhe lassen, bis Du ihn mir endlich schickst. Und Du weißt, ich bin hartnäckig Außerdem MUSS ich Dir von der Kritik erzählen, die ich gestern Abend eingeheimst habe, weil ich finde, sie ist ein gutes Beispiel dafür, wie IDIOTISCH Menschen sind, wenn sie glauben, einem erzählen zu müssen, wie man seine Arbeit macht. Besonders Jungs, die felsenfest überzeugt sind, die nächsten größten Künstler dieser Welt zu sein…

So ging es noch eine gute Weile weiter, eine ausführliche Schilderung ihres Abends mit Idioten und Möchtegerns. *Aber ich schätze, das alles ist nicht überraschend,* schloss sie. *Wir wissen beide, dass eine Menge Leute, die malen, Idioten sind. Es wurden auch ein paar gute Punkte angesprochen, und so bin ich trotz meines Gejammers im Großen und Ganzen froh, diesen Kurs belegt zu haben. Aber hauptsächlich bin ich es leid, über mich selbst zu sprechen, und Du schuldest mir wirklich eine bessere E-Mail als die letzte. Bitte!*

Und dann:

Sieht so aus, als wäre ich Ende Oktober zu der Hochzeit wieder in Philly. Ich hab Dir doch erzählt, dass Dad Miriam heiratet?

Ich löschte es.

Ich klickte den Papierkorb an und öffnete es wieder. Las die Worte noch einmal. Ich schloss die Datei und verschob sie wieder in den Posteingang. Dann verabschiedete ich mich von meinem Mailprogramm, klappte den Laptop zu und presste die Hände darauf, als könnte er wieder aufspringen.

Ich hatte es nicht gewusst. Ich hatte nicht einmal gewusst, dass es eine Frau in seinem Leben gab. Laine mochte der Meinung sein, dass sie es erwähnt hatte, aber das war nicht der Fall.

Miriam. Jüdisch vermutlich. Wie ich.

Aber nicht ich.

Laine hatte natürlich keine Ahnung. Unsere Affäre hatte nur wenig länger gedauert als ihr erstes Semester an der NYU. Auch Georgia erfuhr nie etwas. Niemand wusste davon. Niemand hätte jemals etwas davon erfahren, wenn ich es nicht damals im März, knapp einen Monat nach unserer Trennung, in einem Anfall von Schuldgefühlen Owen erzählt hätte. Schuld. Und außerdem Angst. Angst, dass es wieder anfangen würde. Dass ich, wenn ich nicht jemandem außer mir Rechenschaft ablegte, auf der Stelle zu Bill zurücklaufen und akzeptieren würde, was er zu bieten hatte – nämlich Momente. Momente, die losgelöst schienen von der harschen Wirklichkeit meines Lebens. Aber dennoch nur Momente. Er hatte seinen Sohn zu Hause. Ein solcher Typ würde er nicht werden, sagte er. Der Typ, der eine Familie auseinanderreißt, eine Familie zerstört. Es war schlimm genug herauszufinden, dass er willens war, der Mann zu sein, der er geworden war.

Beinahe zwei Jahre später, als er und Georgia endgültig das Handtuch warfen, rief er mich an. Doch ich hatte bereits Owen das Leben zur Hölle gemacht, hatte zugesehen, wie er sein Herz umstülpte wie eine große, tiefe Tasche, in der er gerade noch genug Reserven zu finden hoffte, von denen ich kaum zu träumen wagte: Großzügigkeit, Mitgefühl, Vergebung, Liebe. Und wie durch ein Wunder hatte er dies alles gefunden.

Ich erzählte Owen von dem Anruf. So gewissenhaft war ich geworden. Ich erzählte ihm, dass Bills Ehe am Ende sei, und dass er angerufen habe, um dort weiterzumachen, wo wir aufgehört hatten. Und dass ich zu ihm gesagt hätte, ich sei nun zu hundert Prozent in meiner eigenen Ehe – einer Ehe, da wir inzwischen den feierlichen Schwur abgelegt hatten – und sei nicht interessiert. Nicht, dass ich mich zu schuldig fühlte, es zu tun, oder dass ich fürchtete, erwischt zu werden. Sondern dass ich nicht interessiert sei. Und ich sagte zu Owen, dass ich Bill gebeten hätte, mich nie wieder anzurufen.

Ungeachtet aller Skrupel, die ich neben diesem Freimut ebenfalls empfand, hatte ich dennoch erwartet, dass Owen meine eindeutige Zurückweisung Bills als eine Art Geschenk betrachten würde – was er nicht tat. Dieses Telefonat trug uns mindestens zwei elende Wochen ein. Was ich für die endgültige Besiegelung gehalten hatte, bedeutete für Owen, dass alles wieder hochkam. Bill gab es immer noch. Bill war jetzt Single. Bill hatte die Möglichkeit, nach dem Telefon zu greifen und meine Nummer zu wählen. Falls ich je daran gedacht hatte, Owen von meinem Kontakt mit Laine zu erzählen, dann war es nach diesen Wochen damit vorbei.

Laine. Laine, die keinen Grund hatte, die Wirkung vorherzusehen, die das von ihr Geschriebene auf mich hatte.

Ich saß da, die Handflächen immer noch auf dem Deckel meines Laptops, mir war schwindlig und ein bisschen übel. Ich glaubte nicht, dass ich weinen würde, ich wusste noch nicht einmal, ob Traurigkeit im Spiel war. In diesem Moment hatte ich eher das Gefühl, eine Ohrfeige verpasst bekommen zu haben.

Schließlich stand ich auf und trat vor meine Staffelei, wo ich geraume Zeit auf eine Zeichnung starrte, vielleicht auch auf ein paar Zeichnungen, bis mir schließlich aufging, dass ich mich keinesfalls auf die Arbeit konzentrieren konnte.

Alison sagte gleich an der Tür, ja, natürlich würde sie auf einen Spaziergang mitkommen.

»Wie wär's mit dem Teich?«, fragte ich. Der Teich war in Ordnung. »Siebenmal die Runde, das ist ziemlich genau eine Meile«, sagte ich. »Owen hat absolut alles vermessen, als wir hierhergezogen sind. Ich wette, er kann dir die genaue Entfernung zwischen unseren Häusern nennen.«

Alison lachte. »Ich bezweifle, ob ich diese Information jemals brauchen werde«, sagte sie. »Sollte ich aber irgendwann einen Weg anlegen wollen, weiß ich, wen ich fragen muss.«

Wir gingen an der Scheune vorbei und durch das Fichtengehölz am westlichen Rasenrand. Der Tag war kühl und bewölkt. Es sah nicht nach Regen aus, jedenfalls nicht sehr. Vielleicht würde es später ein wenig nieseln, doch das war nichts im Vergleich zu den noch zu erwartenden Regengüssen im Spätsommer.

»Wenn du einen guten Meter vom Rand wegbleibst«, sagte ich, »ist es weniger matschig.«

»Stimmt etwas nicht?«, fragte Alison, als sie meinem Rat folgte. »Oder ist das wirklich nur ein Spaziergang um den Teich?«

»Extrapunkte für deinen Scharfblick«, sagte ich. »Du bist ziemlich gut.«

»Vielleicht hast du dein Gesicht nicht gesehen, Gus. So gut bin ich nicht. Du machst ein Gesicht, als ob jemand gestorben wäre. Ist jemand gestorben?«

»Nein. Gestorben ist niemand.« Ich atmete tief durch und füllte meine Lunge mit feuchter Luft, die schwer nach Gras und Schlamm roch. »Es ist eine lange Geschichte, Alison.«

Ich hatte es noch nie jemandem erzählt. Wem hätte ich es auch erzählen sollen? Charlotte war bereits nicht mehr da. Jan war in vielen Dingen bewundernswert, sie war tüchtig, praktisch, intelligent und natürlich großzügig, doch all dies zusammengehalten von einem Draht, der zu viele Stacheln aufwies, als dass sie je die richtige Vertraute meines wunden Herzens hätte werden können. Und alle meine Freunde waren damals auch Owens Freunde, damals, als wir noch Freunde hatten, die wir häufiger sahen als einmal im Jahr, bevor wir davonrannten in die vermeintliche Sicherheit unserer Abgeschiedenheit. Ich hatte nicht das Recht, ihnen etwas so Persönliches zu erzählen, das uns beide betraf.

Und vielleicht hatte ich immer noch nicht das Recht, aber

ich konnte nicht anders. »Heute habe ich erfahren, das ein alter... ein alter... ein Mann, den ich früher... ich schätze, ich sollte am Anfang anfangen. Vor fünf Jahren hatte ich eine Affäre... Owen weiß Bescheid«, fügte ich rasch hinzu – da war immer noch ein leiser Stolz, dass ich ihm alles gestanden hatte, auch wenn ich mich heute vielleicht anders entschieden und uns beiden die Last meines Bekenntnisses erspart hätte.

Alison sagte nichts.

»Es ist schon lange vorbei. Und es hat nicht sehr lange gedauert. Es war zwar keine Wochenendaffäre, aber es hat auch nicht Jahre gedauert. Genauer gesagt, einen Herbst lang. Ja, einen Herbst lang. Bis in den Januar hinein.«

Da wir nebeneinander hergingen, konnte ich ihr Gesicht nicht sehen. Vielleicht war das der Grund, weshalb ich uns instinktiv ins Freie gelotst hatte, obwohl ich zunächst nur das Gefühl hatte, es würde den ganzen weiten Himmel brauchen, all diesen unendlichen Raum, um meine Enthüllungen so weit schrumpfen zu lassen, dass sie erträglich wurden.

Als ich die Geschichte erzählte, fiel mir eine gewisse Geschmeidigkeit auf, ich stellte fest, wie außerordentlich formbar sie offenbar für mich war, wie sehr ich meinen furchtbaren emotionalen Zustand nach Charlottes Tod hervorheben wollte und wie wenig ich mich damit aufhalten wollte, inwieweit ich genau gewusst hatte, was ich tat. (In der Woche nach dem Ende von Laines Unterricht bis zu Bills Anruf war ich mir absolut sicher gewesen, was vor sich ging...) Mit einer geringfügigen Betonung hier und einer kleinen Auslassung da konnte ich die Geschichte um so vieles erträglicher machen. Es spielte nicht einmal eine Rolle, dass ich wusste, dass ich die Geschichte redigierte, es war einfach ein gutes Gefühl, sie so zu hören.

Und dann erzählte ich ihr, was ich ihr zuvor nicht erzählt hatte.

»Owen konnte keine Kinder bekommen. Wir hatten das gerade herausgefunden. Ein paar Monate vor Charlottes Tod. Ich kam mit dieser Nachricht schwer zurecht. Ich sagte zwar all die richtigen Dinge, und er tat mir furchtbar leid. Das war immer so. Das ist immer noch so. Aber ich empfand es als einen gewaltigen Verlust, und ich war sehr durcheinander. Das ist keine Entschuldigung, ich weiß. Aber das Ganze war ein so unglaublicher Schlamassel.«

»Es klingt nach einer Menge. Und nach sehr viel Härte auf einmal.«

»Und heute«, sagte ich, »heute schrieb mir Laine, dass Bill wieder heiratet.« Wir gingen ein paar Schritte. »Ich habe kein Recht... in irgendeiner Weise darauf zu reagieren. Ich weiß das. Und ich kann nicht einmal genau sagen, wie ich reagiere.«

Doch das stimmte nicht ganz. Inzwischen wusste ich es. Er war verliebt. Das war es. Das war die Wahrheit, die wieder und wieder in mir explodierte. Er war verliebt. Er hatte *es* – den Neuanfang, die freudigen Momente, vielleicht sogar die Kinder, wer konnte das wissen, und nicht die matte, kampfesmüde, gebeutelte und wieder zusammengeflickte Liebe, in der ich mich wieder mit Owen eingerichtet hatte. Bill hatte sich verliebt. Erneut. Und nicht in mich. In eine Frau namens Miriam.

»Ich kann mir vorstellen, warum das schwierig ist«, sagte Alison.

»Ich weiß ehrlich nicht, warum mich das so aus der Bahn wirft. Wir haben seit Jahren nicht einmal mehr miteinander gesprochen. Und Owen darf auf keinen Fall erfahren, dass ich das weiß, und definitiv nicht, dass es mich so aufgewühlt hat. Und ganz ehrlich, genauso wenig darf er wissen, dass du davon auch nur die geringste Ahnung hast. Das muss wirklich unter uns bleiben. Auch die Sache mit der Fruchtbarkeit. Alles.«

»Ja, ja, ich verstehe. Selbstverständlich. Und zu dem Punkt, dass du so durcheinander bist...« Sie nahm meinen Arm, eine Geste, die mir gleichzeitig unangenehm und willkommen war. »Ich finde das gar nicht so merkwürdig, Gus. Du verliebst dich in einen Mann und möchtest mit ihm davonlaufen. Er bleibt bei seiner Frau, und soundso viele Jahre später heiratet er eine andere. Es hilft nicht, dass er nach der Scheidung zu dir zurückgelaufen kam. Du standest nie an erster Stelle. Das ist der Stachel in deinem Fleisch. Die Ehefrau stand auch nicht unbedingt an erster Stelle, aber jetzt... Ich kann mir nicht vorstellen, wer da nicht durcheinander wäre.«

Das zu hören, war hart. *Du standest nie an erster Stelle.* Aber es stimmte. Vielleicht war ich zeitweilig umnachtet gewesen, doch *er* hatte für mich an erster Stelle gestanden. Für ihn hätte ich alles über den Haufen geworfen. »Ich hatte keine Kinder, an die ich denken musste«, sagte ich laut. »Wir waren beide in einer völlig anderen Situation. Owen und ich waren damals nicht einmal verheiratet. Vielleicht fühlte es sich für mich dadurch leichter an.«

»Ich weiß nicht, wie es mit deinem Herzen ist«, sagte Alison, »aber meins war nie besonders logisch.«

»Nein«, sagte ich. »Meins auch nicht.«

Inzwischen waren wir bei unserer fünften Runde angelangt. »Ich ärgere mich immer ein wenig, dass Owen diesen Teich abgeschritten hat«, sagte ich. »Das nimmt dem Ganzen etwas von seiner Ursprünglichkeit, etwas von diesem Gefühl, einfach so durch die Landschaft zu wandern.«

Wir gingen ein Stückchen weiter, immer noch Arm in Arm.

»Mein Mann hat mich geschlagen«, sagte Alison nach ein

paar Minuten. »In dem Jahr, nachdem Nora aufs College gegangen war. Er fing an, mich zu schlagen. Ich wurde eine dieser Frauen, die mit dickem Make-up herumhantieren, um die blauen Flecken zu übermalen.«

»Mein Gott, Alison. Das tut mir so leid. Und ich beklage mich hier über einen abgeschrittenen Teich!«

Sie schüttelte den Kopf. »Das ist nicht der Grund, weshalb ich es dir erzähle. Es ist normal, wenn du dich mal über Owen ärgerst. Du bist seine Frau. Aber es war nicht normal, dass ich mich damit abfand, geschlagen zu werden. Oder vorher. Ich hätte mich auch nicht damit abfinden sollen, Angst vor ihm zu haben. Es ist einfach ... es ist einfach so furchtbar schwierig, sich einzugestehen, dass der andere einen nicht wirklich liebt. Nicht so, wie du dachtest. Nicht so, wie du gehofft hattest. Es gab viele Gründe, warum ich so lange geblieben bin, und da war natürlich Nora, auch Angst, aber teilweise wollte ich einfach gern glauben, dass er mich liebt.« Sie blieb stehen und ich ebenfalls. Wir sahen einander an, und vor dem Hintergrund des hohen Sumpfgrases wirkte sie mit ihren korallenrot geschminkten Lippen und den hellblauen Augen eigenartig klar, eine silberhaarige Gestalt in einem surrealistischen Gemälde.

»Es tut mir so leid, Alison. Ich hatte keine Ahnung, dass du das alles durchgemacht hast. Ich wusste von seinen Wutanfällen. Aber nicht, dass er dich geschlagen hat.«

»Ich spreche selten darüber. Ich erinnere mich nur ungern daran, schätze ich.«

»Weiß deine Tochter davon?«

»Oh, das ist eine lange Geschichte«, sagte sie. »Für ein andermal. Was ich aber eigentlich sagen wollte, der einzige Grund, warum ich von alldem angefangen habe, ist, dass ich weiß, wie sehr es einem das Herz brechen kann, wenn man den Glauben an die Liebe eines anderen Menschen verliert. Es ist niederschmetternd. Wie auch immer es dazu kommen mag.«

»Und genau das habe ich Owen angetan. Das ist es, was ich ihm zugemutet habe.«

»Vielleicht. Doch Owen hat sich dafür entschieden, bei dir zu bleiben. Und er ist schließlich erwachsen, nicht wahr? Er hätte sich auch anders entscheiden können.«

Wir nahmen unseren Spaziergang wieder auf. »Ich hätte das nicht gekonnt, weißt du«, sagte ich. »Was Owen getan hat. Wenn die Sache umgekehrt gewesen wäre. Ich wäre zur Tür hinaus gewesen. Ich hätte es nicht ertragen.«

»Glaub mir, Gus. Man weiß nie, was man ertragen kann.«

Ein Kaninchen, kein ganz junges, aber auch noch nicht ausgewachsen, hoppelte ein paar Meter vor uns den Weg entlang. Alison fragte: »Willst du einen Rat? Oder nur eine Schulter zum Ausweinen? Ich kann dir das eine oder das andere anbieten. Ich kann dir sogar beides anbieten.«

»Wie lautet der Rat? Eigentlich kann ich nur versuchen zu vergessen, dass Laine mir das jemals geschrieben hat. Und mich vor Owen nicht wie ein durchgeknallter Teenager aufführen. Mein Herz wieder versiegeln.«

»Das. Ja. Aber ... vielleicht ist es anmaßend von mir, aber ... Versuch nicht, mit ihm Kontakt aufzunehmen. Du könntest ... du könntest in Versuchung kommen.«

»Nein.« Ich schüttelte den Kopf. »Ich bin überhaupt nicht in Versuchung. Überhaupt nicht.«

Doch das stimmte nicht. Ich entwarf bereits unterkühlte, kodierte Nachrichten, die ich ihm über Laine zukommen lassen könnte. *Bitte richte Deinem Vater aus, wie sehr ich mich freue, dass er endlich die wahre Liebe gefunden hat. Bitte richte Deinem Vater meine besten Wünsche aus – voraus-*

gesetzt, er weiß noch, wer ich bin. »Nein«, sagte ich. »Ich sehe ein, warum du das glauben könntest ... aber nein. Ich bin nicht im Geringsten in Versuchung, mich wieder bei ihm zu melden.«

»Nun, das ist doch ausgezeichnet.« Alison nahm wieder meinen Arm. »Also, hast du das Gefühl, alle sieben Runden machen zu müssen? Denn ich muss gestehen, dieses Wissen, dass es eine Meile ist, vermittelt mir exakt dieses Gefühl. Als würden wir uns drücken, wenn wir nach fünf aufhören.«

»Volltreffer«, sagte ich. »Deshalb ärgere ich mich ja so darüber.«

»Aber diese zwei Runden gehen wir noch, oder nicht?«

»Ja«, sagte ich. »Diese zwei Runden gehen wir noch.«

V̌or ihrer Veranda umarmte sie mich. Und ich bedankte mich bei ihr und meinte es auch so. Als Owen zwei Stunden später ins Haus kam, fragte er mich, was los war.

»Im einen Moment meditiere ich über die Hartnäckigkeit eines Eichhörnchens vor meinem Fenster, im nächsten sehe ich, wie meine zurückhaltende Frau unsere Nachbarin umarmt.«

»Oh, wir sind um den Teich gelaufen. Sie hat mir ... sie hat mir ein paar Dinge über ihre Ehe erzählt, die ziemlich schlimm waren. Ich fand, sie brauchte einfach eine Umarmung. Schockierend, ich weiß, aber sogar ich kann gelegentlich mitfühlend sein.«

»Es ist tatsächlich schockierend. Wir behalten das für uns. Ich möchte schließlich nicht deinen Ruf ruiniert sehen.«

Das war ein alter Scherz zwischen uns. Oder eine alte Routine, schätze ich, denn es als Scherz zu bezeichnen setzt Humor voraus. Und vielleicht war auf Owens Seite auch

Humor im Spiel. Für mich war es etwas anderes. Ich hatte immer Zweifel, ob Owen meine ein wenig unnahbare Art verstand, diesen mutterlosen Teil von mir, den Teil, der nicht wusste, was er mit Alisons Arm anfangen sollte, mit dem sie sich bei unserem Spaziergang bei mir eingehängt hatte. Den Teil, der eine solche Geste der Zuneigung nur annehmen konnte wie ein schlechtsitzendes Kleidungsstück, etwas aus zweiter Hand, von dem ich den Verdacht hatte, es sei eigentlich gar nicht für mich bestimmt.

»Ich denke darüber nach, die Arbeit mit einem Moratorium zu belegen«, sagte Owen und griff nach seinem Wasserglas. »Mit dem, was als Arbeit durchgeht, sollte ich wohl besser sagen. Zumindest für ein paar Tage. Ich glaube, ich habe einen Punkt erreicht, von dem aus ich mich immer tiefer in den Schlamassel hineinschraube. Ich brauche Urlaub.« Er sah mich an und lachte. »Du solltest dich sehen, Gus. Keine Panik, ich schlage nicht vor, irgendwo hinzufahren. Ich weiß, dass du mitten in einem Projekt steckst. Ich denke nur, dass ich mir vielleicht eine Woche lang den Zutritt zur Scheune verbieten werde. Und im Garten arbeite. Lange Spaziergänge mache. Den vorderen Flur streiche. Damit aufhöre, mich so verdammt zu drängen – denn ganz offensichtlich drängt mich irgendwas mit größerer Kraft zurück.«

»Ich finde, das klingt gut«, sagte ich. »Hier gibt es jedenfalls immer mehr Arbeit, als zu schaffen ist. Und inzwischen kannst du eine Pause sicher gut gebrauchen. Eine sehr kluge Entscheidung.«

»Für solche Situationen muss es irgendein Sprichwort geben. Verzweiflung ist die Mutter des gesunden Menschenverstands? Irgendetwas in der Art.« Er trank, und ich ging quer durch die Küche auf ihn zu und küsste ihn auf die Wange, das Glas hatte er noch am Mund.

»Es ist ein guter Schachzug«, sagte ich und dachte: Und gutes Timing obendrein.

Was folgte, war eine entspanntere Woche, als unser Haus sie seit Monaten erlebt hatte. Owen war ein sehr willensstarker Mensch. Wenn er beschloss, etwas zu tun, dann zog er es durch. Und nachdem er beschlossen hatte, seine Sorgen für eine gewisse Zeit hintanzustellen, schien er genau dazu auch imstande zu sein. Ich arbeitete zwar weiter, ließ es jedoch langsamer angehen und gab dem Projekt weniger Raum.

Im Lauf der Jahre hatte ich mich mehr als einmal gefragt, ob Menschen, die einander so nahe waren wie Owen und ich, tatsächlich telepathisch aufeinander reagieren. Reagierte er auf einen Hilferuf, von dem ich nicht wusste, dass ich ihn aussandte, und von dem er nicht wusste, dass er darauf antwortete? Etwas, das seine Aufmerksamkeit gerade rechtzeitig weckte, um mich darauf hinzuweisen, dass unser gemeinsames Leben mehr war als nur ein Trostpreis?

Wir ließen uns bei den Mahlzeiten Zeit. Spielten nach dem Abendessen Scrabble. Ich ging in den Garten hinaus, wenn er Unkraut jätete, und blieb eine Stunde oder länger, unterhielt mich mit ihm und lachte mit ihm. Ein paar Mal landeten wir miteinander im Bett, Sex am helllichten Tag. An die betrunkene Beinahe-Rauferei in jener Nacht nach dem Abendessen bei Alison kam es zwar nicht heran, aber wir turnten herum und neckten einander, und wir spielten. Das Einzige, was mir in jener Woche fehlte, war, dass er immer noch nicht über meine Arbeit sprechen wollte. Ich versuchte es einmal, und er versank in ein schreckliches, vielsagendes Schweigen. Doch es war nicht so schlimm. Denn in vieler Hinsicht hatte ich das Gefühl, unser Haus sei endlich wieder ein Zuhause. Nicht länger ein Ort, der von Mangel bestimmt war – dem Mangel an Glück, an geteilter Freude, an Gesprächen. Es fühlte sich an wie ein zweiter Frühling.

Doch dann, nach genau einer Woche, verkündete er, er werde wieder in die Scheune zurückkehren – *ich kann schließlich nicht einfach aufhören* –, und binnen weniger Tage war alles wieder beim Alten.

Ich schätze, ich sollte dankbar sein für diese gemeinsame Woche«, sagte ich, als ich in Alisons Atelier auf dem Fußboden saß, umgeben von ihren Bildern, diesen überdimensionalen Pflanzendarstellungen, deren jedes Detail so riesig war, dass ich mir dazwischen wie ein Zwerg vorkam. Der alte Kiefernboden war rissig und verschmutzt, und ich hatte mir an der Handfläche einen Splitter eingezogen, an dem ich während unseres Gesprächs herumzupfte. »Er tut mir furchtbar leid. Ich weiß, wie sehr einen so etwas zerreißen kann.«

»Ich wünschte, ich könnte mit einer eigenen Erfahrung aufwarten.« Sie stand hinter ihrer Staffelei, nur ihre gebräunten, muskulösen Beine waren zu sehen und die nackten Füße, deren Zehennägel im gleichen Korallenton bemalt waren wie ihre Lippen. »Was tut man dann?«

Ich zuckte die Schultern. »Man leidet. Man schließt mit dem Gott, an den man nicht glaubt, einen Handel ab. Man wartet ab.«

»Vielleicht sollte ich froh sein, dass ich nur Hobbymalerin bin.«

»Wenn es dir ein besseres Gefühl verschafft, dich immer so zu nennen ...« Ich betrachtete ein Bild, das mir besonders gut gefiel, ein ein Meter zwanzig hohes Aquarell, das ein abgerissenes Stück Sumpfgras zeigte. »Deine Arbeiten sind gut, weißt du. Aber wenn dich das nur befangen macht, nehme ich es zurück.«

»Danke.«

»Alison, wie schaffst du es, dir nicht die ganze Zeit Splitter einzuziehen?«

»Was? Oh, ich weiß es nicht. Ich habe wahrscheinlich zu dicke Hornhaut an den Füßen. Von all diesen Ballettstunden, die ich nehmen musste.« Einen Augenblick später sagte sie: »Dir geht es anscheinend besser, Gus. Wegen dieser anderen Sache, meine ich. Ich hoffe, es macht dir nichts aus, wenn ich das sage. Ich vermute, die Zeit mit Owen hat dir geholfen.«

Diese andere Sache.

Ging es mir besser?

Auch wenn mir diese Woche mit Owen gefallen und gutgetan hatte, auch wenn sich irgendwelche Gefühle, die noch für Bill in mir schwelten, dadurch abgeschwächt haben mochten, hatte ich mich bisher dennoch nicht überwinden können, Laines E-Mail zu beantworten. Wenn ich es versuchte, gelangte ich jedes Mal an einen Punkt, an dem ich Bills Hochzeit entweder erwähnen oder unerwähnt lassen musste, und scheute mich, dieser Pflicht nachzukommen – als würde damit etwas abgeschlossen, das abzuschließen ich nicht übers Herz brachte. Laines Nachricht hatte von Neuem eine ganze Erinnerungslandschaft aufgerufen, von der ich nicht einfach den Blick abwenden konnte. Dabei handelte es sich um einen Ort, der sich von allen realen Orten dieser Erde unterschied, wo fruchtbare Hügel in zerklüftete Gletscher übergingen und tödliche Spalten zu eisigen Stürzen von üppigen, sonnenbeschienenen Wiesen einluden. Ein Ort der Schönheit und Gefahr, nach dem ich mich sehnte und den ich verabscheute und den ich einfach nicht aus meinem Blickfeld verbannen konnte.

»Ja«, sagte ich zu Alison. »Es geht mir besser. Danke. Ich

hatte ein, zwei schlechte Tage, aber schließlich«, sagte ich, »war das in einem anderen Leben. Inzwischen sind Jahre vergangen. Es ist wirklich in Ordnung jetzt.«

Ihr Schweigen, bevor sie antwortete, sie freue sich darüber, dauerte ein paar Sekunden zu lang; offenbar hatte sie gemerkt, dass ich das nur deshalb sagte, weil ich wollte, dass es stimmte.

Nicht nur Owen hatte sich wieder an die Arbeit gemacht, ich ebenfalls. Doch während er geradewegs in das altvertraute Elend hineinmarschiert war, war ich fieberhaft damit beschäftigt, mit Hilfe meiner Skizzen Leinwände zu füllen. Nach dem Besuch bei Alison widmete ich mich einem Motiv, das es mir besonders angetan hatte, einem einzelnen Jungen – Oliver Farley, gestorben mit siebzehn in einem französischen Krankenhaus –, der, die Ellbogen auf den Knien, das Kinn auf die Hände gestützt, auf unserer Vordertreppe saß. Und einfach wartete. Das Bild eines wartenden Jungen. Das war es, was ich vermitteln wollte, als ich ihn schließlich vollständig in das Bild hineingemalt hatte. Dass er alle Zeit der Welt hatte. Das war das Thema, das mir immer wieder durch den Kopf ging, der rote Faden, den ich nicht sofort hatte festhalten können. Es ging nicht darum, dass diese Jungen kindlichen Tätigkeiten nachgingen, auch nicht erwachsenen, die sie durch ihren brutalen frühen Tod verpasst hatten. Es ging darum, dass sie sich in diesen unseren Räumen bewegten, diesen Platz einnahmen, als hätten sie alle Zeit der Welt. *Wir spielen einfach ein bisschen Schach. Wir lassen uns Zeit mit dem Frühstück, das vor den Augen eines Freundes zubereitet wird, der lässig die Füße auf den Tisch gelegt hat. Vielleicht setze ich mich einfach hin und tue nichts Besonderes.*

Zeit. Und Ruhe.

Nicht nur an diesem Tag, sondern die ganze Zeit dachte ich beim Malen viel über die Atmosphäre im Haus meiner eigenen Kindheit nach. Hier war die verlorene Seele natürlich meine Mutter, die Tote, die hinter dem Verdikt meines Vaters, sie dürfe nicht mehr erwähnt werden, eingemauert und weggesperrt war. Erwähnt werden. Hervorgeholt. Ans Licht befördert. Ich weiß nicht, ob mein Vater geglaubt hatte, dass es dadurch leichter wurde und er den am wenigsten verstörenden Kurs wählte, doch als ich für diese Jungen Ruhe herbeisehnte, wurde mir klar, wie viel Hysterie sich in der extremen Herangehensweise meines Vaters verborgen hatte.

An jenem Abend räumte Owen die Spülmaschine aus, und ich bereitete die nächste Ladung vor. Immer auf der Suche nach Themen, um die Leere zu füllen, erzählte ich ihm von Alisons eigentümlich robusten Füßen, und er sagte: »Gut zu wissen. Ich füge das der Liste hinzu.«

»Welcher Liste?«

Er reckte sich, um einen Tellerstapel ins Regal zu schieben. »Weißt du tatsächlich nicht, dass du Tag für Tag mit ein paar kleinen Fakten über sie nach Hause kommst?«

Ich drehte den Wasserhahn zu.

»Das nennt sich, jemanden kennenlernen, Owen, und ich stelle fest, dass wir ein wenig außer Übung sind, aber eigentlich ist es doch nicht so merkwürdig. Oder?«

»Nein«, sagte er. »Vermutlich nicht. Ich habe dich nur aufgezogen, Gus. Versucht, einen Witz zu machen.«

»Nun, es war urkomisch«, sagte ich. »Hier ist alles abgespült. Macht es dir etwas aus, wenn ich noch ein bisschen arbeite?«

»Keinesfalls«, sagte er, als ich die Küche verließ. »Ich bin froh, wenn wenigstens einer von uns arbeiten kann.«

Sein Neid und sein unangemessener Groll gegen mich waren unbestreitbar. Beinahe hätte ich kehrtgemacht und ihn gefragt, ob es ihm irgendwie helfen würde, wenn ich aufgab und mit ihm Schiwe saß für unser beider schöpferisches Leben. Doch ich schluckte meinen Ärger hinunter und sagte mir immer wieder, wie miserabel er sich fühlen musste, wie furchtbar dieses Gefühl der Leere war, und machte mich an die Arbeit.

7

Wenn es mit meinem Vater ein Problem gab, rief das Heim gewöhnlich Jan an – sie war schließlich Ärztin, Hausärztin, und hatte schon einige alte Patienten behandelt. Und es war wirklich nicht oft zu Notfällen gekommen. Er gehörte nicht zu den hoffnungsvollen Ausreißern, und seine Demenz hatte nie eine gewalttätige Seite offenbart. Doch hin und wieder bekam er unerklärlich hohes Fieber, oder eine simple Erkältung wuchs sich zur Lungenentzündung aus, die dann mit einem medizinischen Eifer behandelt wurde, den man einem Mann vorbehalten geglaubt hätte, für den die Fortdauer seiner Existenz unbestreitbar ein Geschenk darstellte. Jeder Zweifel an der Lebensqualität meines Vaters wurde mit jeder zur Verfügung stehenden technischen Kunstfertigkeit und größter professioneller Unerschrockenheit vertrieben. Und so wurden Medikamente und Zelte und Flüssigkeiten in sein Zimmer gebracht, bis das Fieber besiegt, die Lunge wieder klar, die Schlacht gewonnen war; der Krieg in seinem Gehirn wütete weiter.

Darüber hinaus war es gegen Ende des Frühjahrs zu einem anders gearteten Zwischenfall gekommen; damals war er tagelang in Tränen aufgelöst gewesen, ein Fluss ohne Quelle, ohne Ziel. Eine Flut, eine unheilige, sturzbachartige Flut. Damals – vier ganze Tage und ebenso viele Nächte – hatten Jan und ich abwechselnd bei ihm gesessen und ihn getröstet, besser gesagt, nicht einmal getröstet, sondern es lediglich versucht.

Außerdem hatte ich versucht, die junge Krankenschwester zu trösten, Lydia, die glaubte, dass sie diese Überschwemmung – eigentlich unvorstellbar bei einem so ausgetrockneten alten Mann – irgendwie ausgelöst hätte. Sie habe ihm Fragen über sein Leben gestellt, sagte sie. Über seine Frau. Als Antwort war er aufgebrochen, hatte sich in einen See verwandelt.

»Das hätte jedem passieren können«, sagte ich zu ihr. »Vermutlich spielte es keine Rolle, was Sie gesagt haben.«

Sie konnte kaum älter als zwanzig sein. Ich sah, wie die Debatte sich auf ihrem Gesicht abzeichnete, der Wunsch, von aller Schuld befreit zu sein, der gegen ihre Überzeugung und ihre Hoffnung ankämpfte, dass ihre Worte von Bedeutung waren.

»Es ist nicht Ihr Fehler«, sagte ich. »Es ist niemandes Fehler.«

In der dritten Augustwoche befand sich Jan mit Letty in ihrem Jahresurlaub hoch im Norden, in Nova Scotia, deshalb wurde ich als Erste von seinem gewalttätigen Ausbruch benachrichtigt; ein frühmorgendlicher Anruf von einer Krankenschwester, der ich noch nie begegnet war, deren wissende, tiefe, raue Stimme in einem gewissen Gegensatz zu ihrer optimistischen Bemerkung zu stehen schien, dass es sich durchaus um ein einmaliges Ereignis handeln könne.

»Was ist passiert?«, fragte ich. »Genau, meine ich.«

Er hatte die Krankenschwester, die ihm beim Zuknöpfen des Pyjamas half, an den Schultern gepackt. »Es ist oft etwas so Einfaches. Etwas, für das es eigentlich keine Erklärung gibt. Er hat sie geschüttelt. Ziemlich fest. Ihr Vater ist immer noch ein sehr kräftiger Mann. Überraschend kräftig.«

»Es tut mir sehr leid«, sagte ich – obwohl ich wusste, dass

eine Entschuldigung nicht ganz passend war. Was tat mir leid? Dass mein Vater von einer Krankheit verwüstet wurde? Dass er sich all die Jahre so sehr bemüht hatte, für seine Mädchen stark und gesund zu bleiben? Jeden Nachmittag rannte er diese endlosen Runden um den Schulsportplatz. An der Stange über der Tür zu dem Schlafzimmer, das er und meine Mutter früher geteilt hatten, machte er Klimmzüge, blieb häufig auf der Schwelle stehen, wenn er die Brieftasche holen, seine Schuhe wechseln wollte, und zog sich schnell ein-, zweimal hoch. Aus Hingabe, war mir überraschend durch den Kopf gegangen, als ich einmal vom College zu Hause gewesen war. Eine kleine Erinnerung, Pietät. Was zuvor so seltsam, so ärgerlich gewesen war – *Beeil dich, Dad! Meine Güte, jetzt geh einfach rein und such deinen Schlüssel!* –, war mir an jenem Tag als etwas sehr Schönes erschienen.

»Es hatte beinahe etwas Sexuelles«, erzählte ich Owen viele Jahre später. »Aber überhaupt nicht abstoßend. Als würde er sie immer noch verehren. Und natürlich ging es ihm darum sicherzustellen, dass wir wenigstens einen gesunden Elternteil behielten. Ich glaube nur, dass noch mehr dahintersteckte...«

Natürlich hatte ich stets verzweifelt nach Zeichen gesucht, dass sie ihm immer noch etwas bedeutete, dass die Tür, die er nach ihrem Tod zugeschlagen hatte, Glasscheiben hatte, durch die noch etwas hindurchschien, vielleicht ein Schimmer von ihr, den ich eines Tages ausmachen könnte.

Die Krankenschwester sagte: »Mit jemandem, der körperlich geschwächt ist, ist es einfacher. Aber, wie ich sagte, es kann sich sehr wohl um einen einmaligen Vorgang handeln. Wir melden solche Zwischenfälle gern sofort. Falls wir ihn dann einer anderen Pflegestufe zuordnen müssen, verstehen Sie...«

»Ja, natürlich.« Mir fiel etwas ein. »Welche Krankenschwester war es?«

»Lydia. Sie ist noch ziemlich neu.«

Ich sagte ihr, wir seien uns schon begegnet. Ich rollte die Augen zum unergründlichen Himmel. Der grausam lächelte. Das arme Mädchen.

»Ich komme heute vorbei und sehe nach ihm«, sagte ich. »Vielleicht hilft ihm ein vertrautes Gesicht.«

Vor Alisons Tür fühlte ich mich wie das Mädchen, das vor dem Schließfach ihres neuesten Schwarms herumtrödelt und hofft, dass er sich mit ihr treffen will. »Das ist der Grund, weshalb ich heute nicht da sein werde... zumindest nicht heute Morgen.«

Sie erkundigte sich, ob ich jemanden dabeihaben wolle. »Oder kommt Owen...?«

»Owen überlasse ich seiner Arbeit.«

»Nun... ich könnte eigentlich eine Abwechslung gebrauchen«, sagte sie. »Es sei denn, du hast das Gefühl, es sei zu... Ich will mich nicht aufdrängen.« Doch sie hatte verstanden. Sie sei in zehn Minuten bereit. Wir würden uns dann auf ihrer Seite der Anhöhe treffen.

Sie fuhr. »Es wird mir guttun«, sagte sie, »am Steuer zu sitzen. Sonst werde ich mich hier nie auskennen. Mit Karten bin ich hoffnungslos. Aber wie dem auch sei, du siehst aus, als könntest du eine Stunde auf dem Beifahrersitz vertragen.«

Das sind wir, unterwegs zu der schönsten Privathölle, die für Geld zu haben ist: Wir sitzen dicht nebeneinander, so scheint es mir zumindest, da ich an die Dimensionen meines Vans gewöhnt bin. Zwei Frauen mittleren Alters. Ich trage einen Jeansrock und ein schwarzes T-Shirt; meine Arme liegen untätig im Schoß, und ich sehe, dass noch immer Farbe an ihnen klebt, obwohl ich sie geschrubbt habe. Meine Hände, meine Handgelenke wirken wie mit einer durchscheinenden, beinahe reptilienhaften Hautschicht überzogen, die an den darunterliegenden Poren und den feinen Linien haftet und deren Beschaffenheit sichtbar macht. Ich fühle mich schmuddelig, bin mir dieser Hülle übermäßig bewusst. Und Alison trägt wieder eine ihrer leuchtenden Farben – ein türkisfarbenes Kleid. Ihr Auto riecht nach ihr. Als wir von ihrem Grundstück auf die Straße biegen, stelle ich fest, dass es inzwischen einen Geruch gibt, den ich mit ihr assoziiere. Frühlingsblumen. Limette. Ich schließe kurz die Augen und atme tief ein und versuche, die unterschiedlichen Duftnoten voneinander zu unterscheiden.

»Ich wusste es«, sagt sie. »Du bist müde.«

»Ja.« Ich öffne die Augen. »Müde. Aber nicht schläfrig.«

»Das ist gut. Denn ich bin…« Sie lacht. »Ich hätte dich warnen sollen. Du läufst nicht Gefahr, einzuschlafen. Ich bin einigermaßen berühmt dafür, zu fahren wie eine…«

»Verrückte?«, frage ich. »Endet der Satz so?«

»Das klingt in etwa zutreffend. Dieses Wort habe ich in diesem Zusammenhang wohl schon einmal gehört. Ein-, zweimal.« Sie biegt mit solchem Gusto in eine Kurve, dass ich gegen die Tür gepresst werde. »Aber ich fahre sehr gut«, sagt sie. »Es ist nur… ich habe nur meinen Spaß…«

»In Ordnung.« Ich wappne mich und setze mich aufrechter hin. »Was ist eigentlich mit deinen Eltern?«, frage ich. Das ist kein Themenwechsel – das ganze Auto ist von unserer Mission und meiner Sorge erfüllt.

»Meine Eltern?«, fragt sie, als hätte ich mich nach einem Paar Einhörnern erkundigt. »Oh, denen geht es gut. Sie sind noch jung. Mitte siebzig. Fit. Sie brauchen keine Fürsorge und... wahrscheinlich ist es auch besser so, denn ich kann mir nicht vorstellen, wieder dort zu sein. Mein töchterliches Pflichtgefühl ist...« Sie bremst ruckartig ab. »Mein töchterliches Pflichtgefühl ist nicht sehr ausgeprägt. Und so unmöglich es aus heutiger Sicht auch scheinen mag, ich hatte mich damals so wahnsinnig in Paul verliebt, dass es keine Chance gab, dortzubleiben. Er hat in London studiert, so haben wir uns kennengelernt. Und jetzt gibt es natürlich Nora. Ich kann mir nicht vorstellen, so weit von ihr entfernt zu sein, besonders da ihr Vater...«

Sie lässt den Gedanken unvollendet. Es ist oft unklar, wie sehr sie dieses Thema vertiefen möchte, deshalb sage ich eine Weile nichts, sondern sitze einfach nur da und halte mich fest und denke, wie seltsam es doch ist, dass diese schrecklich langweilige Straße, die ich schon Dutzende Male gefahren bin, nun mit Schlaglöchern und gefährlichen Kurven gespickt ist.

»Es tut mir leid«, sagt sie nach einem besonders scharfen Schlenker. »Aber du wurdest gewarnt.«

Wäre Owen an ihrer Stelle, würde ich antworten: »Nun, ich wurde gewarnt, als es schon zu spät war – was genau genommen gar keine Warnung ist«, doch dazu fühle ich mich ihr noch nicht nahe genug. Und so sage ich stattdessen: »Ein bisschen Aufregung im Leben schadet nicht«, und sie sagt: »Stimmt. Das schadet ganz und gar nicht.«

Ihr Handy zwitschert. »Nicht während des Fahrens«, sage ich, und sie bedeutet mir, es aus ihrer Tasche zu ziehen. Auf dem Bildschirm erscheint ein Text: »*Das Labor-Day-Wochenende ist gut. Heather kann fahren.*«

Ich lese ihn Alison vor, deren Verhalten plötzlich ganz anders wird. Was ich für Freude, sogar Glück gehalten habe, war nichts verglichen mit dem, wie sie jetzt aussieht.

»Nora«, sagt sie unnötigerweise.

Die Erwähnung dieser jungen Frau ruft meine Erinnerung an eine andere wach. Laine. Deren E-Mail ich immer noch beantworten muss. »So, da sind wir«, sage ich, als Alison in eine Parklücke einbiegt, die mit *Angehörige* beschildert ist.

Als Kind war mir nur vage bewusst, dass mein Vater im Zweiten Weltkrieg gedient hatte, ganz am Ende war er in England stationiert gewesen. Ich hatte nie gefragt, was er dort getan hatte. Der Tod meiner Mutter, so selten er auch erwähnt wurde, schien bei uns allen so sehr im Zentrum unserer Familiengeschichte zu stehen, dass es war, als hätte unsere Zeit erst begonnen, als ihre endete. Vielleicht macht jeder einmal diese Erfahrung – nicht notwendigerweise durch einen plötzlichen Todesfall, sondern durch ein bestimmtes Ereignis, das eine deutliche Linie zwischen Vorher und Nachher zieht, eine Wand eigentlich, die zu erklettern sehr mühsam ist und daher abschreckend wirkt.

Daran dachte ich, als ich bei meinem Vater im Zimmer saß, nachdem ich Alison vorgestellt hatte, deren britischer Akzent ihn zu dem Satz beflügelte: »Oh, ich erinnere mich an Sie. Sie sind das Mädchen, in das mein Kumpel so verliebt war. Kenny. Auf dem Heimweg auf dem Schiff hat er die ganze Zeit geweint. Wussten Sie das?«

Vielleicht wechseln wir in unserem Leben von einem Zeitabschnitt in den anderen, wie wir die Wohnungen wechseln. Tür zu, kein Schlüssel im Briefkasten, nur die unvorhersehbaren Verschiebungen im Gedächtnis meines Vaters, die es ihm erlauben, sich wieder hineinzuschleichen.

Als ich ihnen zuhörte, wie sie »in Kriegserinnerungen« schwelgten, konnte ich mir vorstellen, dass der Tod seiner einunddreißigjährigen Frau ihn so entscheidend geprägt hatte, dass ihm selbst seine Erinnerungen an den Krieg entglitten. Ein anderes Leben. Doch wie konnte es sein, dass ich von diesem ganzen Abschnitt seiner Vergangenheit nichts wusste? Wie kam es, dass seine Rolle im Zweiten Weltkrieg nicht in mein Bewusstsein vorgedrungen war? Diese ganze Arbeit, in die ich mich mit Jackie Mayhew, Oliver Farley und den anderen gestürzt hatte, und nie war mir aufgefallen, dass auch mein Vater einer dieser amerikanischen Jungs gewesen war, die man nach Europa in den Krieg geschickt hatte, wenn auch in einen anderen?

Es war niederschmetternd, wie erfolgreich er uns von seiner Vergangenheit abgeschnitten hatte.

Auf seinem Gesicht waren Spuren der Kämpfe der vergangenen Nacht genauso wenig abzulesen wie solche des militärischen Konflikts vor rund fünfundsechzig Jahren. Man hatte mich davor gewarnt, den Zwischenfall zu erwähnen. Da er allmählich in ein Stadium überging, in dem er bei jeder Aufregung gewalttätig werden konnte, sei es kontraproduktiv, ihn mit diesem Zwischenfall zu konfrontieren, hatte man mich informiert. Und so saß ich einfach da und war erleichtert, dass ich ihn besuchen konnte und ausnahmsweise jemand anders das Gespräch in Gang hielt. Alison wiederum erwies sich als ausgesprochen geschickt, den seltsamen Windungen seiner Gedanken zu folgen. Es hatte den Anschein, als wäre sie vollauf damit zufrieden, die Rolle eines neu zum Leben erweckten Mädchens zu spielen, die längst vergessene Liebe eines längst vergessenen Freundes.

Während sie miteinander plauderten, ging mir der Gedanke durch den Kopf, ihm die Fragen zu stellen, die ich ihm niemals gestellt hatte. *Wie war es, in den Krieg zu ziehen? Wie war es damals, in Europa Jude zu sein? Wie war es, sich vor dem Tod zu fürchten? Freunde zu verlieren? So weit weg zu sein von zu Hause?* Aber ich konnte es nicht ertragen, möglicherweise herausfinden zu müssen, dass er all diese Erinnerungen bereits verloren hatte.

»Betty!« Auf diesen Ausruf meines Vaters folgte ein Hustenanfall. »So heißen Sie«, sagte er, die Faust noch vor dem Mund, um weitere Spritzer abzuschirmen. »Sie sind Millies Freundin. Kennys Mädchen. Betty.«

»Ich wusste, dass Sie sich erinnern würden!«, sagte Alison. »Sie waren immer gut in solchen Dingen. So gescheit!«

Ich hatte mir vorgestellt, sie würden vielleicht als Highschoollehrer auf Gemeinsamkeiten stoßen. Ich hatte gedacht, es würde die Überraschung des Tages werden: dass es ihr gelang, ihm etwas über die Jahre zu entlocken, in denen er unterrichtet hatte, und mir so dazu verhalf, den Vater zu finden, an den ich mich erinnerte, auch wenn er selbst es nicht mehr konnte. Mir war auch kurz durch den Kopf gegangen, dass er ihr die Rolle meiner Mutter zuweisen könnte, obwohl diese Vorstellung in mir eine kindliche Scham ausgelöst hatte. Doch nein, sie wurde zu Betty. Betty, das englische Mädchen. Keine Figur aus dem Leben, das ich mit ihm geteilt hatte, sondern Fleisch und Blut gewordener Beweis einer Geschichte, die mit mir nichts zu tun hatte.

Wie auf ein Stichwort, als ob er meine Melancholie gespürt hätte, drehte er sich um und erkundigte sich tief besorgt und mit feuchten Augen: »Waren Sie auch da?«

»Nein«, sagte ich und stand auf. »Wie schön, dass ihr beide einander wiedergefunden habt.« Ich berührte seine Stuhllehne. »Ich gehe mal schnell zu der ... zu der ...« Ich brachte den Satz nicht zu Ende und verließ das Zimmer.

Auf der Schwesternstation spähte ich über den Tresen, der von zwei gewaltigen Plastikgestecken flankiert war, und erkundigte mich, ob Lydia zu sprechen sei; aber natürlich war sie nach der Nachtschicht nach Hause gegangen. Ich überlegte, ob ich ihr eine Nachricht hinterlassen sollte: *Es liegt nicht an Ihnen ... Machen Sie sich keine Vorwürfe*; doch was man persönlich so zwanglos sagen kann, klingt schriftlich sperrig und anmaßend.

»Würden Sie ihr bitte ausrichten, dass ich mich für ihre Fürsorge um meinen Vater bedanken möchte?«, sagte ich. »Ich weiß, dass er nicht der einfachste... Ich weiß, dass sie gestern Abend die Hauptleidtragende war.«

Die diensthabende Schwester betrachtete mich mit echter Freundlichkeit. »Oh, wir sind an so etwas gewöhnt«, sagte sie. »Ihr Vater ist ein Lamm. Hin und wieder hat er mal eine schlechte Nacht. Er macht überhaupt keine Umstände.«

»Sie waren es, die mich heute Morgen angerufen hat, nicht wahr?«, fragte ich.

»Das ist richtig«, sagte sie. »Wir müssen diese Anrufe tätigen. Aber machen Sie sich unseretwegen bitte keine Sorgen.«

Als ich sie ansah, dachte ich, dass Laine sicher gern ihr Gesicht gemalt hätte. Sie war vielleicht zehn Jahre älter als ich, hatte leuchtend rotblondes Haar und ungewöhnlich dunkelbraune Augen. Gezupfte, gebürstete Augenbrauen. Und ihre Nase war nicht symmetrisch, das eine Nasenloch war rund, das andere schmal – sie entzog sich einer genauen Festlegung, wie auch das Tiefe und Raue ihrer Stimme mit den munteren Sätzen in Widerspruch stand. Ihr Gesicht wirkte wie eine Ansammlung eilig zusammengefügter Züge, nicht wie ein einheitlich gestaltetes Ausdrucksmittel. Mir würde es nie gelingen, so etwas einzufangen. Doch Laine, das wusste ich, übertraf sich bei solchen Herausforderungen geradezu selbst.

»Er geht bald zum Mittagessen«, sagte die Krankenschwester. »Werden Sie noch bleiben? Und Ihre Freundin?«

Ich blickte hinter ihr auf die große Uhr, die jedes Klassenzimmer geschmückt hatte, das ich je besucht hatte. Jedes Klassenzimmer, in dem mein Vater je unterrichtet hatte. Es war nach Mittag. »Nein«, sagte ich. »Wir fahren gleich.« Ich dankte ihr noch einmal und ging über den Flur zurück.

Als wir das Zimmer meines Vaters verließen, war ich kaum mehr als eine Fußnote im Vergleich zu »Bettys« Abschied. Er wirkte so traurig, sie gehen zu sehen, dass ich einen erneuten Tränenschwall befürchtete, doch ihr mehrfaches Versprechen, wiederzukommen, tröstete ihn schließlich.

Wir schwiegen, als wir durch die klimatisierten, neonbeleuchteten Flure zum Ausgang schritten, murmelten nur ein simultanes *Dankeschön*, als der Wachmann uns die Tür öffnete. Wir schwiegen, als wir in die Welt hinaustraten, die in den Stunden, die wir im Gebäude verbracht hatten, offenbar zum Kochen gebracht worden war. Erst als wir schon beinahe am Auto waren, begann Alison zu reden.

»Unvorstellbar, wie schwer das für dich sein muss«, sagte sie. »Ich an deiner Stelle... Ehrlich, es muss nachgerade unmöglich sein, damit zurechtzukommen... Obwohl...« Wir hatten das Auto erreicht. »Obwohl er ein ganz netter Mann zu sein scheint.«

Ein ganz netter Mann. Ja. Das war wohl aus ihm geworden – wenn er nicht gerade Krankenschwestern würgte oder in seiner eigenen Tränenflut ertrank. »Nun, er war verdammt streng, als ich noch ein Kind war«, sagte ich. »Das ist heute schwer zu erkennen. Er wirkt so milde, ich weiß. Doch er war... er war ziemlich hart mit uns. Wir waren keine... wir waren keine liebevolle Familie. Wir waren nie ... nie gefühlvoll, schätze ich. Nie zärtlich.« Ich stöhnte, als wir in der stickigen Luft saßen. »Mein Gott. Und die Leute lassen ihre Hunde im Auto.«

»Nur Leute, die ihre Hunde umbringen wollen.« Alison ließ unsere beiden Fenster gleichzeitig nach unten. »In England gibt es absolut nie eine solche Hitze. Nicht so. Einmal in hundert Jahren.« Sie setzte rückwärts aus der Parklücke.

»So viel habe ich ihn noch nie über den Krieg erzählen hören«, sagte ich. »Bei weitem nicht. Es war seltsam zu denken, dass er diese ganze ... diese ganze Epoche in seinem Leben einfach ausradiert hat. Oder begraben. Und dann kommt sie plötzlich wieder angerollt. Wenn man alt ist. Und seine fünf Sinne überhaupt nicht mehr beieinander hat.« Ich sah aus dem Fenster. In einem langen Streifen zogen niedrige, sandfarbene Gebäude vorüber. In regelmäßigen Abständen *Zu vermieten*-Schilder. »Eine sehr seltsame Sache«, sagte ich. »Dieses ganze Leben.«

»Das kann man wohl sagen. Darüber besteht kaum ein Zweifel. Als du das Zimmer verlassen hast, hat er geredet. Ich weiß nicht, ob du Bescheid weißt, vielleicht weißt du es. Über eine Frau. Als er in England war.« Sie stoppte an einer Ampel, und mir fiel auf, dass ihr Fahrstil sich verändert hatte, im Gegensatz zu vorhin war er jetzt beinahe würdevoll.

»Betty?«

»Nein. Nicht sie. Ich schätze, es gab ein anderes Mädchen. Du kennst die Geschichte wahrscheinlich.« Doch an ihrem Ton merkte ich, dass sie genau das Gegenteil dachte.

»Ein Mädchen in England? Nein. Davon habe ich nie gehört. Ich weiß ja gerade mal, dass er dort gewesen ist.«

»Millicent«, sagte sie. »Millie für ihre Freunde.«

»Oh.« Ich lachte. »Natürlich. Ein englisches Mädchen namens Millicent. Wie hätte sie auch sonst heißen sollen?«

»Nun, Fiona. Dorothea. Dotty. Gladys.«

»Und, was ist mit diesem Mädchen namens Millicent? Millie.«

»Oh, es schien nur ... irgendwann schien er zu glauben, ich sei sie. Ich vermute mal, sie waren ein Paar.«

»Wirst du mir jetzt enthüllen, dass ich einen großen Bruder habe, der mit seiner Mum Millie in England lebt?«

Alison lachte. »Nein. Ich denke, höchstens ...«

»Hat er gesagt, er sei verliebt gewesen?«

Wieder nahm sie mit der gleichen bemerkenswerten Sorgfalt eine Kurve. »Nicht ausdrücklich. Er hat mir erzählt, nun, er hat mir eigentlich gar nichts erzählt, da er dachte, ich wüsste es bereits. Er hat einfach von alten Zeiten gesprochen. Etwas von einem Pub und einem Heimweg. Und was für ein zänkisches Weib Millies Mutter gewesen sei. Meine Mutter, nehme ich an. Ich hätte es nicht einmal erwähnt ...«

»Nein, ich bin froh, dass du es erwähnt hast. Das erklärt, warum er so am Boden zerstört war, als du gingst.«

»Es kam mir einfach seltsam vor. Dass er es mir erzählte. Und ich es dir nicht erzähle.«

»Seltsam«, sagte ich. »Ja. Es wäre seltsam gewesen. Dass mein Vater, der dich für seine Freundin aus dem Jahr 1945 hält, dir eine Geschichte erzählt, die du mir nicht erzählst.« Ich sah sie an. »Was ist nicht seltsam im Leben, Alison? Im Ernst? An welchem Punkt halten wir eigentlich inne und sagen, nun, *das ist* wirklich komisch? *Das* hier nicht. Aber *das* hier schon.«

Sie sagte nichts darauf, und eine gewisse Zeit fuhren wir einfach weiter. Vorbei am ersten Gewerbegebiet zu unserer Linken, dann an seinem Zwilling zur Rechten. Und ich dachte an Millicent. Ein Mädchen in England. Gerade mal vor einer Stunde, sogar weniger, hatte ich die Theorie aufgestellt, dass der Tod meiner Mutter den Krieg wahrscheinlich aus dem Gedächtnis meines Vaters gelöscht hatte, und hatte mich für sehr scharfsinnig gehalten. Das Leben und seine Grenzlinien, die Ereignisse davor und danach. Aber vielleicht war der Krieg immer ein Tabuthema gewesen – wegen Millicent. Vielleicht hatte er meiner Mutter versprochen, sie nie zu erwähnen. Vielleicht hatte zu seinem Heiratsantrag das Geständnis gehört, dass es eine andere Liebe gegeben hatte. »Sie hieß Millie, und ehe ich dich kennengelernt habe, dachte ich, ich würde nie wieder jemanden lieben...« Vielleicht hatte er in all diesen Jahren die Klimmzüge nur gemacht, um seine englische Rose wieder für sich zu gewinnen, sobald seine Töchter aus dem Haus waren. Doch dann war auch sie gestorben. Oder sie war mit dem Gemüsehändler durchgebrannt. Oder sie hatten ihr Verhältnis heimlich fortgesetzt, und er hatte uns nie davon erzählt, damit wir nicht das Gefühl hatten, unsere Mutter wäre verraten worden. Vielleicht war die gute alte Millicent die Antwort auf das Rätsel, weshalb mein Vater sich in all den Jahrzehnten seiner Witwerschaft nie mit einer anderen Frau eingelassen hatte.

Unterwegs kam mir der Gedanke, falls ich jemals Kinder gehabt hätte und eines Tages so dement geworden wäre, dass ich alles ausplauderte, würden sie einander auf der Heimfahrt fragen: *Wer zum Teufel war Bill?* Nur dass in diesem Fall die Chronologie nicht stimmte. Wenn ich Kinder gehabt hätte, hätte es Bill nie gegeben. Einen Augenblick lang war ich felsenfest davon überzeugt – wie stets bei solchen Gelegenheiten. Wenn meine Schwester noch leben würde. Wenn meine Gebärmutter sich mit Leben gefüllt hätte. Wenn alles nach Plan gegangen wäre, dann hätte ich nicht...

Aber wer wusste das schon?

»Es ist wirklich erstaunlich«, sagte ich, »wie wenig Ahnung wir von den Dingen haben.«

»Ja.« Alison schloss unsere beiden Fenster. »Sag mir, wenn es dir zu kalt wird. Ich muss oft an Neugeborene denken, weißt du. Dass wir uns immer darauf konzentrieren, wie viel Wissen sie erwerben. Aber man muss auch lernen, wie viel nicht gewusst werden kann. Die Aneignung von Wissen auf der einen und das Akzeptieren von Nichtwissen auf der anderen Seite.«

»Wahrscheinlich.« Ich überlegte kurz, ob ich meine Theorie über die Religion ausführen sollte, ihre Funktion, eine Geschichte zu liefern, die man sich selbst erzählen konnte; doch ich wollte Alisons Tochter gegenüber nicht unhöflich sein, die nun am Labor Day offiziell erwartet wurde. In Wahrheit war ich mit meinem müden, unbefriedigten Herzen nicht in der Lage, mit dem Finger darauf zu zeigen, wie schlecht andere mit ihrem Leben zurechtkamen oder welcher Illusionen sie bedurften, um es zu schaffen.

»Das hier ist das beste Einkaufszentrum in der Gegend«, sagte ich und wies sie darauf hin. »Falls dir die Farben ausgehen und du einen Notvorrat brauchst. Hier gibt es auch Künstlerbedarf. Sie führen nicht die allerbeste Qualität, aber zur Not genügt es. Wahrscheinlich habe ich aber auch alles, was du brauchst. Ich tendiere dazu, jedes Mal einen Vorrat für die nächsten Jahre anzulegen.«

»Ich werde daran denken«, sagte sie, dann berührte sie leicht meinen Arm. »Du siehst so müde aus, Gus. Warum machst du nicht die Augen zu? Ich verspreche dir, nicht zu fahren wie eine Verrückte. Warum versuchst du nicht, ein wenig zu schlafen?«

»Deine Tochter«, sagte ich, »glaubt sie das alles wirklich? Die Sache mit dem Himmel, meine ich. Dass wir alle einfach weiterexistieren? Das große Wiedersehen eines Tages?«

Alison seufzte. »Irgendetwas in der Art. Bei manchen

Themen habe ich nicht allzu genau nachgefragt. Wie beim Leben nach dem Tod. Himmel. Hölle. Wenn ich wüsste, dass sie an die Hölle glaubt, würde es mir, glaube ich, schwerfallen, damit umzugehen. Viel schwerer, als mir einfach zu sagen, ich sollte froh sein, dass sie glaubt, dass wir uns nie wirklich voneinander verabschieden müssen.«

»Richtig«, sagte ich. »Das kann ich verstehen. Sich nie voneinander verabschieden müssen.« Ich dachte an Charlotte. »Es ist leicht zu spotten«, sagte ich. »Aber ich verstehe, was daran so anziehend ist. Ich würde mich auch gern nie verabschieden müssen. Jemals, meine ich. Nie mehr«, sagte ich. »Es hat schon zu viele Abschiede gegeben«, sagte ich und schloss die Augen.

»Schlaf gut«, sagte Alison und strich mir noch einmal über den Arm. »Schlaf gut, Gus, und träum vom Ende aller Abschiede.«

8

Ich hatte mir Nora klein vorgestellt. Nach Alisons Geplapper hatte ich angenommen, dass sie kleiner war als ihre Mutter – ohne jeden Grund. Klein, aber mit den gleichen Rundungen, den weichen Linien von Alisons Figur, mit ihrem Gesicht, ihren Haaren, selbst ihrer Persönlichkeit. Und außerdem hatte ich sie mir unscheinbar vorgestellt – eine Eigenschaft, die undefinierbar und dennoch unverwechselbar ist –, zweifellos weil das Interessanteste, was ich über sie wusste, ihre religiöse Einstellung war, und so war ich allzu schnell bei einem absurden Stereotyp gelandet. Das alles war weit entfernt von der schlaksigen jungen Frau in Shorts und ärmellosem Oberteil, die am Freitagnachmittag des Labor-Day-Wochenendes mit Alison vor meiner Küchentür stand.

»Das ist Nora!«, sagte Alison, als hätte sie ein Kaninchen aus dem Hut gezaubert und nicht ihre Tochter aus Boston zu Besuch. *Ta-dah!*

Ich sagte hallo, und wir schüttelten einander die Hand. Ich bat sie herein. »Hattet ihr eine gute Fahrt?«, erkundigte ich mich und bemerkte ein goldenes Kreuz, kaum zwei Zentimeter groß, das ihr an einer nahezu unsichtbaren Kette um den Hals hing. »Auf jeden Fall ist es ein schöner Tag dafür«, sagte ich. »Wenn auch eine lange Reise.«

»Es war okay«, sagte sie. »Knapp unter sechs Stunden.« Sie zuckte auf eine Art mit den Schultern, wie nur junge Menschen das tun, als hingen ihre Schultern an Fäden und würden erst hochgezogen und dann losgelassen. »Wir haben uns unterhalten. Es kam uns nicht so lang vor.« In ihrem Bostoner Akzent konnte ich eine Spur des Akzents ihrer Mutter ausmachen.

»Ihre Freundin Heather hat sie gefahren. Sie kennen sich schon seit dem Sandkasten.«

»Heather hat einen Freund in Philadelphia«, sagte Nora. »Es liegt also ziemlich genau auf ihrem Weg.«

»Nun, es ist schön, dich hierzuhaben. Und ich weiß, dass deine Mutter ganz aufgeregt ist. Ich hoffe, sie teilt dich ein bisschen mit uns.« Das klang in meinen eigenen Ohren falsch, wie von einer Figur aus dem Fernsehen. Als Nächstes würde ich von uns *Mädchen* reden, die gemeinsam einen kleinen Einkaufsbummel machten. »Möchtest du dich setzen? Etwas trinken? Es ist noch früh, aber ich finde immer, dass diese Regeln an Feiertagen nicht gelten. Ich könnte uns einen Krug mit etwas Leichtem mischen, Sangria vielleicht?«

Sie wechselten einen Blick. »Eigentlich«, sagte Alison, »habe ich Nora ein Abendessen auswärts versprochen und zwischendurch ein paar Umwege. Wir sind eigentlich schon weg ... Ich möchte ihr die Gegend zeigen.«

»Ah ja«, sagte ich. »Das klingt großartig. Perfekt. Ein anderes Mal dann. Vielleicht morgen Abend. Warum essen wir nicht alle hier?« Alison sagte, das sollten wir tun, und ich wünschte ihnen viel Spaß. Ich fragte nicht, wo sie hingingen. Ich lächelte nur und winkte ihnen von der Tür aus zu.

Wieso war ich nicht auf den Gedanken gekommen, dass ich mich ausgeschlossen fühlen könnte?

Ich machte mich sofort an die Arbeit, meine übliche Reaktion nach einer Kränkung.

Das Schachspiel und mein Wohnzimmer waren auf der Leinwand lebendig. Es war Jahre her, seit ich ein Zimmer gemalt hatte, das ich selbst bewohnte, und ich genoss den Prozess, mein eigenes Zuhause en miniature abzubilden. Im Grunde hielt ich mich für eine Miniaturmalerin, auch wenn meine Gemälde oft riesige Landschaften darstellten, und selbst diese Leinwand jetzt war neunzig Zentimeter hoch und beinahe einen Meter zwanzig breit. Ich hatte Stunden damit verbracht, den verblichenen Brokat des Zweisitzers zu malen, und verschiedene Farbtöne gemischt, die einander so sehr glichen, dass man sie kaum unterscheiden konnte, bis der eine den Hintergrund bildete und der andere das eingewebte Muster. Jeder einzelne Stein in unserem Kamin war in meinen Augen ein Universum mit speziellen Schatten und unregelmäßigen Formen.

Etwas zu malen war für mich schon seit jeher eine Möglichkeit gewesen, dieses Etwas zu lieben. Und mein Zuhause liebte ich sehr, wenn auch noch nicht die Jungen, deren Inbesitznahme dieses Zuhauses, dieser Bilder, bisher noch skizzenhaft geblieben war und sie selbst nur Umrisse von Figuren, nichts als weiße Leere in Menschengestalt.

Ich arbeitete den ganzen Nachmittag, und währenddessen wanderten meine Gedanken immer wieder zu Alison und Nora. Wenn ich tatsächlich malte, Farben mischte, mich auf eine kleine Aufgabe konzentrierte, hatte in meinem Kopf nichts anderes Platz. Doch wenn ich einen Schritt zurücktrat und versuchte, über das größere Ganze nachzudenken, über das Konzept statt die Ausführung, wanderten meine Gedanken zu dem Haus jenseits der Anhöhe.

Ich versuchte mich zu erinnern, ob zwischen ihnen eine Ähnlichkeit bestanden hatte. Vielleicht in den Augen? Von demselben auffälligen Grau? Wie konnte ich das übersehen haben? Doch die Unterschiede waren so überwältigend, zum Beispiel die geraden Linien des Körpers, das herabhängende blonde Haar. Alles gelängt. Nora, ein Modigliani ihrer Mutter. Ich zeichnete sie, eine einfache Bleistiftskizze auf einem Bogen weißem Einwickelpapier, das immer ausgebreitet zu meiner Rechten lag. *Nora*. Ich schrieb es neben das Bild, dann radierte ich den Namen aus und anschließend auch die Zeichnung.

Erst später fiel mir auf, dass ich zum ersten Mal seit vielen, vielen Jahren unbefangen und ohne zu zögern die Skizze einer menschlichen Figur angefertigt hatte.

Zum Abendessen gab es einen Eintopf, den ich im Keller aus dem Gefrierschrank geholt und aufgetaut hatte, wo ich eine doppelte Portion von allem aufbewahrte, was ich in größeren Mengen zubereitete. Das kam alle paar Monate mal vor. Der große Kochtag. Den Eintopf gab es zu Ehren der ersten herbstlichen Brise. Es war nicht kalt draußen, nicht einmal annähernd, doch die Luft hatte eine spürbar andere Qualität angenommen. Nachdem Owen gegen Tagesende sein Glas Wasser getrunken hatte, sog er genüsslich das Aroma ein. »Eine ausgezeichnete Wahl«, sagte er. »Das war die Tochter, nehme ich an? Dort draußen mit Alison? Der böse Exmann muss sehr groß sein. Sie sieht fast aus wie eine Wikingerin.«

»Wahrscheinlich.« Ich schöpfte das Essen in unsere Schalen, seit fünfzehn Jahren dasselbe rote Steingut, obwohl von den ursprünglichen zwölf nur noch zwei übrig waren. »Sie war nicht so, wie ich erwartet hatte, sicher nicht.«

»Wie lange bleibt sie?«

»Ich weiß es nicht. Über das lange Wochenende vielleicht? Ein paar Tage? Alison sah glücklich aus.«

»Sie waren hier?«

»Kurz«, sagte ich. »Nur um uns einander vorzustellen.«

»Hm.« Er setzte sich mir gegenüber, brach ein Stück Brot ab und tunkte es in seine Schale. Und dann redeten wir eine Weile überhaupt nicht.

Diese eine Woche der Leichtigkeit, die wir vor einem Monat gehabt hatten, schien Jahre her zu sein.

»Die nächsten Tage soll es so kühl bleiben«, sagte Owen.

»Das ist gut. Es war eine schöne Woche. Angenehm für ihren Besuch da drüben.«

»Wie geht es deinem Dad? Das wollte ich dich schon die ganze Zeit fragen.« Er brach sich noch ein Stück Brot ab. »Keine neuen Zwischenfälle, nehme ich an?«

»Ich habe gestern mit einer der Krankenschwestern gesprochen. Ich sollte bald wieder hinfahren. Aber es gibt nichts Neues. Nicht wirklich.«

»Ich sollte mitkommen«, sagte er.

»Für ihn spielt es keine Rolle. Das versichere ich dir.«

»Ein verdammter Albtraum«, sagte er.

»Das stimmt.«

Nach ein paar Minuten fragte er: »Und, wie ist Alison als Mutter?«

»Sie wirkt ... genau so, wie man denken würde. Sehr mütterlich. Sehr glücklich. Strahlend.«

Er nickte. »Das passt. Sie wirkt wie ein mütterlicher Typ. Man sieht es, wenn sie über die Tochter spricht.«

»Nora.«

»Richtig. Nora.«

Wir aßen ein paar Minuten schweigend.

»Die Dinge haben sich sehr verändert, nicht wahr?«, sagte er, und einen seltsamen Moment lang dachte ich, er meinte, zwischen uns, doch dann sagte er: »Seit Alison hierhergezogen ist.«

»Ich schätze schon. Ich weiß es nicht. Was meinst du genau?«

Er zog die Stirn in Falten. »Wirklich, ganz offensichtlich gibt es einen großen Unterschied. Seit zweieinhalb Jahren haben wir mit kaum einer Menschenseele gesprochen, und jetzt haben wir... haben wir eine...«

»Nachbarin?«

»Komm schon, Gus. Es gibt Nachbarn, und es gibt Nachbarn. Ich bin mir nicht sicher, ob du erkennst, wie viel Zeit du mit ihr verbringst. Wie sehr sie dich in Gedanken beschäftigt.«

Ich nahm einen Bissen von meinem Eintopf. »Ich erkenne nicht, inwiefern das ein Problem sein soll. Das geschieht in der Zeit, in der du arbeitest...«

»Versuche zu arbeiten«, sagte er. »Lass uns diese Tätigkeit nicht überhöhen.«

»Ich verstehe wirklich nicht, was du für ein Problem mit ihr hast. Sie nimmt uns nichts weg.«

»Sie nimmt uns nichts von unserer Zeit miteinander«, sagte er. »Das stimmt. In etwa.« Er stand auf und füllte sein Wasserglas erneut. »Mach nicht mehr daraus, als es ist, Gus. Ich greife Alison nicht an. Ich vermisse einfach die Tage, als wir allein hier draußen waren. Ein Teil von mir sehnt sich nach der Zeit, wenn ihre Pacht abgelaufen sein wird. Allerdings befürchte ich...«

»Was?«

Er drehte sich vor dem Spülbecken um und sah mich an. »Ach, du weißt schon«, sagte er. »Wie willst du sie auf der Farm festhalten, wenn sie einmal Pariieh gesehen haben? Ich hoffe nur, dir genügt unser einsames Landleben, wenn sie wieder weg ist.«

»Mach dich nicht lächerlich«, sagte ich. »Ich könnte mit

dem, was ich habe, gar nicht glücklicher sein. Ja, ich mag Alison. Ich habe sie gern hier. Und wenn nebenan alle zwei Jahre für ein paar Monate ein netter Mensch einzieht, bin ich mir nicht sicher, ob das das Ende der Welt bedeuten würde.«

»Ich bin weder blind noch dumm«, sagte er und setzte sich. »Es war ein schwieriger Sommer. Es ist nur so ein Gefühl. Ich schätze, in mancher Hinsicht sollte ich vermutlich froh sein, dass du jemanden hattest, mit dem du ein wenig Zeit verbringen konntest. Ich weiß, dass es mit mir…«

Ich griff über den Tisch nach seiner Hand. »Es wird wieder besser werden«, sagte ich. »Das verspreche ich dir.«

Er blickte mich mit einem Ausdruck an, der mir so vertraut war, dass ich beinahe spüren konnte, wie er sich auf meinem eigenen Gesicht ausbreitete, eine Mischung aus Ungläubigkeit und Hoffnung.

»Aus deinem Mund in…«

»Ich verspreche es dir«, sagte ich noch einmal.

Ich lag allein im Bett und hörte sie gegen elf nach Hause kommen, ihr Gelächter von der anderen Seite der Anhöhe schallte weithin durch die ländliche Stille.

Owen war wieder draußen in der Scheune. Ich hatte gelesen, doch nach ihrer Rückkehr knipste ich das Licht aus, drehte mich auf die Seite und wartete auf den Schlaf.

Er hatte nicht ganz unrecht gehabt. Ich konnte mir nicht so recht vorstellen, wieder zu unserer früheren Einsamkeit zurückzukehren. Beziehungsweise konnte es mir nur allzu gut vorstellen. Wieder allein im Paradies mit Owen. Und seinem Unvermögen, zu arbeiten. Und seinem Bedürfnis, dass ich meine Aufregung über meine eigene Arbeit dämpfte. Und seinem immerwährenden Recht, mich zu hassen für das, was ich getan hatte – ein Recht, das er nie auszuüben schien, ein Umstand, der es dennoch irgendwie nicht zum Verschwinden brachte.

War ich jahrelang einsam gewesen? Falls dem vor Alisons Ankunft so gewesen war, hatte ich es nicht gewusst. Der Umzug hatte ein solches Gefühl der Erleichterung mit sich gebracht. Und der Sicherheit. Bis Alison mir Gesellschaft und Einsamkeit gleichzeitig beschert hatte, eine Kombination der gemeineren Sorte.

Wenn Alison nie hierhergekommen wäre... Wenn Laine weiterhin meine Schülerin geblieben wäre...

Das Einzige, was man aus einer Affäre mitnehmen darf, ist Weisheit. Man darf nicht sagen, dass man froh ist, es getan zu haben, oder dass es glückliche Momente gab, aber man kann sagen, dass man eine Menge aus seinen Fehlern gelernt hat. Und das sagte ich auch – Owen und mir selbst. Aber in Wahrheit wurde mir nie ganz klar, ob ich genug gelernt hatte. Nach Bill verbrachte ich sehr viel Zeit damit, über Bedauern nachzudenken. Bedauern und damit gepaart die Überzeugung, dass es als Alternative zum eigenen Dasein ein perfektes, ruhiges Leben gibt, das, unverdorben und schlicht, in einer benachbarten Realität existiert, in der bestimmte Abzweigungen nie genommen werden. Was überhaupt nicht zutrifft. Nichts davon trifft zu. Und ich wusste es auch. Das hatte ich gelernt. Doch es ist eine unwiderstehliche Fata Morgana, wenn auch nur aus dem einen Grund, dass sie impliziert, wir hätten eine gewisse Kontrolle über unser Schicksal.

Am nächsten Morgen kam Owen ungefähr eine Stunde nach mir herunter. Ich war im Atelier, ließ meine Farben aber liegen, um ihm Gesellschaft zu leisten. Es war ein wolkenverhangener Tag, und in der Küche, einem eher düsteren Raum, hätte es ohne weiteres schon Abend sein können.

»Guten Morgen«, sagte er, als ich hereinkam.

»Du bist später dran als sonst.« Ich setzte mich und hielt meine farbverschmierten Hände und Unterarme von unserem Ahorntisch fern, einem Fundstück von einem hiesigen Flohmarkt, den ich seit beinahe drei Jahren erfolgreich vor Flecken zu bewahren versuchte.

»Ich hatte letzte Nacht Besuch«, sagte Owen und stellte die Flamme unter dem Wasserkessel kleiner.

»Wie meinst du das?« Ich dachte an irgendein Tier. Wir hatten hier den einen oder anderen Fuchs oder hin und wieder ein Stinktier.

»Die Tochter. Nora. Alisons Tochter. Wie sich herausgestellt hat, ist sie ein Fan. Möchtest du Tee?«

»Ja. Warte. Ich verstehe nicht.« Ich sah zu, wie er zwei Becher vom Haken nahm. »Sie ist in die Scheune gekommen? Sie war in der Scheune?«

»Sie hat meine Bücher gelesen. Nachdem ihre Mutter ihr von uns erzählt hat. Sie hat mich nachgeschlagen. Und in ihren Augen bin ich ein Genie. Eine Inspiration. Unterschätzt. Dazu bestimmt, postum hoch gelobt zu werden. Du kannst dich freuen.«

»Und sie konnte damit nicht bis zum Morgen warten?«

»Bei günstigster Schätzung war sie betrunken. Vielleicht sogar sehr betrunken.«

»Mein Gott.« Das hatte ich nicht kommen sehen. Benahmen sich kleine Kirchgängerinnen nicht ein bisschen reservierter? »Nun, ich hoffe nur, Alison saß am Steuer. Vorausgesetzt, sie hatte nicht auch zu viel intus. Ist Nora aufdringlich geworden? War das eine Anmache?«

Er schüttelte den Kopf und goss das Wasser auf. »Nein.«

»Jetzt kling nicht so enttäuscht.«

»Ich klinge nicht enttäuscht. Denn ich bin nicht enttäuscht. Es war eher die impulsive Tat eines jungen Mädchens, das sich einbildet, Schriftstellerin zu sein.« Er brachte die Becher zum Tisch, dann setzte er sich mir gegenüber und gähnte. »Ehrlich gesagt, ich weiß nicht, was es war. Ich hoffe nur, das arme Mädchen platzt nicht vor Verlegenheit, wenn sie aufwacht. Und ich hoffe, sie macht es sich nicht zur Gewohnheit, jedes Mal einfach hereinzuspazieren, wenn die Lust dazu sie überkommt.«

»Tja, es ist immer schön, bewundert zu werden. Außerdem *in vino veritas* und so weiter. Es klingt nach aufrichtiger Bewunderung.«

»Oh, es war tatsächlich aufrichtig. Falls überhaupt, dann ein bisschen zu aufrichtig.«

»Ich dachte, du hättest gesagt, es sei keine Anmache gewesen.«

»Es war keine Anmache. Es war ... einfach sehr aufrichtig. Das ist alles. Mehr will ich gar nicht sagen. Möglicherweise war es peinlich aufrichtig. Aufrichtig in einer Weise, wie ein vernünftiger Erwachsener es im kalten Tageslicht möglicherweise bedauern würde.«

»Na ja, sie ist noch jung«, sagte ich. »Vielleicht hat sie noch gar keinen Sinn dafür, wie peinlich so etwas sein kann. Wenn sie so betrunken war, erinnert sie sich möglicherweise nicht einmal mehr daran.«

»Vielleicht nicht«, sagte er, doch sein Ton klang zweifelnd.

Einer gewissen, stark verkaterten jungen Frau zufolge«, begann Alison, sobald wir einander an diesem Nachmittag begegneten, »hatte dein Mann gestern wohl spätnächtlichen Besuch einer aufstrebenden Autorin und Bewunderin. Unnötig zu sagen, dass ich zu diesem Zeitpunkt nichts davon wusste. Bitte entschuldige in unser beider Namen.«

»Oh, es hat ihm nichts ausgemacht«, sagte ich – was durchaus stimmte. Ich war eher verstimmt gewesen als Owen. »Er kann dieser Tage eine kleine Ego-Stütze gebrauchen.«

»Also, sie würde am liebsten sterben. Natürlich. Aber dazu kommt noch ein Haufen anderer Dinge, die alle darauf hinauslaufen, wie begeistert sie ist, dass sie ihn kennengelernt hat.«

Ich lachte – Teil meiner Strategie, mit jeder Verliebtheit fertigzuwerden, die Nora eventuell entwickeln mochte. Ich würde die ganze Sache wie einen Scherz behandeln. Sie ins Lächerliche ziehen. »Sag ihr, sie muss nicht sterben. Wir sind Künstler, sag ihr das. Als alte Bohemiens sind wir seltsames Benehmen gewohnt. Auf der Skala für seltsames Benehmen wurde sie nicht einmal registriert. Er fühlte sich sehr geschmeichelt, da bin ich mir sicher. Außerdem ...« Ich blickte wie ratsuchend zur Scheune hinüber. »Sind wir nicht heute Abend zum Essen verabredet? Zehn Sekunden in unserem Haus, und sie wird erkennen, dass sie sich nicht schlecht zu fühlen braucht. Wir werden gemeinsam darüber lachen.«

»Könnte sein, dass ich da noch etwas Überzeugungsarbeit leisten muss«, sagte Alison. »Aber geht davon aus, dass wir kommen.« Sie drückte meinen Arm. »Sie ist bereits mit einem bösen Kater gestraft. Das arme Ding. Dumm von mir, es so weit kommen zu lassen. Eine schlechte Mutter, die zulässt, dass sie so viel trinkt.«

Ich war selbst überrascht darüber, dass ich mich fragte, ob daran nicht vielleicht etwas Wahres sei. »Ich gestehe, dass ich von einer wahrhaft Gläubigen so einen Ausrutscher nicht erwartet hätte.«

»Das ist überhaupt kein Schutz.«

»Vermutlich nicht«, sagte ich. »Ich sollte wohl nicht davon ausgehen, dass jeder, der an Gott glaubt ...«

»Sich auch zu benehmen weiß?«, lachte Alison. »Im Grunde trifft das schon auf sie zu. Ich glaube, dass die Religion ihr Halt gibt, nicht dass sie speziellen Halt bräuchte. Aber das bedeutet sicher nicht, dass sie sich nie betrinkt oder idiotisch aufführt. Dazu hätte es einer besseren Anleitung durch die Eltern bedurft, nicht größerer Frömmigkeit.«

»Wohl kaum«, sagte ich; obwohl ich dazu neigte, ihr insgeheim recht zu geben.

Owen begrüßte die Nachricht, dass Alison und Nora mit uns zu Abend essen würden, mit gespieltem Entsetzen, aber ich glaubte nicht, dass die Aussicht, eine junge Bewunderin am Tisch zu haben, ihn auch nur im mindesten aus der Fassung brachte.

»Warum ziehst du heute nicht mal deine flottesten Shorts an?«, rief ich ihm nach, als er die Treppe hinaufstieg, um unter die Dusche zu gehen.

»Eine ausgezeichnete Idee«, rief er zurück. »Heute Abend die Ausgeh-Shorts.«

Das Leben. Es beginnt und beginnt und beginnt. Unendlich viele Male. Allenthalben Beginn, bis das Ende kommt. Manchmal wissen wir es und manchmal nicht, doch das Leben beginnt jeden Moment neu. Nora. Jung. Und elegant – auf schockierende Weise, etwas, das bei unserer ersten eiligen Begegnung nicht ganz zur Geltung gekommen war. Jung und elegant mit einer einzelnen Perle in jedem Ohrläppchen, dem Kreuz zwischen ihren Schlüsselbeinen. Sie trug ein einfaches schwarzes Sommerkleid. Und sie war sehr schön, eine weitere Überraschung, als wäre seit ihrer Ankunft am Vortag ein Schalter umgelegt worden. Grüne Augen – leuchtend wie die ihrer Mutter, aber von einer anderen Farbe. Glattes blondes Haar, fein und glänzend, in dem bei jeder Bewegung Lichtstreifen hin und her wanderten.

»Ich komme mir so idiotisch vor«, sagte sie, an unseren Kühlschrank gelehnt. Owen war noch oben. »Wenn ich Alkohol trinke, habe ich eine schlechte Impulskontrolle, und die Menschen, die mich mögen, müssen damit fertigwerden, fürchte ich.«

Die Menschen, die mich mögen.

Auch die Menschen, die dich nicht mögen, dachte ich, sagte es aber nicht. »Wir haben alle unsere Schwächen«, sagte ich stattdessen. »Wie dem auch sei, ich glaube, du hast ihn sehr glücklich gemacht.«

Sie stöhnte. »Ich erinnere mich nicht einmal mehr daran, was ich gesagt habe.« Sie spielte mit einem Keramikmagneten in Form einer Palette, der am Kühlschrank hing, ein uraltes Geschenk von Charlotte. Ich musste mich zusammennehmen, um ihn ihr nicht aus der Hand zu reißen, aus Angst, dass er zu Bruch ging.

Alison sagte: »Du bist viel zu gut erzogen, um unhöflich zu sein.«

»Ich glaube, du hast ihm einfach nette Dinge über seine Arbeit gesagt«, sagte ich. »Es gibt auf der ganzen Welt keinen Schriftsteller, dem das nicht gefällt.« Ich ging an ihr vorbei, eine mit Backhähnchenteilen beladene Platte in den Händen. »Warum setzt du den Magneten nicht wieder zurück und kommst mit an den Tisch«, sagte ich. »Wir trinken ein bisschen Wein und essen etwas, dann hast du bald vergessen, dass es je passiert ist.«

Unser Esstisch, ein ovales Erbstück ohne besondere Merkmale, stammte aus meinem Elternhaus. An diesem Nachmittag hatte ich ihn mit drei Tischtüchern gedeckt, die versetzt übereinanderlagen, so dass von jedem die Farbe zu sehen war: weiß, dann blassgrau und schließlich, zuoberst, ein dunkles Rosé. Und ich hatte auch das gute Porzellan hervorgeholt – was bedeutete, ein Arrangement aus nicht zueinander passenden, aber sehr feinen Stücken, die wir im Lauf der Jahre bei Garagenverkäufen erstanden hatten. Ich hatte ein paar Wildblumen geschnitten und sie in zwei grünen Glasvasen an jedes Tischende gestellt, dazu in lockerer Anordnung ein halbes Dutzend Kerzen. Vor langer Zeit, noch in der Stadt, hatte ich unsere Stühle, die ebenfalls nicht zueinander passten, alle in demselben dunklen Grauton gestrichen und lackiert. Im Kerzenschein sahen sie aus wie Schatten, skulpturale Schatten.

Als ich aus dem Wohnzimmer trat und das Ensemble betrachtete, freute ich mich. Es geschah nicht oft, dass Owen und ich uns die Mühe machten, in einer Umgebung zu essen, die dieser Tätigkeit zur Ehre gereichte. Meist saßen wir in der Küche, die ich ebenfalls liebte, die jedoch dunkel war und bestimmt nicht festlich. Oder wir saßen zusammen auf der Couch und schauten ins Feuer. Das alles war gut, es war angenehm und mit Sicherheit praktisch, doch ich hatte fast vergessen, was für ein Vergnügen es sein konnte, eine zauberhafte Atmosphäre zu schaffen.

»Schön sieht es aus«, sagte Alison.

»Tolle Stühle«, sagte Nora. »Mir gefällt, dass nichts richtig zusammenpasst und doch irgendwie alles.«

»Danke. Ich sage immer, mir gefiel schäbig schon, bevor schäbig chic wurde.«

Als Owen auftauchte, blieb er an der Tür stehen, um das Ganze in sich aufzunehmen, den Tisch und auch die drei

Frauen, die darum herumsaßen. Er lächelte mir zu und nickte knapp, kaum merklich, seine ganz persönliche Verbeugung vor diesem Tableau.

»Niemand kann einen Tisch so decken wie Gussie«, sagte er, als er sich setzte.

»Es gibt Backhähnchen, nichts Besonderes, aber mit viel Knoblauch. Und Salat. Und hier ist Brot, einfach das gefrorene Zeug aus dem Lebensmittelmarkt, das man in den Backofen schiebt, das aber überraschend gut schmeckt.« Während ich das sagte, bemerkte ich, wie Nora kurz die Augen schloss und den Kopf senkte. »Greift zu«, sagte ich. »Es ist einfach, aber reichlich.«

Wir bedienten uns aus den diversen Schüsseln, und selbst bei diesem Kerzenlicht war offensichtlich, dass Nora die neuerliche Begegnung mit Owen mit rotem Kopf absolvierte. Sie, die mir zuvor nicht im mindesten schüchtern vorgekommen war, wirkte plötzlich verschämt und entschuldigte sich in hölzernen Floskeln für ihren Besuch. Er versicherte ihr, dass es absolut in Ordnung gewesen sei, doch ein gewisses Unbehagen lag in der Luft, bis Alison schließlich einschritt. »Es gibt eindeutig nur einen Weg, wie wir das lösen können«, sagte sie. »Damit wir alle wieder über etwas anderes reden können. Jeder muss eine peinliche Geschichte erzählen, als er betrunken oder sonstwie beeinträchtigt war.«

Owen lachte. »Ich glaube nicht, dass die Zeit dafür ausreicht«, sagte er. »Ich habe mich gute zwei Jahre lang zum Idioten gemacht, ganztägig. Kurz bevor ich Gussie kennengelernt habe. Nicht, dass du dich zum Idioten gemacht hättest«, fügte er zu Nora gewandt hinzu. »Wie auch immer, zum Glück habe ich das meiste vergessen.«

Ich nahm mir ein wenig Salat und reichte die Schüssel weiter. Jeder peinliche Zwischenfall, an den ich mich erinnern konnte, hatte damit zu tun, dass ich mich jemandem an den Hals geworfen, auf unerhörte Weise mit einem Professor geflirtet, mit dem Freund einer Freundin geknutscht hatte. Ich konnte nicht erkennen, wie ein paar Geschichten über enthemmte Schwärmereien hier helfen sollten. »Nora, warum erzählst du uns nicht von deinen Plänen, jetzt, da du wieder im Lande bist? Arbeitest du? Hast du einen Job?«

»Na ja, ich bin auf der Suche«, sagte sie. »Es ist gerade keine besonders gute Zeit für eine Allerweltsanglistin mit Magisterabschluss. Das war früher einmal; wenn man gewillt war, für ziemlich wenig Geld zu arbeiten, konnte man einen Job finden, aber heute ist es nicht mehr so einfach. Es ist wirklich schwierig.«

»Ich bin sicher, du verkaufst dich unter Wert«, sagte ich.

»Das tut sie«, sagte Alison. »Es gibt allerlei, was Nora tun könnte.«

»Und du wirst es nie bereuen, die vielen Bücher gelesen zu haben«, sagte Owen – was sich ein bisschen pompös anhörte, fand ich, und nicht ganz typisch für ihn, auch wenn der Gedanke zweifellos seiner Überzeugung entsprach.

Während des Essens drehte sich die Unterhaltung weiter um Nora. Wir erfuhren von ihrer Italienreise und, von Owen ermuntert, erzählte sie, was sie am College geschrieben hatte – wiederum rot angelaufen, solange sie über dieses Thema sprach.

»Ich habe mich an einer modernen Version des *Decamerone* versucht«, sagte sie, »das war meine Abschlussarbeit. Eine Neubewertung der Geschichten, als spielten sie im heutigen Amerika. Ich kann Italienisch, dieser Teil hat also Spass gemacht.«

»Das klingt anspruchsvoll«, sagte Owen. »Du musst ein ganzes Buch geschrieben haben.«

»Ja, vielleicht ist es so etwas wie ein Buch, aber definitiv kein richtiges. Die Geschichten sind ziemlich schlecht. Ich will damit sagen, es war eine gute Erfahrung, aber nichts, woran ich je wieder arbeiten möchte.«

Sie erinnerte mich nicht an Laine, überhaupt nicht – Laine mit ihren Tattoos, ihrer überschäumenden Begeisterung und ihrer Sehnsucht, als Provokateurin zu gelten –, außer in der Unbefangenheit, mit der junge Menschen geradezu zwanghaft von sich selbst reden können, manchmal charmant, manchmal aber auch ermüdend. Ich fragte mich, ob Alison den Impuls verspürte, das Thema zu wechseln oder ihrer Tochter einen kleinen Stoß zu versetzen, damit sie uns ein paar Fragen zu unserem Leben stellte, doch sie wirkte vollkommen glücklich dabei, ihr einfach nur zuzuhören. Hin und wieder strahlte sie mich an, als wollte sie sagen: *Ist sie nicht einfach unglaublich? Ist sie nicht wunderbar?* Und ich strahlte zurück und verspürte dabei die ganze Zeit einen stetig wachsenden emotionalen Druck. Wie es sich wohl anfühlte, so bewundert zu werden? Die Macht zu haben, die Körpersprache der Eltern zu verändern? Solche Freude hervorzurufen? Mein Vater hatte uns für unsere Leistungen belohnt und einen zurückhaltenden Stolz an den Tag gelegt. Doch war er je vor Liebe blind gewesen? Hatte er sich im Klang meiner Stimme gesuhlt? Jedes Wort, das ich äußerte, für pures Gold gehalten?

Und dann, während die Minuten verstrichen, die unvermeidliche, uralte Frage: Hätte meine Mutter das getan? Hätte sie mir diese hingebungsvolle Aufmerksamkeit zugestanden, dieses unangefochtene Recht, im Mittelpunkt zu stehen? Es war einfach, hier zu sitzen und mir das vorzustellen. Charlotte, die gerade einmal sieben gewesen war, als unsere Mutter starb, hatte mir oft genug Geschichten erzählt, wie viel Spaß wir alle beim Backen von Cupcakes, beim Singen im Auto, beim

Spielen im Park miteinander gehabt hatten. *Sie hat uns wahnsinnig gern auf der Schaukel angestoßen*, sagte sie und versuchte, diese Erinnerungen in meiner Seele zu verankern. *Sie hat uns jeden Abend im Bett einen Gutenachtkuss gegeben. Sie hat uns auch mit Küssen geweckt.* In gewisser Weise hatte es funktioniert. Ich hatte plastische innere Bilder zu jeder dieser Geschichten, die Charlotte erzählte, jedes Fitzelchen schwebte in dem ergiebigen Raum, wo Phantasie und Erinnerung ineinander verschwimmen. *Manchmal hat sie uns französische Chansons vorgesungen.* Aber seit Charlottes Tod hatte ich das Gefühl, dass auch diese Bilder verblassten. Und mein Vater war heute gar nicht mehr in der Lage, die Gespräche zu führen, die er uns immer verwehrt hatte – außer die Kugel in seinem Gedankenroulette fiel eines schönen Tages zufällig an diese Stelle.

Während ich Alison und Nora beobachtete, ihnen im passenden Moment zulächelte und bei Bedarf Fragen stellte, um die Unterhaltung in Gang zu halten, fiel mir ein, dass es niemanden mehr gab, der sich noch an meine Mutter erinnerte. Vielleicht eine Cousine irgendwo, einen alten Nachbarn. Aber niemand, der mir nahestand. Niemand, den ich ausfindig machen konnte. Letztendlich handelte es sich um einen Tod in drei Stadien: zuerst ihrer, dann der Charlottes, dann dieses entsetzlich langsame Versickern im Gehirn meines Vaters. Und dann war niemand mehr da.

Du sahst aus, als wärst du mit deinen Gedanken ganz woanders«, sagte Owen, als wir später, im Dunkeln, im Bett lagen, alle beide zu alkoholisiert, um an Arbeit überhaupt noch zu denken. »Du hast ein wenig deprimiert gewirkt.«

»Vielleicht bin ich ein bisschen deprimiert«, sagte ich. »Das geht vorüber.«

»Gibt es etwas, was ich tun kann?«

Wie sich zeigte, gab es etwas, doch bevor er gefragt hatte, hatte ich es nicht gewusst. Dunkelheit und Sex. Aus mir strömte ein Verlangen, das ich nicht erwartet hatte und er, dessen bin ich mir sicher, ebenso wenig, als ich meine Arme um ihn schlang und ihn an mich zog, nah, immer näher, und vielleicht ging es gar nicht so sehr um Sex, sondern einfach um eine Umarmung, die so intensiv war, dass ich an nichts anderes mehr denken konnte.

Meine liebe Laine, schrieb ich am nächsten Morgen. *Eine gewaltige, kleinlaute Entschuldigung, dass ich so lange gebraucht habe, um Dir zu antworten. Wir hatten hier einen schwierigen Sommer, und ich habe immer gewartet, bis ich genügend Zeit finden würde, um Dir ein vollständiges Bild zu liefern, aber diese Zeit gab es natürlich nie. Owen hat mit seiner Arbeit gekämpft, und die Gesundheit meines Vaters verschlechtert sich immer mehr. Und wir haben eine Nachbarin! Das ist eine sehr große Veränderung. Ich mag sie – was ein Segen ist, denn bei einer solchen Nähe könnte es eine Katastrophe sein, wenn sie unerträglich wäre. Aber sogar so etwas, eine neue Freundschaft zu schließen, lenkt einen merkwürdig ab. Du weißt, was für eine Einsiedlerin ich sein kann. Hauptsächlich aber bin ich sehr froh zu hören, dass Du einen so produktiven Sommer hattest. (Und ich hoffe, dass das immer noch so ist...) Und mit produktiv meine ich sowohl die Kunst als auch, dass Du diesem Poseur von einem Freund den Laufpass gegeben hast. Auch für mich war es eine produktive Zeit, trotz aller Ablenkungen. Ich bin im Moment mit einem Projekt befasst, einer Serie von Bildern, die ich so aufregend finde wie seit*

Jahren nichts mehr. Aber natürlich werde ich wieder dorthin zurückgeworfen, wohin wir alle bei etwas Neuem zurückgeworfen werden: das Auf und Ab zwischen imaginärer Größe und sicherem Scheitern. Man würde meinen, nach all den Jahren gäbe es eine Möglichkeit, diese Extreme zu mildern, aber offensichtlich ist das nicht der Fall. Und so schwirre ich wie verrückt hin und her, bin jedoch produktiv, deshalb macht es mir nicht wirklich etwas aus, ein wenig durcheinander zu sein.

An dieser Stelle hielt ich inne. Mit diesem Wort hatte ich mich selbst überrascht. War ich durcheinander? Nicht in diesem Augenblick. Aber ich ließ es stehen.

Ich wusste nicht, dass Dein Vater heiraten wird. Ich hoffe, es wird ein fröhliches Fest.

Ich löschte das.

Ich wusste nicht, dass Dein Vater heiraten wird. Bitte richte ihm meine besten Wünsche aus.

Ich löschte das.

Ich hoffe, die Hochzeit wird schön. Meine besten Wünsche an Euch alle.

Dabei beließ ich es und fuhr fort:

Bitte verwende meine verzögerte Antwort nicht gegen mich, und bitte lass mich bald wissen, was für Pläne Du hast. Und beim nächsten Mal, ähem, wären ein paar

Bilder Deiner Arbeiten nicht schlecht. Ich möchte sehen, was Du machst! Ich bin mir sicher, es ist wunderbar.
In Liebe,
Augie

Ich würde wohl niemals die Bewunderung bekommen, die die junge Nora vor meinen Augen den ganzen Abend über genossen hatte, deshalb brauchte ich allerdings nicht den einzigen lebenden Menschen zu ignorieren, den ich damit überschütten konnte.

9

Am Sonntag nahm ich von meinem Atelier aus vor Alisons Haus, bei der Scheune und auf dem Weg dazwischen immer wieder eine gewisse Aktivität wahr, versuchte aber, das Kommen und Gehen – aller Beteiligten – nicht allzu genau im Auge zu behalten. Die beiden Frauen im Auto. Die jüngere, die vorbeikam, um ihren neuen Lieblingsautor um Rat zu fragen. Der Mann, der mit einem Buch in der Hand den Hügel überquerte. Ich versuchte, nicht allzu genau darauf zu achten. Es gelang mir nicht ganz. Zunächst. Doch allmählich rückte die ganze Sache in den Hintergrund.

Als ich noch ein Kind war, lange bevor irgendjemand auf den Gedanken kam, solche Dinge zu hinterfragen, hatten meine Schwestern und ich in unserer Schule besondere Besuchstage für den einen oder anderen Elternteil. *Wir feiern Mom!* Es war nicht immer so schlimm, doch beinahe jedes Mal waren wir die einzigen Kinder ohne Mutter, denn in den 1960er, den 70er Jahren hieß ein Elternbesuchstag immer noch der Besuch einer Mom. Jede von uns ging auf andere Weise damit um. Charlotte, das ultimative Alles-oder-nichts-Mädchen, versuchte an diesem Tag, die Mutter einer Freundin zu teilen, und wenn sie beim Abendessen gefragt wurde, wie es war, sagte sie: »Schön. Es hat Spaß gemacht«, als gäbe es keinen Grund, etwas anderes zu denken. Jan, die Jüngste und wahrscheinlich Klügste von uns allen, verkündete sachlich, dass sie zu Hause bleiben werde, und schnitt meinem Vater bei seinem schroffen Angebot, dass er aus seinem Klassenzimmer dazukommen könne, das Wort ab, noch bevor er es ganz ausgesprochen hatte. Und ich schlug den Mittelweg ein, wählte die Kompromisslösung, die meist nur Schmerz verursacht. Ich ging in die Schule. Und tat mir selbst leid. Ohne so zu tun, als hätte ich eine Mutter. Ohne so zu tun, als wäre mein Vater ein akzeptabler Ersatz. Ohne in irgendeiner Weise so zu tun als ob. Sondern es durchzustehen.

Das war zumindest die Idee, doch manchmal wissen wir uns selbst besser zu schützen, als wir es beabsichtigen. Ich erinnere mich nicht mehr an die ersten Besuchstage in der ersten oder zweiten Klasse, nicht deutlich, nicht über das übliche Selbstmitleid und die übliche Eifersucht hinaus, die in meinem Herzen pochten. Doch an einen Elterntag erinnere ich mich, als ich ungefähr elf war und feststellte, dass ich zwar dabei sein, gleichzeitig aber auch ganz woanders sein konnte. Ich brauchte nur zu zeichnen. Oder zu malen. Beziehungsweise es nicht einmal tatsächlich zu tun, sondern es mir nur vorzustellen; darüber nachzudenken, was mein nächstes Bild werden würde, mich umzusehen und nicht mehr Mütter und Kinder wahrzunehmen, sondern nur noch Gegenstände, Personen, Oberflächen. Licht.

Am zweiten Tag von Noras Besuch zog ich mich erneut an diesen Ort zurück.

Ich arbeitete wieder an dem Jungen auf der Vordertreppe, Oliver Farley; ich orientierte mich an den ersten Skizzen und malte weiter um die leere Stelle herum, die er in meiner Vorstellung besetzte. Unsere selten benutzte Haustür ist schwarz, und ich beschäftigte mich an diesem Tag ausgiebig damit, die Türfüllungen herauszuarbeiten, den Glanz des großen Messingknaufs einzufangen und ihn, wie im richtigen Leben, wieder abzuschwächen, um die Abnutzung zu zeigen, da er mit den Jahren stumpf geworden war. Dieser Türknauf, auf der Leinwand kaum einen Zentimeter groß, nahm beinahe zwei Stunden in Anspruch – und ich wusste, dass ich ihn später eventuell würde verändern müssen, falls ein zusätzlicher Blick nach draußen Fehler offenbarte.

Manchmal empfinde ich solche visuellen Details wie tiefe, intime Wasserbecken, in die ich ganz allein hineintauche. Dann vergesse ich alles um mich herum, habe nichts anderes mehr im Sinn, als dass es eine Möglichkeit gibt, anderen Menschen zu vermitteln, wie sich die Welt für mich darstellt. Das ist die Präzision, die ich anstrebe. Eine Art Hingabe an die Genauigkeit, mein Glaube, dass das äußere Erscheinungsbild einer Sache unmittelbar durch mich hindurch in ein fremdes Augenpaar fließen kann. Und nicht nur das äußere Erscheinungsbild, sondern die Schönheit, die darin liegt – auch in Dingen, die nicht eigentlich schön sind. Etwas treibt mich dabei an, etwas, dessen Wurzeln vielleicht, vielleicht aber auch nicht in diesen frühen Kindheitstagen liegen, als ich die Kunst als Flucht benutzt hatte. Vielleicht ist es aber auch nur ein Teil von mir, ungeachtet meiner Lebensgeschichte.

Am College und auch noch einige Zeit danach machte ich eine Phase durch, in der ich akzeptierte, dass meine Malweise altmodisch war – und ärgerte mich über die Ächtung dieses Begriffs. Ich hatte Freunde, die Konzeptkünstler waren, natürlich, Freunde, die bizarre, sozial brisante Installationen schufen, Freunde, die – wie ich glaubte – mit der Überzeugung gesegnet waren, dass sie nicht nur die Kunst, sondern auch das Denken neu erfinden könnten. Und ich konnte keins von beidem, das wusste ich, eine niederschmetternde Erkenntnis. Doch schließlich begriff ich, dass ich keine Wahl hatte. Ich wusste, was ich war: ein Gefäß, das etwas in sich aufnahm, es festhielt und dann die Fakten des Gesehenen wieder freigab.

Natürlich gab es Streitgespräche, spätnächtliche Debatten mit unseren allgegenwärtigen Künstlerfreunden, da dieses Wort, *Fakten*, an sich ungenau ist. Jede meiner Beobachtungen, die ich wiederzugeben versuche – immerzu dieses Wort, *wiedergeben*, immerzu dieser Wunsch, zu kommunizieren –, wird durch meine persönliche Perspektive verfälscht und verändert. Doch dieses Bild – ich als Gefäß – war genau genug, um zu beschreiben, wie ich mich selbst sah, und genau genug, um die Gefühle zu beschreiben, die diese abgeschottete Trance hervorrief, in die ich bei meiner Arbeit eintauchte.

Irgendwann an diesem Morgen steckte Owen den Kopf zur Tür herein und sagte, dass er mit den Frauen zum Mittagessen in die Stadt fahren werde und ob ich mitkommen wolle; und ich sagte nein, dankte ihm aber und wünschte ihm viel Vergnügen. Ich fügte nicht hinzu, dass ich für mindestens vierundzwanzig Stunden die Nase voll hatte, mitanzusehen, wie Alison Nora anhimmelte und Nora Owen anhimmelte, doch genau das war der Fall.

Als sie zurückkamen, schien alles wieder in weite Ferne gerückt zu sein, auch wenn ich den Wagen hörte und dann ihre Stimmen. Das war die Kraft, die ich als mutterloses Kind entdeckt hatte und zu der ich noch immer Zugang hatte – manchmal. Die Kraft, Irreales real werden zu lassen und die reale Welt zum Verschwinden zu bringen.

Doch dann, am späten Nachmittag, als meine Aufmerksamkeit gerade voll und ganz von den rautenförmigen Bleiglasfenstern zu beiden Seiten der Haustür in Anspruch genommen wurde, forderte die Wirklichkeit erneut ihr Recht. Das Telefon. Mein Vater, abermals außer Kontrolle. Er hatte einen Becher zerbrochen und damit eine Krankenschwester bedroht. Es würden also doch ein paar Veränderungen vorgenommen werden müssen. Ob ich am nächsten Morgen da sein könne, um darüber zu beraten?

Es war keine Frage. Ich würde hinfahren.

Owen wollte mitkommen. Auch das war keine Frage. Einen Augenblick lang glaubte ich, er würde es nicht anbieten, die Lockrufe einer bewundernden jungen Akolythin würden ihn zu Hause festhalten, doch ich hatte ihn unterschätzt. Zwischen uns gab es nicht die geringste Distanz, als wir sorgenvoll beim Abendessen saßen und besprachen, was nun auf uns zukommen würde. Minimieren, minimieren. Als mein Vater zum ersten Mal umziehen musste, hatten wir seine Sachen aus dem alten Haus minimiert und nur das Nötigste in sein praktisches neues Apartment geschafft; jetzt würden wir das wieder tun. Doch sogar das Minimieren war minimiert worden. Dieses Mal würde es kein großer Aufwand sein. Keine Küche mehr – es war zu gefährlich für ihn, zerbrechliche Gegenstände zu besitzen oder Messer und sogar Gabeln, mit denen man werfen konnte. Und ab sofort auch vergitterte Fenster. Minimierte Fenster. Minimierte Fenster für meinen minimierten Witwervater. Beim Einschlafen wimmelte es in meinem Kopf von solchen Unsinnssätzen, eine Kapitulation angesichts der Sinnlosigkeit des Lebens.

Um acht trafen wir uns mit dem Arzt in dem Raum, der für Familienbesprechungen vorgesehen und wie ein Mittelklassehotel ausgestattet war, mit nicht einmal mittelmäßigen Kunstplakaten dekoriert, nichtssagenden, bedeutungslosen, pastellfarbenen Aquarellen in vergoldeten Rahmen. Wir saßen an einem lackierten Mahagonitisch, der auf eine

Weise glänzte, die mir, die ich von Glanz, von Schatten besessen war, irgendwie künstlich vorkam. Der Arzt war ein junger Typ, ein unbekanntes Gesicht, der offenbar im Lauf des Sommers hier angefangen hatte; er war beinahe so groß wie Owen und hatte drahtiges rotes Haar, das er mit seiner riesigen Hand regelmäßig glattstrich. Er wirkte nervös und der Aufgabe nicht gewachsen, uns zu sagen, was er zu sagen hatte – auch wenn wir bereits wussten, was er sagen würde, und er wusste, dass wir es wussten. Eine notwendige Verlegung. Andere Vereinbarungen. Es gebe eine Regel der drei Schläge, sagte er. Ich wies darauf hin, dass es nur zwei Schläge gegeben habe.

»Möglich, dass Ihnen vom ersten niemand etwas gesagt hat, falls es sich um ein einmaliges Ereignis gehandelt hat.«

Ich fragte mich, ob die junge Krankenschwester Lydia, die sich wegen der von ihr ausgelösten Tränenflut immer noch schuldig fühlte, mir den Bericht darüber erspart hatte.

Unerfahren und weniger von Wissen als von Vorschriften geleitet, erging der Arzt sich dann in unnötigen Einzelheiten über diese Regel – darüber, dass sich manchmal herausstellte, dass die Qualität eines einzelnen Zwischenfalls ausreiche, um eine Veränderung herbeizuführen, und in anderen Fällen diese Regel der drei Schläge ausgesetzt werden konnte und so weiter, während Owen und ich einander mit hochgezogenen Augenbrauen und großen Augen anblickten, es aber irgendwie fertigbrachten, die Unterhaltung wieder auf meinen Vater und dessen Pflege zu lenken, ohne unhöflich zu werden.

»Hat man ihm gesagt, was passieren wird?«, fragte ich.

Nein. Er hatte es nicht getan. Ihnen war es immer lieber, wenn jemand von der Familie sie dabei unterstützte, dem Patienten alles zu erklären. »Wenn das auch nach meiner Erfahrung«, sagte der Arzt, und der Begriff *Erfahrung* hing an ihm wie ein zu großer Mantel, »die Sache in Wirklichkeit manchmal verschlimmert.«

»Wie ermutigend«, bemerkte ich zu Owen, als wir über den Flur gingen.

Mein Vater war immer reizbar gewesen, allerdings auf eine beherrschte, stetige Weise. Ein Charakterzug, der ihn zu einem erfolgreichen Lehrer machte, dachte ich, denn er wusste, wann er in Wut geraten und wütend sein durfte, ohne dabei dramatisch zu werden. Und ganz sicher ohne Androhung von Gewalt. Klarheit – das war eine seiner bestimmenden Eigenschaften. Er schrie oder brüllte nie, aber er hielt nichts von der Idee, der Wut euphemistische Namen zu geben. Als Owen und ich noch in Philadelphia wohnten und von jungen Familien umgeben waren, hörten wir immer wieder dieses elterliche Mantra: *Ich bin nicht wütend, ich bin nur aufgeregt; ich bin nicht wütend, ich bin nur frustriert; ich bin nicht wütend, ich habe mir einfach Sorgen gemacht, wo du warst.*

»Ich bin wütend auf euch beide«, sagte mein Vater, wenn Charlotte und ich spät nach Hause kamen. Und das bedeutete eine Woche Hausarrest oder Zusatzarbeiten oder beides; und es bedeutete außerdem ungefähr einen Tag lang eine spürbare Wut, erkennbar an seinem Desinteresse an allem, was wir zu sagen hatten, oder daran, dass er es für eine Weile unterließ, uns in die Entscheidung, was es zum Abendessen geben sollte, mit einzubeziehen. Wir wurden ignoriert, wenn er hinter das Haus in den Garten ging, sich eine Zigarette anzündete und allein dort saß oder in seinem Schlafzimmer verschwand – und auf dem Weg noch ein paar Klimmzüge machte.

Doch was ich an jenem Tag in seinen Augen sah, als wir

sein kleines Apartment betraten, war etwas Neues. Ein wildes Tier war ihm unter die Haut geschlüpft.

»Hallo, Dad«, sagte ich.

»Hallo, Sam«, sagte Owen.

Er erkannte uns nicht. Und er mochte uns nicht. Ich blickte hilfesuchend den Arzt an und war überrascht, einen veränderten Mann vorzufinden. In dieser Umgebung strahlte er Autorität aus. Später, im Auto, sagte ich zu Owen, dass er, falls ich eines Tages in einen dementen, orientierungslosen Furor verfiele, genau *diesen* Arzt anrufen solle. Er nannte meinen Vater Mr. Edelman, was ihn schon zu besänftigen schien – auf eine Weise, wie es weder mit »Dad« noch mit seinem Vornamen gelungen war. Hier war ein junger Mann, der ihn Mr. Edelman nannte. Spürte er, wie er wieder zum Lehrer wurde?

»Wie es scheint, machen Sie gerade eine schwere Zeit durch, Mr. Edelman.«

»Diese Schwarze...« Mein Vater deutete auf die Tür. Ich spürte, wie mir das Blut in die Wangen schoss. »Sie lässt mich nicht hinaus.«

»Ja. Das ist richtig. Das habe ich so angeordnet. Ich bat die Krankenschwester sicherzustellen, dass Sie in Ihrem Zimmer bleiben. Wir lassen nicht zu, dass unsere Patienten etwas tun, was sie in Gefahr bringen könnte.«

»Ha!« Mein Vater sah mich an. »Jedes Mal, wenn ein Jude eingesperrt wird, sollte man ein Auge darauf haben. Jedes Mal, wenn sie von ihren Befehlen anfangen...«

»Ihre Tochter...«, begann der Arzt, und mein Vater zog die Stirn in Falten.

»Das bin ich«, sagte ich. »Augusta.«

Er zuckte kurz die Schultern, verzog das Gesicht, ohne etwas dagegen einzuwenden, aber auch, ohne es ganz zu akzeptieren. »Und das?«, wollte er mit einem Blick wissen.

»Mein Mann. Owen. Du magst ihn.«

Er schaute zweifelnd drein.

»Früher mochtest du ihn. Wirklich.«

Der Arzt räusperte sich. »Wir müssen ein paar Veränderungen vornehmen, Mr. Edelman. Angefangen bei Ihrem Zimmer. Wir verlegen Sie in einen anderen Flügel des Hauses. Sie werden dort ein paar der gleichen Krankenschwestern um sich haben, zumindest für eine Weile, so dass nicht alles neu für Sie ist.«

»Und ich kann dich viel öfter besuchen. Wenn du willst.«

»Im Allgemeinen werden Sie viel engmaschiger betreut...«

Die unbekannte Wut in den Augen meines Vaters war durch einen Blick ersetzt worden, den ich wiedererkannte: absolute Verwirrung, überlagert von dem Versuch, sie zu verbergen. Er nickte, als verstünde er, obwohl er eindeutig nichts verstand. Der Arzt erklärte, dass er zwar noch an diesem Tag umziehen werde, wir jedoch mehr Zeit hätten, um ihm seine Habseligkeiten zu bringen. »Ihre Tochter wird sicherstellen, dass Sie alles haben, was Ihnen wichtig ist.«

»Und den Rest bewahre ich einfach zu Hause auf«, sagte ich – genau so, als lautete die zweite Hälfte des Satzes:... *und eines Tages kannst du alles wiederhaben.*

Als wir aus dem Heim ins Freie traten, hatte der Himmel seine Schleusen geöffnet. Ein perfektes, donnergrollendes Gewitter. Wir wurden bis auf die Haut durchnässt, als wir zum Wagen rannten. Owen saß am Steuer, und jede Unterhaltung wurde im Keim erstickt, da er seine ganze Aufmerksamkeit dem Fahren widmen musste, während die Scheibenwischer gegen die Flut ankämpften.

Jan würde in drei Tagen aus Nova Scotia zurück sein, und

das Heim hatte zugestimmt, noch zu warten, damit wir gemeinsam ausräumen konnten. Ich hatte einige Gegenstände ausgesucht, die er mitnehmen sollte, Objekte des Übergangs, wie man es bei kleinen Kindern macht. Ich zögerte bei meinem Bild, als wäre dies eine Entscheidung von symbolischer Bedeutung, dann legte ich es zu den anderen Sachen aufs Bett. Dieses Bild. Ein Foto von mir, Charlotte und Jan als Teenager, auf dem wir alle drei aussahen, als hätte er uns instruiert, gerade zu stehen und an Rosenkohl zu denken. Das einzige Lächeln, das mir bei dieser Packerei unwillkürlich übers Gesicht huschte: dass diese mürrische Aufstellung sein Lieblingsfoto von uns war. Ich versuchte, einen Porzellanhund mit einzupacken, der seiner Mutter gehört hatte, doch man sagte mir, dass nichts, was geworfen, zerbrochen oder irgendwie geschärft werden konnte, mitkommen durfte; also wickelte ich die Figur in einen Waschlappen und legte sie in meine eigene Tasche.

Als wir zu Hause ankamen, schüttete es immer noch. Im oberen Stockwerk zog ich mich aus, schlüpfte in einen Bademantel, legte mich ins Bett und schlief auf der Stelle ein – als wären die Ereignisse des Tages ein Fieber, das mich geschwächt hatte. Als ich aufwachte, saß Owen neben mir. »Ich dachte mir, dass du nicht den ganzen Nachmittag verschlafen und dann die ganze Nacht über wach sein wolltest.« Seine Hand lag auf meiner Schulter. Ich drehte mich um, weg von ihm, denn ich wusste, dass er mir gleich den Rücken massieren würde.

»Ich habe das Gefühl, als hätte jemand einen Amboss auf mich fallen lassen«, sagte ich. »Auf mich und Karl, den Kojoten.«

»Das Leben hat einen Amboss auf dich fallen lassen.«

Ich schloss die Augen, während er meine Schultern knetete. »Wenn Jan nach Hause kommt, wird es besser. Sie ist so kompetent. Sie gibt einem das Gefühl, dass alles geregelt werden kann.«

Wir schwiegen eine Weile, dann sagte er: »Wir sind zum Abendessen eingeladen – bei den Nachbarinnen. Die Tochter fährt morgen. Aber nur, wenn du dich danach fühlst. Ich habe Alison gesagt, dass ich mir nicht sicher bin, ob du dich heute Abend nicht vielleicht lieber verkriechen möchtest.«

»Eigentlich hört es sich ganz gut an«, sagte ich. »Ich kann nicht die ganze Nacht hier im Dunkeln herumliegen.«

»Du kannst tun, was du willst.«

Ich streckte mich noch ein wenig, wölbte den Rücken. »Genau da«, sagte ich. »Direkt neben der Wirbelsäule. Das will ich.«

Wir aßen in Alisons Wohnzimmer, Owen und ich auf dem Sofa, die beiden Frauen auf Stühlen. Alison hatte Chili mit Reis gekocht. Alles war sehr einfach und hätte mich eigentlich trösten müssen. Doch ich war entnervt von den Veränderungen, die seit unserem gemeinsamen Abendessen vor gerade mal zwei Tagen eingetreten waren. Im Lauf des Tages, während ich mich durch Arbeit entzogen hatte, und vielleicht auch während meines Nachmittagsschlafs hatten Owen und Nora sich weit von dem höflichen Geplauder zwischen zwei Fremden entfernt. Es war, als wäre zwischen ihnen eine dünne Glasscheibe zersplittert – oder als hätten sie sie vor sich geschoben, um mich auf der anderen Seite zu halten.

Alison war besorgt, bot jede vorstellbare Hilfe an. Sie würde mich zu den Besuchen bei meinem Vater fahren. Sie würde für uns Abendessen kochen. Sie würde eine Schulter zum Ausweinen sein. »Du hast es verdient, ein bisschen verhätschelt zu werden«, sagte sie.

»Was Gus wirklich braucht«, sagte Owen, »ist, wieder an die Arbeit zu gehen. Dabei ist sie immer am glücklichsten.«

»Das stimmt«, sagte ich, obwohl mich seine Behauptung ein wenig ärgerte.

»Nun, dann kann ich dich auch allein arbeiten lassen. Was immer du brauchst. Es ist eine so schwierige Phase, die du da gerade durchmachst.«

Und so nahm der Abend seinen Lauf; die Sorge um mich wechselte sich ab mit Gesprächen, nach welcher Art von Jobs Nora sich umsehen sollte, wenn sie wieder in Boston wäre. Sie dachte, vielleicht irgendetwas mit Früherziehung – *solche Jobs sind immer noch relativ einfach zu bekommen* –, obwohl sie eigentlich im Verlagswesen arbeiten wollte, zumindest für eine Weile. Owen, der inzwischen ein oder zwei Whiskeys intus hatte, verkündete, das würde ihre Seele zerstören, es sei denn, sie fände einen Kleinverlag mit Menschen, die einzig und allein der Freude an der Sache wegen dort arbeiteten. Sie wollte wissen, was er von Leuten hielt, die sich gleich nach dem College für Graduiertenprogramme bewarben. Er sagte, er fände es eine Schande, dass sie sich nicht einfach Zeit zum Schreiben nehmen könne, *ehe all die Geier auf dich niederstoßen*. Alison gab zu bedenken, ob sie wirklich die ganze Zeit Kleinkinder und deren Keime um sich herum haben wolle... Dann fragte wieder jemand, wie es mir ginge; ich sagte, gut, und dass es so interessant sei, jemanden an der Schwelle zum Erwachsensein zu erleben oder etwas ähnlich Geistloses. Und während erst eine, dann zwei Stunden verstrichen, hatte ich das Gefühl, rapide zu altern, wie die schöne Prinzessin im Märchen, die sich plötzlich als altes Weib entpuppt; jeder Aspekt meines Wesens bedurfte der Reparatur, während mir gegenüber am Tisch das verkörperte Potential Platz genommen hatte.

Dennoch hasste ich Nora nicht an jenem Abend. Selbst wenn ich sie um ihre Jugend beneidete, um ihre zärtliche Mutter und um das Maß an Aufmerksamkeit, das sie entgegenzunehmen schien, ohne es überhaupt zu bemerken. Ich hatte das Gefühl, ich sei es Alison und sogar mir selbst schuldig, über solchen Dingen zu stehen. Ja, sie war egozentrisch, doch seit sie entspannt war, schien das weniger die Folge eines zu großen Egos als vielmehr einer jungen Frau vollkommen angemessen zu sein, die ihr Leben aufregend fand und es außerdem aufregend fand, jemanden getroffen zu haben, den sie zum Idol erheben konnte. Sie hatte ein wenig Schwierigkeiten, Grenzen einzuhalten, doch bei einer Zweiundzwanzigjährigen war das alles andere als merkwürdig. Trotz aller Schönheit und Eleganz hatte sie keine Ahnung, wie ihr Leben einmal aussehen sollte, und ich entschied, dass selbst die Trunkenheitsepisode in der Scheune als typische jugendliche Grenzüberschreitung in dieses größere Bild passte. Ich bemerkte, dass sie aufstand, um ihrer Mutter zu helfen, die Teller abzuräumen, das Essen wegzupacken, den Kuchen aufzuschneiden und Kaffee zu kochen. Alison hatte gewitzelt, sie sei gut erzogen, und ich hatte daran meine Zweifel gehabt; doch in einiger Hinsicht war es eindeutig der Fall.

Auf dem Nachhauseweg sagte ich zu Owen etwas Nettes über Nora, und er machte ein Geräusch, ein *mhmmm* oder *ja*, das mir ein wenig distanziert vorkam, als wäre er in Gedanken woanders. Und dann legte er mir die Hand auf den Rücken und sagte: »Es war ein langer Tag, nicht wahr?«

»Ja«, sagte ich. »Es war ein sehr langer Tag.«

Später, als ich wach lag und der Schlaf sich immer wieder entzog, begann ich mich zu fragen, ob dieses Geräusch, dieses *mhmm* oder *ja* irgendetwas bedeutete, ob in diesem rätselhaften, geistesabwesenden Laut nicht der Schlüssel zu etwas Beunruhigendem steckte. Ich hatte mich so lange davor gefürchtet, dass eine schöne, bewundernde junge Frau es dem Universum leicht machen würde, das Spiel zu einem Unentschieden auszugleichen. Und nun war eine aufgetaucht, als hätte das Besetzungsbüro sie geschickt. Doch sie würde am nächsten Morgen abfahren, das wusste ich. Und mein müdes Gehirn sehnte sich nach Frieden. Und so schüttelte ich die Sorge ab.

10

Das Geschrei vor Alisons Haus lockte mich aus meinem Atelier und Owen aus der Scheune. Ein Mann. »Vielleicht, wenn du nicht so eine verdammt egoistische blöde Fotze wärst...« Ich konnte nur seinen Rücken sehen. Alison stand ihm auf der untersten Stufe der Veranda gegenüber. Der Exmann. Paul. Er musste es ein. Ich dachte, Nora wäre im Haus, bis ich das Fenster des fremden schwarzen Autos heruntergleiten sah. »Es spielt keine Rolle«, schrie Nora und streckte den Kopf aus dem Fenster. »Hört auf. Hört einfach auf! Das spielt alles keine Rolle mehr. Bitte... bitte hört auf. Ich möchte fahren. Können wir bitte einfach fahren?«

Owen und ich, hundertfünfzig Meter voneinander entfernt, wechselten einen Blick. Sollten wir uns einmischen? Doch dann knallte der Mann die Fahrertür zu und fuhr unter weiterem Krach und Krawall davon, und Alison ging ins Haus.

»Mein Gott«, sagte ich zu Owen, als wir zusammentrafen. »Das war... ich dachte, jemand anders würde Nora abholen. Die Freundin. Martha. Oder Heather. Heather, glaube ich.«

Er starrte immer noch zu Alisons Haus hinüber. »Ich dachte das auch.«

»Ich sollte rübergehen. Nachsehen, ob alles in Ordnung ist.«

»Ich weiß nicht.« Er sah mich an. »Ich weiß nicht, ob du das tun solltest. Lass sie vielleicht erst einmal ein wenig zur Ruhe kommen.«

»Genau das ist falsch«, sagte ich. »Warum sagst du das?«

»Ich weiß es nicht. Ich bin mir nur nicht sicher, ob du dich noch weiter einmischen willst.«

»Aber sicher will ich das. Und du solltest es auch wollen.«

Als ich ein »Hallo« ins Haus rief, antwortete Alison: »Hier oben.« Am Fuss der Treppe sagte ich, ich wolle kurz nach ihr sehen. Ich sagte, ich könne wieder gehen, falls sie das wolle.

»Nein, komm rauf«, rief sie. Und so stieg ich die Stufen hinauf und versuchte, dabei nicht über den zerschlissenen Läufer zu stolpern.

»Ich bin im Schlafzimmer, nach hinten raus. Rechts.«

Ich war davor schon häufig im Flur gewesen, jedes Mal, wenn ich ihr Atelier betreten hatte. Doch jetzt fühlte sich alles anders an, nach Pauls Gebrüll, das immer noch in der Luft vibrierte. Ich wunderte mich, dass mir nie das mangelnde Licht aufgefallen war, die Risse in den verputzten Wänden. Als ich zu ihrer Schlafzimmertür kam, spähte ich hinein. Sie saß auf dem Bett, gegen das Kopfteil aus Ahornholz gelehnt, die Beine gerade vor sich ausgestreckt und an den Knöcheln gekreuzt; auch die Arme waren gekreuzt.

»Ich wollte nur nach dir sehen«, sagte ich. »Fragen, ob es dir gutgeht.«

Sie schüttelte den Kopf. »Er sollte eigentlich nicht wissen, wo ich bin. Und Nora weiß das. Er sollte eigentlich nicht hierherkommen. Niemals.«

»Es tut mir so leid.«

Sie klopfte auf das Bett, und ich trat ins Zimmer und setzte mich neben sie.

»Ich hatte keine Ahnung«, sagte ich.

»Danke, dass du nach mir siehst.« Sie legte ihre Hand auf meine.

»Du hast es mir zwar erzählt, aber ich hatte einfach nicht...« Hatte nicht was? Ich hatte ihr geglaubt – in gewissem Sinne. Natürlich hatte ich sie nicht für eine Lügnerin gehalten, als sie erzählte, dass er sie geschlagen hatte. Doch ich hatte nicht genügend darüber nachgedacht, mich nicht gezwungen, mir vorzustellen, wie sie verprügelt wurde, mir nicht die Macht vorgestellt, die damit verbunden war, die Angst. Dass ihr Mann sie geschlagen hatte, war zur Sprache gekommen, als ich wegen Laines Nachricht über Bill vollkommen außer mir war und an nichts anderes denken konnte. Mein eigenes kleines Melodram hatte mir erlaubt, über das, was sie durchgemacht hatte, hinwegzugehen.

»Ich habe es nicht wirklich begriffen«, sagte ich. »Ich hätte aufmerksamer sein sollen.«

»Du hast genügend eigene Sorgen«, sagte sie. »Dein Vater... alles. Ich verstehe nicht, wie er mich gefunden hat. Ich weiß, dass Nora es ihm nicht erzählt hat. Sie kennt nicht... sie kennt nicht jedes Detail, aber sie weiß genug. Ich habe ihr gesagt, ›Es wäre mir lieber, wenn dein Vater nicht wüsste...‹, und wie konnte sie das tun, mir nicht zu sagen, dass er kommen würde?« Tränen standen in ihren Augen.

»Ich bin sicher, es war nur ein Versehen. Ihr ist irgendetwas herausgerutscht. Oder er... vielleicht irgendetwas mit ihrem Handy? Vielleicht konnte er sie so ausfindig machen?«

Sie lachte, und eine Träne rollte ihr über die Wange. »Ich glaube, nicht einmal Paul ist irre genug, sie über GPS zu suchen. Ich... nun ja. Es ist passiert. Und du solltest wissen...« Sie sah mich direkt an. »... nun, du hast es gesehen. Er ist schrecklich. Er ist einfach schrecklich. Ich wollte ein paar Monate ohne seine Wut sein.«

»Es ist einfach ein entsetzlicher Gedanke, dass du das erlebt hast.« Das Zimmer roch nach ihr, fiel mir auf, dieser spezielle

Limettenduft, aber auch ein wenig modrig, nach altem Holz in einem alten Haus. »Worüber war er überhaupt so wütend? Wenn ich fragen darf.«

»Geld«, sagte sie. »Dumme Lappalien wegen des Hausverkaufs. Aber es hätte irgendetwas sein können. Eigentlich geht es darum, dass ich ihn verlassen habe – vermutlich. Wer weiß. Es ist zwei Jahre her. Länger. Und davor gab es eine Million anderer Dinge.«

Die Fenster standen offen, die weißen Vorhänge flatterten in einer Brise, die zu leicht war, als dass man sie spüren konnte. Die Möbel passten nicht zusammen, einige waren aus Ahorn, andere aus Mahagoni, und sahen aus, als wären sie schon seit achtzig Jahren oder länger im Haus. Ebenso die vergilbte Tapete mit den vertikalen Blümchenstreifen, die Blasen warf, so dass nur wenige der Streifen gerade wirkten.

Sie schien meine Gedanken zu lesen. »Auf der Website klang es ein bisschen weniger schäbig, als es tatsächlich ist, aber mir ist das egal. Ich liebe es.«

»Mir würde es genauso gehen.«

Sie richtete sich auf dem Bett ein wenig auf. »Weißt du, mit ihr war er nie so schlimm. Nicht so wie mit mir. Ich hasse es, wenn sie es auch nur mitansehen muss.«

»Gut, dass er mit ihr besser umgeht.«

»Und sie sucht Rückhalt in ihrer Religion, weißt du. Die bindet sie an ihn. ›Du sollst deinen Vater ehren‹, dieses ganze Zeug. Das habe ich vor einer Weile begriffen. Ich bin mir sicher, dass das teilweise der Grund ist, warum sie damit angefangen hat. Es ist ein System. Mit Regeln. Kinder brechen den Kontakt nahezu niemals ab. Nicht wirklich. Und ich glaube, es gibt ihr einen Grund, an ihm festzuhalten.«

Es war sehr schwierig, sie nicht anzustarren, sondern einfach nur zu versuchen, das alles als real zu begreifen. Obwohl mir seine wütende Stimme noch in den Ohren klang, war es unmöglich, es war eine unmögliche Vorstellung. Ihre Schönheit hatte vor allem mit einer gewissen Zartheit zu tun. Er musste das einmal klar erkannt haben, musste dies einmal an ihr geliebt haben.

Alison schaute auf die Bewegungen der Vorhänge, zwei flatternde weiße Fahnen. »Ich weiß, dass Nora hier viel Zeit mit Owen verbracht hat. Und ich war wirklich froh darüber. Dein Owen ist so ruhig und gelassen. Er wirkt... unerschütterlich. Und er war sehr behutsam mit ihr bezüglich ihrer literarischen Ambitionen. Ich dachte die ganze Zeit, dass es ihr wohltun muss, mit so einem Mann Umgang zu haben. Ich hoffe, es hat ihm nichts ausgemacht. Ich hoffe, sie hat keinen von euch belästigt.«

»O Gott. Owen hat diesen Ego-Booster genossen! Es war eine so schwierige Zeit. Arbeitsmäßig, meine ich.«

»Nun, den hat er mit Sicherheit bekommen.« Sie wandte sich mir zu, ein richtiges Lächeln auf dem Gesicht. »Nora scheint ihn anzubeten«, sagte sie. »Sie war vollkommen hingerissen.« Doch dann verschwand das Lächeln. »Ich verstehe einfach nicht, wie Paul uns gefunden hat. Und wo zum Teufel steckt Heather? Wie kam es dazu, dass der Plan geändert wurde? Es ergibt überhaupt keinen Sinn.«

»Du wirst es herausfinden. Du wirst mit ihr reden.« Ich dachte an Owen als Vaterfigur. Als positiver männlicher Einfluss. Vielleicht so etwas wie die Rolle, die ich bei Laine innegehabt hatte.

»Ich sollte malen gehen«, sagte sie. »Das würdest du tun, nicht wahr? Ich sollte aufhören, mir selbst leidzutun, und etwas machen.«

»Vielleicht. Obwohl...« Hörte ich auf, mir selbst leidzutun, wenn ich arbeitete? In gewisser Hinsicht. Häufig hörte ich überhaupt auf, etwas zu empfinden. »Du solltest malen, wenn es dir hilft. Vielleicht sollten wir aber auch aus dem Haus gehen? Es ist schließlich Dienstag.«

»Stimmt. Das ist keine schlechte Idee.« Sie setzte sich ein wenig gerader. »Vielleicht wäre das genau das Richtige.«

Die Tatsache, dass der hiesige Bauernmarkt Dienstagnachmittag stattfand, war bis zu Alisons Ankunft für mich theoretisches Wissen gewesen; doch inzwischen war er fest in den Wochenrhythmus eingewoben. Wir einigten uns darauf, uns um Viertel vor drei auf der Anhöhe zu treffen.

»Ich fahre«, sagte sie, und ich tat entsetzt, stimmte aber zu. Als ich aufstand, überlegte ich, ob ich mich zu ihr beugen und ihr einen Kuss geben sollte. Sie hätte es getan, wären die Rollen vertauscht gewesen, das wusste ich. Aber ich sagte nur: »Bis gleich.«

An diesem Tag dachte ich beim Malen über Gewalt nach. Ich war ihr in meinem Leben nicht oft begegnet, doch als ich sie vor meinem Fenster hörte, erkannte ich sie sofort, erkannte den Unterschied zwischen einer erhobenen Stimme, wie jeder sie benutzen konnte, und einer Stimme, die mit körperlichem Gewicht unterlegt ist, eine Art Stimme, die irgendwie mit Gewebe und Muskulatur verbunden ist und in einem nahtlosen Kontinuum zu einem Zusammenprall führen kann. In diesem Fall waren es nur das Zuschlagen einer Autotür, das Quietschen der Reifen und ein Fuß, der zu stark das Gaspedal durchtrat. Niemand wurde verletzt. Und dennoch handelte es sich um Gewalt.

Ich arbeitete an diesem Tag wieder an Jackie und seinem Schachbrett, tupfte am Licht herum, das durch das Fenster fiel – ein nach Westen gerichtetes Fenster und damit tiefstehendes, schwindendes Licht. Diese Jungen, jeder einzelne von ihnen, waren durch Gewalt getötet worden, aber durch eine eiskalte, unpersönliche Art von Gewalt.

Die Bilder waren zärtlich, und ich fragte mich, ob sie nicht einen stärkeren Hinweis auf diese Gewalt enthalten sollten. Das Wort *Potential* ging mir durch den Kopf. Das war es, was wirklich in dieser schrecklichen Stimme gelegen hatte. Das Potential von Gewalt. Wie das wilde Tier, das unter die Haut meines Vaters geschlüpft war und mir aus seinen Augen entgegengestarrt hatte. Wollte ich so etwas in meinen Bildern haben? Eine Ahnung jener Spannung, die durch dieses Potential in der Luft lag? Und wie würde ich das anstellen, falls ich es wollte?

Das alles lag außerhalb meines Erfahrungsbereichs. Selbst in angeschlagenem Zustand hatte Owen weder in seiner Stimme noch in seinem Verhalten je auch nur die leiseste Ahnung einer Drohung erkennen lassen. Auch Bill nicht. Bill und ich waren auf eine Weise zärtlich miteinander umgegangen, wie nur Liebende in ihrer gestohlenen Zeit sie aufrechterhalten können. Selbst beim Abschied immer behutsam, behutsam, behutsam, wie diese ermüdenden Menschen, die Geschenke immer ganz langsam auspacken und das Papier unbedingt unbeschädigt lassen wollen.

Ich blickte mich in meinem Atelier um, betrachtete die Bilder, die Skizzen, die an der Wand lehnten oder an Brettern befestigt waren, und stellte fest, dass es sich dabei keineswegs um bildliche Darstellungen irgendeines Potentials handelte. Weder eines Potentials von Gewalt, noch von Liebe oder Glück, von Elend, Treulosigkeit oder Vergebung. Sie waren etwas ganz anderes, etwas, das für mich einen wesentlich stärkeren Nachhall hatte. »Konsequenz.« Ich sagte das Wort laut vor mich hin und machte mich wieder an die Arbeit.

Alison saß am Steuer, und ich wappnete mich.

Für die zweite Septemberwoche war es ein kühler Tag. Wir sprachen über die überraschend frühen Anzeichen des Herbstes – überraschend, obwohl sie jedes Jahr um diese Zeit auftraten. Kümmerliche Ahornbäume, waren wir uns einig, waren immer die ersten, die die Farbe wechselten, und kamen nie über Gelb hinaus. Der Japanische Ahorn mit seiner scharlachroten Färbung, einem fluoreszierenden Leuchten, war immer zuletzt an der Reihe. Doch es war ein nasser Sommer gewesen, ein Versprechen, dass das Schauspiel sich lange hinziehen würde. Gut genährte Bäume werfen ihre Blätter immer erst spät ab, sagte ich.

»Ich hoffe, ich bin dann noch da«, sagte Alison. »Ich muss ein paar Entscheidungen treffen. Ich hatte darauf gezählt, von der Bildfläche zu verschwinden, schätze ich. Von seiner Bildfläche jedenfalls.«

»Oh, du musst bleiben.«

»Wir werden sehen. Das ist sehr nett von dir.«

»Denk heute nicht mehr darüber nach«, sagte ich. »Genieße es einfach, hier zu sein.«

»In Ordnung.« Und dann, nach einer längeren Pause, sagte sie: »Ich hatte hier Tage, an denen ich Paul nahezu vergessen konnte.«

»Noch ein Grund, hierzubleiben.«

»Ja. Wenn ich noch kann.«

Auf der Fahrt erzählte mir Alison mehr über ihn als je zuvor: wie sie einander damals in London begegnet waren, wie überraschend glücklich sie in jenen frühen Tagen gewesen waren. »Er war der faszinierendste Mann, denn ich je kennengelernt habe«, sage sie. »Und romantisch. Sehr gut mit den großen Gesten, den Blumensträußen, den sorgfältig ausgewählten Geschenken. Ich bin mir nie ganz sicher, wie sehr er sich verändert hat oder wie sehr ich angefangen habe, besser zu erkennen, wer er wirklich ist. Wahrscheinlich von beidem etwas.«

Zur Zeit von Noras Geburt, sagte sie, waren sie bereits in einem schrecklichen Kreislauf aus Streit und großen, stürmischen Liebeserklärungen gefangen. »Diese guten Momente schienen immer wie ein Fenster zu einem ganz neuen Leben. Ich wartete ständig auf den Wendepunkt. Nach achtzehn Jahren sagte ich mir immer noch, alles würde besser werden. Und das Traurige ist, ich konnte es in jedem Buch nachlesen. Und tat es auch. Ich ging in eine Buchhandlung, schlich mich in die Selbsthilfe-Abteilung und wusste, auf einer bestimmten Ebene wusste ich, dass alle Paare dasselbe Paar werden. Und da stand ich nun. Seite sechzehn. Die Ehefrau, die das ermöglicht. Beispiel A. Ich sah es. Sogar noch bevor er anfing, mich zu schlagen. Ich wusste es. Wirklich. Aber ich akzeptierte es nicht. Sehr lange nicht. Von etwas definiert zu werden, das so... so ultimativ wenig mit mir selbst zu tun hatte. Mich selbst von dieser Buchseite emporstarren zu sehen. In gewisser Weise fand ich das unmöglich. Ich fand, ich sollte mehr ich selbst sein. Es klingt seltsam, aber ich fand es beleidigend.«

»So empfinde ich manchmal meinem Vater gegenüber«, sagte ich. »Ich sage bei Gott nicht, es sei das Gleiche. Das ist es nicht. Aber einfach... einfach wie ihm alles genommen wurde... sein besonderer Charakter. Es gibt heute keine Gespräche mehr darüber, was er möglicherweise tun oder wie er reagieren könnte. Er: Sam Edelman. Alles dreht sich darum, wie ein Alzheimerpatient möglicherweise reagieren könnte. Was Alzheimerpatienten möglicherweise sagen könnten. Er hat sich in eine Gattung verwandelt.«

»Vielleicht werden wir alle unter Stress zu einer Gattung.« Sie erzählte mir von ein paar Fotos, die sie einmal von Menschen in einer Achterbahn gesehen hatte. Sobald sie Angst hatten, sahen sie alle gleich aus. »Das war dann die Rettung – in meinem Fall, meine ich. Was mich gerettet hat, war, dass ich schließlich zugeben konnte, dass ich mich in nichts von anderen Missbrauchsopfern unterschied. Es gab keine besondere Fähigkeit meinerseits, die ihn dazu veranlassen würde, sich zu ändern, keine Ausnahme, weil er mein Mann war und nicht der einer anderen Frau. Wir waren einfach ein weiteres Ehepaar, das in Rollen gefangen war, über die man jede Woche in einem halben Dutzend Talkshows redete. Und ich konnte den Gedanken nicht ertragen, dass mir ... dass mir mein Wille genommen war. Mein Ich. Sobald ich mir die Wahrheit eingestand, musste ich ihn verlassen. Und als die körperliche Gewalt dazukam, konnte ich mir nicht mehr länger etwas vormachen. Obwohl, selbst dann ... selbst das geschah nicht sofort.«

»Ich bin froh, dass du es geschafft hast. Ich bewundere deine Kraft.«

»Nun, damals fühlte es sich tatsächlich wie Kraft an. Wie eine gewaltige Heldentat. Zurückblickend allerdings ...« Sie führte den Gedanken nicht zu Ende, sondern bog mit einem Elan, den ich inzwischen von ihr zu erwarten gelernt hatte, auf den kiesbestreuten Parkplatz und bremste abrupt.

Um drei Uhr nachmittags war es an dem Dienstag nach dem Labor-Day-Wochenende auf dem Markt ruhig. Die Mütter des Ortes waren schon wieder unterwegs, um ihre Kinder von der Schule abzuholen oder sie an der Bushaltestelle in der Nähe ihres Hauses zu erwarten, und bis zum Feierabendansturm – im ländlichen Stil, also ungefähr zwanzig bis fünfundzwanzig Leute zur gleichen Zeit – waren es noch ein paar

Stunden. Wir hatten den Markt nahezu für uns, mit Ausnahme eines älteren Paars, eines jungen Mannes und eines jüngeren Paars. Wenig mehr als eine Handvoll Menschen vor dem Hintergrund der Stände, der leuchtenden Schilder, grob gezimmerten Holztische, der Aluminiumtische und Segeltuchplanen.

Alison kam jedes Mal mit einer Liste. Ich nie. Sie bevorzugte bestimmte Anbieter und wusste Bescheid, wann der Spinat erntereif war oder wer in dieser Woche Hühner schlachtete. Sie stellte gezielte Fragen und bekam Ratschläge für ihren eigenen kleinen Garten, während ich mich immer ein wenig im Hintergrund hielt und von Stand zu Stand schlenderte wie ein Kind, das darauf wartet, dass seine Mutter fertig wird. Hin und wieder kaufte ich etwas, doch das waren Impulskäufe, die im Allgemeinen auf einem visuellen Anreiz beruhten. Ich liebte die Formen des Knoblauchs, das merkwürdig gelängte Grün, die seltsam unregelmäßigen Rundungen, und brachte deshalb immer ein paar Knollen mit nach Hause, wenn es welchen gab, auch wenn ich ihn beim Kochen gar nicht so oft verwendete. Und die Pilze, die vom Kennett Square hergebracht wurden; ich liebte ihre Schatten und Geheimnisse und Schwellungen, das Gefühl von Mysterium, das sie umgab, kleine Verkörperungen eines Lebens, das im Dunkeln gelebt wurde. An diesem Tag kaufte ich zwei Zucchini, hauptsächlich weil mir der langgesichtige Farmer leidtat, der von einer gewaltigen Ernte überschwemmt worden war, außerdem ein Dutzend Eier und einen hiesigen Camembert, den Owen gern mochte.

Auf meinem Bummel dachte ich über Alisons Bemerkung nach, dass wir zur Gattung werden. Es erinnerte mich nicht nur an meinen Vater, stellte ich fest. Es kam auch meinem Gefühl für meine Affäre recht nahe. An einem Tag waren wir zwei wunderbare, einzigartig interessante Individuen, die das Glück gehabt hatten, einander zu begegnen – wenn auch unter problematischen Umständen. Und dann, fünf Monate später, war ich diese bedauernswerte Frau, die hoffte, dass ein verheirateter Mann, der meinetwegen niemals seine Frau verlassen würde, meinetwegen seine Frau verließ. Ein Klischee. Ein Motiv aus einer Seifenoper. Mehr als alles andere hatte mich die damit verbundene Demütigung dazu gebracht, die Sache zu beenden.

Als ich Alison ein paar Stände entfernt wiederentdeckte, stand sie vor einem Tisch mit Selbstgemachtem, vor allem Marmeladen, gesteppte Topflappen, handgefertigte Seifen. Ich beobachtete sie eine Weile, ehe ich zu ihr ging. Ich hatte immer noch Schwierigkeiten, zu verdauen, was sie alles durchgemacht hatte.

Als ich neben sie trat, stellte sie gerade auf ihre neugierige Art Fragen zu verschiedenen Essigsorten. Ich bewunderte, wie mühelos ihre Gedanken ernsthaft interessiert von Thema zu Thema springen konnten. Ich lebte seit beinahe drei Jahren in dieser Gegend und hatte als Außenseiterin immer nur ein minimales Bedürfnis verspürt, etwas über das Leben im Ort oder auf dem Land zu erfahren, und ganz sicher nie ein Interesse, mit den Einheimischen über ihre Erzeugnisse und selbst eingemachten Produkte zu plaudern, während sie den Kontakt mit Menschen genoss und sich offenbar gar nicht vorstellen konnte, irgendwo zu leben und sich nicht auf diesen Ort einzulassen.

Mir fiel der Name des Standes auf: *Mayhew Farm*. Ich betrachtete die Frau hinter der Theke. Sie war in den Siebzigern, mit runden Wangen und runzliger Haut, aber ich glaubte, trotz der weicheren Konturen in den eckigen Kiefern und im Übergang von der Stirn zu der kurzen, ein wenig breiten Nase eine Ähnlichkeit zu bemerken.

»Sind Sie eine Mayhew?«, fragte ich. »Von der Mayhew Farm«, fügte ich hinzu, als bedürfte sie einer Erklärung.

»Das war ich einmal«, sagte sie. »Auch wenn ich inzwischen seit über neununddreißig Jahren Thompson heiße.«

Alison nahm eine Flasche in die Hand. »Es muss wunderbar sein«, sagte sie, »sich mit einem Ort so verbunden zu fühlen... irgendwo schon so lange zu leben...« Sie stellte die Flasche zurück auf die karierte Plastiktischdecke. »Ich probiere mal den Erdbeeressig.« Sie wandte sich an mich. »Erdbeeressig mit Vanilleeis. Wie klingt das?«

»Es klingt gut. Es klingt unglaublich.« Ich sah wieder die Frau an. »Ist die Familie schon lange hier ansässig?«, fragte ich. »Die Mayhews?«

Sie nahm von Alison einen Zwanziger entgegen und öffnete die Kasse. »Wir haben die Farm schon seit über hundert Jahren.«

»Ich überlege nur... ich habe von einem Mayhew gehört. Jemandem aus der Vergangenheit. John. Jack. Oder Jackie... Er hat am Ersten Weltkrieg teilgenommen.«

Sie sah mich verblüfft an. »Jackie Mayhew? Jackie Mayhew war der Bruder meines Vaters.« Sie kniff die Augen zusammen. »Wie kommt es, dass Sie etwas über Jackie Mayhew gehört haben?«

»Das ist eine lange Geschichte«, sagte ich; sie schaute vielsagend auf die Leere um uns herum, das Nichtvorhandensein eines Kunden, der mich zur Eile antreiben könnte. »Ich bin Künstlerin«, fing ich an. »Ich wohne mit meinem Mann auf der ehemaligen Garrick-Farm.«

»Ich bin mit Emily Garrick zur Schule gegangen. Und mit ihrem Bruder Freddy.«

»Wir haben das Haus von den Erben gekauft. Ich bin nie einem von ihnen begegnet. Aber zu Beginn dieses Sommers haben wir ein Badezimmer renoviert...« Ich begann, ihr von den Zeitungen und ein wenig von den Bildern zu erzählen. Nach einer Weile berührte mich Alison an der Schulter und deutete auf einen Geflügelstand. »Ich bin gleich wieder da«, sagte sie und ging davon.

»Jackie Mayhew war einer von diesen Jungen. In den Todesanzeigen.«

»Sie haben seine Todesanzeige?«

Ich wiederholte, dass dem so war. Ich nannte ihr meinen Namen, und sie nannte mir ihren, Kathleen. Kathleen Thompson, geborene Mayhew.

»Mein armer Vater«, sagte sie. »Er hat es nie verwunden. Sein kleiner Bruder. Er war auch dort, wissen Sie. Aber er wurde krank und musste nie an die Front. Er sagte immer, der Durchfall habe ihm das Leben gerettet.«

Das junge Paar war zu uns an den Stand getreten. »Ich sollte sie arbeiten lassen«, sagte ich und trat zur Seite.

»Wir wollten fragen, ob sie heute die gemischte Beerenmarmelade dabeihaben«, sagte der junge Mann.

»Die verschenken wir immer«, sagte die junge Frau. »Alle mögen sie.«

»Oh, sicher. Davon bringen wir immer eine Menge mit.« Und dann zu mir: »Es ist so seltsam, dass Sie den armen Jackie Mayhew erwähnen. Ich habe schon seit Jahren nicht mehr an ihn gedacht.«

Doch dann widmete sie sich wieder ihrer Kundschaft. Sie war neugierig gewesen – aber offenbar innerlich unbeteiligt. Er war ein Familienmythos, ein längst vergangener Trauerfall, der Menschen betraf, die ebenfalls schon lange tot waren.

Als ich ging, nahm ich ihre Karte mit.

Alison stand neben dem Auto und begrüßte mich mit der Neuigkeit, sie habe eine SMS von Nora bekommen. »Sie hat Paul nicht erzählt, wo wir sind. Ich wusste, dass sie das nicht getan hat. Er rief ihre Freundin Heather an, so bekam er die Information. Erzählte ihr, er wolle Nora überraschen.«

»Du siehst wesentlich glücklicher aus«, sagte ich. »Ich wusste, dass es so etwas sein würde.«

»Das bin ich. Aber die arme Heather. Sie wurde hintergangen und fühlt sich jetzt verantwortlich. Aber so ist Paul. Es ist ihm völlig egal, wenn er die Leute ausnutzt. Wie auch immer, Nora ist jetzt mit einer anderen Freundin unterwegs.«

Ich blickte auf die Karte der Mayhew Farm in meiner Hand – sie war weiß, mit einem Korb Äpfel in einer Ecke. Einer Telefonnummer in Grün. Einer Adresse in Rot. »Es ist so merkwürdig«, sagte ich, als ich mich ins Auto setzte. »Jackie Mayhews Nichte.«

»Warum merkwürdig? Es ergibt doch einen Sinn, oder nicht?«

»Sicher, ja. Ich wäre nur nie darauf gekommen. Ich weiß nicht, wie ich es erklären soll. Ich habe mich überhaupt nicht mit ihren Familien beschäftigt«, sagte ich. »Eltern. Geschwister. Und noch weniger mit einer lebenden, putzmunteren Nichte.«

Alison lachte. »Weißt du, dort, wo ich herkomme, sind wir daran gewöhnt, dass Familien seit tausend Jahren in einem Dorf leben. Ein Jahrhundert ist da gar nichts. Neuankömmlinge.«

»Stimmt. Vermutlich ist es so.« Ich fragte mich, ob mich Kathleen Mayhews offensichtlicher Mangel an Interesse für mich und mein Projekt beunruhigen sollte. Würden mir weitere Informationen weiterhelfen? Fotografien über jene hinaus, die all diese Jahre in meinen Wänden »gelebt« hatten? Familienanekdoten? Oder würde das alles nur diffuser machen?

»Wenn du eine Blüte malst«, fragte ich und schnallte mich an, »interessierst du dich dann für den Garten, in dem sie gewachsen ist?«

»Nein.« Alison setzte mit dem üblichen Elan aus der Parklücke, und die zwei Zucchini rollten von meinem Schoß. »Tut mir leid. Nein, der interessiert mich nicht. Höchstens insoweit, als der Garten alles an dieser Blüte festgelegt hat. Aber schließlich male ich Flora, keine empfindenden Wesen. Keine Menschen. Vielleicht wäre es in diesem Fall anders.«

»Klingt logisch«, sagte ich und verbannte das gesamte Thema aus meinen Gedanken. »Ich bin wirklich froh, dass es Nora gutgeht. Und dass du weißt, dass sie dich nicht verraten hat«, sagte ich. »Ich bin froh, dass du dich deswegen jetzt entspannen kannst.«

Beim Abendessen in der Küche wunderten Owen und ich uns über die Hässlichkeit der morgendlichen Szene. Ich beobachtete ihn, während wir darüber sprachen, und suchte nach Zeichen der Niedergeschlagenheit wegen der Abreise seiner schönen Bewunderin, entdeckte aber nichts dergleichen.

»Alison war froh, dass Nora Zeit mit dir verbringen konnte«, sagte ich. »Sie sagte, Nora reagiere auf dich als positive Vaterfigur.« Das war zwar nicht ganz, was Alison gesagt hatte, kam dem aber, wie ich mir dachte, nahe genug. »Sie hat dich als tröstlich beschrieben. Alison. Auf bewundernswerte Weise unerschütterlich.«

Er zog die Stirn in Falten. »Ist das gut?«

»Nun, bei einem Mädchen wie Nora, mit einem solchen Vater, verstehe ich den Reiz.«

»Wahrscheinlich. Auch wenn es sich ganz schön langweilig anhört. Es gibt nicht viele Jungs, die davon träumen, einmal unerschütterlich zu sein, wenn sie groß sind.«

»Tja, mein Lieber, wem der Schuh passt. Aber ich glaube nicht, dass sie langweilig gemeint hat. Ich glaube, sie meinte verlässlich. Kein Hallodri. Kein Berserker. Ein positiver Einfluss. Du weißt doch, dass junge Menschen manchmal eine zusätzliche Elternfigur brauchen, die ihnen in ihrer Entwicklung hilft.« Doch dann fiel mir auf, dass dies zu Laine führte und zu meiner Rolle in ihrem Leben. »Weißt du«, sagte ich wieder, »bei der Arbeit habe ich heute daran gedacht, wie merkwürdig es ist, dass mein Vater in eine Zelle gesperrt ist, während dieser Mann... Ich will damit sagen, leider gibt es nirgendwo da draußen einen Arzt, der willens wäre, bei ihm Alzheimer zu diagnostizieren, denn dann könnte er einfach weggesperrt werden. Ich bin mir sicher, er ist gefährlicher, als mein armer Dad es je sein wird. Eigentlich sollte es andersherum sein.«

Owen lachte. »Niemand kann behaupten, dass du nicht über den Tellerrand hinausdenkst, Gussie.«

»Ich meine das nur halb komisch. Das ganze System... wie wir Menschen es führen. Ich habe mittlerweile Probleme, die Logik des Ganzen zu verstehen. Vielleicht ist es...« Doch ich hielt den Mund – schon wieder. Ich hatte darüber reden wollen, dass meine Begegnung mit der echten, lebenden Nichte eines dieser gefallenen Jungs mir dieses Gemetzel, das ich da dokumentierte, nur umso stärker vor Augen geführt hatte und dass das Grauen für mich dadurch realer geworden war; doch auch dieses Thema purzelte in den Kaninchenbau unserer Tabus. Keine Gespräche über die Arbeit. »Vielleicht ist es der Zustand meines Vaters, seine Verlegung, was mich so nachdenklich stimmt. Und dann zu hören, wie dieser

Wahnsinnige Obszönitäten über den Hof schreit. Manchmal kommt es mir einfach so vor, als machten wir alles verkehrt.«

»Ich glaube nicht, dass es viele Menschen gibt, die beim Blick auf die Welt glauben, dass wir alles richtig machen.«

»Ja, ich schätze, da hast du recht«, sagte ich. »Obwohl es ein netter Gedanke wäre, dass noch Hoffnung besteht.«

»Es gibt immer Hoffnung«, sagte er. »Selbst wenn sie nicht gerechtfertigt ist.«

»Also, nach diesen aufmunternden Worten«, sagte ich, »gehe ich heute früh ins Bett. Wie wäre es, wenn du mitkämst?«

Ich war mir sicher, dass er ablehnen würde, doch er sagte ja.

11

Da sind wir nun, Jan und ich, und räumen die Sachen unseres Vaters aus dem altersgerechten Apartment, das er beinahe zwei Jahre lang bewohnt hat. Zwei Frauen, Schwestern, beide schwarzes Haar, dunkle Augen, gebräunte Haut – meine vom Sommer auf dem Land, ihre von zwei Wochen auf dem Boot und beim Schwimmen in Nova Scotia. Ich bin zwanglos, ein wenig schlampig gekleidet, trage meine bequemen Sachen, Jeans und ein roséfarbenes T-Shirt; sie ist elegant, in grauer Leinenhose und kurzärmliger weißer Seidenbluse – direkt von der morgendlichen Arbeit. In den ersten Momenten oder vielleicht Minuten – nicht zu bemessen – sind wir beide gleichermaßen überwältigt, ohne etwas zu sagen. Nicht von der Aufgabe, die bescheiden ist, sondern von ihrer Bedeutung.

Schließlich sage ich: »Ich weiß nicht, wo ich anfangen soll«, und meine damit, dass ich mir nicht vorstellen kann, wie es endet. Ich verlasse mich auf das geordnete Denken meiner Schwester, auf ihre Fähigkeit, Systeme und Methoden zu erkennen, wo ich versage. Sie seufzt resigniert, bereit, die Organisation zu übernehmen. Sie hat Kisten im Auto, sagt sie. Es gibt verschiedene Kategorien, die wir anwenden können. Was sie mitnehmen will. Was ich mitnehmen will. Was keine von uns will. Was er vielleicht in sein neues Zimmer mitnehmen darf. Ich nicke. Das alles ergibt einen Sinn. Es klingt so offensichtlich – obwohl ich eine Stunde dort hätte stehen können, bis mir diese einfache Struktur aufgegangen wäre.

Wir bewegen uns leise, reden kaum – jede von uns fühlt sich zunächst zu den bedeutungslosen Gegenständen hingezogen, den Sachen, die er auf geheimnisvolle Weise seit unserer Kindheit angeschafft hat. Ein Lucite-Papiertuchhalter. Ein Bierkrug aus Atlantic City. Ein afghanischer Teppich, offenbar handgeknüpft, den keine von uns einordnen kann, wir entscheiden aber, dass er ihn behalten soll. Ein Paar Galoschen, die er jetzt nie mehr brauchen wird. (Von all den unbekannten Dingen sind sie das Einzige, was mich berührt. Ein Leben, in dem sämtliche Regentage im Haus verbracht werden. Urteil lebenslänglich. Ein *niemals wieder*, das diesen vage menschlichen Formen eingeprägt ist, grüner Gummi, noch mit alten Schlammspuren an den Sohlen.)

Sobald die unbekannten Sachen weggeräumt sind, funkeln die bekannten wie Scherben all der Erinnerungen, die er verloren hat. Ich entdecke die Salz- und Pfefferstreuer, die jahrzehntelang auf unserem Küchentisch standen, Aluminiumwürfel, die ich während langer Familienessen gerne gegeneinanderschlug, und ich kann sehen, dass Jan sie gern haben möchte, und sage ihr, sie solle sie mitnehmen. Sie wandern in ihre Kiste. Ich nehme die einzelne Buchstütze aus Jade mit dem erhaben geschnitzten Drachenrücken, deren Gegenstück seit langem unauffindbar ist. Fast wechseln wir uns ab, eins für sie, eins für mich; und ich frage mich, ob sie das fehlende dritte Händepaar dabei ebenso spürt wie ich. Keine von uns erwähnt Charlotte. Oder unsere Mutter – doch diese Auslassung ist weniger auffällig. Keine von uns schwelgt in Erinnerungen. Ich sitze auf dem Bett und denke, dass wir unter Umständen fröhlicher wären, wenn er gestorben wäre. Das Gewicht seiner doppelten Gefangenschaft, in dem abgesperrten Zimmer, in seinem Körper, lastet schwer auf uns.

Wir haben nicht darüber gesprochen, ob wir ihn besuchen werden oder nicht, nachdem diese Aufgabe erledigt ist. Aber ich bin erleichtert, als ich höre, dass Jan eine Entscheidung getroffen hat. Für einen Tag ist es genug. Besser, das Personal bringt ihm seine Sachen. Besser, jede von uns legt die Arme um die leichten, halb gefüllten Kisten, die wir mit nach Hause nehmen. Besser, dies findet ein Ende.

Auf dem Parkplatz stellen wir die Kisten ab und umarmen einander flüchtig. Sie fühlt sich ebenso wenig wohl wie ich mit dieser Art körperlicher Zuneigung, die Alison im Übermaß ausdrücken kann. Ebenso wie unser schwarzes Haar und unsere dunklen Augen, unser Schweigen über unsere tote Schwester, unsere Mutter, unser Bedürfnis, unseren Vater an diesem Nachmittag nicht zu sehen, teilen wir auch diese Zurückhaltung.

»Fahr vorsichtig«, sage ich zu ihr.

»Du auch«, sagt sie zu mir.

»Jan«, sage ich, als sie sich bückt, um ihre Kiste aufzuheben. »Ich frage mich das gelegentlich. Gehst du je auf den Friedhof?«

Sie sieht mich kurz an und ist sichtlich überrascht. »Wir gehen an Charlottes Geburtstag hin. Einmal bin ich am Muttertag hingegangen, aber dann haben wir uns entschieden, dass es besser ist, den Tag mit Lettys Mutter zu verbringen, die eindeutig gekränkt war, weil wir einem Grab den Vorzug gaben. Warum?«

»Kein Grund. Ich weiß es nicht. Vielleicht ist es wegen Dad. Ich weiß es nicht. Nicht wichtig.«

Doch ich möchte sagen: *Ich habe nie gewusst, was ich mit ihnen machen soll. Denen, die nicht da sind. Ich verstehe es nicht. Ich habe es nie verstanden. Die Liebe, die ich für unsere Mutter sowohl empfunden als auch nicht empfunden habe.*

Die Wunde in meinem Herzen, wo Charlotte wohnte. Ich möchte sie fragen: *Glaubst du, sie sind noch da?*

Stattdessen sage ich: »Ich denke, das war hart. Mir gehen heute einfach Friedhöfe durch den Kopf. Aus erkennbaren Gründen. Außerdem arbeite ich gerade an etwas Ähnlichem.«

»Du kannst jederzeit zu uns kommen.«

Ich weise das jedoch mit einem Schulterzucken und einem gemurmelten: »Danke, aber ich bezweifle... vielleicht irgendwann. Oder vielleicht...« zurück. Ich sehe ihr direkt in die Augen. »Vielleicht könntet ihr, du und Letty, uns mal besuchen? An einem Nachmittag? Oder zum Essen? Wir sollten mehr Zeit miteinander verbringen. Wir sollten einander nicht hier treffen. Oder auf dem Friedhof. Was ich eigentlich sagen will, wir sollten unseren Kontakt nicht nur auf Trauer gründen. Und wir würden uns sehr über euren Besuch freuen. Um miteinander Zeit unter Lebenden zu verbringen.«

Wieder wirkt sie überrascht. »Um ehrlich zu sein, Gus, hatte ich nicht den Eindruck, als ob du und Owen auf Besuch besonders erpicht wärt. Ich hatte immer das Gefühl, als würdet ihr völlige Abgeschiedenheit suchen.«

Die Verärgerung in ihrer Stimme ist unmissverständlich.

»Ich weiß es nicht. Ich nehme an, wir waren... Es tut mir leid, wenn wir einen abweisenden Eindruck gemacht haben. Es ist... es ist in letzter Zeit anders geworden. Unser Leben hat sich verändert. Die Dinge sind... es ist anders. Wir würden uns sehr freuen, wenn ihr irgendwann kommt.«

Ich bin mir nicht sicher, wie ich ihren Gesichtsausdruck deuten soll. Vielleicht gibt es Fragen, die sie gern stellen möchte, aber nicht in Worte fassen kann. Wir scheinen immer am Rand einer persönlichen Nähe zu balancieren und uns dann wieder hinter der Sicherheit des Vertrauteren, sprich Distanzierteren zu verschanzen. »Wir würden sehr gern einmal kommen«, sagt sie schließlich. Ich murmle noch einmal, dass es schön wäre; dann heben wir beide unsere Kisten auf und gehen zu unseren Autos.

Der Friedhof, auf dem Jackie Mayhew beerdigt ist, erstreckt sich in einem weiten Kreis um die alte presbyterianische Kirche, die ursprünglich aus Stein erbaut, inzwischen jedoch mit einer Reihe unpassender Anbauten entstellt worden ist, so als hätten sich hier Aliens ausgetobt, die einer deutlich weniger pittoresken Gottheit huldigen. Als ich auf den Parkplatz einbog, war es später Nachmittag, und die Sonne stand bereits so tief am Himmel, dass fast überall Schatten lag. Die Luft roch nach der nahegelegenen Farm, nach Mist und Heu.

Ich hatte diesen Stopp nicht im Voraus geplant, doch auf dem Heimweg an jenem Tag fühlte es sich genau richtig an.

Vor ein paar Tagen hatte ich mich nach dem Besuch auf dem Bauernmarkt noch einmal mit den Todesanzeigen beschäftigt, die ich ausgewählt hatte; mit dem Gedanken an Kathleen Mayhew las ich dieses Mal auch jene Zeilen, die ich bisher als für mein Anliegen bedeutungslos übersprungen hatte. *Der Trauergottesdienst wird in... Das Begräbnis findet statt in...* Ich suchte ein paar dieser Kirchen im Internet heraus, und alle lagen in einem Umkreis von zwanzig Minuten meines Zuhauses. Zweifellos war ich Dutzende, Hunderte Male daran vorbeigefahren, ohne sie richtig wahrzunehmen.

Schon seit langer Zeit hasste ich Friedhöfe. Vielleicht wäre das anders, wenn unser Vater uns regelmäßig zum Grab meiner Mutter mitgenommen hätte – vielleicht hätte ich sie dann aber auch noch mehr gehasst. Wie dem auch sei, es war nicht seine Art, mit seinen drei Mädchen in ihren Wollmänteln im Gänsemarsch zum Friedhof zu marschieren, wie ich es mir immer für uns vorgestellt hatte, ein Bild, das mit den vielen Aufnahmen von Caroline Kennedy verschmilzt, dem trauernden Kind-Mädchen unserer Generation. Selbst wenn uns gestattet gewesen wäre, uns zu unserer Mutter zu bekennen, glaube ich nicht, dass er es sinnvoll gefunden hätte, wenn wir vereint auf einen Stein und ein Stück Rasen starrten, so als könnten wir in irgendeiner Weise damit kommunizieren. Als wäre das Grab eine Sie, die sehen würde, wie sehr wir seit dem letzten Besuch gewachsen waren.

Mit sechzehn ging ich mit Charlotte einmal hin. Es war ein Sommerabend, wir waren beide ein wenig beschwipst, und etwas Herausforderndes lag in der Luft, wie wenn Kinder einander aufstacheln, allen Mahnungen zum Trotz den Rasen des miesepetrigen Nachbarn zu betreten, ohne jeden Grund, nur *weil wir es können;* so fühlte es sich zumindest an, als wir zwischen den ordentlichen Gräberreihen standen und auf den Namen, die Daten meiner Mutter starrten, bis mir mit dem sentimentalen Scharfblick einer Beschwipsten einfiel zu fragen: »Warte mal, woher wusstest du überhaupt, wo sie liegt?«

»Oh, ich komme manchmal einfach gern hierher«, sagte Charlotte, ohne mich anzusehen. »Ich sage ihr gern hallo.«

Jan ist unser Gehirn, Charlotte war das Herz, und ich, denke ich manchmal, bin die Haut, für Logik nicht geschaffen, nicht einmal wirklich für die Liebe, sondern meine Aufgabe ist der Versuch: Immer wieder muss ich versuchen, die Welt von meinem Innersten fernzuhalten, um zu verhindern, dass ich mich auflöse.

An diesem Abend saßen wir ungefähr eine Stunde auf der Erde und sprachen über die Zukunft, Charlottes Abreise ans Oberlin College schon in ein paar Tagen, meine Träume von der Kunstschule, von einem Leben, vollgepackt mit all der chaotischen Schönheit, vor der mein Vater sich zu fürchten schien.

»Er tut sein Bestes«, sagte Charlotte. »Er gibt sich wirklich Mühe.«

»Er kann so ein Arschloch sein«, sagte ich. Oder etwas dergleichen.

Während wir uns unterhielten, dachte ich an die Frau unter uns – natürlich. Ich fragte mich, ob ich es spüren würde, wenn sie heraufschwebte und uns umarmte. Würde in meinem Herzen etwas flattern und sich weiten? Ich wünschte es mir so sehr. Doch sie gehörte mehr zu meiner Schwester als zu mir. Welche Präsenz auch immer Charlotte spüren mochte, ich spürte nichts davon. Vielleicht hatte Charlotte mich mitgenommen, weil sie einen Strang ihrer Verbundenheit an mich abgeben wollte, doch ich war außerstande, den Faden festzuhalten. Auf jeden Fall ging ich nie wieder hin. Nicht bis auch Charlotte starb und unser Vater für sie eine Grabstelle in der Nähe meiner Mutter kaufte. Und dann war ich im Stillen lächerlich froh über ihre Nähe. Meine Überzeugung, dass die Toten tot sind, tot, tot, tot, hatte sich erhärtet, so wie ich mich verhärtet hatte, und doch war dieser winzige, durch nichts zu rechtfertigende Trost, meine Mutter und meine Schwester so nahe beieinander beerdigt zu wissen, für mich so schön wie ein einzelner, taubenetzter, frischer grüner Grashalm.

Auf Jackies Friedhof waren jene Gräber die ältesten, die der Kirche am nächsten lagen, mit schwer entzifferbaren Jahreszahlen, alle mit einer 17 beginnend, und dann, weiter entfernt, das 18. Jahrhundert. Kriegstote. In nahezu jeder Generation Kriegstote. Aber auch Tote jeder Art, die man sich vorstellen kann. Tote, so verschieden wie die Lebenden. Babys. Greise. Solche, die geliebt wurden, und andere, die kein Ewigkeitsepitaph hervorgerufen hatten, sondern lediglich Tatsachen. Und dann natürlich die zentrale, die einzige Tatsache. Auf diesem Gräberfeld von innen nach außen zu wandern hieß, einen Kalender zu durchschreiten, in dem nur ein einziges Datum zählt. Wenn ich lange genug weiterging, wusste ich, würde ich auf die Stelle stoßen, an der es bisher nichts als Gras gab und die den Zeitpunkt meines eigenen Endes markierte, eine Zeit, in der allmählich die Leiber all meiner Todesgenossen eintreffen würden; und wenn ich noch weiter ging, würde ich auf einem allzu nahen Grasfleck schließlich eine Zeit erreichen, die außerhalb meiner eigenen Lebensspanne lag.

Die Grabsteine aus dem späten 19. und dem frühen 20. Jahrhundert waren im Vergleich zu den älteren dekorativ, dann wieder auffällig schlicht während der Kriegsjahre und zur Zeit der Spanischen Grippe. Wie es schien, waren damals nicht nur die Steinmetze von Arbeit schier überwältigt worden, sondern es hatte auch die besondere, überbordende Freude am Grabschmuck nachgelassen. Ein erfolgreich gelebtes Leben oder sich öffnende Himmelstore wurden nicht mehr gefeiert. Hier fand eine demütige Verbeugung vor der Wirklichkeit statt – einfacher Granit, rechte Winkel. Nach dem erbarmungslosen Hinwegraffen der Jungen war Ernüchterung eingetreten. Ich wusste, dass ich bald auf Jackie stoßen würde, und wollte schon beinahe umdrehen, weil ich allmählich befürchtete, dass diese unentrinnbar körperliche Welt den Jackie meiner Vorstellung unter sich zermalmen könnte, den Jungen, der aufs Neue lebendig geworden war. Doch ich spürte, dass es wichtig war, was ich vorhatte, und ging weiter, bis ich den kleinen grauen Stein gefunden hatte.

John »Jackie« Mayhew
Geliebter Sohn
April 1901 – Mai 1918

Ich las die Inschrift zunächst leise, dann laut. Ich wandte den Blick ab, sah zum Himmel hinauf, dann zu einem Hügel in der Ferne. Ein paar Bäume, die schon früh die Farbe wechselten, stachen aus der dunkelgrünen Masse hervor. Als mir das auffiel, spürte ich – *etwas*. Ein Lastwagen fuhr nahe genug vorbei, dass ich ihn sehen, aber nicht hören konnte. Ich schaute wieder auf den Namen und die Daten. Und zwang mich dazu, sie noch einmal laut zu lesen, dann zwang ich mich, daran zu denken, dass Jackies Körper unter meinen Füßen lag, tatsächlich sein Körper – eine Übung, sich die Realität vorzustellen.

Ich setzte mich auf den Boden und studierte die Mayhews, die in der Nähe lagen. Seine Eltern. Sein Bruder und dessen Frau – Kathleens Eltern. Ich stellte mir vor, wie sie das Grab besuchte, sah aber keinen Beweis, weder einen alten noch einen neuen Blumenstrauß.

Als Charlotte beerdigt wurde, wusste ich, dass ich sie nie besuchen würde.

Und doch spürte ich Jahre später, zwischen den Mayhews, die Präsenz meiner Schwester.

Da lag die Mutter, Harriet Mayhew, ihr flacher Grabstein schien das Gewicht der Trauer nachzuformen. Und ein Bruder, Thomas Mayhew, dessen Tochter Kathleen mir hatte erzählen können, dass er sein ganzes langes Leben lang um Jackie getrauert hatte.

Und da war auch Charlotte. Als wäre sie zwischen ihnen begraben. Charlotte. Das fehlende Händepaar, das sich den wenigen Habseligkeiten meines Vaters entgegenstreckte. Charlotte, deren Name von ihren Schwestern kaum ausgesprochen werden konnte, so frisch waren die Verletzungen immer noch. Charlotte. Die eine, die uns dazu gebracht hätte, unseren Vater im Heim zu besuchen, bevor wir gingen. Sie mit dem großen, zuverlässigen Herzen.

Warum war ich an diesem Tag auf diesen Friedhof gekommen? Bestimmt nicht, weil ich um meine Schwester weinen wollte, die seit sechs Jahren tot war. Und doch tat ich genau das.

Als ich nach Hause kam, hatte Owen bereits das Abendessen zubereitet. Er sagte, ich solle etwas trinken und mich einfach entspannen. Falls ihm aufgefallen war, dass ich länger weg gewesen war als nötig, dann erwähnte er es nicht. Ich schickte ihn hinaus, die Kiste aus der Wohnung meines Vaters aus dem Van zu holen.

Im Kamin brannte ein Feuer, als wir die einzelnen Gegenstände auspackten. Ich erzählte ihm nette Anekdoten über ihre Geschichte, und er half mir, den passenden Platz für sie zu finden. Ich schenkte ihm die Jade-Buchstütze für die Scheune. »Dad würde wollen, dass du etwas Literarisches bekommst.« Es war überhaupt nicht viel. Wir brauchten nicht lange. Als alles verteilt war, fragte mich Owen, ob ich an diesem Tag von Alison gehört hätte.

»Beziehungsweise ich dachte, als du nach Hause kamst ...«

Ich sagte ihm, dass ich nichts gehört hatte. »Warum?«

Wir saßen auf der Couch, ich lehnte mit dem Rücken an seiner Brust, und er hatte den Arm um mich gelegt. »Sie bekam in der Nacht zwei Anrufe, beide Male wurde aufgelegt«, sagte er. »Das scheint sie ziemlich erschüttert zu haben.«

»Wirklich? War es Paul?«

»Sie weiß es nicht. Es waren Anrufe auf ihrem Handy, aber es wurde keine Nummer registriert. Unterdrückt.« Owen stand auf und trat ans Feuer. Er schichtete ein Scheit um. »Ich glaube, sie denkt, dass er es war. Aber sie sagte, sie hat keine Angst. Trotzdem wirkte sie durcheinander.«

»Das hat sie gerade noch gebraucht. Denkst du, ich sollte zu ihr gehen?«

»Ich habe ihr gesagt, dass sie zum Abendessen kommen kann, wenn ihr das hilft, aber sie sagte, es ginge ihr gut. Sie glaubt, dass du heute Abend hier deine Ruhe brauchst. Sie war besorgt, wie du den Tag wohl verkraften wirst.«

»Hast du ihr gesagt, sie soll uns anrufen, falls es noch einmal vorkommt?«

»Das habe ich tatsächlich. Genau das habe ich zu ihr gesagt.«

»Wahrscheinlich passiert es nicht noch einmal«, sagte ich. »Wahrscheinlich eine falsche Nummer.«

»Auch das habe ich zu ihr gesagt. Wie auch immer.« Er legte den Schürhaken beiseite. »Ich habe jedenfalls an der Mikrowelle geschuftet und uns eine Lasagne aufgetaut, also lass uns essen.«

Ich betrachtete die leere Kiste vor mir auf dem Tisch. »Ich habe ein ungutes Gefühl wegen Alison. Bist du dir sicher, ich sollte nicht …?«

»Ich bin mir sicher«, sagte er. »Sie weiß, wo sie uns findet.« Er griff nach meiner Hand. »Komm schon, Gus. Zeit fürs Abendessen.«

Ich ließ mich von ihm auf die Füße ziehen. Nach dem Essen würde ich nach ihr sehen, beschloss ich.

In der tiefen Dämmerung marschierte ich über die Anhöhe und überlegte die ganze Zeit, wie man eine verängstigte Freundin trösten konnte. Mein Vater hatte uns gegenüber immer sehr betont, wie wichtig es sei, tapfer zu sein – womit er furchtlos meinte. Er duldete weder Angst vor dem Fliegen noch vor Bären auf Campingtrips oder brutalen Typen in der Schule, nicht einmal vor Krankheiten, hohem Fieber, bellendem Husten. Das große Geheimnis bestand für mich immer darin, inwieweit er selbst diesem Postulat – oder in irgendeiner Weise dem Mann, den ich kannte – entsprochen hatte, bevor seine junge Frau eines Morgens über schwere Kopfschmerzen klagte und nachmittags tot war. Vielleicht gehörten seine Weigerung, Angst zu tolerieren, und sein Widerwillen, über sie zu sprechen, zusammen, bildeten eine allgemeine Verweigerungshaltung. Vielleicht war es aber auch eher Hoffnungslosigkeit. Was nutzte es, sich Sorgen zu machen, wenn man nie wissen konnte, welche Kugel auf das eigene Herz gerichtet war?

Wie dem auch sein mochte, wir wuchsen in einer Atmosphäre erzwungener Tapferkeit auf, was zur Folge hatte, dass die Furcht anderer Menschen mich auch noch als Erwachsene verwirrte. Ein Teil von mir hätte liebend gern den Trost gespendet, den ich selbst nie bekommen hatte; doch ein stählerner Splitter von der Strenge meines Vaters war unbestreitbar auch auf mich übergegangen. Deshalb diese seltsamen strategischen Überlegungen, als ich in der dunkler werdenden Nacht über die Wiese zwischen unseren Häusern stapfte.

Ich wusste, dass es Menschen gab, die es nicht nötig hatten, so bewusst darauf zu achten, wie sie sich verhalten sollten. Alison selbst war ein Naturtalent im Umgang mit anderen Menschen, in einem Maß, wie ich es niemals sein würde. Auch Charlotte war so ein Naturtalent gewesen. Zwischen ihrer wahren Natur und ihren Reaktionen war nie auch nur der leiseste Bruch zu erkennen gewesen. Eine liebevolle Geste entsprang ihrem liebevollen Herzen. Ich hingegen gab Freundlichkeit und Wärme auch mit siebenundvierzig nur stockend und schubweise und musste mich auch noch die ganze Zeit dazu anhalten.

Alison und ich saßen in ihrer Küche. Sie wirkte durcheinander, wie Owen berichtet hatte, außerdem sah sie aus, als hätte sie die ganze Nacht nicht geschlafen. »Wahrscheinlich war es nur eine einmalige Sache«, sagte sie, allerdings ebenso wenig überzeugt wie die Krankenschwester mit der tiefen Stimme bei ihrer Bemerkung über meinen Vater.

»Du wirkst aber besorgt.«

»Vermutlich. Ja. Und nein. Ich bin ein wenig zittrig, das ist alles. Seit Paul hier war. Und dann die Anrufe. Ich habe keine Angst vor ihm.« Ich musste wohl skeptisch dreingeschaut haben. »Na gut, ich habe ein bisschen Angst vor ihm.«

Ich erinnerte mich an die verschlossene Tür bei meinem ersten Besuch. »Würde es dir helfen, eine Weile bei uns zu wohnen?«

Sie schüttelte den Kopf. »Nein. Aber es ist furchtbar nett von dir. Ich werde darüber hinwegkommen. Heute Morgen erst bin ich auf die Idee gekommen, das verdammte Telefon auszuschalten. Komisch, ich glaube, Nora hätte das nach dem ersten Anruf getan, aber bei Telefonen denke ich immer noch an Wandapparate, nicht an etwas, bei dem man einfach auf einen Knopf drückt, und das Ding ist tot. Und ich möchte für Nora erreichbar sein.«

»Wenn du uns brauchst, falls du je bei uns übernachten möchtest...«

Sie griff über den Tisch nach meinem Arm. »Ich kann gar nicht glauben, was für ein Glück ich hatte, gerade hier zu landen«, sagte sie. »Ehrlich. Aber jetzt genug von diesen blöden Anrufen. Erzähl mir, wie es dir heute bei deinem Vater ergangen ist.«

»Oh, es war in Ordnung. Es war traurig. Genau das, was man erwarten würde.« Ich erwähnte ihr gegenüber nichts von dem Friedhof, wie ich es auch bei Owen unterlassen hatte.

Stattdessen sagte ich zu ihr, dass ich jetzt wohl besser zu Bett gehen sollte, und stand auf. »Aber hab keine Scheu, rüberzukommen, wenn du etwas brauchst. Auch wenn es nur Gesellschaft ist«, sagte ich. »Du weißt, wo ich bin.«

Später, nachdem ich den Anstaltsgeruch und die Friedhofsluft dieses Tages mit einer Dusche vertrieben hatte, fiel mir vor dem Fenster die gleißende Helligkeit auf. In Alisons Haus brannte jede einzelne Lampe.

Noch vor ein paar Monaten hatte dieser Blick nichts als Dunkelheit offenbart, gelegentlich, wenn auch nicht zu dieser späten Stunde, mit ein paar winzigen, fernen Lichtpunkten gesprenkelt. Jetzt strahlte da nebenan dieser bizarre, auf unerklärliche Weise verstörende Lichterglanz, als wäre am Ende der Wiese ein Raumschiff gelandet.

Licht. Mein ganzes Leben lang hatte es mir ein Gefühl der Geborgenheit gegeben. Als wir in der fünften Klasse in der Physikstunde die vier Elemente durchgenommen hatten, war ich mir sicher gewesen, dass es sich um einen Irrtum handelte. Wie konnte Licht nicht dazugehören? Wo es für mich alles zu sein schien?

Damals – mit elf Jahren – fürchtete ich mich noch vor der Dunkelheit, auch lange danach noch, doch mein Vater glaubte natürlich nicht an solche Dinge. Ich knipste jeden Abend das Licht im Schrank an, und jedes Mal war es ausgeknipst, wenn ich erwachte, manchmal sogar schon, bevor ich eingeschlafen war.

Ich starrte zu Alison hinüber und erinnerte mich an all die langen, schwarzen Nächte meiner Kindheit, eine unendliche Zeit unaussprechlichen Schreckens und unaussprechlicher Einsamkeit. Damals hatte ich mich am heftigsten mutterlos und verloren gefühlt, jeder dunkler werdende Tag ein Echo des Todes, der mich quälte. Bis Owen auf der Bildfläche erschien. Owen lehrte mich, die Dunkelheit zu lieben, sie als notwendige Atempause von einer Welt der Sichtbarkeit zu verstehen, einer Welt, in der ich als Malerin stets wachsam war. Und daran erkannte ich, dass ich ihn liebte. Dass ich mich trotz des nächtlichen Verschwindens der Sonne nicht mehr verloren fühlte.

12

Die Anrufe hörten nicht auf. Zwei oder drei jede Nacht. Manchmal hob sie ab, aber nie war jemand dran. Zumindest sagte niemand etwas. Manchmal ließ sie es einfach klingeln. Nach knapp einer Woche willigte sie ein, bei uns zu übernachten, wenn auch nur eine Nacht, damit sie ein einziges Mal richtig durchschlafen konnte, aber die Lampen in ihrem Haus ließ sie trotzdem alle brennen. »Falls er es beobachtet«, sagte sie, »möchte ich nicht, dass er glaubt, irgendetwas habe sich verändert. Ich möchte nicht, dass er weiß, dass ich Angst habe.« Ich wies nicht darauf hin, dass er, falls er – oder wer auch immer – das Haus beobachtete, aufgrund der Beleuchtung ohnehin wusste, dass sie Angst hatte. Es hatte keinen Zweck, mit ihr zu diskutieren. Nachdem sie seit Tagen kaum geschlafen hatte, dachte sie eindeutig nicht mehr logisch.

Sie sollte in dem leerstehenden Zimmer am Ende des Flurs schlafen, ein Raum, der nicht oft genug benutzt wurde, um als Gästezimmer bezeichnet zu werden. Ich verbrachte einige Zeit damit, ihn für sie in einen gastlichen Ort zu verwandeln. Blumen. Hübsche Bettwäsche. Ich staubte den alten Schrank ab. Trug den geflochtenen Teppich ins Freie und schüttelte ihn aus – damit er, wenn auch nicht sauber, zumindest aufgefrischt wurde. Ich fegte mit einem Besen ein paar Spinnweben von der Decke, aus den Ecken und vom Türsturz.

Und natürlich würde sie das zweite Badezimmer benutzen – jenes, das Anfang des Sommers renoviert worden war.

Ich betrat es zum ersten Mal nach vielen Wochen, ein sauberes Handtuch und ein frisches Stück Seife in der Hand. Wir hatten die ursprünglichen Armaturen, die Badewanne mit den Klauenfüßen, das Waschbecken mit den beiden Hähnen für warm und kalt behalten. Die milchig-blauen U-Bahn-Kacheln, die ich ausgesucht hatte, und die frisch gestrichenen, blassgrauen Wände verliehen den knapp hundert Jahre alten Porzellanteilen eine gewisse Würde.

Ich blieb eine Weile dort stehen, ein wenig so, wie ich auf dem Friedhof gesessen hatte, obwohl es dieses Mal nicht die Realität der Toten war, an die ich zu glauben versuchte, sondern der Geist all des Lebens, das in diesem Haus gelebt worden war. Generationen von Kindern mussten in dieser Wanne gebadet, Paare Seite an Seite vor dem Waschbecken gestanden haben. Ich hatte in diesem Haus so viel Zeit damit verbracht, mich in die Toten hineinzuversetzen, dass ich nun dankbar auch die Lebenden in mein Bewusstsein aufnahm.

Alison kam nach dem Abendessen. »Ich dränge mich schon genügend auf«, sagte sie. »Ihr müsst mich nicht auch noch verköstigen.« Ich begleitete sie nach oben, und sie machte all die richtigen Bemerkungen über das Zimmer. Sie komme sich vor wie in einem Hotel. Sie sei sich sicher, dass sie gut schlafen werde. Als ich sie gerade allein lassen wollte, spähte Owen zur Tür herein und sagte: »Warum gibst du mir nicht dein Telefon, Alison? Ich gehe dran. Lass ihn eine männliche Stimme hören.«

Ich bemerkte ihr Zögern, doch dann gab sie es ihm wie ein Kind, das ein konfisziertes Spielzeug abgibt.

Irgendetwas sagt mir, dass es nicht klingeln wird«, sagte Owen ruhig, als wir zu Bett gingen.

»Warum sagst du das?«

»Eine Ahnung. Mehr nicht.«

»Nun, das reicht aber nicht. Von einer Ahnung zu sprechen. Glaubst du wirklich, sie lügt? Dafür müsste sie eine ziemlich gute Schauspielerin sein. Sie sieht miserabel aus. Und ich kann mir nicht vorstellen, was für ein Motiv sie hätte.«

»Du gehst davon aus, dass hier etwas Rationales vor sich geht.«

Ich gab ihm einen Klaps auf den Arm. »Ja, Owen, das tue ich. Ich gehe davon aus, dass sie keine Irre ist. Denn das ist sie nicht.«

»Vielleicht verschrecke ich ihn ja mit meiner Männlichkeit.«

»Da bin ich mir sicher. Mit dieser maskulinen Stimme.« Ich knipste meine Nachttischlampe aus. »Aber im Ernst, ich muss dir ein paar Punkte gutschreiben. Du magst sie vielleicht nicht so gern wie ich oder glaubst ihr vielleicht nicht einmal, aber auf jeden Fall hilfst du ihr.«

Er begann, meinen Rücken zu massieren. »Es liegt nicht in meinem Charakter, die Menschen in meiner Umgebung in Angst leben zu lassen.«

»Das stimmt«, sagte ich und genoss die Dunkelheit, die er mich gelehrt hatte, nicht mehr zu fürchten. Dichte, weiche Dunkelheit. Samtene, liebkosende Dunkelheit. »Weißt du, ich glaube, du wärst ein unglaublich guter Vater gewesen, Owen. Wahrscheinlich viel besser in der Elternrolle als ich.«

An dem darauffolgenden anhaltenden Schweigen merkte ich, dass er sich erst auf dieses Thema einlassen musste, das so lange totgeschwiegen und nun plötzlich wieder angeschnitten worden war – als hätte ich ein allzu grelles Licht angeknipst, und seine Pupillen müssten sich darauf einstellen. »Du bist ein fürsorglicher Mensch«, sagte ich. »Ich kann sehr selbstbezogen sein, das weiß ich. Aber so viel weiß ich doch über mich selbst, dass ich begreife, wie viel mir fehlt. Sehr viel. Wer weiß. Vielleicht hat das alles auch sein Gutes.«

»Ich glaube nicht, dass es auch sein Gutes hat, Gus. Gar nicht.«

»Ich meine damit nicht... Ich mache dir gerade ein Kompliment. Ich sollte nicht... Ich habe mich schlecht ausgedrückt. Du bist einfach sehr gut darin, dich um andere zu kümmern. Besser als ich. Das ist alles, was ich sagen will. Selbst um Menschen, die du nicht besonders magst. Nur das wollte ich sagen. Du wärst ein guter Vater gewesen. Und es tut mir leid, dass du nie die Chance hattest.«

»Mir tut es leid, dass keiner von uns sie hatte. Es tut mir leid, dass ich dir das nicht geben konnte.«

»Entschuldigung nicht zugelassen. Das weißt du.«

Wir lagen eine Weile schweigend da.

»Es ist nicht immer ganz einfach, nicht wahr?«, sagte er. »Sie hier zu haben. All diese hingebungsvolle Mütterlichkeit. Sie gleicht... einem Denkmal der Mütterlichkeit. Wie in einem Werbespot.«

»Es gab ein paar Momente, ich gebe es zu.«

»Für mich auch. Es gab ein paar Momente.«

Erneutes Schweigen.

»Aber du hättest sie alt aussehen lassen, Gussie«, sagte er nach einer Weile. »Als Mutter, meine ich. Du wärst die beste Mutter gewesen, die die Welt je gesehen hat. Einschließlich der Stacheln. Du glaubst, du bestündest nur aus Stacheln und Dornen, aber du wärst wunderbar gewesen.«

Ich spürte, wie er sich an mich schmiegte. »Danke.« Ich schloss die Augen und zog die Knie an, spürte, wie er seine

Beine an meine legte. »Ich bin froh, dass du so denkst«, sagte ich und zwang mich, nicht sämtliche Gründe aufzuzählen, warum seine Einschätzung unmöglich richtig sein konnte, während er mich auf den Hinterkopf küsste.

»Ich liebe dich, Owen«, sagte ich stattdessen.

»Und ich liebe dich, Augusta Edelman. Gussie. Gus. Das war schon immer so, weißt du. Und wird immer so sein.«

Ich konnte mich nicht erinnern, wann wir das letzte Mal in einer Umarmung eingeschlafen waren. Und ich konnte mir nicht vorstellen, warum wir je damit aufgehört hatten.

Das Telefon klingelte nicht in jener Nacht.

Es klingelte frühmorgens und weckte uns. »Es ist Nora«, sagte Owen, als er auf das Display starrte. »Soll ich rangehen? Wie erkläre ich ihr, dass ich morgens um sieben das Telefon ihrer Mutter beantworte?«

»Lass es klingeln. Sie kann sie zurückrufen. Es ist zu merkwürdig.« Ich setzte mich auf. »Aber das war's, oder? Keine anderen Anrufe?«

Er schüttelte den Kopf. Alisons Telefon hörte auf zu zwitschern. »Nein.«

»Irgendeine Theorie?«, fragte ich.

»Nein.«

»Vielleicht wusste er, dass sie hier war?«

»Wer auch immer er ist«, sagte Owen. »Falls es überhaupt einen Er gibt.«

»Vielleicht war es einfach irgend so ein komischer Vorfall. Und ist jetzt vorbei.«

»Vielleicht.«

»Du glaubst doch nicht wirklich, dass sie gelogen hat?«, wollte ich wissen. »Glaubst du das wirklich?«

»Wollen wir einfach hoffen, dass die ganze Sache damit beendet ist.«

Alison, die bereits angezogen in der Küche saß, blickte verwirrt drein, als sie hörte, dass es keine Anrufe gegeben hatte.

»Außer von Nora«, sagte ich und reichte ihr das Telefon. »Vor ungefähr fünfzehn Minuten. Ich glaube, sie hat eine Nachricht hinterlassen. Es hörte sich so an.«

Ihr den Rücken zuwendend, begann ich Kaffee zu kochen, während sie das Telefon abhörte. Ich nahm drei Becher aus dem Schrank.

»Paul wurde letzte Nacht verhaftet«, sagte sie. Ich drehte mich um. »Alkohol am Steuer. Nora musste ihn auslösen.«

In diesem Augenblick kam Owen herein. Ich wiederholte für ihn, was Alison gesagt hatte.

»Nun, das erklärt die Sache«, sagte er. »Das Geheimnis ist gelöst. Jetzt musst du nur entscheiden, was du tun willst.«

»Ich muss Nora zurückrufen. Zuallererst.« Sie verließ die Küche.

Owen und ich sahen einander an. »Was zum Teufel?«, sagte ich. »Wer zum Teufel tut so etwas?«

»Hier ist eine Menge los«, sagte Owen. »Ich glaube nicht, dass wir auch nur die Hälfte wissen.«

Ich goss ihm eine Tasse Kaffee ein. »Was für ein Chaos. Und um das kurz festzuhalten, ich habe nie geglaubt, dass sie lügt.«

»Jetzt komm schon, Gus. Vor einer halben Stunde dachten wir beide, dass sie eventuell lügt. Ich bin mir immer noch nicht sicher. Wir haben nur ihr Wort darüber, was Nora gesagt hat.«

Alison kam zurück, ehe ich antworten konnte. »Nora will

eine Weile bei ihm bleiben. Er ist zu Hause. Ich habe versucht, es ihr auszureden, aber sie hat das Gefühl, dass sie ihm helfen kann, und dagegen bin ich so gut wie machtlos. Die Anrufe werden allerdings aufhören. Er wird nicht damit weitermachen, während sie im Haus ist.«

»Hast du ihr erzählt, was passiert ist?«

Sie nickte. »Ich habe versucht, sie davon abzuhalten. Aber ich schaffe es nicht. Sie ist erwachsen. Jedenfalls ist das ihre Sicht der Dinge. Und es ist ... oh, es vermischt sich alles mit diesem verdammten religiösen Mist. Es tut mir leid. Ich möchte nicht so verächtlich sein, ich versuche, es nicht zu sein. Aber im Augenblick macht mich das alles richtig wütend. Und der Junge, dieser große christliche Einfluss, war so ein Nichts. Die ganze Sache ist einfach unvorstellbar.«

»Das stimmt.« Ich warf Owen einen bedeutungsvollen Blick zu: *Siehst du? Sie könnte gar nicht aufrichtiger klingen.*

»Nun, vielleicht kann Gott erklären, warum Paul jetzt beschlossen hat, mich zu tyrannisieren«, sagte sie.

»Hat er aufgehört, seine Medikamente zu nehmen?« Ich stellte eine Tasse Kaffee vor sie hin. »Es tut mir wirklich leid.«

»Oh, mir tut es auch leid. Ich vermute, dass mein Umzug ihm das Gefühl gegeben hat, er müsse den Einsatz erhöhen, um mich zurückzuholen.« Sie lachte. »Jetzt wisst ihr, was zehn, zwanzig Jahre Selbsthilfelektüre einem Gehirn antun können. Verdammt noch mal. Es tut mir euch beiden gegenüber so leid, dass ich euch in all das mit hineingezogen habe ... dass ich all dieses Chaos in euer Leben gebracht habe. Ich weiß, dass der Grund eures Hierseins der ist, sämtliche Sorgen der großen bösen Welt weit hinter euch zu lassen, und jetzt habe ich dieses ganze Familien-Melodram hierhergeschleppt.«

Nun war Owen an der Reihe, mir einen bedeutungsvollen Blick zuzuwerfen.

»Denk gar nicht erst darüber nach«, sagte ich. »Das wird nicht lange so weitergehen.«

»Gut«, sagte Owen. »Ich bin draußen in der Scheune. Er hat eine Nacht im Gefängnis verbracht. Ich kenne den Mann nicht, aber ich vermute, dass er das kein zweites Mal will.«

Alison blickte zu ihm hoch. »Du hast recht. Daran habe ich noch gar nicht gedacht. Wir wollen keine Zeit mehr mit ihm vergeuden. Ich würde sagen, wir gehen alle wieder an unsere Arbeit.«

»Treffen vertagt«, sagte Owen.

»Treffen vertagt«, sagte ich.

»Treffen vertagt«, sagte Alison.

Alison und Owen gingen zusammen hinaus, und so hatte ich nicht gleich Gelegenheit, Owen allein zu sprechen. Ich hätte ihm in die Scheune folgen können, konnte mir aber nur zu gut vorstellen, dass Alison mich sehen und daraus schließen könnte, dass wir postwendend hinter ihrem Rücken über sie reden wollten – was natürlich stimmte. Deshalb wartete ich bis zum Mittag, als er in meinem Atelier auftauchte.

»Also, mein Zweifler, was denkst du jetzt?«, fragte ich.

»Ich denke, Zäune machen gute Nachbarn.«

»Nein. Wirklich.«

Er seufzte. »Wirklich? Ich denke, sie hat einen Exmann, der sie geschlagen hat, und einen ganzen Frachtzug voller Altlasten. Ich habe nichts gegen sie, was immer du auch glauben magst. Sie tut mir sogar leid. Aber ich wünsche mir oft, sie wäre niemals nebenan eingezogen. Und ich glaube nicht, dass ich deswegen unfair oder übermäßig misstrauisch bin.«

»Nein«, sagte ich. »Das glaube ich auch nicht.«

Er stellte sich vor das Bild von Jackie beim Schachspiel.

Er betrachtete es ungefähr eine Minute, dann ging er weiter zu der Zeichnung von den Jungen, die in der Küche Eier aßen. »Das also ist das große Projekt«, sagte er. »Interessante Sachen, Gus.«

Es war das erste Mal, dass er das auch zu meinen schien. Das erste Mal, dass er lange genug hingesehen hatte, um sich eine Meinung zu bilden. »Danke«, sagte ich.

Er wies mit dem Kopf auf die Skizze von Oliver Farley, der auf unserer Vordertreppe saß. »Das hier mag ich besonders. Beziehungsweise ich mag, dass einer vor dem Haus ist. Das verschafft ihnen allen ein wenig Luft.«

»Ich denke, davon wird es noch mehr geben. Ich denke an ein paar Jungen beim Schwimmen im Teich.«

»Die Details sind wie immer überwältigend, Gus. Die Menschen offensichtlich natürlich noch nicht. Aber ich gehe davon aus...«

»Nein, noch nicht.«

»Das ist neu bei dir. Menschen. Derart bildhafte jedenfalls.«

»Ich denke, sie kommen zuletzt dran«, sagte ich. »Ich male gerade ihren Kontext.« Das war ein Satz, den ich mir selbst dauernd vorsagte.

Er streifte meinen Rücken, nur ganz kurz, eine Liebkosung, die sagte, *jetzt erst einmal tschüs*. Er sagte, er wolle sich noch die Hände waschen, falls auch ich zu einer Mittagspause bereit sein sollte. Und ich sagte, ja, das sei ich.

Wir aßen gefüllte Eier, die er zubereitet hatte, und ich mischte schnell einen Salat. Ich fragte ihn, ob er ein Bier wolle, und er meinte, lieber nicht.

Wir saßen ein paar Minuten da und aßen, dann fragte ich: »Wann wolltest du es mir sagen?«

Er machte ein fragendes Gesicht.

»Du bist wieder am Schreiben. Oder? Wann wolltest du es mir sagen?«

Er lächelte – ein Grinsen eigentlich, diese gefurchten Linien, die seine Lippen umrahmten und immer tiefer wurden, sich immer stärker bogen. »Wann musste ich dir so etwas je erzählen? Denkst du, ich weiß nicht, dass du es weißt? Wann mussten wir einander so etwas je erzählen? Wie auch immer, du weißt, wie es ist, man hat Angst, es bringt Unglück...«

»Was ist passiert?«

»Gott, wenn ich das wüsste... ich möchte die Frage nicht einmal stellen. Ich möchte eigentlich überhaupt nicht darüber reden. Nicht laut. Warten wir einfach mal ab, ob ich eine Weile durchhalten kann. Du weißt, wie es ist. Das Universum beschließt, Mitleid mit einem zu haben...«

Ich nickte. Ich verstand. Nach einer Weile fragte er mich, ob ich mit der Galeriebesitzerin in Philadelphia Kontakt aufgenommen hätte, bei der ich zuletzt an einer Gruppenausstellung teilgenommen hatte. »Sie wird äußerst interessiert sein«, sagte er. »So wie ich Clarice kenne, braucht sie wahrscheinlich Riechsalz, wenn sie sieht, wie gut diese Sachen sind.«

»Wirklich? Meinst du das im Ernst?« Ich war überrascht, dass er sich so sicher zu sein schien.

»Jetzt komm schon, Gussie. Du weißt, wie gut sie sind. Du brauchst mich nicht, damit ich deine Arbeiten kritisiere.«

Genau das hätte ich aber gebraucht, seit Wochen schon.

»Ich nehme nicht an, dass du mir sagen wirst, woran du gerade arbeitest?«

»Noch nicht. Bald. Wenn es dabei bleibt.«

Ich nickte und sagte: »Ich verstehe«, und dann unterhielten wir uns über andere Dinge.

Nach dem Mittagessen stellte sich ein Gefühl ein, das ich so lange vermisst hatte, dass es nun eine Überraschung, ein unerwartetes Geschenk war. Ich hatte gewusst, dass ich erleichtert sein würde, wenn Owen sich wieder in die Arbeit vertiefte. Doch ich hatte nicht mehr daran gedacht, was für eine intensive Spannung dann zwischen uns herrschte, eine ganze Hochspannungsleitung zwischen meinem hellen, sonnigen Atelier und seiner kühlen, dämmrigen Scheune.

13

Vielleicht war es diese wiederhergestellte Verbundenheit mit Owen, die mir den nötigen Mut verlieh, mich der Aufgabe zu stellen, die ich wochenlang vor mir hergeschoben hatte: die Jungen selbst zu malen.

Von Anfang an war es keine Arbeit, die mir Freude machte. Ich konnte mich nie darin verlieren, da ich meiner selbst so extrem bewusst war: Bei jedem Detail war ich unwillig, ungeschickt und unbeholfen. Wie nur selten war ich von meinem Projekt und seiner Umsetzung abgespalten, mit ungelenker Hand und steifem Strich. Und die Figuren, die dabei herauskamen – es waren keine Menschen, nicht wirklich, eher gemalte Zinnsoldaten.

»Uff«, sagte ich mehrmals am Tag laut vor mich hin, wenn ich einen Schritt zurücktrat, um sie zu betrachten.

Owen behauptete, sie seien besser, als ich dachte. Seit er wieder an der Arbeit war und das Thema nicht mehr tabu, konnte ich meine Sorgen mit ihm besprechen. »Ich sehe das nicht so, Gussie«, sagte er. »Ich finde, sie sehen gut aus.« Für ein paar Minuten war ich dann beruhigt, aber nicht länger.

Ich arbeitete mich schon seit ungefähr zwei Wochen an diesem Großvorhaben ab, als ich an mein Handy ging, ohne auf die Nummer zu achten, und den unverkennbaren Aufschrei hörte: »Augie!«

»Laine.« Instinktiv wandte ich dem Fenster, der Scheune den Rücken zu. Sie fragte sofort, wie es mir ging, und ich antwortete nur knapp, da ich wusste, es musste bei einem kurzen Anruf bleiben, und hoffte, dass Owen nicht gerade jetzt zufällig hereinspazierte; allerdings empfand ich auch schuldbewusste Freude beim Klang ihrer Stimme. Es war Jahre her. Sie erzählte mir nur ein wenig von einer neuen Malklasse, die sie seit kurzem besuchte, und machte ein paar witzige Bemerkungen über ihren Lehrer. Dann sagte sie: »Und jetzt kommt die große Überraschung. Ich bin ungefähr zehn Minuten von dir entfernt... ich bin auf dem Weg nach Hause, Mom veranstaltet am Wochenende eine riesige Geburtstagsfeier zu ihrem Fünfzigsten, und da dachte ich, ich mache einfach einen Umweg. Ich hoffe, das ist okay. Weißt du, dass es ungefähr hundert Jahre her ist, seit ich dich zum letzten Mal gesehen habe?«

»Ich kann es nicht glauben«, sagte ich. »Du bist hier?«

»Bin ich! Überraschung!«

Sie hatte keinen Grund, anzunehmen, dass das ein Problem sein könnte, und ich hatte keine Ahnung, wie ich ihr hätte absagen können. Ich konnte überhaupt nicht mehr denken. Kurz überlegte ich, ihr vorzuschlagen, dass wir uns in einem Restaurant treffen sollten, in meiner Panik fiel mir jedoch nichts Passendes ein.

»Es ist doch okay, oder? Ich bleibe wirklich nicht lange, falls du gerade arbeitest oder so. Ehrlich, ich möchte einfach nur einen winzigen Blick auf dich werfen. Ich verspreche, nicht lange zu bleiben. Das kann ich auch gar nicht. Moms Party steigt in ungefähr fünf Stunden. Ich muss dich einfach kurz sehen.«

Ich fand keine plausible Ausrede. »Fahr bitte noch fünfzehn oder zwanzig Minuten durch die Landschaft, ich muss mich anziehen und so was. Wir sind Einsiedler hier, musst du wissen.«

Sie lachte. »Entschuldige die schlechte Impulskontrolle, Augie.« Es war derselbe Begriff, den Nora für ihren Besuch bei Owen in der Scheune vorgebracht hatte. Generationencode für mangelhaftes Urteilsvermögen? »Ich gebe dir eine halbe Stunde«, sagte sie. »Ich könnte ohnehin eine Tasse Kaffee vertragen.«

Auf meinem Weg über die Steinplatten zur Scheune dachte ich daran, einen Rückzieher zu machen, sie irgendwie an der Auffahrt abzufangen, aber ich spürte, wie gefährlich das wäre. Es war eine Sache, unseren gelegentlichen Kontakt zu verschweigen, eine ganz andere jedoch, Owen absichtlich darüber hinwegzutäuschen, dass sie zu uns nach Hause kam.

Ich klopfte nicht an, eine Rückkehr zum alten Modus, seit er wieder schrieb. »Hey«, sagte ich, und er blickte auf.

»Auch hey. Was ist los?«

Ich zuckte die Schultern. »Nichts Schlimmes. Ich bekam gerade... gerade einen Anruf von Laine. Du weißt schon. Laine.« Es war erschreckend, wie rasch seine Gesichtszüge sich veränderten, sein Blick sich zu verhärten schien. »Es tut mir wirklich leid. Ich... Sie ist in der Nachbarschaft.«

»In der Nachbarschaft? Gus, wir haben keine Nachbarschaft.«

»In der Gegend. Ich hatte keine Ahnung. Sie kam hier in der Nähe vorbei, und sie will mich sehen. Sie ist... sie ist impulsiv, weißt du. Sie will nicht...«

»Was auch immer, Gus.« Er wandte sich wieder seinem Bildschirm zu. »Sag mir einfach Bescheid, wenn sie wieder weg ist.«

»Es wird kein langer Besuch werden. Es tut mir wirklich leid.«

»Sag mir einfach Bescheid, wenn sie wieder weg ist«, sagte er abermals.

»Klar.« Ich wollte schon gehen, dann hielt ich noch einmal inne. »Ich habe überhaupt keinen Kontakt zu ihm. Nicht seit seinem Anruf vor ein paar Jahren. Falls du dich das fragst. Sie ...«

»Ich habe mich das nicht gefragt, Gus. Ich möchte mich einfach wieder meiner Arbeit widmen.«

»In Ordnung«, sagte ich und dann, »danke.«

In den wenigen Minuten, die ich noch hatte, ging ich nach oben ins Bad und betrachtete prüfend mein Gesicht. Was würde sie Bill berichten? *Augie sieht gut aus, älter, aber so, als würde sie ein Fitnessstudio besuchen. Sie ist wahnsinnig braun.*

Ich bürstete mein Haar und flocht es zu einem Zopf. Ich dachte an Alison, dass sie Make-up aufgelegt und sich versichert hätte, ob sie auch Lippenstift trug. Doch das konnte ich nicht, selbst wenn ich es gewollt hätte. Das Letzte, was Owen gebrauchen konnte, war der Beweis, dass ich mich für Laine schön machte – und für die Beschreibung, die sie eventuell mit nach Hause nahm.

Molliger, als ich sie je gesehen hatte, und auch hübscher, sprang Laine aus ihrem VW-Käfer und umarmte mich in einer Weise, wie mich seit Jahren niemand mehr umarmt hatte. Ich dachte, sie würde mich gleich von den Füßen heben und uns beide im Kreis herumwirbeln. »Mein Gott, Augie! Ich kann gar nicht glauben, dass ich dich tatsächlich sehe!«

»Laine, du siehst wundervoll aus!« Ich trat einen Schritt

zurück. Ihr Haar war schwarzlila gefärbt und zu einer Pagenfrisur mit Stirnfransen geschnitten, alles sehr im Stil der Zwanzigerjahre, komplett mit dunkelrotem Lippenstift. In ihren Piercings in Nase, Wange, Augenbraue, Unterlippe, die früher einmal aus schwerem Stahl gewesen waren, glitzerten jetzt winzige Edelsteine, als wäre sie mit Feenstaub bestäubt. Ihre Augen waren mit schwerem schwarzem Makeup umrahmt, und sie trug ein kurzes, formloses schwarzes Kleid, schwarze Strumpfhosen und Militärstiefel – die ewige Uniform der Kunststudenten – und darüber einen grünen Militärmantel.

»Komm rein«, sagte ich. »Was kann ich dir zu trinken anbieten? Oder zu essen?« Ich machte dieses Angebot instinktiv, ohne daran zu denken, ob sich ihr Aufenthalt dadurch verlängerte.

»Nichts. Ich kann wirklich nicht. Mom erwartet mich. Sie bringt mich um, wenn ich zu spät komme. Gott, mir gefällt es hier«, sagte sie, als wir in die Küche traten. »Kein Wunder, dass du davongelaufen bist. Ich kann nicht glauben, dass ich noch nie zuvor hier war. Es ist so etwas wie ein Paradies, nicht wahr?«

»Manchmal«, sagte ich. »Abhängig davon, wie es mit der Arbeit vorangeht. Paradies. Hölle. Du weißt, wie es ist. Aber ja, ich schätze mich glücklich. Wir beide.«

»Ist Owen auch hier? Ich habe ihn seit Jahren nicht mehr gesehen.«

»Er ist ... er ist unterwegs, ein paar Besorgungen machen. Das hast du davon, wenn du die Leute überraschst.«

»Mein Pech.« Sie lächelte, dann deutete sie durch die offene Tür auf das Wohnzimmer. »Darf ich ...? Ich war so neugierig auf dieses Haus.«

»Natürlich. Komm, wir machen die große Tour.«

Wir fingen oben an.

Ich beobachtete, dass sie es machte wie ich, als ich das erste Mal hier gewesen war: Sie ging in jedem Raum ans Fenster und schaute hinaus. »Wow. Du hast einen Teich. Kann man darin schwimmen?«

»Man könnte. Mir liegt nicht so viel am Schwimmen.«

»Ich würde jeden Tag darin schwimmen gehen.«

»Nicht im Oktober, bestimmt nicht.«

»Nein, aber im Sommer. Im Sommer wäre es wundervoll.«

Als wir das Schlafzimmer betraten, versuchte ich den Gedanken zu verscheuchen, wie sehr Owen es hassen würde, Bills Tochter in diesem Zimmer zu wissen. »Allerdings«, sagte ich und scheuchte uns weiter, »ist das Atelier der interessanteste Raum. Komm, wir gehen wieder hinunter.«

»Es ist absolut perfekt, Augie. Und seltsamerweise genau so, wie ich es mir vorgestellt habe. Ein echtes Farmhaus.«

»Ohne die Farm. Kannst du dir vorstellen, dass ich mich um Kühe kümmere?«

»Oh, du würdest eine Möglichkeit finden. Und ich würde kommen und dir helfen.«

Die größte Veränderung, die ich an Laine bemerkte, war, wie glücklich sie wirkte. Nicht nur, dass sie weniger deprimiert oder einigermaßen in Ordnung wirkte, nein, sie war das blühende Leben.

»Dir geht es offensichtlich großartig«, sagte ich im Wohnzimmer. »Das macht mich sehr glücklich, Laine.«

Sie war vor dem Bild stehen geblieben, das über dem Kamin hing. »Das hier habe ich nie gesehen, oder?«

»Nein. Das habe ich gemalt... du warst damals im College... glaube ich«, fügte ich hinzu, als wüsste ich nicht genau, wann ich es gemalt hatte und dass sie in ihrem zweiten Jahr an der NYU gewesen war und mir immer noch mehr oder weniger wöchentlich Bulletins über sich und ihr Leben geschickt hatte.

»Das Licht«, sagte sie. »Es ist so typisch. Dad hat es immer ›Augies Licht‹ genannt, erinnerst du dich?«

»Es ist keins meiner Lieblingsbilder. Es ist ...« Ich ging eilig über die Gefühle hinweg, die in mir knisterten. »Owen mag es sehr. Deshalb hängt es hier.«

»Ich finde es irgendwie großartig.«

»Oh, danke. Also, das Atelier liegt hier drüben ...«

Ich überließ sie sich selbst, ermutigte sie, die Bilder hin und her zu räumen, in meinen Skizzen zu blättern. Was erhoffte ich mir von Laines prüfendem Blick auf meine Bilder? Ich wollte natürlich, dass sie von allem begeistert war. Ich wollte, dass sie bestätigte, was Owen gesagt hatte, alle Zweifel beseitigte, die ich immer noch empfand.

Um eine unverfälschte Antwort zu bekommen, hatte ich ihr kein Wort von dem Projekt erzählt. Sie sagte ein paar Minuten lang so gut wie nichts, gab nur hin und wieder ein paar kleine Geräusche von sich. *Hm* und ein ganz leises *Oh*. Ich saß an meinem Schreibtisch und kritzelte ein bisschen herum, bis ich schließlich sagte: »Also, lass uns so tun, als ginge es um eine Kritik. Was hältst du davon?«

Nach einer Pause antwortete sie: »Es ist interessant. Damit meine ich, dass ich es nicht ganz verstehe. Offensichtlich handelt es sich um dieses Haus. Stimmt's?«

»Stimmt.«

»Hm.« Sie sah sich noch ein wenig um. »Ich bin ... sie gefallen mir. Die Details sind einfach irrsinnig gut. Aber ich verstehe nicht ganz. Es sind Soldaten aus einer vergangenen Zeit, richtig? Ich habe dich ... ich habe dich einfach nicht für jemand gehalten, der ... Ich schätze, ich habe das Gefühl, dass mir irgendetwas entgeht. Und ich sehe dich eigentlich nicht als jemanden, der Antikriegskunst macht. Oder doch? Wirklich, das wäre cool, aber ...«

Als sie das sagte, stellte ich fest, dass schon seit Wochen etwas an mir nagte. Wie sehr hingen die Bilder von der Geschichte ab, die dahintersteckte? Konnten sie allein bestehen, oder brauchten sie mich, um die Sache mit dem Haus, der Badezimmerrenovierung und der Wand zu erklären?

»Inwiefern Antikrieg?«, fragte ich. »Was bringt dich auf die Idee, dass es sich um etwas Kritisches handeln könnte?«

»Weil sie tot sind, Augie. Etwa nicht? Die Jungs sind alle tot.«

Im Lauf der nächsten halben Stunde vergaß ich Owen und Bill, beide lösten sich in Wohlgefallen auf, während ich Laine erklärte, dass sie sich zwar nicht irrte, aber dennoch irrte – oder vielleicht auch ich. Ich erzählte ihr die Geschichte von dem Badezimmer und den Zeitungen. Ich zeigte ihr ein paar Todesanzeigen. »Aber ich möchte nicht, dass sie auf den Bildern tot aussehen«, sagte ich. »Das ist nicht meine Absicht. Das ist ... nun, wie ich gesagt habe. Nicht meine Absicht.«

»Hm.« Sie wirkte beunruhigt. »Die Arbeiten sind wirklich interessant, Augie«, wiederholte sie. »Und wenn die Leute sie als Antikriegskunst verstehen oder so was, ist das nicht schlimm, oder? Wirklich, mein Gott, wir befanden uns die meiste Zeit meines Lebens im Krieg. Und ich weiß, dass es junge Leute gibt, die das kaum wissen. All diese reichen Typen, die sagen, oh, richtig, wir sind immer noch im Krieg. Und mir gefällt sehr, dass sie aus einer anderen Zeit stammen. Es ist, als würde damit verdeutlicht, wie allgegenwärtig der Tod ist. Wirklich, ich schaue sie mir an, und alles, was ich sehe, ist, wie krank es ist, dass sie so jung getötet wurden.«

Das war jedoch nicht meine Absicht gewesen; und sie erkannte meine Sorge. »Ich sage nicht, dass sie zu sehr vereinfachen oder so was – *Guernica* ist ein Antikriegsbild, und nichts an *Guernica* ist einfach. Ohne eine Million anderer Werke auch nur zu erwähnen.«

»Ich habe ... ich habe an ihnen gearbeitet«, sagte ich. »Es versucht. Die Sache ist die, ich möchte nicht, dass sie so sind. Tot. Tatsächlich möchte ich, dass sie leben. Lebendig wirken. Darum geht es eigentlich. Die Toten ins Leben zu integrieren. Aber du kannst es ruhig aussprechen, Laine. Es ist in Ordnung. Ich weiß, dass du höflich sein willst, weil ich deine Lehrerin bin. Aber was würdest du sagen, wenn ich einer deiner Möchtegern-Hipster-Idioten wäre?«

»Hm.« Sie biss sich auf die Unterlippe und nickte dann. Holte tief Luft. Atmete aus. »Okay. Ich würde wahrscheinlich sagen, dass du Unterricht im Aktzeichnen brauchst. Allerdings würde ich einen Weg finden, es abfälliger auszudrücken.«

Ich lachte. »Na also, das war doch nicht so schlimm, oder?«

Sie zuckte die Schultern. »Es war nicht ganz einfach. Aber weißt du, du bist diejenige, die zu mir gesagt hat, es sei in Ordnung, hin und wieder eine schlechte Arbeit abzuliefern. Ich kann gar nicht zählen, wie oft du zu mir gesagt hast, wenn ich es nicht aushalte, Fehler zu machen, werde ich niemals besser werden. Wenn du keine schlechten Bilder malen kannst, wirst du auch nie gute Bilder malen. Ich hätte nie gedacht, dass das auch auf dich zutreffen könnte, aber so ist es, nicht? Ich meine, es trifft immer zu, oder?«

Sie hatte natürlich recht. Sowohl damit, dass ich das gesagt hatte, als auch, dass es auf uns alle zutraf. Doch seit den

Tagen, da ich Laine den Wert von Risiko und Versagen gepredigt hatte, war ich vorsichtiger geworden. Fehler hatten ihre Anziehungskraft für mich verloren.

»Ich bin mir nicht sicher, ob ich das lernen kann«, sagte ich. »Porträts zu malen. Ich bin mir nicht sicher, ob es nicht eher um etwas ... etwas Grundsätzliches geht. Vielleicht habe ich einfach kein Gen fürs Aktzeichnen. Oder was immer man braucht, um etwas lebendig wirken zu lassen.«

»Augie, du lässt *alles* lebendig wirken. Sieh dir jeden Ziegelstein an, den du je gemalt hast. Jeden Stuhl. Ich weiß nicht einmal, was du meinst.«

»Jeden *Gegenstand*. Nicht jeden *Menschen*.«

»Du solltest sie einfach malen, Augie. Mach weiter. Mal sie einfach so, wie du sie dir vorstellst.«

Ich dachte darüber nach. »Vielleicht ist das ebenfalls Teil des Problems. Ich male nicht nach meiner Vorstellung. Das habe ich nie getan. Du weißt es. Ich male, was ich sehe. Das war schon immer so.«

»Ja. Ich weiß. Aber warum machst du dann das hier?«

Ich antwortete nicht. Es gab keine Antwort, die nicht eher für einen Therapeuten geeignet gewesen wäre. Oder einen Ehemann.

»Ich sage nur, tu es einfach, Augie. Und wenn es dir misslingt, dann misslingt es dir eben, na und? Was ist daran so schlimm? Offenbar sagt dir ja dein Instinkt oder was auch immer, dass du das hier machen sollst. Es ist Neuland für dich. Es ist aufregend, oder? Wie damals, als ich diese Collagen gemacht habe, die so unglaublich schlecht waren, aber als ich dann später wieder gemalt habe, hatte sich etwas verändert. Zum Guten.« Sie blickte auf ihre breite, schwarze Lederuhr. »Mist«, sagte sie. »Ich muss wirklich los. Im Ernst, ich darf keine Minute zu spät kommen. Mom war in letzter Zeit ein bisschen angespannt. Vielleicht weil sie fünfzig wird, und dann wegen Dads näherrückender Hochzeit. Sie sagt nie, dass es ihr etwas ausmacht, aber seit sie es herausgefunden hat, ist sie ein Wrack. Sie sind *Freunde geblieben*, musst du wissen.« Die Bemerkung war in riesige imaginäre Anführungszeichen gesetzt. »Ich glaube nicht, dass sie voll und ganz begriffen hatte, was es heißt, geschieden zu sein. Bis er und Miriam ...«

»Du solltest sie nicht warten lassen. Komm, bringen wir dich wieder auf die Straße.«

Doch an der Tür des Ateliers hielt sie inne. »Ich habe das Gefühl, als hätte ich dich enttäuscht«, sagte sie. »Als hätte ich das Falsche gesagt. Ich möchte nicht einfach so davonrennen ...«

»Nein.« Ich schüttelte den Kopf. »Du hast das Richtige gesagt. Genau das Richtige. Du hättest mich nur enttäuscht, wenn du mich angelogen hättest. Ich musste es hören.« Ich lachte kurz auf. »Ich sage nicht, dass ich weiß, wie ich darauf reagieren soll. Aber ich musste die Wahrheit hören.«

Draußen liefen wir geradewegs Alison in die Arme, die auf unser Haus zukam. Als ich sie einander vorstellte, war mir bewusst, dass wir uns in Owens Blickfeld befanden, falls er sich in der Nähe des Fensters aufhielt.

Alison war freundlich und erzählte Laine, dass sie nur Wunderbares über sie gehört hätte. Laine wirkte ganz aufgeregt, Alison kennenzulernen, die fröhliche britische Nachbarin, die es schließlich geschafft hatte, die Festungswälle von Augies Versteck zu durchbrechen.

»Ich lasse euch zwei allein, um auf Wiedersehen zu sagen«, sagte Alison nach ein paar Sätzen. »Nett, Sie kennenzulernen.«

»Du wolltest vorbeikommen ...?«, fragte ich.

»Ja«, sagte sie. »Aber ich kann warten. Vielleicht kommst du später bei mir vorbei?«

Ich versprach es ihr.

Als Laine und ich einander zum Abschied umarmten, sagte ich: »Danke für alles«, und sie sagte: »Ich hoffe wirklich, dass du es auch tust, Augie. Du musst sie fertig malen. Spiel einfach herum. Denk dabei nicht an Arbeit.« Dann: »Alles Liebe!«, als sie ins Auto stieg.

Ich winkte, als sie davonfuhr.

»Dir auch alles Liebe«, sagte ich, als ihr Wagen aus meinem Blickfeld verschwand.

Danach unternahm ich einen kleinen Spaziergang, allein. Die Auffahrt hinunter und ungefähr eine halbe Meile durch die Abgeschiedenheit. Ich hatte mehr zu verarbeiten als nur Laines Rat zu meinen Bildern – und ich wollte allein und in Ruhe darüber nachdenken, vor der Szene mit Owen, die mit Sicherheit kommen würde.

Vor allem Laines Schilderung, wie schwer Georgia durch Bills Heirat getroffen war, hatte mich aufgeschreckt. Als ich ihr zuhörte, erwartete ich, dass es wie ein Blick in den Spiegel wäre, der meinem verletzten Herzen, meinem verletzten Ego vorgehalten wurde, und dass dieses Spiegelbild die Zerbrechlichkeit des Waffenstillstands offenbaren würde, den ich mit diesem Teil meiner selbst geschlossen hatte. Schließlich war auch ich die sitzengelassene Frau, die noch immer ihrer verlorenen Liebe nachtrauerte. Schließlich hatte mir der letzte, reale Spiegel, in dem ich mich betrachtet hatte, gezeigt, wie sehr es mich beschäftigte, was Bill wohl über mich hören würde, und mein eigenes Gesicht war mit Vorstellungen des seinen verschmolzen.

Tatsächlich aber hatte sich etwas verändert. Soeben, in der vergangenen Stunde. Vielleicht steckte aber auch bereits eine Veränderung in diesen Bildern, die nur noch auf die richtigen Umstände wartete, um erkennbar zu werden.

Laine.

Vor Bill, bevor wir ein Liebespaar geworden waren, hatte es Laine gegeben. Ein verwirrtes, zorniges, talentiertes Mädchen, das mich brauchte. Bevor ihr Vater und ich zueinander fanden, hatten bereits sie und ich uns gefunden. Vor der Gefahr hatte es Zuwendung gegeben. Fürsorge. Und eine Art gegenseitiges Erkennen, das man nur als Liebe bezeichnen konnte.

Ich lächelte auf meinem Spaziergang, als ich daran dachte, wie schwer es ihr gefallen war, zuzugeben, was sie von meiner Arbeit hielt – als müsste sie eine Barriere überwinden. Was ihr dann auch tatsächlich gelungen war. Die Barriere, die sie kannte: die Studentin, die die plumpen Versuche ihrer Lehrerin kritisierte. Und die Barriere, von der nur ich etwas wissen konnte: die Tochter, die erneut ihren Platz in meinem Leben einforderte.

Owen konnte ich das nicht erzählen, so viel wusste ich. Ich wünschte es mir so sehr. Ich hätte gern mit ihm geteilt, wie wenig ihr Besuch mit Bill zu tun hatte. Nicht nur, weil sie nie von uns gewusst hatte – was ich ihm gesagt hatte und zweifellos wieder sagen würde, noch viele Male. Sondern weil sie für mich jetzt wieder mehr war als nur Bills Tochter. Etwas anderes. Sie war Laine. Eine eigenständige Persönlichkeit. Meine ehemalige Schülerin. Inzwischen eine Künstlerkollegin. Eine Freundin.

Und das nicht nur, weil sie erwachsen geworden war, stellte ich fest, als ich wieder zum Haus zurückging. Sondern weil wir beide erwachsen geworden waren.

Owen kam an diesem Abend mit einer Miene ins Haus, die ich seit Jahren nicht mehr an ihm gesehen hatte. Als ich sah, wie er sein Wasser hinunterstürzte, war ich mir nicht sicher, ob es klüger war, etwas zu sagen, oder es lieber auf sich beruhen zu lassen; doch dann entschied ich, dass Schweigen angesichts seines finsteren Gesichtsausdrucks sinnlos wäre.

»Es tut mir wirklich leid«, sagte ich. »Sie wollte einfach nur...« Mir fiel kein passendes Verb ein. »Du weißt, dass sie nie etwas wusste, oder? Für sie bin ich lediglich ihre ehemalige Kunstlehrerin. Bei diesem Besuch ging es nicht um... um etwas, das früher einmal war.«

»Ich möchte wirklich nicht darüber reden, Gus. Was gibt's zum Abendessen?«

Eigentlich wäre er mit Kochen an der Reihe gewesen, aber ich ließ es durchgehen. »Ich möchte einfach, dass du...«

»Du möchtest was, Gus? Was? Verstehst du nicht, dass ich nicht einmal wusste, dass du noch Kontakt zu ihr hattest? Ich dachte wirklich, diese Leute wären aus unserem Leben verschwunden. Und dann ist sie da. In unserem Haus. Um was zu tun? Was habt ihr eigentlich getan?«

»Ich habe ihr meine Arbeiten gezeigt. Wir haben geredet.«

Er stieß hörbar die Luft aus, als wäre das die schlimmstmögliche Antwort – wie alles, was ich hätte sagen können. »Großartig. Du hast ihr deine Arbeiten gezeigt. Gefielen sie ihr?«

»Nicht besonders. Da du gefragt hast.« Ich hielt mich gerade noch zurück mit der Bemerkung, dass sie zumindest nicht einfach nur gesagt hatte, was für sie am einfachsten gewesen wäre, etwas, dessen ich ihn seit beinahe zwei Wochen verdächtigte. »Du hast mir nie gesagt, dass ich den Kontakt zu ihr abbrechen soll.«

»Ich wäre nie auf die Idee gekommen, dass du es nicht getan hast.«

»Das hättest du nicht gewollt. Sie ist jung. Sie braucht mich noch. Ich kann nicht glauben, dass du das von mir verlangt hättest. Sie so zu verletzen.«

Etwas flackerte in seiner Miene, und ich wusste, dass er mir recht gab. »Ich habe euch draußen mit Alison gesehen«, sagte er.

»Wir sind ihr zufällig begegnet. Ich war...« Ich sollte später noch bei ihr vorbeischauen, fiel mir ein.

»Seid ihr alle gut miteinander ausgekommen?«

»Es waren höchstens drei Minuten, Owen.«

»Sollte ich davon ausgehen, dass Alison über all das Bescheid weiß?«

»Nein. Natürlich nicht.«

Eine Lüge, kam mir sofort in den Sinn, ist etwas Körperliches, so etwas wie ein neuer Körperteil, der nicht richtig passt.

»Verdammt«, sagte er. »Das hat mir gerade noch gefehlt. Und was jetzt? Wird daraus eine regelmäßige Angelegenheit? Wie hat sie dich überhaupt gefunden?«

Genau das hatte Alison auch bei Paul gefragt: *Wie hat er mich gefunden?* Es schien ungerecht, dass Laine den gefährlichen Menschen zugeordnet werden sollte, denjenigen, vor denen man sich besser in Acht nahm. »Ich weiß es nicht. Ich muss es ihr irgendwann erzählt haben. Vielleicht hat sie dieselbe blöde Anzeige gelesen, die auch Alison gelesen hat. Vielleicht ist sie eine pathologische Stalkerin. Ich habe keine Ahnung. Ich weiß nicht mehr, was ich ihr erzählt habe. Oder offenbar dir erzählt habe. Sie kann uns jedoch nichts anhaben. Das will sie auch gar nicht.«

Er sah mich wortlos an. Er musste es nicht aussprechen: Das hatte sie bereits.

»Es wird nicht wieder vorkommen«, sagte ich.

»Du hast keine Ahnung. Wir sollten wenigstens der Realität ins Auge sehen. Vielleicht lässt sie es zu einem allwöchentlichen Ereignis werden.«

»Das ist nicht die Realität, Owen. Sie nimmt Unterricht, lebt in New York. Sie treibt sich nicht hier herum.«

»Ich schätze, dann werde ich dir in den Details einfach vertrauen müssen. Gibt es sonst noch etwas?«, wollte er wissen. »Noch etwas, von dem du möglicherweise vergessen hast, dass du mir nie etwas davon erzählt hast?«

Ich schüttelte den Kopf. »Nein. Außer …«

Seine Brauen schossen nach oben.

»Es hat nichts mit uns zu tun. Ich erzähle es dir nur, falls du es sonst aus irgendwelchen spitzfindigen Gründen als Lüge betrachten solltest. Sie hat mir lediglich erzählt, dass ihr Vater wieder heiratet. Das ist alles.«

Er wandte mir den Rücken zu und stellte sein Glas in die Spüle. »Das muss eine harte Neuigkeit für dich sein«, sagte er, ohne eine Spur von Mitgefühl in der Stimme.

»Ist es nicht. Das hat nichts mit mir zu tun. Oder mit uns.«

»Nun, dann musst du dich für ihn freuen.«

»Mich für ihn freuen?« Das tat ich nicht. Nicht im Geringsten. Ich war gar nicht auf den Gedanken gekommen, stellte ich betreten fest. »Ehrlich, Owen, das hat nichts mit mir zu tun. Laine ist … Laine ist … ich habe ihr gegenüber eine Verpflichtung. Wie wenn du jemandem das Leben rettest und dann für ihn verantwortlich bist. Und es ist nicht ihr Fehler. Ich kann doch nicht sie für die dummen Fehler bestrafen, die die dummen Erwachsenen in ihrem Leben begangen haben. Es tut mir schrecklich leid, dass du das alles durchmachen musstest. Aber ich bitte dich um den Gefallen, doch bitte zu verstehen, dass ich sie nicht aus meinem Leben verbannen kann.« Ich hörte mich selbst, wie ich alles auf Laine schob, sie lieber nicht als eine Art Tochter für mich beschrieb, weil ich nicht wieder diese alte, unerfüllte Sehnsucht ans Licht zerren wollte. »Sie hat mich einfach überfallen. Sie hat es nicht so gemeint, aber so war es.«

Er seufzte und drehte sich um. »Das alles ist nicht leicht für mich, Gus.«

»Das verstehe ich. Ich verstehe es wirklich. Und es tut mir leid.«

»Nur, bitte, falls es eine Möglichkeit gibt, eine Wiederholung zu verhindern...«

»Werde ich es tun.«

Er nickte. »In Ordnung. Thema beendet.«

»Thema beendet«, sagte ich. »Aber falls es dir je einmal helfen sollte, darüber zu reden...«

»Es wird mir nie helfen, darüber zu reden.«

»Dann werden wir es auch nie tun«, sagte ich, und legte es im Geist auf den großen Haufen zu den anderen Tabuthemen.

14

Denk dabei nicht an Arbeit, hatte Laine gesagt.

Kein leichter Rat.

Mal sie einfach so, wie du sie dir vorstellst.

Meine Vorstellungskraft war offenbar verkümmert.

Ich hatte in meinem Leben sehr viel Zeit damit verbracht, dagegen anzukämpfen, mir andere Wirklichkeiten, Wirklichkeiten jenseits meiner eigenen, vorzustellen, denn ich war mir sicher, dass mein Neid auf die anderen Familien mich sonst vernichten würde. Und als ich den Blick von diesen anderen Kindern und deren Müttern abgewandt hatte, war ich umso tiefer in die Wirklichkeit hineingeglitten – nur eben in eine andere. Die Wirklichkeit der Dinge, des Lichts. Des äußeren Erscheinungsbilds. Der Umrisse. Ausblicke. Nicht der Menschen.

Doch da waren diese Jungen, die mich aufforderten, von dieser lange ungenutzten Fähigkeit Gebrauch zu machen. Und da war Laine, die mich anspornte, ihnen Leben einzuhauchen.

Am Morgen nach ihrer Abfahrt malte ich nicht. Ich zeichnete. Kleine Karikaturen, eigentlich Cartoonfiguren. Die saßen. Rannten. Herumliefen. Schwammen. Schnell, schnell, schnell. Ohne Zeit, darüber nachzudenken. Die Ski fuhren. Fahrrad. Tanzten.

Spiel einfach herum, war Laines Rat gewesen. Also versuchte ich herumzuspielen. Ich arbeitete daran, herumzuspielen, entschlossen, es so lange zu versuchen, bis ich spielen konnte, ohne arbeiten zu müssen.

Als ich mich nachmittags mit Alison traf, wandten wir uns wieder in Richtung Teich, seit geraumer Zeit unser erster Spaziergang dort. »Das muss schwer für dich gewesen sein«, sagte sie, als wir unsere Runden aufnahmen.

»Schwerer für Owen«, sagte ich, denn ich verstand sofort, dass sie Laine meinte.

»Ich bin mir sicher, es war für euch beide ziemlich schwer. Deine Laine scheint ein nettes Mädchen zu sein. Trotz all ihrer Piercings; die sind nicht mein Ding, das muss ich zugeben.«

»Sie ist anders als Nora, ich weiß. Sie ist ein ganz anderer Typ Mädchen. Junger Frau, schätze ich.«

»Ja. Aber beide haben künstlerische Neigungen«, sagte Alison. »Also nicht ganz so verschieden, als wenn eine von ihnen ein Finanzhai wäre oder so etwas. Aber zweifellos dazu verdammt, ihr ganzes Leben lang das Geld zusammenkratzen zu müssen. Oder an einer Highschool zu unterrichten. Wie manche von uns.«

Ich hatte nie darüber nachgedacht, dass Alison uns um unsere entspannte finanzielle Situation beneiden könnte. Doch es war schwer, es an dieser Stelle zu überhören, schwer, über ihren Ton nicht ein wenig zu erschrecken.

»Weißt du, Laine war sehr lange ziemlich gefährdet. Völlig durch den Wind. Es fällt mir schwer, sie heute als dieselbe Person zu sehen. Ich bin gewohnt, sie durch einen Sorgenschleier zu betrachten, doch jetzt... jetzt scheint es ihr gutzugehen. Sie wirkt stark. Es war wirklich schön, das zu sehen. Auch wenn der ganze Besuch natürlich ein Riesenproblem war. Wie geht es Nora?«, fragte ich. »Ich schätze mal, dass es ihr gutgeht, da du nichts anderes erwähnt hast.«

»Oh, ich glaube, ihr geht's gut.«

»Neuigkeiten von der Arbeitsfront?«

»Ich vermute, seit sie bei Paul ist, hat sie das schleifen lassen. Es besteht ja keine zwingende Notwendigkeit. Jedenfalls hat sie nichts erwähnt.«

»Bist du wütend auf sie?«, fragte ich. »Du klingst ein bisschen wütend.«

»Eine ausgezeichnete Frage. Ich weiß es eigentlich nicht. Vielleicht. Ein bisschen. Nicht wirklich. Ich versuche, nicht wütend zu sein. Nichts davon ist ihr Fehler. Sie macht nur das Beste aus einer schlimmen Situation. Wir sind in diesem Stück die Bösen.«

»Du bist kein Bösewicht, Alison.«

»Nett, dass du das sagst. Aber wer weiß? Auf jeden Fall geht ein fairer Anteil der Fehler auf mein Konto.«

Plötzlich fiel mir mein Versprechen ein. »Warte mal, du wolltest mich gestern sehen. Ich sollte vorbeikommen. Es tut mir sehr leid, in all dem Durcheinander habe ich das völlig vergessen.«

Sie drückte kurz meinen Arm. »Ich wollte dir nur meine Neuigkeiten mitteilen, das ist alles. Ich habe mich entschlossen zu bleiben. Das ganze Jahr über, meine ich. Bis zum nächsten Sommer.«

»Wirklich? Das ist wundervoll. Toll.«

Doch ihre Neuigkeit traf mich anders als erwartet. *Monate.* Das war das Wort, das mir dabei in den Sinn kam. *Monate und Monate.* Es erschien mir wie eine langfristige Verpflichtung, eine gewichtigere Veränderung in unserem Leben, als ich es mir je vorgestellt hatte.

»Ich bin froh, dass du so denkst«, sagte sie. »Wird Owen

das abschütteln können? Gehört er zu denen, die ins Grübeln geraten?«

Ich brauchte einen Moment, um mich wieder zu erinnern, worüber wir gesprochen hatten. »Oh, er kann ganz schön ins Grübeln geraten«, sagte ich. »Aber dann wiederum... schließlich ist er bei mir geblieben, oder? Das definiert ihn ziemlich deutlich als jemanden, der verzeihen kann.« Ich erzählte ihr nichts von dem Schweigen, unter dem wir am Abend zuvor ins Bett gegangen waren, von der Kälte, die von seiner Seite des Bettes auszugehen schien. »Wir kommen schon wieder zurecht. Es wird einfach ein bisschen dauern. All diese alten Wunden, die wieder aufgerissen wurden.«

»Ja«, sagte sie. »Wie wahr, all diese alten Wunden, die wieder aufgerissen wurden.«

Ich hatte das Gefühl, dass sie von etwas anderem sprach, überhaupt nicht von Owen und mir; doch falls dem so war, erklärte sie sich nicht näher. Sie hakte mich unter. »Jetzt komm«, sagte sie. »Schnall dich an. Wir haben noch vier Runden vor uns. Betrachte es als Buße, wenn du willst.«

In den nächsten Wochen war ich behutsam und zurückhaltend, während Owen wieder auftaute – wenn auch langsamer, als ich gehofft hatte. Sein Körper blieb unerreichbar, und ich wusste, ich würde warten müssen. Ich konnte nicht beeinflussen, wie lange seine Verletztheit oder seine Wut anhielten, auch wenn ich es mir wünschte. Also lagen wir Nacht für Nacht nebeneinander im Bett wie Figuren auf einem Doppel-Sarkophag, und anstatt zu einer Zärtlichkeit oder einem Kuss innezuhalten, wenn unsere Wege sich in der Küche oder auf der Treppe kreuzten, murmelten wir ein *Entschuldige bitte* oder *Es tut mir leid*.

Bei der Arbeit wechselte ich hin und her, malte mal die Jungen – demütigend –, mal ihre Umgebung, was mir das Gefühl verschaffte, etwas zustande zu bringen. Für jeden Arm und jedes Bein, die ich versuchte, weniger wie ein Plastikspielzeug aussehen zu lassen, belohnte ich mich mit den Details eines Teppichs oder einer Baumrinde. Ich hatte nicht den Eindruck, mit den Jungen große Fortschritte zu erzielen, aber ich fand, dass ich ein schönes Gleichgewicht gefunden hatte, da ich mich zwar antrieb, wie Laine es mir geraten hatte, mir aber auch die Zuflucht gestattete, die meine Arbeit stets für mich bedeutet hatte.

Als das letzte Oktoberwochenende vorbei war, wusste ich, dass auch Bills Hochzeit vorbei sein musste. Ich erwartete, in ein Stimmungstief zu fallen, doch ich war lediglich ein, zwei Tage lang etwas nachdenklich oder vielleicht auch wehmütig. Nicht mehr. Und während die Temperatur draußen weiter sank, wurde Owen wieder wärmer. Alison und ich unternahmen regelmäßig Spaziergänge und bewunderten die Bäume auf dem Höhepunkt ihres jährlichen Schauspiels; alle paar Tage sprach ich mit Jan, und wir tauschten nicht nur unsere Beobachtungen während der Besuche bei unserem Vater miteinander aus, sondern plauderten auch über andere Dinge, nur ein kleiner, ein winziger Ausblick auf einen Kontakt, der über das effiziente, absolute Minimum hinausging, an das wir uns bisher immer gehalten hatten.

Und dann hörte ich eines Tages von Bill.

Ich hatte durch das Fenster auf den einsetzenden Regen gestarrt, als in meinem Computer ein Glöckchen pingte. Und da war er, sein Name wie eine Halluzination in meinem Postfach.

*Liebe Augie,
ich hoffe, es geht Dir gut. Und ich hoffe, Du bist glücklich.
Soeben habe ich von Laine erfahren, dass sie Dich
gesehen und Dir meine jüngsten Neuigkeiten berichtet
hat. Ich hätte es Dir selbst sagen sollen. Ich entschuldige
mich. Ich wusste nicht, wie ich es anstellen sollte, aber
jetzt sehe ich, dass ich mich falsch entschieden habe.*

Beim Lesen stellte ich mir vor, wie er diese Sätze geschrieben, wieder gelöscht, nach Worten gesucht und sie wieder geändert hatte. Genau wie ich, als ich Laine vor Wochen zu ebendiesem Thema geschrieben hatte. Höflich. Wir waren immer höflich zueinander gewesen. Doch wir waren nicht immer nur höflich gewesen, und ich fragte mich (wie konnte ich mich das nicht fragen?), was all diese Ruhe ihn wohl gekostet hatte.

*Ich weiß, dass ich, wenn es andersrum gewesen wäre, die
Neuigkeit gern von Dir selbst erfahren hätte.
Und wirklich, Augie...*

Genau da. Spürte ich ihn, den Riss in der Fassade.

*... ich hoffe, alles läuft gut für Dich. Besser als gut.
Ich hoffe, alles ist genau so, wie Du es Dir wünschst.
Und wie immer vielen Dank, dass Du Laine eine so
gute Freundin bist. Sie hört gar nicht mehr auf zu
erzählen, wie wunderbar Du bist und dass Du ihr vor
all den Jahren das Leben gerettet hast.
B.
P.S.: Sie hat mir erzählt, Dein Vater sei krank. Es tut mir
leid, das zu hören, und ich wünsche ihm alles Gute.*

Ich las den Text mehrere Male durch, dann schrieb ich ihm postwendend eine Antwort.

Lieber Bill,
ich habe mich wirklich gefreut, von Laine zu hören, und Dir gratuliere ich natürlich. Ich hoffe, dies bedeutet für Dich alles, was Du Dir wünschst.
Und ja, die Alzheimerkrankheit meines Vaters ist weit fortgeschritten. Die Vergangenheit hat sich aufgelöst, die Gegenwart ist bizarr, und das Beste ist wohl zu hoffen, dass die Zukunft sich nicht allzu elend in die Länge zieht. Das klingt unbekümmert. Ich fühle mich aber überhaupt nicht unbekümmert. Und ich danke Dir für Deine guten Wünsche.
A.

Ohne es nochmals durchzulesen, drückte ich auf Senden. Und saß dann eine ganze Weile reglos da.

Draußen lief der Regen über die verfärbten Blätter, wässrige Farbe ließ goldene und rote Lichter vom Himmel tröpfeln. Das war unsere Jahreszeit gewesen. Der Herbst. Von September bis Dezember. Herbsttage. Ein paar Winterwochen.

Ich blieb ein paar Minuten einfach sitzen und unternahm so etwas wie eine Bestandsaufnahme meiner eigenen emotionalen Vitalfunktionen. War mein Herz noch immer ganz und in einem Stück? Funktionierte mein Verstand noch? Die Antwort lautete ja. Ich fühlte mich ein wenig verhangen, wie dieser Tag, aber ich war in Ordnung.

Ich blickte noch einmal auf die E-Mail, doch das Timing war perfekt, mein Computer schaltete auf Standby, und der Bildschirm wurde schwarz. Ich wollte schon aufstehen und mich abwenden, dann entsann ich mich der alten Regeln, der alten Verhaltensweisen, holte ihn wieder hoch, löschte die Nachrichten, die wir miteinander ausgetauscht hatten, und leerte den Papierkorb.

Im Wohnzimmer fiel mein Blick auf das Bild des Hutmachergeschäfts. Noch ein Hinweis auf das Ende unserer Affäre.

Dort hatte ich gesessen, beinahe gelähmt vor Dankbarkeit, dass ich nach einem Jahr stummer Pinsel, schweigender Farben überhaupt wieder etwas zustande brachte. Mit Bill hatte ich gemalt wie eine Verrückte, wie eine Besessene. Besessen von ihm und vom Rausch unserer Geheimnisse. Heimlich verliebt. Heimlich miteinander im Bett. Heimlich malend, um ihm zu gefallen. Das Ganze ein einziger, magischer Zauber. Und dann war alles vorbei. Alles.

Ich war mir damals absolut sicher gewesen, dass Ida mich abgewiesen hätte, wenn sie gewusst hätte, was ich tatsächlich dort trieb, dass sie schockiert gewesen wäre und kein Mitleid gezeigt hätte. Doch als ich an diesem Tag in meinem Wohnzimmer stand, fragte ich mich, ob ich recht gehabt hatte. Vielleicht hätte sie mich nicht aufgegeben, sie, die Stoffreste und -fitzelchen in Gegenstände von außerordentlicher Schönheit verwandeln konnte. Vielleicht hätte sie gewusst, wie man meine Einzelteile wieder zusammensetzt, die an den Kanten immer noch ausgefranst waren und an den Säumen, die ich hastig zusammengestichelt hatte, höchstwahrscheinlich bald wieder auseinanderfallen würden.

Und beim Betrachten dieses Ärmels fragte ich mich, ob meine Mutter ein Mensch gewesen war, der mir wegen meines Sündenfalls ein noch schlechteres Gewissen eingeredet oder mir geholfen hätte, das Ganze durchzustehen. Hätte ich ihr überhaupt davon erzählt? Wären wir einander so nahe gestanden? Das würde ich niemals wissen. Wenn man etwas erreicht, eine gute Note, eine neue Stelle, kann man sich immer sagen, der fehlende Elternteil wäre stolz auf einen gewesen. Aber was, wenn man etwas in den Sand setzte? Das wäre durchaus der wahre Test für eine Beziehung, und was meine Mutter anging, hatte ich in dieser Frage keinerlei Anhaltspunkte.

Aber ich war in meinem Leben auf diese Weise geliebt worden. Von Owen. Bei jedem Stolpern, jedem Fallen geliebt und angenommen. Ich hatte Alison versichert, dass ich nicht dasselbe hätte für ihn tun können, dass ich als Mensch nicht so großartig oder großzügig war wie er, doch als ich nun wieder einmal vor dem Bild stand, überlegte ich, ob ich dieses Ungleichgewicht tatsächlich als gegeben hinnehmen sollte.

15

Ein paar Tage später erzählte ich Alison von Bills E-Mail. Ich saß an der üblichen Stelle auf ihrem Fußboden, den Blick wie jedes Mal auf ihre Beine gerichtet; wegen des kühleren Wetters war sie inzwischen dazu übergegangen, unter ihren Kleidern schwarze Strumpfhosen und langärmlige T-Shirts zu tragen.

»Hauptsächlich hat es mich daran erinnert, wie ich damals nur für ihn gemalt habe. Und wie schwer es mir danach fiel, alles wieder zurückzuerobern, zu begreifen, dass ich nicht malte, um Bill zu gefallen, und wie leicht es mir immer noch passieren kann, dass ich bei der Arbeit den Faden verliere.«

»Oh, manchmal wünsche ich mir, bei mir wäre es auch so kompliziert.«

»Wünsch es dir nicht.«

»Es ist aber so. Ich male und male. Beständig. Unendlich beständig. Und uninspiriert. Genauso gut könnte ich Grußkarten malen. Ich wünschte, ich könnte so malen, wie ich Auto fahre.«

»Vielleicht wäre es besser, du würdest Auto fahren, wie du malst. Und das ist keine Kritik an deiner Malerei. Falls überhaupt...«

»Nein. Ich verstehe schon. Und, fühlt es sich so an, als wäre ein Kapitel abgeschlossen? Hat dir diese E-Mail in irgendeiner Weise geholfen?«

Ich überlegte. »Vielleicht. Irgendetwas ist passiert. Das

Kapitel ist mit Sicherheit abgeschlossen. So abgeschlossen, wie es in diesem Fall nur möglich ist.«

Alisons Telefon summte. »Moment«, sagte sie. »Es ist Nora.« Sie trat hinter der Leinwand hervor und verließ das Zimmer. Als sie wiederkam, lächelte sie. »Sie kommt in ein paar Tagen und bleibt über Thanksgiving. Oh, sie hört sich so gut an.«

»Das freut mich wirklich«, sagte ich und versuchte, aufrichtig zu klingen. Ich wollte schon hinzufügen, dass Owen und ich nie Thanksgiving feierten, hielt mich aber zurück, um ihr die Freude nicht zu verderben. »Ich weiß, wie sehr du sie vermisst hast«, sagte ich. »Und wie besorgt du warst.«

»Ja, ich habe mir eine Menge Sorgen gemacht«, sagte sie. »Aber sie klingt wirklich gut. Ich versuche, sie nicht zu nerven wegen Paul, aber sie hat aus freien Stücken erzählt, dass dort alles ruhig ist. Bei ihr heißt es nur: ›Oh, du weißt doch, dass Dad nicht ganz einfach ist.‹ Aber sie sagte, es sei zu keinen weiteren Zwischenfällen gekommen und mit Sicherheit nicht zu Alkohol am Steuer. Ich denke, sie hat vielleicht die Schlüssel. Und demnächst wird sie hier sein. Dann kann er von mir aus mit dem Auto von einer Brücke rauschen.«

Es sieht so aus, als käme die kleine Nora für eine Weile wieder zu uns«, erzählte ich Owen, als er gegen Ende des Tages ins Haus kam. »Sie kommt bald. Ein Aufenthalt von unbestimmter Dauer, mindestens über Thanksgiving.«

Er setzte sich auf einen Küchenstuhl und zog seine Jacke aus. Dann nickte er und sagte: »Das habe ich gehört.«

»Alison scheint glücklich zu sein«, sagte ich. »Findest du nicht?«

Doch es war nicht Alison, die es ihm erzählt hatte. »Nora hat mir heute Morgen eine E-Mail geschickt«, sagte er.

Eigentlich ein ganz einfacher Satz: *Nora hat mir heute Morgen eine E-Mail geschickt.*

»Ich verstehe nicht.«

Er beugte sich vor und schnürte seine Stiefel auf. »Ich verstehe nicht, was du nicht verstehst.«

»Ich verstehe nicht, dass Nora dir ihre Neuigkeiten mailt. Mir war nicht klar, dass ihr miteinander in Kontakt steht.«

Er zog erst den einen, dann den anderen Stiefel aus, bevor er antwortete. »Ach, du weißt doch, wie junge Leute sind«, sagte er. »Sie mailen jedem. Für sie ist das wie Atmen. Bedeutungslos.«

»Du hast es nicht erwähnt.«

»Du hast nie gefragt.« Er sah mich eine Sekunde lang an, dann richtete er den Blick wieder auf seine Stiefel und stellte sie an die Wand. »Außerdem gab es nichts zu erwähnen. Bis du mir erzählt hast, dass sie wiederkommen würde – und dann gab es etwas. Da ich es bereits wusste. Deshalb habe ich es erwähnt.«

»Wann... wann hat das angefangen?«

»Was?«

Ich sah ihn an und suchte in seinem Gesicht nach einem Zeichen, dass er mich provozieren wollte, nach irgendeinem Zeichen, dass er Streit suchte, fand aber nichts dergleichen. »Egal«, sagte ich. »Es war mir einfach nicht klar. Und jetzt werdet ihr nicht mehr mailen müssen, weil sie gleich nebenan sein wird.«

»Vermutlich«, sagte er. »Ich glaube, ich gehe ein Weilchen nach oben.« Er stand auf.

»Dein Wasser«, sagte ich. »Du hast dein Glas Wasser vergessen.«

Er warf mir einen kurzen Blick zu, ausdruckslos, dann zuckte er die Schultern und verließ den Raum.

Er war ihr eine große Hilfe«, sagte Alison, als wir am nächsten Tag spazieren gingen. Ich hatte das Gespräch auf dieses Thema gelenkt – und dabei so getan, als hätte ich die ganze Zeit gewusst, dass sie miteinander Kontakt hatten. »Ich glaube, er hat sie vielleicht ermutigt, wieder hierherzukommen«, sagte sie. »Wenn ich ihr einen Rat gebe, kann sie gar nicht anders, als es so zu verstehen, dass ich mich zwischen sie und ihren Vater stellen will. Ich bin so dankbar für alles, was Owen für sie tut.«

»Ich bin froh, dass er überhaupt etwas tun kann«, erwiderte ich, damit es den Anschein hatte, als wäre Owens Aufmerksamkeit gegenüber Nora ein Geschenk von meinen Gnaden.

Kurz danach besuchte ich meinen Vater, allein. Ich hatte kein Interesse daran, Alison mitzunehmen, deren Versäumnis oder vielleicht Weigerung, Noras Anhänglichkeit an Owen in Frage zu stellen, mich ärgerte. Owen und ich hatten uns inzwischen irgendwie in eine Sackgasse manövriert, und ich hatte den Verdacht, dass keiner von uns beiden das wollte oder auch nur verstand. Doch da waren wir nun. Deshalb bat ich Owen nicht, mitzukommen, und er bot es nicht an.

Mein Dad wirkte besonders gedämpft, als ich kam, vielleicht schlief er sogar, deshalb saß ich eine Weile einfach nur da und machte schweigend Inventur: *Schlechtes Bild von mir:* noch da. *Afghanteppich mysteriösen Ursprungs:* noch da. *Foto von drei Grimassen ziehenden Mädchen:* noch da.

Als ich sein neues Zimmer zum ersten Mal gesehen hatte, in der längst vergangenen Woche nach dem Labor Day, war es genau so gewesen, wie ich es mir vorgestellt hatte, einschließlich des Sicherheitsschlosses an der Tür, das von einer unbekannten Krankenschwester für mich geöffnet wurde. Sie sagte, es gebe gute Gründe, dass die Familie den Code nicht kenne, eine Bemerkung, die mich sofort auf die Palme brachte. Das Zimmer fühlte sich einerseits klinisch kühl, andererseits irgendwie vollgestopft an – wie mit kratzender Wolle. Ein Raum, in dem man sich unmöglich wohlfühlen konnte, wenn auch aus widersprüchlichen Gründen. Zu leer, zu voll. Zu kalt, zu heiß. Zu klein, aber dann auch wieder zu groß, und mein Vater klapperte darin herum wie ein vertrocknetes Samenkorn in einer Kapsel.

Seitdem hatte ich ihn häufig besucht, obwohl er mich selten zu erkennen schien, und ich fand diese Besuche immer verstörender. Nicht nur, weil seine Krankheit voranschritt, sondern auch, weil er seit seinem Umzug sanft war wie ein Lamm, und ich konnte den Gedanken nicht ertragen, dass er ohne Grund hier war, für alle Zeiten bestraft für eine ein-, vielleicht auch zweimalige Entgleisung. Irgendwann erwähnte ich das gegenüber der Krankenschwester, die sagte, sie werde mein Anliegen weitergeben, aber soweit sie wisse, sei noch niemand aus der geschlossenen Abteilung wieder herausgekommen.

Gitter vor den Fenstern: noch da. *Wachposten vor der Tür:* noch da.

Und dann redete mein Vater plötzlich.

»Gus«, sagte er. »Du bist spät.«

Ich war gut gewappnet, wenn er mich nicht erkannte, doch nicht dafür.

»Es tut mir leid, Dad. Es gab viel Verkehr.«

»Immer eine Ausrede parat.« Er lächelte, und in seinen Mundwinkeln glänzte Spucke. »Es ist erst fünf Minuten nach«, sagte er. »Guck nicht so. Ich werde dich nicht unter Hausarrest stellen.«

Ich war natürlich nicht zu spät. Ich hatte niemandem erzählt, dass ich kommen würde.

»Ich bin einfach froh, dass ich hier bin«, sagte ich. »Mir gefällt das neue Zimmer.« Er runzelte die Stirn und wirkte verwirrt. »Vielleicht fühlt es sich für dich gar nicht mehr neu an.«

»Nein, Gus. Nicht nach, was haben wir heute?« Sein Blick war in die Ferne gerichtet, sein Kopf nickte, gleichmäßige, kleine Bewegungen, während er zählte. »Es sind schon dreizehn Jahre, Augusta«, sagte er. »Nein. Es wäre seltsam, wenn es mir neu vorkäme.« Sein Blick war jetzt vertraut: Ungeduld, die sich als äußerste, überhebliche Geduld gab angesichts meiner Unfähigkeit, etwas so Offensichtliches zu begreifen.

»Ich schätze nicht. Nach dreizehn Jahren. Ich habe nicht nachgedacht.« Und dann fragte ich: »Wie ist das Essen?«, und er schaute mich an, als wäre ich verrückt. »Egal. Blöde Frage. Es ist wirklich schön, dich zu sehen, Dad.«

»Es ist auch schön, dich zu sehen. Du siehst gut aus. Weißt du, dass deine Mutter gestorben ist? Ich kann mich nicht entsinnen, ob sie es dir gesagt hat.« Er beugte sich ein wenig vor. »Ich habe ein bisschen Probleme«, sagte er. »Mich an manche Dinge zu erinnern. Aber das stimmt mit Sicherheit. Sie ist tot. Du weißt es wahrscheinlich, aber ich wollte nur ...« Er ließ den Gedanken unausgesprochen.

»Ich wusste es tatsächlich. Es tut mir leid.«

Er hatte sie erwähnt. Mein Vater hatte meine Mutter erwähnt. Ob dieser Tatsache überlief mich ein Schauder.

»Ich dachte, man sollte es dir sagen.«

»Danke«, sagte ich. »Das war sehr aufmerksam von dir.«

Wie eine Naturkatastrophe stürzte plötzlich eine Lawine von Fragen auf mich ein. Solche, die ich nie gestellt hatte. Fragen zu meiner Geburt. Zu ihrem Humor. Ob sie mich gestillt hatte. Wie sie mich gekleidet hatte. Was sie am meisten an mir geliebt hatte.

»Möchtest du gern über sie reden?«, fragte ich vorsichtig; das ganze Gespräch war wie ein kristallenes Gefäß, das ich mit einer allzu plötzlichen Bewegung zerbrechen konnte.

»Ja«, sagte er. »Ich würde gern über sie reden. Denn du weißt ja, sie war meine Frau. Also ja, bitte erzähl mir alles. Erzähl mir alles von ihr.« Er setzte sich gerade wie ein Kind, das auf eine Geschichte wartet.

Und ich hatte nichts zu sagen. Doch da saß er. Da saßen wir. Während die Fragen in mir sich verflüchtigten.

Nach ein paar Sekunden stellte ich fest, dass in einem dunklen Winkel meines Gedächtnisses Charlottes Erinnerungen lauerten. »In Ordnung«, sagte ich. »Also, lass mal sehen. Sie nahm ihre Töchter gern mit in den Park. Dort stieß sie sie auf der Schaukel an, aber sie setzte sich auch selbst immer wieder auf die Schaukel. Wie ein großes Mädchen. Und sie brachte sie, uns, jeden Abend ins Bett. Und küsste uns. Und sie war eine sehr gute ... Köchin. Und sprach außerdem Französisch. Zumindest sang sie manchmal französische Chansons. Chansons von Schafen. Und eins über einen Vogel.«

Sein erwartungsvoller Blick blieb, doch mir gingen die Themen aus. »Und ... und sie war froh, dass sie, dass ihr beide nur Töchter hattet, weil ... weil damals gerade der Vietnamkrieg war, als wir alle geboren wurden, und sie wollte nicht, dass ihre Kinder in den Krieg ziehen. Und ... und sie war nicht religiös, aber ... sie unternahm gern lange Spaziergänge, und sie guckte gern fern, denn ihre Eltern hatten keinen Fernseher, als sie noch klein war. Und sie ... Spaghetti waren ihr Lieblingsessen. Und sie trank gern Wein. Aber nicht zu viel. Oder vielleicht ein bisschen zu viel. Manchmal tanzte sie einfach so durchs Haus, wenn sie ein bisschen zu viel getrunken hatte, aber sonst tanzte sie nie. Und manchmal sang sie beim Tanzen diese französischen Chansons. Und hielt dabei eine ihrer Töchter an den Händen.« Der Gesichtsausdruck meines Vaters hatte sich verändert, war weicher geworden. Seine Lider sanken herab. »Und sie fürchtete sich vor Aufzügen, nicht davor, in einem eingesperrt zu sein, sondern dass sie durch den Boden fuhren, weil sie nicht mehr stoppen konnten. Und deshalb hielt sie in Aufzügen immer deine Hand. Und sie war auch sehr intelligent. Die Leute vergessen das manchmal, aber sie war blitzgescheit, und es machte ihr etwas aus, nur ein kleines bisschen, dass, weil du Lehrer warst, jeder davon ausging, dass du der Klügere bist, aber sie wusste, dass du das nicht dachtest. Außerdem war sie eine ausgezeichnete Fotografin. Sie fotografierte aber weniger Menschen, eher Gebäude und Straßen. Sie war nie ohne ihre Brownie-Kamera unterwegs und betrachtete die Dinge immer ein bisschen schräg, mit schiefgelegtem Kopf ...«

Seine Augen waren jetzt völlig geschlossen. »Und du liebtest es, wie sie den Kopf schieflegte.« Ich konnte seinen schweren Atem hören. »Und du kamst nie darüber hinweg, nicht wahr, Dad? Du bist nie weitergezogen, oder?« Ich holte tief Luft. »Aber jetzt ziehst du weiter. Und ich schätze, das ist gut so.«

Ich blieb noch ein Weilchen, vielleicht eine Minute, schweigend sitzen und hörte zu, wie sein Atem in Schnarchen überging.

Auf der Heimfahrt ging mir durch den Kopf, dass die Welt ein instabiler, modellierbarer Ort war. Was für eine Rolle spielte es, was tatsächlich passiert war? Meine Erinnerungen an unsere Mutter stammten von Charlotte. Und jetzt durchlebte mein sich immer weiter entfernender, dahinsiechender Vater sie womöglich noch einmal, erschuf sich diese Frau neu, zusammengesetzt aus dem Wunsch meiner Schwester, ihre Mutter zu teilen, und meinen eigenen, frei assoziierten Bildern. Vielleicht war er gerade mit ihr unterwegs auf irgendeiner kurvigen Straße, auf der sie entlangspazierte oder -tanzte und dabei französische Chansons sang.

Ich war selbst überrascht, als ich bei dem Gedanken lächelte. War überrascht über meine Hoffnung, dass sie in seinem Schlaf tatsächlich vereint wären und miteinander tanzten.

16

Am Abend vor Noras Ankunft lief Alison ein Reh vor den Wagen. Sie war auf der Rückfahrt vom Lebensmittelladen, wo sie ein paar Sachen eingekauft hatte, die Nora mochte. Mein Telefon klingelte gegen zehn, als ich gerade überlegte, ins Bett zu gehen. Owen und ich waren im Wohnzimmer. Sie war irgendwo unterwegs. Es war soeben passiert. Sie klang hysterisch.

»Es ist nicht tot«, sagte Alison. »Es blutet. Es ... stirbt, glaube ich.«

»Was ist mit dir? Bist du in Ordnung?«

Owen beobachtete mich verdutzt. Ich griff nach einem Bleistift und einem Blatt Papier, die immer bei uns herumlagen, und skizzierte ein Auto, das ein Reh anfuhr. Ich schrieb *Alison* daneben, dann schob ich es über den Couchtisch.

»Ich kann es einfach nicht glauben«, sagte sie.

»Ist sie verletzt?«, fragte Owen.

»Alison, bist du verletzt?«

Sie glaubte nicht. Sie war sich nicht sicher. Sie fühlte sich ramponiert. Der Airbag war ausgelöst worden. Der Kühler des Autos war eingedellt. »Und das Reh ...«

»Hat sie 911 angerufen?«

»Hast du 911 angerufen?«

Hatte sie nicht. »Ich glaube nur ... es lebt noch, glaube ich.«

Ich fragte mich, ob sie getrunken hatte, doch mir fiel keine akzeptable Möglichkeit ein, das zu fragen. »Es ist nur ein Unfall«, sagte ich. »Sie sind überall. Die Rehe. Es ist ein Riesenproblem. Aber du solltest 911 anrufen.«

»Ich sollte ...«, wiederholte sie. »Ich muss ... es tut mir so leid. Ich halte es einfach nicht aus, dass ...«

Ich fragte sie, wo sie war, und signalisierte Owen, mir das Blatt Papier zurückzugeben, doch dann benutzte ich es gar nicht. Ich kannte die Stelle, ein unangenehmer, kurvenreicher Streckenabschnitt. »Wir sind gleich da«, sagte ich. »Möchtest du, dass ich es melde?«

Aber sie sagte, sie würde den Anruf machen. »Ich habe nichts getrunken«, sagte sie unaufgefordert. »Ich bin nur ... ich bin einfach nur sehr schnell gefahren.«

Du bist noch nie mit ihr im Auto gesessen«, erinnerte ich Owen, als wir losfuhren – er am Steuer. »Es ist furchterregend.«

»Dann solltest du dich vielleicht nicht mehr zu ihr ins Auto setzen.«

»Also, jeder kann mit einem Reh zusammenstoßen«, sagte ich. »Buchstäblich jeder könnte mit einem Reh zusammenstoßen.«

Die Polizei war noch nicht da, als wir ankamen. Alisons Wagen hing in einer Kurve schräg in einem Graben. Die Scheinwerfer waren ausgeschaltet, und zunächst sah ich sie nicht, doch dann, als wir frontal auf das Auto zugingen, konnte ich einen Umriss ausmachen, eine schattenhafte Gestalt, einen menschlichen Kopf, die Beine eines Tieres. Aus größerer Nähe sah ich den Kopf des Rehs, der auf Alisons Hüfte gestützt war, und aus noch größerer Nähe konnte ich auch den Körper des Tieres erkennen, blutig, aufgerissen, mit bloßgelegten Rippen, zerquetscht.

»Alison.«

Beim Klang meiner Stimme wandte sie den Kopf. Ein rotes Rinnsal lief ihr von den Haaren bis zum Kiefer. Ich griff nach Owens Arm. »Ruf 911 an.« Offensichtlich hatte sie noch nichts unternommen.

»Es kämpft so tapfer dagegen an«, sagte Alison. »Ich kann nicht glauben, dass ich das getan habe.«

»Es passiert, Alison. Es passiert ständig.« Owen war zur Seite getreten, doch ich konnte hören, wie er unseren Standort durchgab. Ich setzte mich neben Alison in das welke Laub auf dem gefrorenen Schlamm. »Dein Kopf. Du hast dich verletzt. Owen«, rief ich. »Einen Krankenwagen. Dringend.«

Sie begann zu schluchzen, das Gesicht in den Händen vergraben, so dass das Blut Wange und Handflächen verschmierte. Ich legte ihr den Arm um die Schultern. Die Rehkuh war jung, das erkannte ich. Und schien mich anzusehen. Ich berührte sie mit der anderen Hand, direkt hinter dem Ohr, so dass wir drei einen vollständigen Kreis bildeten, durch den ein unregelmäßig keuchender Lebensstrom lief. Ich wollte das zerschmetterte Tier zum Sterben ermutigen. Ich wollte, dass meine Berührung ihm irgendwie vermittelte, dass bald die anderen kommen würden, mit Lichtern, Effizienz, Geschäftigkeit, einer bestimmten Vorgehensweise. Dass am Leben zu sein kein Vorzug wäre.

Alisons Körper neben mir wurde von Schluchzern geschüttelt.

»Sie sind unterwegs«, sagte Owen.

»Vielleicht wird es nicht sterben«, sagte Alison. Ich schlang meinen Arm fester um sie.

»Es passiert ständig«, sagte ich wieder.

In der Ferne eine Sirene. Aufblitzende Lichter in der nächsten Biegung. Ich wandte den Blick von der Rehkuh, und während ich den herannahenden Krankenwagen beobachtete, starb das Tier.

Die Momente danach waren genau so, wie ich sie mir vorgestellt hatte, außer dass da, wo vorher Leben gewesen war, jetzt nur noch ein toter Rehkörper lag, auf dem Boden zurückgelassen, während ein Sanitäter sich um Alison kümmerte. Die Schnittwunde war tiefer, als ich gedacht hatte, mit Sicherheit tiefer, als Alison bewusst war. Außerdem hatte sie vielleicht eine Gehirnerschütterung. Möglicherweise innere Verletzungen. Sie musste zur Beobachtung ins Krankenhaus. Sie legten sie auf eine Trage, deckten sie mit einem Laken zu, das bald blutig war, kleine, dunkle Flecken, die sich ausbreiteten. Sie schnallten sie fest.

»Ich komme allein zurecht«, sagte sie, als ich mich erbot, mitzukommen. »Ich bin plötzlich so müde.«

Ein Polizist kam auf uns zu, ernst, beinahe wütend. »Sie beide sind diesem sterbenden Reh so nahe gekommen? Sie hatten Glück, dass das Tier ihnen nicht die Köpfe eingetreten hat. Diese Biester werden hundsgemein, wenn sie wissen, dass es mit ihnen zu Ende geht.«

»Es tut mir leid«, sagte ich. Aufrichtig. Wie ein Kind, das über die Straße gelaufen ist, ohne sich umzublicken, und weiß, dass es einen Fehler gemacht hat.

Wir fuhren schweigend nach Hause, die Atmosphäre war bleiern von all dem, was nicht gesagt wurde.

»Ich habe ihr gesagt, es kann jedem passieren«, sagte ich schließlich. »Und das stimmt auch. Tatsache aber ist, dass sie fährt wie eine Verrückte, und das erhöht die Wahrscheinlichkeit.«

»Das erhöht die Wahrscheinlichkeit«, sagte Owen. »Da hast du recht.«

Als Nora am nächsten Morgen eintraf, hatte ich Alison bereits aus dem Krankenhaus abgeholt, wo sie die Nacht verbracht hatte, und sie in unserem Wohnzimmer installiert – nicht weil sie besondere Pflege brauchte, sondern weil es sich falsch anfühlte, sie mit ihren Erinnerungen an den Unfall, den schrecklichen Bildern allein zu lassen. Sie hatte eine leichte Gehirnerschütterung, meinten die Ärzte, und die Wunde an ihrem Kopf musste mit zwölf Stichen genäht werden. Alles andere schien in Ordnung zu sein, sie hatte nur überall blaue Flecken und war sehr erschöpft. Aufgrund einer schweigenden Übereinkunft erwähnte keiner von uns das Reh, wir sprachen nur von Kopfweh und schmerzenden Muskeln, Erschöpfung, der Sterilität von Krankenhäusern, ihrem Glück, dass ihre Verletzungen nicht schlimmer ausgefallen waren.

Alison hatte Nora angerufen und ihr erzählt, was passiert war, aber dennoch zuckte Nora zusammen, als sie ihre Mutter so bleich und bandagiert auf unserer Couch liegen sah. »O mein Gott, Mom. O mein Gott.« Sie setzte sich neben sie, fand einen Platz auf dem zerschlissenen Polsterrand, wo zuvor keiner gewesen war. Alisons Augen fielen zu; ihre Lippen entspannten sich zu einem kleinen Lächeln. Ich fühlte mich wie der Eindringling, der ich auch war, und verließ das Zimmer.

Im Lauf der nächsten Tage sah ich wenig von ihnen, und Owen sah sie überhaupt nicht. Nachdem Nora und ich Alison eingepackt hatten, damit sie nach Hause gehen konnte, hatten die beiden sich miteinander zurückgezogen. So stellte ich sie mir vor, niemals voneinander getrennt. Ich legte ihnen die Post auf die Veranda, und sie verschwand. Wir hatten den ersten Schnee, beinahe fünfzehn Zentimeter. Owen schaufelte unsere Zufahrt frei und danach ihre, befreite beide Autos vom Schnee, doch es tauchte niemand auf, um sich bei ihm zu bedanken.

Während dieser Zeit wurde mein Verständnis, wer die beiden waren, zwar nicht erschüttert, es erhielt aber ein paar Risse. Der Autounfall stellte für mich eindeutig einen Wendepunkt dar, Alisons Bravado und ihre Kühnheit kamen mir jetzt eher wie Leichtsinn und Verzweiflung vor. Und so beneidenswert ich ihre Verbundenheit auch fand – wie hätte es anders sein können? –, hatte ich jetzt ein weitaus klareres Gefühl für den schwankenden Boden, auf dem sie standen, und wenn ich über die glitzernde weiße Anhöhe schaute, erkannte ich deutlich die Schäbigkeit des Hauses, die schief in den Angeln hängenden Fensterläden, das fehlende Verandageländer.

Und die Enthüllung, dass Owen und Nora schon eine Weile miteinander in Kontakt standen, verblasste auf meiner Sorgenliste. Er hatte diesen Kontakt dazu benutzt, mir ein ungutes Gefühl zu verursachen, eine belanglose Rache für Laines Besuch, auf die er durchaus ein Anrecht haben mochte. Vielleicht hatte ihm ein kleines Bad in Noras Lobeshymnen geholfen, seine Wut zu überwinden. Damit kam ich zurecht. Das Leben fühlte sich groß und kostbar an in diesen weich verschneiten Tagen. Da war genügend Platz, um Bagatellen als genau das zu sehen, was sie waren.

Ich hielt mich damals an einen regelmäßigen Arbeitsrhythmus und versuchte, mich nicht allzu sehr entmutigen zu lassen. Es wäre so leicht, dachte ich oft, die Soldaten einfach zu übermalen und die Leinwände lediglich in eine Reihe von Porträts der Räumlichkeiten meines Hauses umzugestalten. Aber ich gestattete es mir nicht.

Allmählich tauchten Alison und Nora wieder aus der Versenkung auf, und unsere Leben verschränkten sich erneut miteinander. Abendessen zu viert. Spaziergänge zu zweit – manchmal zu dritt, da Nora sich ihrer Mutter und mir hin und wieder anschloss. Öfter sah ich sie allerdings auf dem Weg in Richtung Scheune.

Und diese Besuche bei Owen gingen nicht ohne Erklärung ab. Sie fanden nicht heimlich statt. Sie hatte den Raum bewundert, die kirchenartige Atmosphäre – genau die Eigenschaft, von der ich bisher angenommen hatte, dass sie nur mir auffiel –, und er hatte zu ihr gesagt, wenn sie Lust habe, solle sie doch vorbeikommen. Sie könne dort lesen oder etwas schreiben. Sie müsse sich nur ruhig verhalten. Die Einladung wurde ausgedehnt auf das Abendessen bei uns zu Hause, diesmal Brot, Käse und Schinken im Wohnzimmer, ganz anders als unser erstes, aufwendiges Essen.

»In der Stadt«, sagte er, »habe ich immer gern mit anderen zusammen in einem Raum gearbeitet. Irgendwie hat das mein Gehirn in Gang gesetzt. Gus ist diejenige, die es nicht erträgt, jemanden um sich zu haben.«

»Ich denke, für einen Maler ist es ein wenig anders«, sagte ich. »Alles ist so offen sichtbar. Ich bezweifle, ob es dir gefallen hätte, wenn die anderen Cafébesucher jedes Wort von dir gelesen hätten.«

»Ich weiß es nicht«, sagte er. »Es gab Tage, an denen ich die Kritik gut hätte gebrauchen können.«

»Dort hattest du jede Menge Gesellschaft, oder nicht?« Alison deutete auf das Bild von Idas Geschäft.

»Ja. Und ich habe das Durcheinander dort wirklich genossen. Aber kein Mensch interessierte sich auch nur im Geringsten dafür, was ich machte. In meinem ganzen Leben habe ich mich selten so unsichtbar gefühlt.«

»Ich käme mir wie ein Eindringling vor«, sagte Nora. »Ich könnte das nicht.«

Inzwischen, Mitte November, waren ihre Haare im Vergleich zu unserem ersten Treffen merklich gewachsen. Wie ihre Mutter trug sie immer ein wenig Make-up, kaum zu erkennen, eher als Erinnerung an ihre Weiblichkeit denn aus irgendwelchen anderen Gründen. An diesem Abend trug sie Jeans, in denen man ihre Hüftknochen sehen konnte, wenn sie aufstand, und ein langärmliges schwarzes Oberteil, durch das man hin und wieder ihre Brustwarzen erkennen konnte. Der Kragen öffnete sich genau auf Höhe des Kreuzes, so dass das Kreuz unter den Stoff glitt und nur gelegentlich das Glitzern der hauchfeinen Kette zu sehen war; aber wenn man einmal wusste, dass es da war, sah man das Kreuz auch.

Nach ihrer Ankündigung, sie wolle sich nicht aufdrängen, war mir klar, dass sie es tun würde. Und bei der Offenheit, mit der das alles vor sich ging, hätte jeder Protest schäbig ausgesehen. Er war ihr Mentor. Sie brauchte ein positives männliches Vorbild. Alison wiederholte das mir gegenüber immer wieder. Owen sprach elliptisch in denselben Tönen, als würde er eine Dynamik zwischen ihnen beschreiben, auf die wir uns vor langer Zeit verständigt hatten. Und ich erhob keinerlei Einwände.

17

Thanksgiving nahte, und da Alison bestimmt davon ausging, dass wir mit ihnen zusammen feierten, überlegte ich schon, wie ich meine Bedenken vorbringen sollte, als ich erfuhr, dass Owen bereits für uns beide zugesagt hatte. Sie wollten den Großteil des Kochens übernehmen. Ich sollte ein oder zwei Kuchen backen, falls es mir nichts ausmachte. »Keine von uns ist eine großartige Bäckerin«, sagte Alison. Wir sollten für den Wein sorgen. Diese Einzelheiten kamen im Verlauf eines Abendessens bei Alison auf den Tisch, und ich hörte mich lächelnd sagen: »Selbstverständlich, selbstverständlich. Wie schön, dann ist ja alles geregelt.«

Doch später, auf dem Heimweg, sagte ich: »Thanksgiving, Owen? Wirklich? Eine tapfere neue Welt, in der Tat. Du hast nicht daran gedacht, mich vorher zu fragen?«

»Ich kann die vielen gemeinsamen Essen mit ihr gar nicht mehr zählen, bei denen du einfach davon ausgegangen bist, dass ich mitmache.«

»Aber wir feiern kein Thanksgiving, erinnerst du dich?«

»Man kann auch allzu sehr an seinen Prinzipien kleben«, sagte er, ein Kommentar, zu dem mir nichts mehr einfiel.

Als ich in jener Woche meinen Vater besuchte, lief mir Jan über den Weg, und ich dachte daran, sie und Letty einzuladen. Es war mir ernst damit gewesen, dass ich sie gern öfter sehen wollte; und vielleicht wünschte ich mir auch einen gewissen Halt bei diesem Fest. Doch mir war klar, dass sie jedes Jahr Pläne hatten, und ich konnte den Gedanken an das *Nein*, das ich sicherlich zu hören bekäme, nicht ertragen. *Ich dachte, du und Owen wärt politisch viel zu abgehoben für so etwas?* Sie würde es nicht aussprechen, doch ich war mir sicher, es wäre da, in einer hochgezogenen Braue, ihrem schräggelegten Kopf. Auch wenn wir öfter Kontakt hatten als früher, gab ich mich nicht der Illusion hin, dass die lebenslangen Sticheleien zwischen uns sich wie durch einen Zauber in nichts aufgelöst hätten.

Am Dienstag in der Thanksgiving-Woche fand der Bauernmarkt zum letzten Mal vor dem Frühjahr statt. Noch vor ein paar Jahren, hatte ich mir sagen lassen, schloss er immer in der Woche vor Halloween, doch es war einfach nicht mehr so kalt wie früher, meistens jedenfalls, und angesichts der Einkaufswut vor dem Feiertag lohnte es sich für die Marktleute offenbar, sich ein paar zusätzliche Schichten überzuziehen. Seit meiner Begegnung mit Kathleen Mayhew beziehungsweise Thompson hatte ich den Markt gemieden, denn ich ahnte, dass ich alles andere als begeistert wäre, falls sie auf die Idee käme, mir Familienanekdoten über Jackie zu erzählen. Die Sache war für mich schon schwierig genug, auch ohne das Gefühl, dass die Familie Mayhew mir über die Schulter spähte. Aber ich brauchte einen Back-Kürbis, einen von der großen, blassen, fleischigen Sorte, die es beim Lebensmittelhändler nicht gab, und Alison hatte ihre Liste dabei, wenn auch eine längere als sonst, einschließlich eines frisch geschlachteten und gerupften Truthahns, und so gingen wir zusammen hin, nur wir beide, während Nora zweifellos Owen nachstellen würde.

Ich sah Kathleen, bevor sie mich sah. Sie stand allein hinter dem Holztisch unter dem zerschlissenen Segeltuchdach und hängte mit Wäscheklammern ein paar bunte, gesteppte Topflappen an eine Leine. Es war keine Kundschaft in der Nähe, und ihrem Gesichtsausdruck entnahm ich, dass sie privaten Gedanken nachhing, denn sie sah anders aus als an dem Tag, an dem sie Alison den Essig verkauft hatte. Anders auch als bei meiner unerwarteten Erwähnung ihres längst verstorbenen Jungen-Onkels. Sie betrachtete prüfend die Topflappen, runzelte die Stirn und ordnete sie neu; danach stellte sie offenbar eine Verbesserung fest, die mir allerdings entging, ich schloss es nur aus ihren sich billigend glättenden Brauen und der entspannteren Mundpartie. So sah ich selbst wahrscheinlich beim Malen aus, dachte ich. In etwas vertieft, das für andere nicht erkennbar war. Auf eine Wirkung bedacht, die es noch nicht gab.

Sie sah Jackie dabei auffallend ähnlich. So fragwürdig die Qualität meiner Porträts auch sein mochte, sein Gesicht hatte sich mir inzwischen eingeprägt, und ihre Ähnlichkeit kam mir deutlich markanter vor als bei unserer ersten Begegnung. Als hätte ich, seit ich seine Gesichtszüge gründlicher studiert hatte, eine Art Code geknackt.

Als sie bemerkte, dass ich sie beobachtete, winkte ich ihr zu, und sie winkte zurück. Ich war auf ein Gespräch mit ihr nicht besonders erpicht, fand es aber unhöflich, einfach weiterzugehen.

Ich trat an ihren Tisch und sagte, wie hübsch die Topflappen aussähen. »Eine Auslage, die ins Auge sticht«, sagte ich, dann fiel mir auf, dass mein Kommentar aufrichtiger klingen würde, wenn ich ein Paar kaufte. »Ich hätte gern die schwarzkarierten.«

»An Thanksgiving sind sie immer ein Verkaufsschlager.«

Sie nahm sie von der Leine und ordnete die übrigen neu, um die leere Stelle auszufüllen. »Ich gehe von mir selbst aus, weil ich immer ein paar verbrenne, wenn genügend Töpfe auf dem Herd stehen. Früher oder später passe ich nicht mehr auf, und einer liegt zu nahe an der Flamme. Vermutlich geht es jedem so.«

Als ich meine elf Dollar herausfischte, fragte ich sie, ob sie sie selbst genäht habe, und sie sagte, nein, ihre ältere Schwester übernehme das. »Aber sie geht nicht gern auf den Markt. Wir sind darin sehr verschieden. Ich hasse es, im Haus zu bleiben und zu nähen. Sie hasst es, in die Welt hinauszugehen.«

»Schwestern können sehr verschieden sein«, sagte ich.

Ich hatte nicht vorgehabt, meinen Besuch an Jackies Grab zu erwähnen, vielleicht nicht einmal ihn selbst, aber das Gespräch über eine ältere Schwester löste offenbar Assoziationen aus, die mich umstimmten. »Nach meinem letzten Marktbesuch bin ich zum Friedhof gefahren«, sagte ich, als sie mir eine braune Papiertüte mit den Topflappen aushändigte. »Zum Grab Ihrer Familie, meine ich. Ich hoffe, das klingt nicht zu aufdringlich. Ich empfinde einfach eine seltsame Nähe zu Ihrem Onkel, seit ich mit diesem Projekt angefangen habe, und ich wollte sehen, wo er begraben ist. Ich wollte ihm einen Besuch abstatten.«

Sie zog die Stirn in Falten und sah mich einen Moment lang schweigend an. Dann schüttelte sie den Kopf. »Er liegt nicht dort«, sagte sie.

Ich dachte, sie würde gleich eine religiöse Bemerkung machen, vielleicht, dass er im Himmel sei, und bedauerte, dass ich davon angefangen hatte. Sie setzte sich auf den hölzernen Klappstuhl hinter dem Tresen. »Er ist nirgendwo. Er wurde...« Sie schloss die Augen, holte tief Luft und öffnete sie beim Ausatmen wieder. »Es war eine Granate«, sagte sie.

»Irgendeine Explosion. Von dem Jungen war nichts mehr übrig, das man hätte nach Hause bringen können.«

Ich wusste nicht, was ich darauf sagen sollte. »Das tut mir so leid. Ich habe ein Grab gesehen ... ich bin einfach davon ausgegangen.«

»Glauben Sie mir, er liegt nicht dort. Das gehörte zu der Geschichte, die mein Vater immer wieder erzählte. Dass der arme Jackie in die Luft gesprengt wurde wie ... Dass er überall war und nirgends, alles zugleich. Genau wie Gott, sagte mein Vater immer.«

»Das hört sich ...« Ich dachte daran, wie furchterregend sich das für ein Kind angehört haben musste. Nicht nur wegen des frühen Todes, sondern auch, weil er so blutig gewesen war. Und wegen dieser Verschmelzung eines zerstörten Körpers mit Gott. Ich wollte das Richtige sagen. Doch neben mir tauchte ein anderer Kunde auf, und ich wusste, dass das Thema beendet werden musste. »Das tut mir wirklich leid«, sagte ich noch einmal. »Und es tut mir leid, dass ich davon angefangen habe ...« Doch Kathleen zuckte abwehrend die Schultern.

»Es ist nichts Neues«, sagte sie. »Eine alte Geschichte, glauben Sie mir. Und tatsächlich ist es auch nicht richtig, dass ich nie seiner gedenke, wenn auch nur meinem Vater zuliebe. Oder wie Sie sagten, ihm einen Besuch abstatte. Gott weiß, dass meine Kinder sich kaum bewusst sind, dass er jemals existiert hat. Nach mir, mir und meiner Schwester, wird das alles in Vergessenheit geraten.«

»Das verstehe ich«, sagte ich. »Seiner zu gedenken, meine ich. Wie wichtig das ist. Wirklich.« Doch wie eine Dampfwolke nahm ich die Ungeduld des anderen Kunden wahr, der jetzt einen Schritt näher an den Stand herangerückt war, und wünschte Kathleen deshalb nur einen schönen Feiertag, und sie wünschte mir das Gleiche, dann ging ich weiter, um Alison zu suchen.

Das bin ich am Tag vor Thanksgiving:

Ich bin damit beschäftigt, die Kuchen zu backen, halbiere zuerst den Kürbis, kratze die Samen und die fasrigen Fäden heraus und weiche sie in einer mit Wasser gefüllten Schüssel ein. Ich schneide die Hälften in Stücke und backe sie, dann lasse ich sie abkühlen, dann löffle ich das weiche Fleisch aus der Schale. Ich kenne das alles von früher, vor vielen, vielen Jahren, als wir alle noch jung waren und den Feiertag bei der älteren Schwester meines Vaters, meiner Tante Anna – hinter ihrem Rücken von uns Antenna genannt –, in Maryland verbrachten. Sie verriet mir ihre Spezialrezepte, und obwohl es so lange her ist, auch Jahre, seit sie gestorben ist, habe ich mir in den Händen, den Armen, in allen meinen Sinnen ein körperliches Gedächtnis bewahrt, von dem ich keine Ahnung hatte. Es ist da, als ich in die Wasserschüssel greife und die Samen von dem weichen Zeug befreie, das sie umgibt, es ist da, als ich sie aus dem Wasser fische und zum Trocknen auf Küchenpapier auslege. Und es ist da, als ich allein aufgrund des Geruchs weiß, wann der Kürbis gar ist, so wie ich auch die genaue Beschaffenheit des Mürbteigs kenne, den man zum Backen eines perfekten gedeckten Kürbiskuchens braucht.

Ich habe mir nicht gewünscht, mich darüber zu freuen, dass wir Thanksgiving feiern. Ich habe mir nur gewünscht, wütend zu sein, weil Owens Nachgiebigkeit gegenüber Nora, oder wie auch immer ich es nennen sollte, uns dahin gebracht hat, einen vor Jahrzehnten geschlossenen Pakt zu brechen. Tatsächlich bin ich aber mehr als froh, als ich die beiden perfekten Kuchen vom Herd zu dem Marmorbrett trage, das ich für sie bereitgelegt habe. Ich bin begeistert, dieses andere Ich entdeckt zu haben, das noch immer in meinen Zellen schlummert. Außerdem bin ich neugierig, während ich so dastehe und den perfekten Glanz der beiden Kuchen bewundere, die leichten Risse in der Mitte wie Blitze, wo jeder von ihnen aufgegangen und dann wieder gesunken ist, neugierig, welche andere Ichs ich noch in mir trage, aber vergessen habe. Es ist, als hätte ich ein neues Licht entdeckt, in dem ich den Palimpsest meiner selbst entdecken kann, die verschiedenen Gussies, die einander schichtweise überlagern, manche verblasst, andere nur allzu sichtbar.

»Sie sind wunderschön«, sagt Owen, als er zur Tür hereinkommt. »Noch ein verborgenes Talent.«

»Meine Tante Antenna hat uns allen beigebracht, wie man sie bäckt«, sage ich. »Ich weiß nicht, warum ich es bisher nie gemacht habe. Es ist schließlich kein Gesetz, dass es Kürbiskuchen nur an Thanksgiving geben darf. Ich bin einfach nie auf die Idee gekommen.« Es ist wie mit so vielen anderen Dingen, stelle ich fest. Noch ein Teil meiner Vergangenheit, den ich abgestumpft oder versteckt oder über Bord geworfen habe, weil mir das übliche, angeborene Verständnis dafür abgeht, wie man im Lauf der Zeit mit Erfahrungen, ja sogar Fähigkeiten umgeht.

»Vielleicht bringe ich diese Woche irgendwann meinem Vater ein Stück«, sage ich. »Vielleicht freut er sich.«

Owen sieht mich neugierig an. »Da bin ich mir sicher«, sagt er.

Am Donnerstagmorgen beschloss ich, den Tisch weiß zu decken, beinahe vollständig weiß. Weiße Spitze über weißem Leinen. Weiße Servietten. Weißes Porzellan – oder so weiß, wie ich es in unserer merkwürdigen Sammlung finden konnte. Weiße Kerzen in alten, silbernen Leuchtern. Ich wollte eine Leinwand schaffen für dieses Mahl. Ich wollte erleben, wie sich der Tisch mit Essen füllte, so wie ich es erlebte, wenn beim Malen allmählich ein komplettes Bild entstand. Die einzige Ausnahme, die ich zuließ, war eine Handvoll noch feuchter Blätter in Orange und Rot, die ich in dünne Streifen schnitt und verstreute, Konfetti auf all dem Weiß, Bänder des Herbstes selbst.

Während Alison und Nora ein Gericht nach dem anderen über die Anhöhe herübertrugen, hatte ich ein altes, weiches graues Kleid angezogen, das ich seit Jahren nicht mehr getragen und das Owen vor langer Zeit gemocht hatte, mein Haar trug ich offen und gebürstet, und ich hatte mir Charlottes winzige Smaragdohrringe in die Löcher gesteckt, von denen ich halb vermutet hatte, dass sie längst zugewachsen waren.

Als Alison, in Schwarz, und Nora, in Violett, sich in meiner Küche daranmachten, das mitgebrachte Essen aufzuwärmen oder kühl zu stellen, überließ ich ihnen das Feld. Ich sah ihnen von der Tür aus zu, Mutter und Tochter, wie sie sich umeinander bewegten, eine perfekte Choreographie fürs Leben. In diesem Moment, nur in diesen Minuten, sah ich die Schönheit, die darin lag, und das Stechen der Eifersucht blieb ausnahmsweise einmal aus.

»Wer möchte was zu trinken?«, rief Owen aus dem Wohnzimmer.

Alle.

Als wir uns zu Tisch setzten, beobachtete ich, wie Nora den Kopf beugte und das Gebet murmelte, das sie bei jedem Essen sprach; vielleicht war es auch ein spezielles für diesen Tag. Ich wollte sie danach fragen. Zum ersten Mal empfand ich echte, vorurteilslose Neugier, was all dieses Beten und Glauben ihr wohl bedeutete. Doch ich sagte nichts, teils auch deshalb, weil ich wochenlang stets hatte auf der Hut sein müssen, um ihr gegenüber einen nicht allzu harschen Ton anzuschlagen. Und auch wenn ich die Frage dieses Mal höflich gestellt hätte, handelte es sich doch um eine Frage, die ich in einer anderen Stimmung vielleicht polemisch gestellt hätte, und ich glaubte, dass Owen es so verstehen würde, ungeachtet meines Tonfalls; deshalb sagte ich lieber nichts.

Das Essen war traditionell – Truthahn, Süßkartoffeln, Füllung, grüne Bohnen –, was Alison der Tatsache zuschrieb, dass sie Ausländerin war. »Es ist wunderbar, wenn ihr Amerikaner Thanksgiving als Vorwand für kulinarische Experimente benutzt, aber ich musste lernen, es richtig zu machen. Ich muss mich beweisen.«

»Es ist köstlich«, sagte ich, und das stimmte, auch wenn es Momente gab, in denen ich nur den Unterschied schmeckte zwischen diesem Essen und jenen, die ich vor Jahrzehnten erlebt hatte, Mahlzeiten, die ich nie auch nur ansatzweise vermisst hatte, nach denen ich mich nun aber unvermittelt zurücksehnte.

Owen saß mir bei Tisch gegenüber. Aß. Und trank.

Die Stimmung, die mich beim Kuchenbacken erfasst hatte, war noch nicht verflogen, und während ich ihn beobachtete, dachte ich an all die vielen, vielen Owens in diesem einzigen Körper. Den Jungen. Den Mann, der er gewesen war, bevor ich ihn gelehrt hatte, auf der Hut zu sein. Den Vermesser von Entfernungen und Erfasser von Teichtiefen.

Wie konnte es sein, dass einer von uns durch ein Zimmer gehen konnte, ohne dass seine eigene Vielfalt ihm ein Bein stellte?

Vielleicht konnte das keiner von uns.

Wir waren mitten im Essen, als Alison aus dem Stegreif zu einer beschwipsten Dankesrede ansetzte. »Also, zuallererst bin ich dankbar, diesen Ort gefunden zu haben, womit ich in Wahrheit euch beide meine.« Sie hob ihr Glas erst auf mich, dann auf Owen.

»Oh, ich auch«, sagte Nora und hob ihres. »Und ich bin dankbar dafür, jeden Tag so viel zu lernen. Obwohl ich denke, dass das beinahe auf dasselbe hinausläuft. Ich schätze mich sehr glücklich.«

»Und wie steht es mit dir, Gus?«, fragte Alison. »Welche Wohltaten wurden dir dieses Jahr beschert?«

»Ja, das alles natürlich auch.« Das musste ich sagen. Ich dachte an meinen Vater, wusste aber nicht, wie ich diese eigentümliche Dankbarkeit ausdrücken sollte – dafür, dass unsere rauen Kanten, seine und meine, uns inzwischen eine neuartige Nähe erlaubten –, und außerdem wollte ich dieses private Gefühl nicht der versammelten Gruppe vortragen. »Ich bin dankbar dafür, an etwas zu arbeiten, das mir wichtig ist. Owen, wie steht es mit dir? Hast du eine Liste?«

»Ich fürchte, wir sind ein sehr langweiliger Haufen.« Er hob sein Glas. »Auf euch alle natürlich. Und dafür, dass ich wieder schreibe. Etwas, woran ich wirklich schon nicht mehr geglaubt habe.«

»Darauf stoßen wir an«, sagte Alison.

»Ein Dach über dem Kopf«, sagte ich. »Wir sollten solche Dinge nicht für selbstverständlich halten. Zu essen. Gesundheit. Am Leben zu sein. Ihr wisst von den Jungen, die ich gerade male?« Ich sah Nora an. »Als sie starben, waren sie alle um Jahre jünger, als wir es heute sind. Jahre.«

»Entsetzlich«, sagte Alison.

»Wie formulierst du Dankbarkeit dafür?«, fragte Owen. »Nicht einer dieser Jungen zu sein?«

»Vielleicht genau so. Ich bin dankbar, nicht einer dieser Jungen zu sein.«

»Wir sind wahrscheinlich alle dankbar, dass wir nicht irgendwo auf einem Schlachtfeld gestorben sind«, sagte Owen. »Zumindest sollten wir es sein.«

»Kennst du jemanden, der gerade an einem teilnimmt?«, fragte ich Nora. »Einem der derzeitigen Kriege?«

Sie schüttelte den Kopf. »Niemand in meiner Klasse kam auf die Idee, sich zu melden. In der Highschool, meine ich. An der Tuft gab es ein paar Typen, die in der Armee waren, aber sie blieben unter sich. Ich bin mir ziemlich sicher, dass wir ihnen wie Babys vorkamen. Und...« Sie runzelte die Stirn.

»Was?«, wollte ich wissen.

»Es ist so schrecklich«, sagte sie. »Aber ich glaube, wir hatten ein bisschen Angst vor ihnen. Es war ein so seltsamer Gedanke, dass sie, du weißt schon. Dass sie Menschen getötet haben. Oder es zumindest hätten tun können.«

»Mein Vater war im Krieg. Du solltest deine Mutter fragen, ob sie dir die Geschichte erzählt. Sie kennt sie gut.«

»Eine Verwechslung«, sagte Alison, während sie sich von der Füllung nahm. »Gus' armer Vater hielt mich irrtümlicherweise für eine alte Flamme aus dem Krieg.«

»Dem Zweiten Weltkrieg«, fügte ich hinzu und dachte, dass er für dieses Mädchen, das hier saß, unvorstellbar lange her sein musste. »Millicent. Millie, die Engländerin mit der schrecklichen Mutter.«

»Ist das der Grund, warum du diese Jungen malst?«, fragte Nora. »Hat es mit deinem Vater zu tun?«

»Das war ein anderer Krieg.«

»Ja, ich weiß, ich frage mich nur. Ich schätze, ich frage, warum du dich so sehr für diese Jungen interessierst. Ob du überhaupt weißt, warum, meine ich. Weil ich nicht immer weiß, warum ich schreibe, was ich schreibe.«

»Ich weiß auch nicht, warum ich schreibe, was ich schreibe«, sagte Owen.

»Ich frage mich nur, Gus, ob es bei dir anders ist. Bei einem Thema. Was dich zu einem Thema hinzieht.«

»Nein«, sagte ich, der Fragerei überdrüssig. »Nein, ich glaube nicht, dass es so anders ist.«

»Hat es mit dem Krieg zu tun?«, fragte Nora. »Ein Antikriegs-Ding, meine ich?«

»Eigentlich nicht. Ich weiß es wirklich nicht.« Dieselben Fragen, die aus Laines Mund so hilfreich geklungen hatten, fühlten sich jetzt an wie eine Attacke.

»Hat es etwas damit zu tun, dass sie von hier stammen? Teil dieses Ortes sind? So wie einen vergessenen Teil der Geschichte zu dokumentieren?«

»Geschichte dokumentieren? Nein.« Ich schaute zu Alison hinüber, die keinerlei Anstalten machte, mir beizuspringen. »Ich rede eigentlich nicht gern über meine Arbeit, solange ich noch mittendrin bin«, sagte ich, obwohl zumindest zwei der Anwesenden wussten, dass das eine Lüge war. »Es tut mir leid. So arbeite ich einfach nicht. Mich ausfragen zu lassen und all das. Ich fühle mich dann unwohl.«

Endlich trat Alison in Aktion. »Das ist doch vollkommen verständlich. Und überhaupt, wer weiß denn schon, warum wir tun, was wir tun? Ich kann zwar sicherlich eine überzeugende Erklärung dafür geben, warum mich ein Rosenblatt fasziniert, aber wer weiß schon, ob diese Erklärung auch annähernd zutrifft?«

»Es tut mir leid«, sagte Nora. »Ich bin nur... ich finde es wirklich interessant.«

»Ich auch«, sagte Alison. »Aber gerade jetzt interessiere ich mich mehr für das Dessert.«

Später hielt Owen mir vor, ich hätte Nora angefahren. »Sie ist noch ein Kind, ein neugieriges Kind.«

»Sie hat mich bedrängt. Ich wollte mich nicht bedrängen lassen.« Wir saßen im Wohnzimmer, das Feuer brannte noch. Wir hatten etwa eine Stunde mit Aufräumen verbracht und dabei kaum ein Wort miteinander gesprochen. »Und ich war nicht unhöflich zu ihr«, sagte ich, obwohl ich es besser wusste. »Ich habe mich nur deutlich ausgedrückt.«

»Du hättest deinen Ton hören sollen.«

»Vielleicht lernt sie ja was daraus. Geht es bei neugierigen Kindern nicht genau darum? Ich verstehe nicht, warum jeder sie ständig in Schutz nimmt. Nein. Das stimmt nicht. Ich verstehe, warum Alison das tut. Ich hoffe nur, dass ich nicht verstehe, warum du es tust.«

»Ich nehme sie nicht in Schutz. Im Grunde frage ich dich, ob du als jemand gesehen werden willst, der über sie herfällt. So möchtest du vielleicht nicht dastehen.«

»O bitte, überlass mir die Sorge, wie ich dastehe. Wie steht denn überhaupt sie da?«

Er sagte nichts.

»Sie ist seit dem Abend hinter dir her, an dem sie hier angekommen ist«, sagte ich. »Vaterfigur, du meine Güte.«

Er wartete kurz, bevor er antwortete. »Wir haben noch nie ein unangemessenes Wort miteinander gewechselt«, sagte er. »Falls es dir darum geht. In ihrer Gegenwart bin ich ein Muster des Anstands. Ich verwandle mich wieder in mein geschlechtsloses professorales Ich.«

»Aber bitte sag mir, dass du wenigstens zugibst, dass sie bis über beide Ohren in dich verknallt ist.«

»Ich gebe zu, dass sie möglicherweise in mich verschossen ist, auf eine harmlose, absolut nicht ernstzunehmende Art.«

»Was die Harmlosigkeit betrifft, bin ich mir nicht so sicher. Und ich glaube nicht, dass ich unhöflich zu ihr war.«

»Entspanne dich, Gus. Nora ist keine Bedrohung.«

»Nora.« Ich sprach den Namen aus, als wäre er etwas Lächerliches. Ich stand auf und trat ans Feuer, stocherte ein wenig in den Scheiten. »Die perfekte kleine Nora. Außer dass sie natürlich nicht klein ist. Eher so etwas wie eine Amazone.«

Er lachte und stellte sich neben mich, zog mich an sich, nahm mir den Schürhaken aus der Hand und lehnte ihn gegen den Kamin. »Weißt du, wofür ich dankbar bin?«, fragte er, strich mir das Haar aus dem Gesicht und steckte mir ein paar lose Strähnen hinters Ohr.

»Für eine verzückte Zweiundzwanzigjährige, die dich ansieht, als wärst du Gott und irgend so ein Filmstar in einer Person?«

»Sei nicht blöd«, sagte er und küsste mich, langsam und ein bisschen heftig. »Komm, wir gehen nach oben«, sagte er. Er nahm meine Hand. »Wir könnten beide ein wenig Dankbarkeit zeigen für das, was wir haben.«

Danach schien das Thema Nora aufs Neue tabu. Ich hatte es angesprochen, und Owen hatte mich beruhigt. Mehr noch, er hatte die Vergangenheit nicht wieder aufgewärmt. Es fühlte sich an wie ein Freifahrschein für mich. Doch das Thema erneut anzuschneiden hieße, sein Wort anzuzweifeln, und sein Wort anzuzweifeln hieße, dass wieder die große Frage hervorgekramt würde, wessen Wort man denn nun Glauben schenken konnte und wessen nicht. Und in dieser Frage würde die Vergangenheit niemals unangetastet bleiben, so viel war mir klar.

Nichts von alldem wurde ausgesprochen oder auch nur angedeutet, doch nach jahrelanger Übung, in diesen Gewässern zu navigieren, verfügte ich über einen passablen Instinkt, die tückischen Strömungen zu meistern, die dort immer noch lauerten. Gewisse Ausweichmanöver waren mir zur zweiten Natur geworden.

Und so sah ich schweigend zu, wie der November vorbeiglitt, und hielt meine Zunge im Zaum, trotz Noras häufiger Besuche in der Scheune. Doch ich begann, mir Ausreden einfallen zu lassen, um die Anzahl der gemeinsamen Abendessen zu reduzieren. Ich begriff nicht, wie Alison das alles einfach weiterlaufen lassen konnte, ich ertrug es nicht, mir von ihr schon wieder etwas über Owens positiven Einfluss anzuhören, und ich hätte sogar angefangen, ihr auch tagsüber öfter aus dem Weg zu gehen, wenn sie mir darin nicht zuvorgekommen wäre. Kein Klopfen mehr an der Küchentür, keine weiteren Vorschläge, dass wir gemeinsam Besorgungen machen oder einfach einen Spaziergang unternehmen sollten.

Meine Arbeit litt darunter. Selbst mir, mit meiner lebenslangen Begabung, verstörende Situationen auszublenden und mich von der Welt abzuschotten, gelang es nicht, die notwendige Distanz zu unseren täglichen Spannungen zu schaffen, um produktiv zu bleiben und, wie Laine es mir geraten hatte, zu *spielen*, Spaß zu haben und damit aufzuhören, mir wegen der Qualität Sorgen zu machen und auch die Möglichkeit eines Scheiterns zu akzeptieren. Und so wandte ich den Blick abermals von den Menschen in den Bildern ab und widmete mich der Aufgabe, ihre Umgebung zu perfektionieren. Man kann Feuer nicht mit Feuer bekämpfen. Man kann das Gefühl, die Kontrolle zu verlieren, nicht mit dem Gefühl bekämpfen, die Kontrolle verloren zu haben.

Daher nahm das Innere meines Hauses auf diesen Leinwänden von Tag zu Tag einen polierteren Glanz an, während die Bewohner der Bilder, wie die des Hauses selbst, von Tag zu Tag immer offensichtlicher fehl am Platz waren.

18

Auf dem Kalender in der Küche prangten über der Mitte des Monats die Worte *Cape Cod* und ein Fragezeichen, beides in Owens Handschrift. Wir näherten uns der Zeit, die er für den alljährlichen Winterbesuch bei seinen Eltern ins Auge gefasst hatte; doch seit Wochen hatte er nichts mehr dazu verlauten lassen. Und ich hatte den Verdacht, dass er warten würde, bis ich das Thema ansprach. Und selbst dann war es gut möglich, dass er meinen Wunsch, für ein paar Tage aus dem Haus zu kommen, mit seinem Bedürfnis, an der Arbeit zu bleiben, übertrumpfte, jetzt, da die Dinge sich wieder so gut entwickelten. Doch eines Nachmittags tauchte er nach der Arbeit im Atelier auf und wollte wissen, was ich davon hielt, wenn wir uns einen Tag zum Packen nahmen und dann Richtung Norden fuhren.

»Es ist eine günstige Zeit für meine Eltern«, sagte er. »Und auch für mich. Wie steht es mit dir?«

»Ich dachte schon, du würdest niemals fragen.«

Die Fahrt von unserem Haus bis zum Cape und dort die ganze Strecke bis nach Wellfleet dauert im Sommer ungefähr acht, manchmal sogar zehn Stunden, aber eher sechseinhalb an einem Mittwoch im Dezember, wenn der Gedanke an diese schutzlos in den Atlantik ragende Landzunge entschieden weniger reizvoll ist. Owen und ich zogen – kaum überraschend – auf dem Cape die Nachsaison vor, eine Zeit, in der die Party längst zu Ende ist und nur ein paar wenige Gäste aus unerklärlichen Gründen noch geblieben sind. Seine Eltern waren vor beinahe zwanzig Jahren von Boston dort hingezogen, und in den ersten Sommern hatten wir sie auf dem Höhepunkt des Wahnsinns und der Hitze besucht, eine Zeit, die sie liebten und aus der sie Kraft zu schöpfen schienen. Doch wir begannen ziemlich bald, unsere gelegentlichen Fahrten auf die kühlen Tage in den rauen Monaten zu beschränken, und nahmen es gern in Kauf, wenn sie die Augen rollten und über unser armseliges Timing und die falschen Prioritäten witzelten, über unseren unnatürlichen und obendrein immanent schwermütigen Charakter.

»Nur ein von Natur aus melancholischer Mensch würde Wellfleet im Februar den Vorzug geben«, sagte Lillian.

»Das sind wir«, sagte Owen gut gelaunt. »Von Natur aus melancholisch und stolz darauf.«

Inzwischen verbrachten wir die stundenlange Fahrt meistens mit Gesprächen über seine Eltern, wie um uns im Vorgefühl auf die Zeit mit ihnen zu desensibilisieren. Nicht dass sie so toxisch gewesen wären, doch in gewisser Weise ähnelte der Gedanke einer plötzlichen Begegnung mit ihnen einem unvermittelten Sturz in einen eiskalten Bach.

Doch dieses Mal schwiegen wir anfangs. Während ich am Steuer saß, wechselten wir nur hin und wieder eine Bemerkung über den Verkehr, über die Stelle, wo wir den Hudson überqueren wollten. Als wir uns der George-Washington-Brücke näherten, sagte Owen, wir seien vermutlich die letzten Menschen auf Erden, die an Mautstationen bar bezahlten, und ich sagte, das könne nicht sein, da die Schlangen an den

Barschaltern so lang seien, dass ich aber wisse, was er meine. Er fragte, ob wir uns eins dieser automatischen Bezahl-Dinger anschaffen sollten, und ich sagte, wir führen kaum genug, dass es die Mühe wert sei. Wir gingen ein wenig steif miteinander um, seit Tagen schon, doch ich ahnte nicht, dass eine Änderung bevorstand, bis Owen kurz nach der Mautstation sagte: »Es gibt etwas, über das wir reden müssen, Gus.« Und da wusste ich sofort, worum es ging.

»Stimmt«, sagte ich. »Ich schätze, da gibt es etwas.«

»Nora«, sagte er.

»Ja«, sagte ich nach einem Moment. »Nora.«

»Ich bin ...« Er schaute aus dem Fenster.

»Ich weiß, was du bist. Ich bin nicht blind.«

(Später, nur Stunden später, als wir mit seinen Eltern beim Abendessen saßen, klapperte der Satz *Wir lösen das Problem, wenn es so weit ist* in meinem Kopf herum wie ein wackliger Nagel, den ich nicht herausholen konnte. Wie lange schon wartete ich auf dieses Gespräch? Wie oft hatte ich mir gesagt, dass ich mir nicht schon im Voraus Sorgen machen sollte? Dass wir das Problem lösen würden, wenn es so weit war? Und dann war es so weit, wir schwiegen, als wir die Brücke überquerten, das Leben lachte uns aus, als wir von einem Ufer zum anderen fuhren.)

»Ich finde es gut, dass du es ansprichst«, sagte ich ganz vernünftig – auch wenn es sich nicht gut anfühlte. Und ich eigentlich nicht vernünftig sein wollte. Doch das hatten wir uns nach der Katastrophe mit Bill geschworen. Wenn du je in Versuchung kommst ... wenn du je das Gefühl hast, zu fallen, gestehe es. Ersticke es im Keim. Gemeinsam werden wir mit solchen Dingen fertig. Es ist normal, dass sie irgendwann vorkommen. Aber gemeinsam werden wir mit ihnen fertig. Wenn wir ehrlich sind. *Wir lösen das Problem ...*

»Ich weiß, dass du dir Fragen gestellt hast«, sagte er. »Und ich sage nicht, dass du dich vollkommen irrst.«

»Es ist einigermaßen schwer zu übersehen.«

»Ich weiß nicht, was es ist«, sagte er. »Ich weiß nicht genau, was da gerade passiert.«

»Sie ist sehr hübsch.« Meine Stimme klang fest, distanziert – als sprächen wir über das Foto von jemandes Nichte. »Es ist leicht zu erkennen, warum.«

»Das ist es nicht. Das ist es wirklich überhaupt nicht. Sie ist...« Er wandte sich mir zu. »Willst du das alles überhaupt hören, Gus?«

Nein, das wollte ich nicht. Ich, Gus Edelman, wollte das entschieden nicht hören. Noch wollte ich, dass es zutraf. Und ich wollte auch nicht hinter einem riesigen Lastwagen feststecken, der sich wie das motorisierte Äquivalent eines Keuchhustens fortbewegte. Ich wollte, dass nichts von dem, was da gerade passierte, passierte. Doch ich war auch in einen anderen Seinszustand geschlüpft. In einen empfindungslosen Autopilot-Zustand. Als stünde in meinem Innern eine Notfallmannschaft bereit, um zu übernehmen, sich nicht aufzuregen, sich auf Schadensbegrenzung zu konzentrieren.

»Ich möchte, dass wir tun, was mit größter Wahrscheinlichkeit hilft«, sagte ich. »Wenn es dir hilft, über sie zu sprechen, dann denke ich, dass du über sie sprechen solltest.«

Er antwortete nicht. Der Lastwagen wechselte die Spur. Ich betete zu einer gewaltigen imaginären Macht, dass er nicht über sie würde sprechen wollen.

»Nein«, sagte er schließlich. »Ich glaube nicht, dass das helfen würde.«

Wir schweigen die ganze Strecke bis nach Greenwich.

»Was stellst du dir vor?«, fragte ich schließlich. »Überlegst du dir...?«

»Ganz ehrlich, Gus, ich wünsche mir einfach, sie wäre nie aufgekreuzt.« Er meinte Alison – nicht Nora. Das erkannte ich an seinem harten Ton.

»Sie sollte eigentlich nur ein paar Wochen bleiben«, sagte ich. »Erinnerst du dich? Es ist beinahe komisch, oder nicht?«

»Beinahe.«

Wieder sagten wir nichts, bis wir nach Bridgeport kamen.

»Der Grund, warum ich es dir sage, Gus, ist, weil… weil damals, bei dieser anderen Sache, damals, waren es die Lügen, die ich nicht ertragen konnte. Ich will dir das nicht antun.«

Selbst untreu war er noch der bessere Mensch.

»Das weiß ich zu schätzen«, sagte ich. »Auch ich würde Lügen hassen. Ich sage es noch einmal, zum zigtausendsten Mal, es tut mir ewig leid, dass ich dir das angetan habe. Aber ich glaube, ich weiß nicht so recht, was du mir eigentlich sagen willst. Hast du…?«

»Nein. Wir haben nicht… nichts dergleichen… Obwohl, vor ein paar Nächten…«

Mir wurde auf der Stelle schlecht.

»Wir waren in der Scheune, und sie hat mir… sie hat mir gesagt, was sie empfindet.«

Ich konnte es nur allzu gut vor mir sehen. Nora, die auf unserer alten Couch saß, die Schuhe abgestreift, die Beine unter den Körper gezogen. Zweifellos mit ein paar Seiten auf dem Schoß, die er geschrieben hatte. In der vollen Blüte ihrer Ernsthaftigkeit. *Ich habe mich in dich verliebt, Owen.*

»Und du hast dann was zu ihr gesagt?«

»Nichts eigentlich. Aber ich war nicht auf der Hut. Ich brachte es nicht… ich habe nicht viel gesagt.«

»Natürlich warst du nicht auf der Hut. Du hast dieses Kind in letzter Zeit nur noch angehimmelt… Ehrlich, was dachtest du, würde passieren?«

Er antwortete nicht. Er würde es nicht zu einem Streit kommen lassen. Und er hatte recht. Es war sinnlos.

»Egal«, sagte ich. »Ich weiß es zu schätzen, dass nichts passiert ist. Und dass du es mir gesagt hast.«

»Ich werde dich nicht anlügen«, sagte er wieder. »Sie hat mir gesagt, was sie empfindet, aber sie hat mir außerdem gesagt, dass sie nie danach handeln wird. Dass sie es mir sagen musste, aber nicht, weil sie jemals irgendetwas tun würde...«

»Und du hast ihr geglaubt? Warum? Weil sie ein Kreuz um den Hals trägt? Oder ist es einfach ihr strahlendes Lächeln?«

Mehr Schweigen. Mehr Meilen.

Als New Haven an uns vorüberzog, sagte ich: »Kannst du sie nicht einfach wegschicken? Ihr sagen, dass die Art ihrer Gefühle für dich es unmöglich macht, dass sie nebenan wohnt? Sie muss doch Freunde haben, bei denen sie unterkommen kann. Es kann doch wirklich nicht sein, dass das Haus neben unserem der einzige Fleck ist auf diesem Planeten, wo sie leben und gedeihen kann.«

Er antwortete nicht. Eine weitere Minute verstrich. Und dann noch eine.

Er wollte nicht, dass sie ging.

»Ah.« Ich wechselte grundlos die Spur. »Ich schätze, es ist komplizierter.« Er hatte sich wirklich in sie verliebt – oder etwas in dieser Art. »Gut. Was brauchst du von mir?« Es war die Frage, die zu stellen ich geschworen hatte, falls jemals der Tag kommen sollte. »Was kann ich tun, um dir zu helfen? Damit wir zusammenbleiben. Vorausgesetzt, das ist es, was du willst. Vielleicht sollten wir beide eine Zeitlang auf Cape Cod wohnen. Wenn sie nicht gehen kann, dann sollten vielleicht wir gehen. Wenn du dich nicht überwinden kannst, sie wegzuschicken, dann könntest du dich vielleicht überwinden, selbst wegzubleiben. Bis...«

Doch er war nicht bei der Sache, das merkte ich. Er war in Gedanken woanders.

»Vor fünf Jahren«, sagte er. »Du hast mir, als es vorbei war, du hast zu mir gesagt, dass du es gebraucht hättest ... das Ganze. Dass es etwas war, ich weiß auch nicht. Es war Teil einer Reise, auf der du dich befunden hast. Dass es sich für dich notwendig angefühlt hat.«

»Ich glaube nicht, dass ich von ›Reise‹ gesprochen habe. Ich sage nicht so etwas wie ›Teil einer Reise‹. Das klingt nicht nach mir.«

»Lass mich zu Ende reden, Gus. Es ist schwierig.«

»Es ist für alle schwierig, Owen. Nur falls du das übersehen hast.«

»Ich will nicht mit ihr schlafen, Gus.«

»Ach, bitte.« Dieses Bild, unvermittelt, lebhaft, brannte. »Zum Teufel damit, du willst nicht.«

»Damit meine ich nicht, dass ich kein Begehren empfinde. Ich meine damit, dass ich nicht will, dass es passiert. Und das wird es auch nicht. Ich würde es nicht tun. Sie auch nicht. Aber da ist irgendetwas, das ich zu Ende bringen muss. Ich glaube nicht, dass wir dem mit Geographie beikommen ... Weder indem wir sie wegschicken, noch indem wir nach Europa davonlaufen. Oder aufs Cape – zu meinen Eltern, um Himmels willen. Du würdest es gerade mal zehn Minuten aushalten. Außerdem glaube ich nicht, dass es an dieser Stelle helfen würde. Ich schätze, worum ich dich bitte ...«

»Du bittest um furchtbar viel. Falls es das ist, was ich denke.«

»Dass ich bei dir geblieben bin, Gus, ist mir schwergefallen. So schwer wie nichts sonst in meinem Leben. Ich weiß nicht, ob du das je begriffen hast. Eigentlich war es unmöglich. So fühlte es sich an. Länger, als du weißt. Ich tat etwas, wozu ich eigentlich nicht imstande war... Und du bist diejenige, die mir das gesagt hat: dass das Leben einem manchmal etwas abverlangt, dass allein die Tatsache, am Leben zu sein, Möglichkeiten in sich birgt, die bei weitem alles übersteigen, was man je für sich geplant oder erhofft hat.«

»Gott, ich wollte nur, sie wäre nicht so jung. Ich wollte, es wäre nicht so ein verdammtes Klischee.«

»Sie ist jung, aber gleichzeitig auch nicht jung.«

»Oh, bitte, Owen, erspar mir das.«

»Es ist nicht ihre Jugend, in die ich...«

»Lass mich raten. Es ist ihre Weisheit. Ihre Spiritualität.«

»Gus, wenn du mich das hier zu Ende bringen lässt, kommt alles wieder ins Lot.«

»Wenn ich dich das zu Ende bringen lasse? Was bedeutet das überhaupt?«

Er schüttelte den Kopf. »Es bedeutet nicht Sex«, sagte er.

»Wirklich? Kannst du mir aufrichtig sagen, dass ihr Geständnis dich ungerührt gelassen hat? Hat sie eine ihrer halb transparenten Blusen getragen? Und du erklärst mir, du wärst nicht in Versuchung gekommen?«

»Nein.« Seine Antwort klang seltsam rein. »Nein. Es ließ mich nicht ungerührt. Und ich kam nicht nicht in Versuchung. Aber ich werde nicht mit ihr schlafen.«

»Was willst du eigentlich, Owen? Genau?«

»Ich habe es nie bedauert, bei dir geblieben zu sein. So elend es sich angefühlt hat. So unmöglich es war.«

Ich wusste bereits, was er wollte.

»Aber du wusstest nicht, dass ich eine Affäre hatte«, sagte ich. »Du hättest mir dafür nie deinen Segen gegeben. Es war vorbei. Schon lange vorbei.«

»Nicht so lange vorbei.«

»Du hättest dich niemals mit einem Nachbarn abgefunden,

Herrgott noch mal. Du bittest mich darum, danebenzusitzen und zuzusehen, wie das Ganze seinen Lauf nimmt?«

»Nichts wird seinen Lauf nehmen.«

»Du wirst sie nicht vögeln, meinst du. Du wirst sie nicht vögeln – sagst du. Oder du wirst es doch tun. Du warst noch nie in dieser Situation. Ich war es. Es ist nicht so leicht, einfach zu entscheiden, dass es nicht passieren wird.«

»Ich werde sie nicht vögeln. Und ich werde ihr nicht sagen, dass ich es mir wünsche. Und ich werde ihr sagen, dass sie so etwas nicht mehr sagen darf. Ich kann das Thema beenden.«

»Und doch musstest du es mir erzählen, nicht wahr? Du hättest es nicht, ich weiß auch nicht, als alberne Verliebtheit abhaken und mich außen vor lassen können?« Doch schon während ich fragte, wusste ich, dass er das Richtige getan hatte.

»Wir haben uns damals darauf geeinigt, Gus. So ist der Plan. Dein Plan, wenn ich mich richtig erinnere. So wollten wir uns schützen, richtig? Wir stehen es bis zum Ende gemeinsam durch. Wir akzeptieren, dass es unmöglich ist, sich in seinem ganzen Leben nur zu einem einzigen Menschen hingezogen zu fühlen. Das hast du zu mir gesagt. Dass es nicht möglich ist. Nicht für jeden. Deshalb unternehmen wir alle notwendigen Schritte, diese Tatsache in unsere Ehe zu integrieren. Und wir bleiben zusammen. Aber wir lassen störende Gefühle zu. Wir handeln wie Erwachsene – und das *war* einer deiner Sätze, Gus. Und ich habe das getan. Ich habe wie ein Erwachsener gehandelt. Ich weiß nicht, ob du je verstanden hast, wie schwer es für mich war. Aber das war dein Plan, Gus. Also musste ich es dir erzählen.«

Er hatte recht. Ich hatte gehofft, wir könnten zu unserem Schutz eine Art Ablaufdiagramm entwerfen, um unser Verhalten zu regeln. Wenn eins, dann zwei. Wenn zwei, dann der nächste Schritt.

»Ich fürchte, wenn sie weggeht, höre ich auf zu schreiben«, sagte er.

Und da war es.

»Dann ist sie also deine Muse«, sagte ich. »Dieses selbstzufriedene kleine Mädchen ist deine Muse.«

»Ich weiß nicht, was sie ist. Ich glaube, ich habe in meinem ganzen Leben noch nie das Wort ›Muse‹ verwendet.«

»Sie ist es, die dich wieder zum Schreiben gebracht hat, nicht wahr?« *Unverfälscht.* Dieses Wort zuckte durch meine Gedanken. Unverfälschte Bewunderung. Meine Liebe war verfälscht. Durch falsches Spiel. Welche Ansprüche auch immer ich erheben mochte, wie viel Hingabe auch immer ich schwören mochte, in deren DNS würde für immer die Erinnerung enthalten sein, dass ich einen anderen ihm vorgezogen hatte. Die Natur verabscheut das Vakuum. Ich hatte in seinem Leben Raum gelassen für eine solche Frau.

»Es ist so verdammt lange her, Gus. Seit ich etwas anderes als totalen Mist zu Papier bringen konnte.«

Ich wusste ganz genau, wie lange es her war.

»Du wirst sie wollen, Owen. Sexuell, meine ich. Es wird nicht mehr genügen, sie nur mit deiner Arbeit zu füttern. Irgendwann ist das nicht mehr aufregend genug.«

»So ist es nicht, Gus. Ich verspreche es dir.«

Wir kamen zu einer weiteren Brücke, dieses Mal in Groton. »Hat sie gelesen, woran du gerade arbeitest?«

Er sagte nichts.

»O Mann«, sagte ich. »Zum Teufel mit dir, Owen. Das ist einfach gemein.«

»Es ist nicht gemein. Es soll nicht gemein sein. Es ist ... es ist einfach das, was ich gerade brauche.«

»Und was wirst du in einem Monat brauchen?«

Er seufzte. Er sah aus dem Fenster und sagte dann: »Gus.«

Nur das. Nicht einmal zu mir. Nicht wirklich. Sondern so, als wäre ich eine Sache oder ein Ereignis oder ein Phänomen. Als wäre ich ein Problem und vielleicht auch die Lösung. Als wäre ich eine Tatsache, die nur er kannte und verstand, ein Geheimnis, das seins war.

»Ich kann es nicht glauben«, sagte ich.

»Sie wird uns nicht wehtun. Ich möchte das nur zu Ende bringen.«

»Du wirst sie wirklich nicht vögeln?«, fragte ich – obwohl ich mir nicht einmal sicher war, ob es darum ging.

»Wirklich nicht. Niemals.«

»Wenn ich also sage, tu es, verbringe Zeit mit Nora, lass sie deine kreativen Geister wecken, gib ihr diese Rolle in deinem Leben, dann ist das wirklich alles?«

»Das ist wirklich alles.«

»Du wirst es wollen. Du willst es schon jetzt.«

»Ich will anderes mehr.«

»Kommst du dir nicht wenigstens ein kleines bisschen albern vor? Es ist so ein Klischee.«

»Ich weiß es nicht, Gus. Ja. Vielleicht. Ich schreibe wieder. Das kompensiert eine ganze Menge Albernheit.«

»Ich verstehe es nicht, Owen. Sie ist religiös. Sie glaubt an Gott. Sie geht zur Kirche. Du hast doch solche Leute jahrzehntelang mit Hohn übergossen. Wir beide haben das getan. Ist es wirklich nur die Schönheit? Dieses Junge-Mädchen-Ding? Und bitte sag mir nicht, du findest ihre Spiritualität erfrischend.«

»Ich weiß nicht, was ich dir sagen soll, Gus. Ich konnte nicht mehr schreiben. Ich begann, Zeit mit ihr zu verbringen. Und ich konnte wieder schreiben. Vielleicht ist es einfach nur ein Zufall. Vielleicht bin ich ein alter Narr, und das Ganze ist … bemitleidenswert. Ich würde lieber acht Stunden mit dir im Auto sitzen. Aber ... sie hat mich wieder zum Arbeiten gebracht.«

»Großartig. Ich bin der Chauffeur, und sie ist die Inspiration. Da du das Wort ›Muse‹ nicht magst.«

»Es ist nicht, als ob ich eine Affäre hätte«, sagte er.

Doch es war so. Oder schlimmer. Sehr gut möglich, dass es sogar schlimmer war. Doch ich hatte vor langer Zeit das Recht eingebüßt, das zu sagen. »Es ist so etwas Ähnliches wie eine Affäre«, sagte ich. »Du könntest sie genauso gut vögeln«, sagte ich.

»Das stimmt nicht. Und du weißt, dass es nicht stimmt. Testen wir deine Theorie. Wie wäre es, wenn ich mit ihr schliefe?«

»Mein Gott, du kannst dich nicht einmal dazu überwinden, es grob auszudrücken. Ist sie so kostbar? Wie wäre es, wenn du mit ihr *schliefst*?«

»Der Punkt ist nicht der, wie ich es nenne. Der Punkt ist, dass ich es nicht tue.«

»Der Punkt ist... oh, zum Teufel. Ich weiß nicht einmal, was der Punkt ist. Ich fahre an den Rand. Du fährst. Ich bin völlig durcheinander.«

Am Straßenrand stiegen wir beide aus, dann setzte Owen sich hinters Steuer. Doch ich stand draußen vor dem Van in der Kälte. Ich konnte den Gedanken nicht ertragen, wieder mit ihm in diesem engen Raum zu sein. Autos brausten vorüber. Ich blickte in den Himmel hinauf, der unbarmherzig hellgrau war, ohne eine Lücke in der Wolkendecke, ohne eine erkennbare Lichtquelle.

Ich hatte keine Wahl. Ich wusste es. Owen wusste es. Er hatte das Richtige getan, indem er mir von ihrem Liebesgeständnis erzählte – ein Vorfall, der, wie mir klar wurde, seinen plötzlichen Wunsch erklärte, ein paar Tage von zu

Hause wegzukommen. Er hatte das Richtige getan, aber er hatte auch das Verletzende getan. Und da war sie wieder. Die Tatsache, dass Wahrheitsliebe so oft sowohl richtig als auch falsch sein kann.

Und nichts davon spielte im Grunde eine Rolle. Denn ich hatte keine andere Wahl, als zuzustimmen.

»Wie auch immer«, sagte ich, als ich wieder in den Van stieg. »Du darfst sie auf keinen Fall vögeln. Und erzähl mir nicht, wie wunderbar sie ist. Bitte erspar mir das.«

Danach fuhren wir sehr lange schweigend weiter. Wir fuhren nach Rhode Island hinüber, durchquerten die Außenbezirke von Providence. Alles schweigend. Wir gelangten nach Fall River, ohne unsere üblichen Kommentare über Lizzie Borden und ihre Axt. Und als wir wieder sprachen, ging es um andere Dinge, Dinge wie Verkehrsverhalten, desolate Neuengland-Städte, Preiselbeerfelder im Winter und dann natürlich seine Eltern. Was für ein Abendessen uns in Wellfleet wohl erwartete.

Die leere Sagamore-Brücke, so merkwürdig ohne ein anderes Auto in Sicht, schien nur für uns errichtet zu sein. Flüchtig stellte ich mir vor, dass ich beim Umdrehen feststellen würde, dass sie verschwunden war.

Als wir Wellfleet erreichten, hatte ich unzählige Stimmungswechsel hinter mir. Wut. Ungläubigkeit. Mehr Wut. Doch als wir am Haus seiner Eltern vorfuhren, hatte mich eine seltsam gehobene Stimmung erfasst. Was hatte ich schließlich tatsächlich Neues erfahren? Dass sie in ihn verliebt war? Das hatte ich bereits gewusst. Dass er sich von ihr inspiriert fühlte? Man konnte darüber streiten, aber auch das hatte ich gewusst. Dass sie sein neues Werk gelesen hatte? Das allein war eine echte Neuigkeit, und sie versetzte mir auch einen Stich, doch es bedeutete noch etwas anderes. Ob mit Absicht oder nicht, Owen hatte mir endlich eine Chance eingeräumt, mich ihm gegenüber großzügig zu erweisen. Vielleicht sogar ein wenig nobel. Und zu einem Preis, der mir erträglich vorkam, da ich an Nora gewöhnt war. Als wir schließlich aus dem Van ausstiegen, war mir beinahe heiter zumute.

Und das war keineswegs meine übliche Stimmung, wenn mir ein paar Tage mit Lillian und Wolf bevorstanden. Sie vermittelten mir immer wieder das Gefühl, belanglos zu sein, wie ein Schössling, der höchstwahrscheinlich nicht gedeihen wird. Sie waren beide groß und schlank und verströmten beide die gleiche unermüdliche Energie, als hätten all diese Monate und Jahre der Arbeit in sonnenversengten Wüsten sie zu Superwesen gemacht. *Was einen nicht umbringt, macht einen stärker.* Als ich ihnen das erste Mal begegnet war, hatte sich dieser Satz in meinem Kopf festgesetzt – ebenso wie die Überzeugung, dass, was auch immer sie gestärkt hatte, mich ohne Zweifel umgebracht hätte.

Wolf öffnete die Tür und nickte uns zu, während Lillian unmittelbar hinter ihm aus dem Wohnzimmer rief: »Hallo, hallo, willkommen... lasst die Mäntel an, wir gehen gleich aus.«

»Nur wenn es euch nichts ausmacht, zu fahren«, sagte Wolf. »Unser Wagen ist in der Werkstatt.«

Er hatte keinen von uns umarmt, noch tat sie es, als sie schließlich auftauchte. Das gehörte zu ihren Eigenheiten. Nicht nur das Fehlen körperlicher Zuneigung – woran ich aus meiner eigenen Familie gewöhnt war –, sondern die Art, wie sie uns nach zehn Monaten begrüßten, als wären wir erst am Abend zuvor bei ihnen gewesen.

»Ich ziehe einen Mantel an«, sagte Lillian. »Obwohl es

überhaupt nie mehr richtig kalt wird, was mir eigentlich ganz gut gefallen würde, wenn es nicht das Ende allen Lebens auf der Erde signalisieren würde.«

Sie waren immer noch auffallend elegant, auf eine Weise, die nichts mit etwas so Vergänglichem wie Kleidung oder etwas so Vulgärem wie Geld zu tun hat, sondern nur mit Haltung. Sie sah aus wie Amelia Earhart, wenn sie alt genug geworden wäre, dass ihr kurzgeschnittenes Haar sich weiß färbte, mit stets gebräunter, so gut wie faltenloser Haut und den gleichen lockeren Gelenken wie ihr Sohn, mit langen Gliedern und leichten Bewegungen. Und Wolf wirkte sogar in seinen Achtzigern noch, als wäre sein Platz neben einem Doppeldecker aus dem frühen 20. Jahrhundert, samt flatterndem weißem Schal und verlockend blauem Himmel – ganz zu schweigen von seinem Namen, Wolf, der nicht etwa eine Kurzform war, denn sein Vorname lautete Edward, sondern ein Titel, eine Ehre, in der Jugend erworben für irgendwelche Kreuzzüge, Eroberungen oder Triebe, von denen ich nichts wusste. Furchtlos. Glücklich. Sie waren Abenteurer. Von Natur aus und in der Realität, denn sie hatten sich im Lauf ihres Lebens immer wieder in Situationen gebracht, in denen schreckliche Dinge hätten passieren können und manchmal auch tatsächlich passiert waren – was hieß, dass sie rasch über solche Irritationen spotteten wie zum Beispiel unsere Ungeduld, wenn wir im Sommer auf der Route 6 an jeder Ampel endlos warten mussten.

Ich gab Owen die Schlüssel. »Du bist dran«, sagte ich. »Ich könnte ein wenig Alkohol vertragen.«

Ich fragte, ob ich kurz ihre Toilette benutzen dürfe, und Lillian warf mir einen Blick zu, als hätte ich von etwas gesprochen, das ihr vollkommen fremd war, und sagte dann: »Oh. Natürlich. Wir warten im Auto.«

Vor Jahren hatte es mich überrascht, dass sie unsere Vorliebe für die winterliche Trostlosigkeit des Capes nicht teilten. Schließlich hatten sie an so vielen menschenleeren Orten gearbeitet; doch sie waren ebenso gesellig, wie Owen und ich ungesellig waren. Sie liebten das sechs Monate währende Getümmel des dortigen Sommers und tolerierten den Winter nur, weil sie sich zwei Häuser nicht leisten konnten. In Abwesenheit des Trubels und Palavers all der Leute widmeten sie sich dem scheinbar unendlichen Projekt, ihre sämtlichen Abenteuer zu Papier zu bringen. Sie sprachen wenig darüber, aber hin und wieder erschien in irgendeiner archäologischen Zeitschrift ein zu Herzen gehender Erfahrungsbericht, und eine Ausgabe davon tauchte bei uns zu Hause auf – beider Namen waren als Autoren genannt. Außerdem lagen im ganzen Haus an den unmöglichsten Stellen Unmengen maschinenbeschriebener Blätter herum, und auch wenn das Schreiben kein Gesprächsthema war, so bildete es doch bei jedem unserer Besuche den Hintergrund.

So wie Owens Bücher – mit Ausnahme des Romans, der Lillian als junge Frau zum Thema hatte. Als er veröffentlicht wurde, lautete ihr einziger Kommentar: »Fiktionalisiert bin ich überraschend unwiderstehlich«, eine Reaktion, die Owen als verschwenderisches Lob verstand, wenn man davon ausging, was sie sonst noch hätte sagen können. »Es war ein bewusstes Risiko«, sagte er. »Die Tatsache, dass sie mich nicht wegen Verleumdung oder Tantiemen oder ungenügender kindlicher Zuneigung verklagt hat, bedeutet einen Erdrutschsieg.«

Owens sonderbare Bindung an Lillian und Wolf – die auch er Lillian und Wolf nannte – war von Anfang an für mich eine Erleichterung. Ich bin mir nicht sicher, ob ich einen Mann hätte heiraten können, der eine Mutter hatte, wie ich mir in meiner Phantasie die meine ausmalte, eine fürsorgliche Gluckenmutter, die mich mit ihrer Liebe verschlang – wie Alison es vielleicht ausgedrückt hätte. Ich fühlte mich ganz wohl als merkwürdige Schwiegertochter zweier entschieden unelterlicher Charaktere, die, einen Cognacschwenker in der Hand, dem Bühnenbild eines Noel-Coward-Stücks entsprungen sein konnten.

Und im Herzen waren sie gute Menschen. Bei unseren wenigen frühen Familienzusammenkünften hatte ich befürchtet, dass diese universitätsverbundenen Archäologen, Autoren von Büchern und Artikeln, lässig-elegante, weiße, angelsächsische Protestanten, meinen jüdischen Highschoollehrer-Vater irgendwie herabsetzen könnten. Doch davon war nicht auch nur das Geringste zu bemerken gewesen. Wolf hatte sich selbst übertroffen, um seine Bewunderung für Menschen auszudrücken, die, wie er es nannte, Jugendlichen *den Saustall der menschlichen Zivilisation* übersetzen konnten. »Es gibt keinen Archäologen, der einen Pfifferling wert ist«, sagte er, »der einem nicht heute noch von einem Geschichtslehrer erzählen könnte, der als Erster die Vergangenheit lebendig werden ließ.«

Der einzig wahrhaft peinliche Moment, den wir je miteinander erlebt hatten, war der, als wir uns alle bei irgendeiner Gelegenheit zum Brunch versammelt hatten – vielleicht an Owens vierzigstem Geburtstag, einem Junitag – und Lillian zum Gedenken an meine Mutter einen Toast ausbrachte und dann anfing, meinen Vater auszufragen, inwiefern seine Töchter ihn an sie erinnerten. Er machte ein verwirrtes Gesicht, so als ob er nie im Leben auf den Gedanken gekommen wäre, eine solche Verbindung auch nur in Betracht zu ziehen; und es war Letty, gewöhnlich ein stiller Gast, die mit einem abrupten Themenwechsel den Tag rettete, indem sie uns eifrig ausfragte, ob wir denn für den Sommer schon Reisepläne hätten.

Danach musste Owen Lillian instruiert haben, denn es kam nie wieder vor.

Da zu dieser Jahreszeit nur wenige Restaurants geöffnet hatten, war das Kellerbistro besser besucht, als man es beim Anblick der menschenleeren Straße hätte vermuten können. Jeder dort kannte Lillian und Wolf, was endloses Vorstellen mit sich brachte, dazu die Kommentare, wie sehr Owen denn nun dem einen oder anderen von ihnen ähnlich sah oder, wie tatsächlich der Fall, allen beiden.

Als die Unruhe sich schließlich gelegt hatte, ergab sich die erste richtige Möglichkeit für ein Gespräch, und Lillian erkundigte sich sofort nach meinem Vater. Ich fasste die Lage kurz zusammen, nichts Gutes zu berichten, aber auch nichts Bedrohliches. Während ich ihr Gesicht betrachtete, das gezeichnet war von Erfahrung, von ihrem lebhaften Interesse an der Welt, fragte ich mich, ob sie diese andere, bessere Beziehung eventuell verstehen könnte, die ich zu meinem Vater hatte, seit er nicht mehr er selbst war, sondern die fremde, zusammengewürfelte Version eines Mannes, den ich kaum kannte, voller Überraschungen und mit wenigen Regeln.

Der Alkohol floss, und das Essen war zwar einfach, überzeugte aber mit seiner ausgezeichneten Qualität. An diesem Abend ertappte ich mich bei dem Gedanken, dass das Leben eine ganz gute Sache war. Und ich genoss es auch, Owen mit meiner guten Laune zu überraschen. *Sieh her, auch ich kann ein großherziger Mensch sein. Ich kann dir dein Abenteuer lassen, kann zulassen, dass du etwas auslotest, was außerhalb unseres Zusammenhalts steht.*

Wir hatten Sex in dieser Nacht, in dem winzigen Schlafzimmer auf demselben Flur wie das seiner Eltern. Der Sex war nicht nett und nicht besonders zärtlich. Zu diesem Zeitpunkt waren wir beide betrunken, beide nicht mehr auf der Hut und beide hungrig nach der Verbindung. Als er irgendwann tief in mir war, sagte ich: »Bist du dir wirklich sicher, dass du das mit ihr nicht willst?« Er sah mir direkt in die Augen und sagte: »Das habe ich nie gesagt.« Ich wollte ihn hassen, vielleicht tat ich es auch; doch dann konnte ich auch wieder kaum das Maß an Erregung ertragen, das ich gerade empfand.

»Zum Teufel mit dir, Owen«, sagte ich, zum zweiten Mal an diesem Tag.

19

Die ganze Reise wurde zu einem seltsamen Sexurlaub. Wir führten uns auf wie schon seit Jahren nicht mehr. Wir parkten auf großen, menschenleeren Parkplätzen und machten im Auto herum. Wir gingen am Strand spazieren, blieben stehen und trieben es mit den Händen unter meinem Mantel, unter meinem Pullover. Es war, als wäre eine Art Damm gebrochen, vielleicht wussten wir aber auch einfach, wenn wir nicht den Schmelzkern dessen ausfindig machten, was uns zusammenhielt, hätten wir keine Chance, sobald wir wieder nach Hause kämen. Vielleicht litt er auch wegen Nora an einem solchen Stau, dass er schier unerschöpfliche sexuelle Energie für mich hatte; und mich erregte, dass er so erregt war. Vielleicht lag es auch einfach an der Seeluft. Doch vier Tage lang befanden wir uns in einem Nebel der Fleischeslust, und seine normalerweise wenig elterlichen Eltern wurden zu merkwürdigen Elternfiguren, vor denen wir versuchten, uns zusammenzureißen.

»Ich bin so froh, dass Owen und du immer noch so glücklich seid«, sagte Lillian an unserem letzten Abend zu mir, als wir gemeinsam das Abendessen vorbereiteten. »Weißt du, als er noch ein Junge war, fragte ich mich, ob er wohl jemand finden würde, der ihm ein bisschen einheizt. Er war so ein ernster kleiner Mann. Und da seid ihr nun. Ein altes, glücklich verheiratetes Ehepaar, das immer noch seinen Spaß hat.«

Als wir am Montagabend nach Hause kamen, erwartete ich halb, dass Alison auf ihrer Veranda stehen und uns zur Begrüßung zuwinken würde, doch niemand kam aus dem Haus.

Ich hatte nicht wirklich daran geglaubt, dass die Flutwelle unseres Begehrens uns an Nora und den Problemen, die sie verkörperte, vorbeitragen würde, war aber einigermaßen verblüfft, wie übergangslos Owen wieder in seine Routine verfiel und seine Tage mit ihr in der Scheune verbrachte. Aus dieser Nähe fand ich das Ganze weder aufregend noch auch nur im entferntesten erhebend. Ich hasste es einfach.

Er brauchte sie. Oder meinte, sie zu brauchen. Ich konnte zwischen beidem keinen großen Unterschied erkennen.

Jemand, der nicht verheiratet ist, kann so etwas nicht verstehen, darin sind sich alle einig. Als ob jemand, der verheiratet ist, es könnte. Ich weiß nicht, warum ich nicht zugeben konnte, dass ich geschlagen war, und beendete, was ich Tag für Tag als Grausamkeit empfand, warum ich Owen nicht bat, mit mir wegzulaufen, oder mir eingestand, dass unser Zufluchtsort ruiniert war. Doch etwas mehr als eine Woche versorgte ich mich selbst mit Gründen, warum ich diesen furchtbaren Kurs beibehalten wollte. Kurzfristig war ich davon überzeugt, dass ich es tatsächlich aus Großmut tat. Dass ich eine großartigere, großzügigere Frau war, als ich gedacht hatte. Und diese Theorie half mir über den ersten Tag hinweg.

Als Nächstes entschied ich, dass ich Owen nicht die Befriedigung verschaffen würde, zuzugeben, dass ich mit einer Form von Leid, wie ich sie ihm zugemutet hatte, nicht umgehen konnte, deshalb half mir ein gewisser Ingrimm noch über ein paar weitere Tage hinweg.

Und was war mit ihm?

Machte er das wirklich nur, weil dieses monatelange Unvermögen, Worte zu Papier zu bringen, ihn hatte verzweifeln lassen? War er verzweifelt genug, so etwas von mir zu fordern? Oder versuchte er nur, mich zu verletzen? Oder konnte er sein kreatives Ich nur dann wiederherstellen, wenn er mir das Herz brach?

Ich bezweifle, dass er die Antwort kannte. Er war nett zu mir, wenn wir zusammen waren, massierte mir im Vorbeigehen die Schultern, bot mir eine Tasse Tee an und kochte mehrere Male hintereinander das Abendessen. Beinahe so, als hätte ich die Grippe. Aber er fragte nie, wie es mir mit diesem neuen Arrangement ging, und keiner von uns erwähnte Nora.

Wenn ich allein war, ging ich ihr aus dem Weg, so gut ich konnte, zog mich mit einem kurzen Winken ins Haus zurück, wenn ich sie draußen sah, und ließ mir Ausreden einfallen, um unsere Abendessen zu viert auszusetzen. *Ich fühle mich dieser Tage abends nicht wohl* oder *Es läuft gerade so gut. Ich konnte mich nicht von der Arbeit losreißen, nicht einmal nach Sonnenuntergang.*

Alles gelogen. Körperlich ging es mir gut. Und meine Arbeit war inzwischen so gut wie zum Stillstand gekommen.

Es war mir ein Rätsel, wo Alison in dieser ganzen Sache stand. Zum ersten Mal seit einer Ewigkeit versuchten wir, unsere Spaziergänge wiederaufzunehmen, aber ich hätte ihr am liebsten den Hals umgedreht, als sie von Noras *Arbeit* mit Owen anfing und immer wieder betonte, dass *das Kind* eine Vaterfigur in seinem Leben brauchte. Natürlich drehte ich ihr den Hals nicht um, stellte nicht einmal ihre Betrachtungsweise in Frage. Das zu tun hätte bedeutet, mein Versprechen an Owen zu brechen. Und so stellte ich nur mir selbst Fragen, einigermaßen ratlos. Hatte sie tatsächlich so erfolgreich die Augen verschlossen vor der Tatsache, dass ihre Tochter sich in meinen Mann verliebt hatte und er sich halb in sie? War das möglich? Wahrscheinlich? Ich hatte keine Ahnung. Was wusste ich schon von mütterlicher Selbsttäuschung? Der einzige Mensch, der mich jemals idealisiert hatte, war Owen, und daran konnte ich mich kaum noch erinnern.

Können wir uns unterhalten?«, fragte Alison am Abend des einundzwanzigsten Dezember an meiner Küchentür.
»Natürlich.«
Sie ließ ihren Mantel auf einen Küchenstuhl fallen. Er rutschte zu Boden, und sie hob ihn auf. »Komm, gehen wir ins Wohnzimmer«, sagte ich. »Dort brennt ein Feuer.«

Nora und ich hatten gestern ein Gespräch.« Sie wandte den Blick ab, während ich es mir in dem orangefarbenen Sessel bequem machte. »Ich weiß, dass du schon seit einiger Zeit wütend bist, und ich weiß nicht, ob du das verstehst, aber ich habe nur getan, was ich ... ich habe nur, ich habe ehrlich nur gedacht, dass ... ich habe alles geglaubt, was ich dir die ganze Zeit erzählt habe. Ich habe dich nicht angelogen.«
»Alison, ich verstehe nicht.« Sie wirkte aufgewühlt und zugleich erschöpft. Ihre Kleidung, eine dunkelblaue Jacke über einem schwarzen Rollkragenpullover, saß nicht richtig, ihre Locken waren nicht gebürstet und standen wirr vom Kopf ab. Und sie trug keinen Lippenstift, stellte ich fest. Zum ersten Mal überhaupt. Selbst als ich sie aus dem Krankenhaus abgeholt hatte, hatten ihre Lippen in dem hellen Korallenton geleuchtet. Selbst als sie bei uns übernachtet hatte, angeblich um ihr Leben fürchtend. »Ich weiß nicht, was du mir sagen willst«, sagte ich.

»Richtig. Natürlich.« Sie holte tief Luft. »Ich habe sie nicht ermutigt... Wirklich, das hätte ich nie getan. Ich wollte nur, dass Nora weiß, dass es auf der Welt Männer gibt, die... die nicht böse sind.«

Ich hatte keine Ahnung, wohin uns das führen würde. »Das weiß ich«, sagte ich. »Das sagst du schon seit Wochen.«

»Ich habe sie nicht ermutigt. Aber... Gus, es gibt keine Entschuldigung, ich habe mir einfach nur so sehr gewünscht, dass sie hierbleibt.«

»Ich verstehe nicht«, sagte ich – und meinte damit mehr als nur eine Sache.

»Ich habe gesehen, was ich sehen wollte«, sagte sie. »Ich... ich hätte eingreifen sollen. Ich... ich wollte sie hierhaben. Weg von Paul.«

Ich sagte nichts, versuchte nur, ihr zu folgen.

»Er liebt dich so sehr, Gus. Ich wusste, Owen würde dich nie betrügen.«

»Was meinst du damit, dass du sie nicht ermutigt hast? Wofür entschuldigst du dich dann?«

»Sie ist ein so verletzter Mensch. Ich weiß, dass sie nicht immer so wirkt. Für dich vielleicht nie. Aber das ist sie. Sie hatte noch nie festen Boden unter den Füßen. Nicht wirklich. Ich wollte nur... Ehrlich, ich habe das keinesfalls vorangetrieben, ich habe ihr nur nicht gesagt, dass sie damit aufhören soll. Nicht so, wie ich es eigentlich hätte tun müssen. Und ich... ich bin nicht blind. Aber ich dachte wirklich, es sei nur eine kindische Verliebtheit. Und dann erzählte sie mir gestern, sie habe mit Owen gesprochen. Bevor ihr zum Cape gefahren seid. Und dann wurde mir klar, dass er sie auch nicht weggeschickt hat, nachdem sie... nachdem sie sich erklärt hatte. Dass er wusste, was sie empfand, und sie nicht weggeschickt hat.«

Ich stand auf. »Ich habe keine Ahnung, was ich sagen soll.« Der Satz *Ich dachte, du wärst meine Freundin* kam mir in den Sinn, doch er brauchte nicht ausgesprochen zu werden, außerdem war ich mir nicht sicher, wann er zuletzt gestimmt hatte.

»Gus, ich war mir sicher, dass es nie so weit kommen würde.«

»Vielleicht sollten wir gar nicht darüber reden. Ich bin mir nicht sicher, ob ich es kann. Herrgott, Alison. Du warst dir sicher, dass es nie so weit kommen würde? Was soll das heißen?«

»Ich fahre weg mit ihr. Wir fahren nach London. Ich habe ihr gesagt ... es spielt keine Rolle. Aber ich habe ihr gesagt, wir müssten meine Eltern besuchen, und das tun wir auch. Sie und ich, wir müssen das miteinander klären. Aber ich weiß, dass ich eine miserable Freundin war. Überhaupt keine Freundin.«

»Falls es dich interessiert«, sagte ich, als ich merkte, dass meine Selbstachtung ihr Recht forderte, »Owen war mir gegenüber offen. Ich wusste, dass sie mit ihm gesprochen hat. All das. Er hat mir nichts verheimlicht. Und sie haben nicht ... es gibt keinen ...«

»Dann seid ihr beide okay? Das hoffe ich wirklich. Ich hoffe, wir haben nicht ...«

»Ich weiß es nicht. Was heißt schon okay? In Wirklichkeit? Das ist eine schlimme Zeit für uns. Das weißt du. Das wusstest du schon die ganze Zeit.« Ich spürte, wie die Wut wieder in mir hochstieg. »Wann fahrt ihr?«

»Morgen. Nach Neujahr sind wir wieder zurück. Obwohl ich ... ich hoffe, dass sie dann bei Freunden bleibt.«

»Gut.« Da war es wieder: Ich wollte sagen, dass auch ich hoffte, dass Nora nie wiederkommen würde; aber ich hatte

Owen versprochen, nichts zu unternehmen, um sie voneinander zu trennen. »Ich hoffe, es hilft«, war alles, was ich mir zu sagen erlaubte.

Alison ging kurz darauf. Als sie in der Küche ihren Mantel anzog, sagte sie: »Es wird nicht so weitergehen. Sie weiß, dass es nicht so weitergehen kann.«

Ich nickte. Ich konnte mich nicht dazu überwinden, ihr eine gute Reise zu wünschen und brachte gerade mal ein gemurmeltes Auf Wiedersehen zustande.

Der folgende Nachmittag war kalt, der Himmel wolkenverhangen. Ich sah vom Haus aus zu, wie Owen ihre Koffer aus dem Haus schleppte und sie in den Kofferraum von Alisons Wagen hob. Es war eine seltsam düstere Szene. Die Komplikationen innerhalb unseres Quartetts lagen inzwischen so offen zutage, dass nichts, was wir in irgendeiner Konstellation unternahmen, unbelastet sein konnte.

20

Owen erzählte ich nichts von Alisons Entschuldigung. Ich konnte nicht erkennen, inwiefern ihr Eingeständnis irgendetwas zwischen uns geändert hätte, oder auch zwischen ihm und Nora. Falls es Alison gelang, ihre Tochter zurückzupfeifen, würde er damit zurechtkommen müssen. Meine Hände waren sauber.

Als Alison und Nora nicht mehr da waren, lag eine spürbare Spannung in der Luft. Etwas war unterbrochen, aber nicht zu Ende gebracht worden. Wir arbeiteten beide, ich versuchte es zumindest, wenn auch ohne großen Erfolg. Owen war offenbar produktiver und wirkte zufrieden, wenn er aus der Scheune kam; ich widerstand der Versuchung, ihn darauf hinzuweisen, dass er anscheinend auch ohne die Muse an seiner Seite ganz gut zurechtkam, doch dann fiel mir ein, dass er wahrscheinlich ständig aufmunternde E-Mails von ihr erhielt. Wir aßen gemeinsam. Wir teilten das Bett, ohne dass etwas geschah.

Weihnachten kam und ging ohne besonderen Trubel. Es hätte auch irgendein anderer Wochentag sein können. Und dann, am zweiten Weihnachtsfeiertag, bekam ich eine E-Mail von Laine.

Augie, hier spricht Dein Gewissen. Tust Du alles, worüber wir gesprochen haben? Bleibst Du an diesen Soldaten dran? Ich habe darüber nachgedacht, und ich weiß, aus meinem Mund klingt es komisch, und vielleicht sollte ich ihn auch halten, aber ich glaube, es ist wirklich wichtig, dass Du in diesem Fall nicht aufgibst. Damit will ich sagen, dass ich in solchen Dingen EINDEUTIG keine Erfahrung habe, aber ich wette, es ist ein beschissenes Gefühl, in etwas supergut zu sein und dann etwas Neues auszuprobieren. Es muss einem wahnsinnig schwerfallen. Das ist sogar bei mir so; und wenn ich etwas Neues ausprobiere, bedeutet das ja nicht, dass ich etwas aufgebe, worin ich überraschend gut bin, wie zum Beispiel Landschaften und Räume. Und ich schätze, man fühlt sich, als würde man noch einmal von vorne anfangen oder so – das muss schlimm sein. Aber ich hätte ein absolut mieses Gefühl, wenn Du einfach aufgeben würdest.

Es tut mir wirklich leid, falls das abscheulich von mir ist. Ich habe es tagelang vor mir hergeschoben, das zu schreiben. Aber dann dachte ich, dass Du wohl nicht den Kontakt zu mir abbrechen wirst, weil ich Dir auf die Nerven gehe, und vielleicht brauchst Du ja jemanden, der Dich anspornt? Also, wie ich sagte, hier spricht Dein Gewissen. Oder so etwas Ähnliches.

Und: Ich bin über die Ferien zu Hause. Erst eine Weile bei Mom und dann ab morgen eine Woche bei Dad in seinem neuen Zuhause in Wayne. Schluck. Wie sich herausstellt, habe ich in Bezug auf seine Wiederheirat äußerst gemischte Gefühle. Ich hätte nicht gedacht, dass es so kommen würde, ich dachte, ich sei okay, doch dann war es so weit, und ich habe gemerkt, dass ich nicht anders bin als jedes andere Scheidungskind dieser Welt. Irgendwo in meinem Innern glaubte ich, eines Tages kämen sie wieder zusammen. Unglaublich. Ich sah,

*wie sehr es Mom erschüttert hat, und war ganz schön
herablassend, aber an den Feiertagen und so war es nicht
leicht für mich. Ich habe mich schon sehr lange nicht
mehr so deprimiert gefühlt.
Wünsch mir also viel Glück dort draußen in den Vororten,
wo ich ausflippen werde.
Ich habe mich soooooooo gefreut, Dich zu sehen. Schick
mir Bilder von Deinen Bildern.
Alles Liebe,
Laine.*

*Liebe Laine,
Du musst mir nachspioniert haben. Ich habe tatsächlich
klein beigegeben und beschäftige mich wieder mit den
vertrauten alten Arbeiten, aber ich verspreche Dir, dass
ich Deine Mail so oft lesen werde, bis ich neuen Mut
gefasst habe. Und dann lese ich sie noch mal. Du hast
recht. Veränderungen sind schwer – für uns alle. Doch es
nützt nichts, dagegen anzukämpfen. Ohne Dich mit Zen
belästigen zu wollen, aber das ganze Leben ist Veränderung, daher wäre es nicht schlecht, wenn wir etwas Gutes
daran finden könnten.
Wir wollen eine Abmachung treffen: Du versuchst,
bei Deinem Dad eine gute Zeit zu verbringen, und ich
mache mich wieder daran, meine Soldaten zu malen.
Ich bin wirklich froh, dass Du mir geschrieben hast.
Lass mich wissen, wenn es je etwas gibt, wobei ich Dir
helfen kann.
Ich habe mich ebenfalls sehr gefreut, Dich zu sehen.
Du bist unglaublich.
Alles Liebe,
Augie*

Am nächsten Morgen gegen halb zwölf machte ich mich auf den Weg nach Philadelphia, fuhr bei der Ausfahrt South Street von der Autobahn ab und wandte mich in Richtung Osten. Sobald ich irgendwo auf Höhe der Tenth Street die Broad überquert hatte, waren die Bürgersteige belebter, meist mit jungen Leuten, meist in Gruppen. Es war der Beginn der Mittagspause, der Verkehr zäh und ungeduldig, ein beständiges Hupen, zahlreiche Fahrer, die durch plötzliches Ausscheren stehende Autos umfuhren. Es war ein Gefühl von zu viel Aktivität auf zu wenig Raum, dieses Menschengewimmel, dieser Bienenstock, ein Phänomen, das ich schon sehr lange nicht mehr erlebt hatte. An der Fourth Street bog ich rechts ab und fuhr Richtung Süden.

Steinman's sah immer noch mehr oder weniger gleich aus, außer dass statt des Stoffgeschäfts auf der einen Seite und einem leeren Laden auf der anderen sich nun anstelle des leeren Ladens ein modernes Antiquariat befand, und ein leerer Laden, wo früher einmal das Stoffgeschäft gewesen war. Urbane Erneuerung und urbaner Niedergang, die aufeinanderprallten. In den Wochen, als ich mich in einer Ecke des Ladens verkroch, hatte ich endlose Diskussionen über das Schicksal der Straße, der Nachbarschaft, des Blocks, des Gebäudes mitangehört und auch über deren Geschichte. Zu diesem Thema hatte offenbar jeder Kunde etwas zu sagen, neben den Gesprächen über Farben und Stilrichtungen, Krempenformen, die Undurchsichtigkeit eines Schleiers. Len war der Meinung gewesen, dass es mit der Gegend steil bergab ging, während Ida meinte, die Straße habe es im Lauf der Generationen immer wieder irgendwie geschafft, zu überleben, und das werde auch weiterhin der Fall sein.

Im Großen und Ganzen wirkte sie gut drei Jahre nach meinem kurzen Aufenthalt ein wenig besser ausgelastet, ein wenig geschäftiger als damals, auch wenn eine leere Ladenfront durch eine andere ausgetauscht worden war. Steinman's selbst, in dessen Fenster kunstvollst gearbeitete, bunteste, sogar exzentrische Hüte ausgestellt waren, strahlte immer noch diese Aura des Verwunschenen aus, wie ein übergroßes Fabergé-Ei, das sich auf unerklärliche Weise vor einer grauen, städtischen Häuserzeile wiederfand.

Ich spähte durch die Glasscheibe, bevor ich hineinging, als hätte ich Angst, dass es der falsche Ort oder vielleicht die falschen Inhaber sein könnten; doch da war Len, der dünner wirkte als früher, mit beinahe hageren Gesichtszügen, und das reichte, um mich in den Laden zu treiben. Er brauchte eine Sekunde, nachdem die Ladenglocke gebimmelt hatte, doch dann erkannte er mich. »Ach! Es ist Leonardo!«, sagte er. »Schau mal, wer da ist. Ida!«, rief er. »Komm und schau, wer zu Besuch gekommen ist.«

»Hallo, Len«, sagte ich. »Es ist gut, wieder hier zu sein. Gut, den alten Ort wiederzusehen. Und dich auch!« In diesem Moment tauchte Ida hinter dem schwarzen Vorhang auf, der den öffentlichen vom privaten Teil des Ladens trennte; und auf der Stelle war offensichtlich, dass etwas nicht stimmte. Ich hatte sie zu viele Wochen zu intensiv betrachtet, zu genau studiert, als dass ihr unbeweglicher rechter Arm und ihr starrer Gesichtsausdruck mir nicht aufgefallen wären.

»Gusch.« Sie sagte es nuschelnd, mit diesem nassen, losen Laut am Ende. »Gusch.« Ein nachlässiges Wort. Als hätte sie schon immer von meinem Überschwappen und Überquellen gewusst, so sehr ich es auch hatte für mich behalten wollen. Sie kam mit ausgestrecktem linkem Arm auf mich zu. Es war das erste Mal, dass wir einander umarmten. Die ganze

Zeit, die ich dort beschäftigt gewesen war, wie Len es nannte, hatte sie Distanz gehalten, wie eine Porzellanpuppe, die Angst hatte, zerbrochen zu werden. Doch jetzt, gebrochen wie sie war, hatte sie offenbar keine Angst mehr.

»Lass dich von dem Arm nicht täuschen«, sagte Len. »Hier oben ist sie immer noch die Alte. Und sie ist immer noch der Boss. Wenn sonst keiner da ist, quasselt sie mir ein Ohr ab. Ein Teil dieses Getues ist nur Show. Um sämtliche Sympathien einzuheimsen.«

Sie schüttelte den Kopf. »Hör nicht auf ihn« – noch mehr genuschelte Wörter. »So ist es nicht. Ich kann nicht. Aber hier...« Sie tippte sich an den Kopf und machte mit der linken Hand das Okay-Zeichen. »Ich«, sagte sie. »Alles da.«

»Sie wird ewig leben«, sagte Len. »Der Schlaganfall, der Ida fällt, muss erst noch erfunden werden. Sie wird uns alle zu Grabe tragen.«

Erst dann fiel mir auf, dass es der Arm auf meinem Bild war, der gelähmt war, dieser eine Teil von ihr, den ich zu malen gewagt hatte. Einen kurzen Augenblick konnte ich mir vorstellen, dass ich sie mit einer Art Fluch belegt hatte, dass ich verdorben hatte, was ich als mir gehörig angenommen hatte; vielleicht hatte ich aber auch intuitiv erfasst, dass dieser Teil von ihr in der Tat der menschlichste, am wenigsten vollkommene war.

Aber das war natürlich alles lächerlich. Märchenlogik.

»Es tut mir leid zu hören, dass du einen Schlaganfall hattest«, sagte ich. »Aber ich habe das Gefühl, Len hat recht. Du bist offenbar unsterblich.«

Ida sagte etwas, das ich nicht verstand, dann schüttelte sie ungeduldig den Kopf. »Was führt dich hierher?«, fragte Len. »Ich bin der Einzige, der sie versteht. Hart für sie, dass sie sich an mich halten muss.«

»Ihr beide habt auch früher schon ziemlich fest zusammengehalten.«

Ida rollte die Augen. »Mein Pech«, nuschelte sie. Sie trug dasselbe blaue Sergekostüm; oder eines, das genauso aussah. Eine frisch gebügelte weiße Bluse. Doch ihr Haar war kurz geschnitten, vielleicht weil sie es nicht mehr selbst frisieren konnte. Und noch etwas war anders, obwohl ich eine Weile brauchte, bis ich erkannte, was es war: Sie trug flache Schuhe an den Füßen, mit breiter Spitze und Klettverschlüssen. Keine perfekten, winzigen, dunkelblauen Lacklederpumps mehr.

»Ich bin eigentlich nur vorbeigekommen, um hallo zu sagen«, sagte ich. »Ich war schon so lange nicht mehr in der Stadt. Und...« Ich blickte in meine alte Ecke, der Stuhl stand nicht mehr an seinem Platz. »Ich habe mich gefragt, Ida, und auch du, Len. Ich habe mich gefragt, ob ich rasch ein paar Skizzen machen darf, das ist alles. Ich habe es so sehr vermisst, hier zu sein.«

Len, der gerade einen Ballen lavendelblauen Tüll aufrollte, lachte laut heraus. »Als sie das das letzte Mal gesagt hat, ist sie sechs Wochen geblieben. Erinnerst du dich, Ida? Gus kommt hereinspaziert und erzählt uns, dass es einen Nachmittag dauert; sechs Wochen später sitzt sie immer noch dort in der Ecke, und der ganze Laden stinkt nach Terpentin.«

»Das stimmt«, sagte ich. »Ihr wart beide so geduldig, und ich war...« Ich ließ den Satz unvollendet. Was war ich gewesen? In einer Abwärtsspirale begriffen, hatte ich einen Ort gebraucht, an dem ich mich verstecken konnte, einen Ort, wo ich so tun konnte, als sei ich nur Beobachterin, niemals Handelnde, niemals Teil einer Geschichte, lediglich Zeugin. »Ich habe immer bedauert, dass ich euch beide nicht gezeichnet habe.«

Ich erwartete, dass Ida den Kopf schütteln würde, nein. Ich

erwartete, dass sie mir klarmachen würde, dass die Zeit dafür vorbei sei, doch stattdessen nickte sie und sah mich an, als hätte sie schon immer gewusst, dass diese Bitte eines Tages kommen würde.

Ich sagte ihnen, dass ich einen Zeichenblock und Kohle im Auto hätte. »Wenn ich diesen Stuhl hier umstelle, kann ich wieder in meiner alten Ecke sitzen. Nur für ein paar Stunden«, sagte ich. »Ich verspreche es euch.«

Damals war ich nie auf den Gedanken gekommen, Ida die Geschichte meines Sündenfalls zu erzählen. Ich war von einem Gefühl der Schande bestimmt gewesen. Doch an diesem Tag, als ich dort saß und die beiden zeichnete, war ich mir sicher, dass ich das alles hätte mit ihr teilen können. Und dass sie mir Mitgefühl entgegengebracht hätte. Gelähmt, geschoren, mit flachen Schuhen, die selbst für mich zu klobig gewesen wären, wirkte sie zugänglich. Zum ersten Mal wirkte sie wie ein normaler Mensch.

Doch damit machte ich es mir zu einfach, erkannte ich. Sie war keine andere Frau, nur weil sie einen Schlaganfall gehabt hatte. Sie war nie vollkommen gewesen. Sondern eine schöne Frau, die sich gut kleidete. Eine stilsichere Frau, die stets Herrin der Lage zu sein schien. Ein Mensch, der nicht in Gefahr stand, an den Rändern auszufransen, eine Frau, aus deren Händen Meisterstücke hervorgingen. Doch nicht vollkommen.

Weshalb aber hatte ich sie unbedingt so sehen wollen? Warum war ich so besessen gewesen von diesem Bild einer vollkommenen älteren Frau, die mein wahres Ich zurückgewiesen hätte?

Diese Frage hatte sich schon lange angekündigt. Die Antwort kam wie aus der Pistole geschossen.

Während ich zeichnete, betrat der eine oder andere Kunde den Laden. Inzwischen übernahm hauptsächlich Len das Reden, doch Ida hatte tausend Möglichkeiten, ihre Vorstellungen deutlich zu machen. Teilweise gelähmt, war ihr ehedem so gelassenes, geheimnisvolles Gesicht ausdrucksvoll geworden, routiniert in einer Sprache der Notwendigkeit.

Ich überließ ihnen ungefähr die Hälfte der Skizzen, die ich gemacht hatte. Ich umarmte sie beide und versprach, bis zum nächsten Besuch nicht so lange zu warten. Ida nickte, und Len erklärte sich enttäuscht, dass ich nicht für einen Monat – mindestens – wieder bei ihnen einzog.

»Vielleicht nächstes Mal«, sagte ich. »Man kann nie wissen.«

Ich pinnte die Bilder von Len und Ida noch am selben Abend in meinem Atelier an die Wand. Bruder und Schwester Steinman, eine Art Schutzheilige für mich. Die Zeichnungen waren nichts Besonderes, kein wundersamer Durchbruch, obwohl die Ähnlichkeit vorhanden war; Len und Ida waren geschmeichelt gewesen. Doch die Zeichnungen hingen nicht als Kunst an meiner Wand. Sie waren da, um mir Idas Beispiel vor Augen zu führen, wie unerschütterlich und würdevoll sie den Teil, den sie verloren hatte, in den integriert hatte, der noch da war, so dass inzwischen jede Zelle ihres Körpers davon durchdrungen war.

Am Silvesterabend hatten wir Blitzeis, und der Strom fiel aus, wenn auch nur kurz. Die Lichter gingen wieder an, und die Uhren blinkten alle bei 0:00 Uhr – als hätten sie uns durch das letzte zerrissene Fitzelchen des alten Jahres scheuchen wollen. Keiner von uns stellte sie. Keiner von uns blieb auf, um das alte Jahr zu verabschieden.

Am nächsten Morgen besuchte ich meinen Vater. Er war gesprächig und bestand darauf, dass ich mir zu Herzen nahm, was er zu sagen hatte, nämlich etwas sehr Dringendes über einen Hund. Der ausgerissen war. Und wiedergefunden wurde. Vielleicht wurde er auch nicht gefunden. Er war nicht aufgeregt, nur entschlossen, dass ich – wer auch immer ich war – über diesen Hund Bescheid wissen sollte. Ich kannte diese Stimmung, sie war mir inzwischen vertraut. Es war, als müssten sämtliche Bruchstücke einer Information, alles Wissen, alles, was sich wie Wissen anfühlte und was er in seinem Kopf finden konnte, mitgeteilt werden. Das bloße Vorhandensein eines beinahe zusammenhängenden Gedankens machte ihn jetzt bedeutend.

»Ich sorge dafür, dass alle Bescheid wissen«, sagte ich. »Ich werde es allen sagen.«

Auf dem Parkplatz wischte ich gerade eine frische dünne Schneeschicht von meinem Auto, als ich den hochgewachsenen rothaarigen Arzt erkannte. Ich stellte mich noch einmal vor, da er mich mit meinen Schals und meiner Wollmütze unmöglich erkannt haben konnte, und erinnerte ihn an die unglückliche Situation meines Vaters. »Es ist jetzt Monate her«, sagte ich. »Und es gab keinerlei Anzeichen für eine Wiederholung dieser früheren Zwischenfälle.«

War es tatsächlich unmöglich, dass er in einem weniger restriktiven Umfeld untergebracht wurde?

Im Auftreten des Arztes waren Spuren der Monate zu erkennen, die er selbst in dieser Einrichtung verbracht hatte. Die Begeisterung, die er im Sommer für das System und seine Regeln an den Tag gelegt hatte, schien geschwunden zu sein. »Es ist wirklich schwierig, ich weiß«, sagte er. »Doch der

Weg zurück ist rein praktisch unmöglich. Für diese Apartments gibt es Wartelisten. Ich fürchte, wenn jemand einmal aus einem heraus ist...«

»Es ist einfach so traurig«, sagte ich, begriff aber, während ich das sagte, dass ich mit jemandem sprach, der sich für eine Karriere voller Trauer entschieden hatte, der vielleicht noch nicht dagegen immun, jedoch sicherlich auf dem besten Weg war, sie als unvermeidlich zu akzeptieren.

»Es tut mir wirklich leid«, sagte er. »Wir hatten damals keine andere Wahl. Das kommt hin und wieder vor. Wir irren uns im Bezug auf die Sicherheit, und dann gibt es unglücklicherweise keine Möglichkeit, das zu korrigieren.«

Ich nickte mit zusammengepressten, eingezogenen Lippen. Ich hatte Angst, in Tränen auszubrechen, deshalb flüsterte ich nur: »Na ja, trotzdem danke«, wandte mich ab und versuchte, den miserablen Anfang, den das neue Jahr für mich nahm, zu ignorieren.

21

Als am zweiten Januar mitten am Nachmittag Alisons Wagen vorfuhr, wartete ich, wie viele Frauen aussteigen würden – und hoffte auf eine. Doch die Antwort war: zwei. Da waren sie wieder, alle beide. Ich wollte nicht sehen, ob Owen aus der Scheune herbeieilen würde, wandte den Fenstern den Rücken zu und machte mich an die Arbeit.

So wie ich Owen gegenüber Wort hielt, versuchte ich, es auch Laine gegenüber zu halten, obwohl das ebenso schwierig war. Mein Weg durch den Schaffensprozess war derzeit ein einziges Holpern und Stolpern, fand ich. Ich malte weiter an den Jungen, wenn auch mit einem in meinen Augen verheerenden Ergebnis. Es ging mir nicht gut dabei, doch ich wusste, dass das nur vieles von dem bestätigte, was Laine gesagt hatte. Ich war mit der Zeit selbstzufrieden geworden, verließ mich allzu gern auf das, was ich bekanntermaßen gut konnte. Es war Jahre her, dass meine Arbeit mich vor eine Herausforderung gestellt hatte. Und so schleppte ich mich weiter durch diese Bilderserie, selten mit Begeisterung, aber überzeugt, dass sich das alles irgendwann einmal lohnen würde.

Ich war noch in meinem Atelier und malte, vielleicht eine Stunde nachdem ich den heimkehrenden Nachbarinnen den Rücken zugewandt hatte, als ich Owen ins Haus kommen hörte und sofort wusste, dass etwas nicht stimmte. Jede Bewegung war verkehrt, die Tür knallte, seine Schritte waren zu schnell, zu laut. Er stand unmittelbar vor meinem Zimmer, sein Gesicht war dunkel angelaufen, nicht gerötet, nicht erhitzt, sondern gewitterdunkel vor innerem Aufruhr. Er stand im Türrahmen und starrte mich an.

»Was ist? Was ist los?«

»Das Einzige, worum ich dich gebeten habe...« Er verstummte.

»Was? Was habe ich getan?«

»Tatsächlich, Gus? Willst du dich wirklich dumm stellen?«

»Ich stelle mich nicht dumm. Ich habe keine Ahnung.«

»Das Einzige, worum ich dich gebeten habe, war, ehrlich zu mir zu sein. Vor fünf Jahren. Und seither jede Minute. Das ist alles. Einfach verdammt noch mal mir gegenüber aufrichtig zu sein.«

»Ich habe nicht...«

»Bitte. Du hast ihm die ganze Zeit nachgeweint. Du bist mit ihm in Kontakt gestanden. Hast geheult wegen seiner Hochzeit. Private Korrespondenz ausgetauscht. Was zum Teufel soll das, Gus?«

Ich fragte ihn nicht, woher er das wusste. »O mein Gott, es tut mir so leid«, sagte ich. »Aber es war wirklich... nichts. Und du warst so durcheinander, als Laine hierherkam... Ich wollte dich nicht noch mehr durcheinanderbringen. Ich wollte nur, dass das ganze Thema vom Tisch ist.«

»Ja, und rate mal, Gus. Es ist nicht vom Tisch. Und dieses Mal hast du es wirklich geschafft, verdammt noch mal.«

Er verließ türenschlagend das Zimmer, das Haus. Ich hörte den Van starten, hörte ihn davonfahren und war augenblicklich auf den Beinen, machte mir nicht die Mühe, einen Mantel anzuziehen, nahm mir kaum Zeit, mit den Füßen in die Stiefel zu schlüpfen.

Ich traf Alison in der Küche an; sie saß am Tisch und hatte eine Tasse Tee vor sich. Sie wirkte verblüfft, weil ich so in ihr

Haus geplatzt war. »Was zum Teufel sollte das alles?«, fragte ich. »Was sollte diese Szene in meinem Wohnzimmer vor noch nicht einmal zwei Wochen? Was für ein Spiel spielst du eigentlich, Alison? Ich kann nicht glauben, dass du es ihm erzählt hast«, sagte ich. »Glaubtest du, deine Entschuldigung würde auch *das* abdecken? Ich kann nicht glauben, dass du mir das angetan hast.«

Eine Pause entstand, als sie meine Gegenwart und meine Worte in sich aufnahm.

»Ich habe keine Ahnung, wovon du redest. Meinst du Owen? Ich habe Owen gar nichts erzählt. Ich habe ihn seit fast zwei Wochen nicht mehr gesehen.«

»Bemüh dich nicht. Bitte. Erspar es mir.«

»Ich bemühe mich nicht, Gus. Ich sage dir die Wahrheit. Ich habe keine Ahnung, wovon du redest, aber ich habe Owen gar nichts erzählt.«

»Woher weiß er es dann?«

»Woher weiß er was? Was?«

»Woher weiß er, dass ich aus dem Gleichgewicht war, nachdem ich von Bills Hochzeit erfahren habe? Dass Bill und ich E-Mails ausgetauscht haben? Dass es mir immer noch etwas ausgemacht hat? Woher weiß er das? Du bist der einzige Mensch auf der Welt, der davon weiß.«

Ihr Gesichtsausdruck veränderte sich. Sie wurde nervös. Ihre Wangen liefen rot an. »O mein Gott. Es tut mir so leid, Gus. Ich fürchte, es ist mein Fehler.«

»Ich kann nicht glauben, dass du mir das angetan hast. Ich habe dir vertraut. Ich war sogar so weit, dir zu verzeihen, dass du meinen Mann für Nora als Köder benutzt hast. Was sollte dieses Gerede? Was hast du getan?«

»Ich habe dir das nicht angetan. Ich hatte nicht die Absicht. Ich… ich habe es Nora erzählt. Vor Monaten schon. Vor ihrem Besuch. Bevor ich ... bevor sie Owen kannte. Und dich. Und dann, als sie zurückkam, habe ich ...«

»Du hast es Nora erzählt? *Nora?*«

»Du musst das verstehen ... ich habe nur ... Wir haben uns am Telefon unterhalten. Sie kannte dich nicht einmal. Wir haben uns einfach nur unterhalten. Ich habe damals nicht einmal eure Namen genannt. Nur von den Nachbarn gesprochen. Und ich ... ich habe es ihr erzählt. Es war keine große Sache. Es war nicht ...«

»Aber du hast ihr erzählt, dass ich Bill eine E-Mail geschrieben habe. Das war später. Nora war schon hier. Sie hat Owen bereits angehimmelt.«

»Ich ... ich habe ihr vertraut. Sie ist meine Tochter, Gus. Ich erzähle ihr einiges. Wir ... wir tauschen Vertraulichkeiten aus.«

»Alles? Du erzählst ihr verdammt noch mal alles? Natürlich tust du das. Weil du nie auf den Gedanken gekommen bist, dass sie keine Heilige sein könnte. Genauso, wie du die ganze Zeit so getan hast, als würde sie nicht versuchen, meine Ehe zu zerstören. Dieses kleine Luder. Du behauptest, dass du sie kennst, aber du hast noch immer nicht begriffen, was für ein selbstsüchtiges, rücksichtsloses ...«

»Gus, du musst gehen. Das kannst du nicht tun.«

»*Ich* muss gehen? *Ich* muss gehen? Warum bist nicht *du* gegangen? Vor Monaten schon? Als du sagtest, du würdest gehen? *Ich* muss gehen? Verdammt, Alison. Du und deine verlogene Tochter. Verpisst euch, alle beide. Du und deine sogenannte Freundschaft und deine sogenannte Freundlichkeit. Und vor allem deine beschissene Entschuldigung.«

»Bitte geh.«

»Sie ist oben, nicht wahr? Oder ist sie draußen in der Scheune? In der Scheune meines Mannes. *Meiner* Scheune.

Herrgott. Sie hat es ihm gesagt, Alison. Sie konnte ihn nicht für sich haben, also hat dieses Miststück es ihm erzählt, um für mich alles zu ruinieren.«

Ich war zur Tür hinaus und auf der Treppe, bevor sie auch nur aufstehen konnte. Ich traf Nora oben auf dem Flur. »Du Luder«, sagte ich. »Du hinterhältiges kleines Biest.«

Sie sagte kein Wort. Ich hörte Alison kommen, spürte ihre Hände auf meinen Schultern. »Gus, du musst dich beruhigen«, sagte sie.

»Nein, das muss ich nicht.« Ich schüttelte ihre Hände ab. »Gott verdammt noch mal. Wie hätte ich wissen sollen, dass du ihr alles erzählen würdest? Woher sollte ich das wissen, Alison? Ist das normal? Mütter erzählen ihren Töchtern alles? Ist das eine verdammte Regel? Während du diese Schlampe ermutigst, hinter meinem Mann herzulaufen, lieferst du ihr auch noch die nötige Munition dazu. Und dann führst du dich auf, als wär das ein Geburtsrecht?«

»Er hätte nie...« Nora stand vollkommen unbeweglich da, eine sprechende Statue. »Er hat mich weggeschickt.«

»Oh, verdammt, Nora. Und vielen Dank für die Beruhigung. Nachdem du mein Leben zerstört hast.«

»Es tut mir leid. Ich war... ich war so durcheinander und dachte, vielleicht...«

»Du dachtest, dann würdest du ihn vielleicht so weit kriegen, mich zu verlassen. Was hast du sonst noch gedacht? Dass du ihn eher verdienst als ich? Dass er die Wahrheit verdient? Verdammt, Nora.« Ich wandte mich an Alison. »Könntest du deinem perfekten Töchterchen bitte erklären, dass kein Mensch sich darum schert, was sie gedacht und wie sie sich gefühlt hat? Und frag sie, warum sie das Leben zweier Menschen ruiniert hat, die ihr nie etwas zuleide getan, sondern sie herzlich aufgenommen haben. Und dann, würdet ihr bitte beide einfach gehen? Macht verdammt noch mal, dass ihr aus unserem Leben verschwindet!«

Die Treppe hinunter, zur Tür hinaus, schaffte ich es kaum über die Anhöhe, durch meine eigene Tür, in mein eigenes Haus, bevor ich in Schluchzen ausbrach.

Owen kam nach drei Uhr morgens nach Hause. Elf lange Stunden später.

Ich saß in der Küche, wartete und hoffte, voller Angst, dass er entweder nie mehr auftauchen oder nur zurückkommen, eine Tasche packen und fortgehen würde. Doch er setzte sich mir gegenüber an den Tisch. Eine Weile sagte keiner von uns etwas. Das Einzige, was mir einfiel, war *Es tut mir leid*, doch dieser Tag hatte mir für alle Zeiten unwiderruflich die Erkenntnis beschert, was für eine schäbige Geste das doch war.

»Ich hatte ein bisschen Zeit, mich zu beruhigen«, sagte er schließlich. »Und ich habe keine Ahnung, wo uns diese Sache hinführt, Gus. Einfach keine Ahnung. Ich kann nicht ...«

»Es tut mir leid.« Ich konnte den Satz nicht unterdrücken. »Ich habe es versaut. Das habe ich wirklich. Ich verstehe das. Aber ich habe nicht ... Da war nichts, Owen. Nichts.«

Er sah mich an, als hätte er mich nicht gehört. »Zuerst habe ich ihr nicht geglaubt. Doch es gab Details. Kleinigkeiten. Ich dachte, sie lügt. Zunächst. Weil ich diese Möglichkeit einfach nicht in Betracht gezogen hatte. Diese Lügen. Ich dachte, das hätten wir hinter uns. Die Täuschung. So demütigend das auch ist. Wie gutgläubig ich war.«

Ich hätte gern gesagt, dass wir das hinter uns hatten. Doch es war nicht so. Ich wollte nur, dass es stimmte.

»Ich erwarte nicht, dass du mir glaubst«, sagte ich. »Aber das ist alles. Was sie dir erzählt hat. Dass es mich durcheinandergebracht hat, als ich hörte, dass er wieder heiratet. Weil alte Wunden wieder aufgerissen wurden. Das ist alles. Nicht weil ich ... nicht weil ich ihn noch will. Das will ich nicht. Und dann hat er mir geschrieben, und ich habe zurückgeschrieben. Einmal. Aber mehr war da nicht. Seit Jahren nicht mehr. In all diesen Jahren nicht. Ich erwarte nicht, dass du mir glaubst«, sagte ich wieder.

Owen wandte den Blick ab und schüttelte den Kopf. »Das Blöde ist, dass ich dir glaube. Mehr oder weniger. Ich bin mir nur nicht sicher, ob es eine Rolle spielt. Wie sehr oder wie wenig du in dieser Sache gelogen hast. Ich schätze, es spielt eine Rolle. Aber ... nicht wirklich.«

»Ich weiß nicht. Es spielt eine gewisse Rolle. Es muss eine gewisse Rolle spielen.«

»Sie hat gebettelt, weißt du, gebettelt, dass ich zugebe, dass wir etwas Echtes miteinander haben, sie und ich. Etwas Echtes. Das war der Ausdruck. Gott, gerade erst heute Nachmittag. Sie bettelte, dass ich zugeben sollte, was wir miteinander haben. Und ich habe sie angesehen, Gus, und habe gemerkt, was ich diesem Mädchen angetan habe. Dass ich sie benutzt habe. Schon die ganze Zeit. Es spielt keine Rolle, was ich zu ihr gesagt habe, sie hat mir einfach etwas unterstellt. Hat mir etwas unterstellt und gehofft. Sie hat mich angestarrt, als wäre offensichtlich, was als Nächstes passieren würde. Und ich sah dieses Mädchen, dieses junge Mädchen, das ich benutzt habe, mit einem Blick wie ein Reh im Scheinwerferlicht.«

»Sag das nicht. Nicht das.«

»Aber es stimmt. Und ich war das Auto, das auf sie zurast.«

»Mein Gott, Owen. Du hast sie doch nicht umgebracht.«

»Ich hatte heute viel Zeit zum Nachdenken«, wiederholte er. »Und ich habe nicht die geringste Ahnung, wo uns das hinführt.«

»Du willst nicht ... du willst nicht mit ihr zusammen sein?«

»Hast du mir nicht zugehört, Gus? Hast du auch nur ein Wort verstanden von dem, was ich gerade gesagt habe?«

»Ja. Irgendwie. Ich weiß nicht. Du machst dir Sorgen, dass du ihr wehgetan hast.«

»Was soll sich ein junges Mädchen denn dabei denken? Ungeachtet dessen, was ich gesagt habe? Ich habe mit ihr gespielt.«

»Das meine ich nicht.«

Er sah mich an. »Was meinst du dann?«

»Nur ... spielt es überhaupt eine Rolle, dass du mir wehgetan hast? Oder habe ich das verwirkt?«

Er zuckte die Schultern. »Ich war verzweifelt. Verletzt. Wollte ...«

»Bewundert werden? Denn ich bewundere dich. Ich bewundere dich, Owen.«

»Ich wollte sagen, alles haben. Aber ja. Bewundert werden. Bewundert werden und dieses Hochgefühl erleben. Was dann passiert. Weißt du, es hat mich fertiggemacht, später, damals, nachdem du mir alles erzählt hattest, deine große Beichte, und ich merkte, wie viel du während dieser Zeit gemalt hast. In all diesen Monaten. Für ihn. Das war ... das war beinahe genauso schlimm wie alles andere. All diese Bilder, die du für ihn gemalt hast. Aus diesem Grund habe ich dieses Bild immer geliebt.« Er drehte sich zur Tür, zum Wohnzimmer. »Das war das erste Bild, das du danach gemalt hast. Ich wusste, es war nicht für ihn. All die anderen aus der Zeit mit ihm ...« Er schüttelte den Kopf. »Ich hasse diese verdammten Bilder.«

»Ich wusste immer, dass du die Rechnung irgendwann einmal ausgleichen würdest«, sagte ich. »Oder das Universum.«

»Das habe ich nicht getan. Nicht bewusst.«

»Ich weiß es nicht, Owen. Vielleicht nicht. Aber ich wusste

immer, dass ich nicht davonkommen würde mit dem, was ich dir angetan habe. Nicht, ohne dafür zu bezahlen.«

»Das Universum funktioniert nicht so, Gus. Indem es offene Rechnungen begleicht. Das Leben gerecht macht. Ich dachte, darauf hätten wir uns vor langer Zeit geeinigt.«

Ich runzelte die Stirn. »Vielleicht. Vielleicht tut es das nicht. Aber... wir sind unser eigenes Universum. Und ich wusste immer, dass es zu so etwas wie einer Abrechnung kommen würde.«

Danach saßen wir lange Zeit da, ohne etwas zu sagen.

»Ich vertraue dir nicht, Gus«, sagte er schließlich. »Und ich bin hin und her gerissen.«

»Okay, hin und her gerissen zu sein ist ein Anfang. Richtig?«

»Ich kann mir ein Leben ohne dich überhaupt nicht vorstellen. Nicht an diesem Punkt. Aber ich bin so verdammt wütend auf dich. Verstehst du das? Kapierst du, dass ich zu wütend bin, um auch nur wütend zu klingen? Ich bin der ganzen Sache so müde. Müder, als ich je gewesen bin. Zu müde, um darüber nachzudenken, was alles nötig sein wird, um das wieder zu kitten.«

Ich fing an zu weinen.

»Das wird nicht lustig«, sagte er. »Das musst du unbedingt verstehen. Es geht nicht darum, dass ich dir verzeihe. Oder sage, dass du jemals mein Vertrauen zurückgewinnen wirst. Es ist... es ist etwas anderes. Ich habe heute stundenlang nachgedacht.«

»Elf Stunden«, sagte ich.

»Ich habe versucht herauszufinden, warum ich dich damals nicht einfach verlassen habe. Denn das war der einzige Vorteil, keine Kinder zu haben, nicht wahr? Dass wir es einfach hätten für beendet erklären können. Nichts hielt uns zusammen. Außer uns selbst. Und heute dachte ich, vielleicht hätte ich gehen sollen.«

»Nein. Auf keinen Fall.« Ich wischte mir die Nase am Ärmel ab.

Er zog eine Papierserviette aus dem Halter. »Hier«, sagte er. »Nimm das. Ich weiß nicht, Gus. Vielleicht hätte ich es tun sollen«, sagte er. »Aber ich bin geblieben. Und das ist mir selbst ein Rätsel. Das ist das Geheimnis im Zentrum dieser ganzen Geschichte. Und es ist der Grund, der mich immer noch hier hält. Dieses Geheimnis. Ich konnte mich einfach nicht so sehr getäuscht haben. Und dann gibt es da noch etwas anderes.« Er hielt inne, als könnte ich es erraten. »Damals«, sagte er. »Du musstest nicht zu mir zurückkommen. Selbst falls Wie-hieß-er-noch dich nicht wollte. Du musstest nicht zurückkommen. Aber du kamst zurück, obwohl... obwohl das bedeutete, keine Kinder zu haben, zumindest nicht meine. Du... du musstest mich lieben. Und das ist es, Gus. Wir sind beide geblieben. Wirklich. Ich verstehe das alles nicht. Warum wir immer noch zusammen sind, wenn es nicht wirklich so sein soll. Aber ich bin es so, so...« Er schloss die Augen. »...so unglaublich leid, nicht glauben zu können, was du sagst.«

»Ich weiß.«

Er öffnete die Augen. »Und ich schulde diesem Mädchen eine Entschuldigung.«

»Owen, das glaube ich nicht. Sie ist kein Kind. Sie hat versucht... es wäre ihr beinahe gelungen.«

»Ich habe sie benutzt«, sagte er. »Und ich schulde ihr eine Entschuldigung. Ich weiß nur nicht, ob das die Sache besser macht. Oder schlimmer.«

»Ich habe sie angeschrien, Owen. Nachdem du weggefahren bist.« Ich erzählte es ihm ungern, wollte aber keinesfalls wieder mit einer Heimlichkeit beginnen. »Ich habe sie als

Luder bezeichnet und zu ihr gesagt, sie soll sich verpissen. Und Alison auch.«

Er schaute ein wenig finster drein, dann nickte er. »Ja. Das hätte ich mir denken können.« Er stützte die Hände auf den Tisch und stand auf. »Ich gehe jetzt schlafen, Gus. Draußen in der Scheune. Ich weiß nicht, was morgen sein wird. Das ist keine politische Entscheidung, also dreh nicht durch. Ich brauche heute Nacht einfach ein bisschen Raum. Es ist... es ist, als hätte ich heute plötzlich kapiert, dass da diese Riesenaufgabe auf mich wartet. Auf uns.«

»Das klingt ziemlich freudlos.«

»Wirklich?« Er runzelte die Stirn. »Ich meine es nicht so. Es ist nicht freudlos. Du bist nicht freudlos. Für mich. Wir sind nicht freudlos. Aber wir sind eine Lebensaufgabe, nicht wahr? Wir sind, wie du gesagt hast, ein Universum. Du und ich. Unser eigenes, kaputtes, schönes, unerklärliches Universum.« Er ging zur Tür, als wollte er mit diesen Worten abgehen.

»Gute Nacht«, sagte ich.

Er drehte sich noch einmal um. »Du bist meine Familie, Gus«, sagte er. »Das ist alles. Und jetzt geh schlafen.«

Ich schlief nicht viel in dieser Nacht. Ich ging in mein Atelier und malte. Es war die einzige Antwort, die ich geben konnte. Zu versuchen, Owens Liebe zur Quelle weiterer Kunst zu machen. Guter, schlechter oder unentschlossener Kunst. Das war alles, was mir einfiel. Vielleicht war ich müde – ich war sicherlich müde – und konnte nicht mehr klar denken, doch ich wollte die Bilder wiedergutmachen, die ich für Bill gemalt hatte.

Ich hatte noch eine Chance bekommen. Erneut. Wir hatten

uns verändert. Erneut. Und wir würden weitermachen. Erneut. Irgendwie.

»Wir sind eine Lebensaufgabe, nicht wahr?«, hatte Owen gesagt.

Eine Lebensaufgabe, tatsächlich. Die Aufgabe des Lebens.

Ich nahm die Leinwand mit dem schachspielenden Jackie, das Bild, mit dem ich angefangen hatte, und begann, das bereits vorhandene Porträt von Jackie Mayhew mit dem schattenhaften Porträt eines anderen Jackie zu übermalen. Jackie in Kleidung, wie ein Junge seines Alters sie getragen haben mochte. Lange Wollhosen. Hosenträger. Einen Teil seiner Uniform übermalte ich komplett, ein weißes, zugeknöpftes Hemd verdeckte lange Khakistreifen, doch an anderen Stellen ließ ich die Uniform durch seine Kleidung schimmern. Dann stellte ich mir einen jüngeren Jackie vor, einen kleinen Jungen, und skizzierte dieses Gesicht, legte die verschiedenen Skizzen übereinander.

Wie kann einer von uns durch ein Zimmer gehen, ohne von seiner eigenen Vielfalt ein Bein gestellt zu bekommen? Das hatte ich mich an Thanksgiving gefragt, während in meinen Armen noch die vergessene körperliche Erinnerung an ein anderes Ich lebendig war.

Es war mir in dieser Nacht egal, dass man die Botschaft dieses Bildes für simpel halten konnte. Vielleicht ist das Malen toter junger Soldaten notwendigerweise eine simple Angelegenheit. Vielleicht ist die Darstellung einer Tragödie eben das und sollte auch nie komplizierter gemacht werden. Es gab einfach nicht viel Kompliziertes zu sagen über einen Jungen, der mit siebzehn in die Luft gesprengt wurde.

Doch die Jungen selbst hatten Besseres verdient als eine simple Darstellung. Sie mussten so wirken, wie sie gewesen waren, wie wir alle sind, Schichten um Schichten unterschiedlicher Ichs. Ich bezweifelte, ob daraus je ein großartiges Bild entstehen würde, doch *das* konnte ich ihnen geben. Genau das konnte ich ihren Porträts mitgeben, dieses absolute, restlose Fehlen von Präzision. Das Chaos und die Widersprüchlichkeit, die jeden Menschen ausmachen.

Ich malte, bis ich kaum noch die Augen offen halten konnte, dann stolperte ich nach oben.

Ich hatte gerade erst ungefähr eine Stunde geschlafen, als Owen mich mit der Neuigkeit weckte, dass Nora mitten in der Nacht ohne ein Wort mit Alisons Auto davongefahren war. Alison war vollkommen außer sich, sagte er. Nora war in einem schlimmen Zustand gewesen. Alles war auf das Mädchen eingestürzt: mein Zorn, Owens Mitleid, ihre eigene Demütigung. Und dann war auch noch Alison wütend auf sie gewesen. Was für eine einige Front sie meinetwegen auch errichtet haben mochte, Nora bekam einiges von ihr zu hören, weil sie ihr Vertrauen missbraucht hatte.

Das Ganze, während ich noch im Bett lag; Owen schnappte sich seine Brieftasche von der Kommode und zog einen Gürtel in seine Hose. »Alison ist hysterisch«, sagte er. »Sie ist davon überzeugt, dass Nora eine Dummheit begeht.«

Ich erbot mich, zu ihr zu gehen.

»Keine gute Idee«, sagte er. »Von mir ist sie zwar nicht gerade begeistert, aber ich habe ihre Tochter wenigstens nicht als Schlampe bezeichnet und ihr gesagt, sie solle sich verpissen.«

Ich fragte, ob es etwas gebe, was ich tun könne. »Sie wird wieder auftauchen«, sagte er. »Sie ist weniger zerbrechlich, als Alison glaubt. So jung ist sie nicht. Nicht in jeder Hinsicht.«

»Gut«, sagte ich. »Ich bin sicher, dass du recht hast. Wohin gehst du?«

»Ich fahre einfach ein bisschen durch die Gegend. Sehe, ob ich irgendwo ihr Auto finde. Vielleicht in einem Motel. Es ist höllisch kalt. Sie muss irgendwo sein.«

»Wie steht es mit ihrem Vater? Möglicherweise ist sie dorthin gefahren.«

»Alison hat bei ihm angerufen. Dort ist sie nicht. Und auch nicht bei irgendwelchen Freunden, die Alison kennt. Also«, sagte er. »Ich bin bald wieder zurück.«

»Viel Glück«, sagte ich. »Ich hoffe, du findest sie. Gesund und wohlbehalten.«

Er fand sie nicht, und sie rief nicht an. Als es dunkel wurde, informierte Alison die Polizei, doch für ein offizielles Eingreifen war es noch zu früh. Vielleicht wenn Nora jünger gewesen wäre, doch eine Zweiundzwanzigjährige, die für einen Tag verschwindet? Sie sagten ihr, das komme ständig vor.

Owen fuhr in dieser Nacht wieder los, um sie zu suchen. Als er zurückkam, kam er in unser Bett.

»Kein Glück?«

»Kein Glück.«

Am nächsten Morgen fragte ich ihn noch einmal, ob er sich sicher sei, dass ich nicht zu Alison hinübergehen sollte, dass ich wirklich nicht willkommen wäre, aber seine Antwort war dieselbe. Sie gab mir die Schuld an dem, was passiert war. Sie gab auch sich selbst die Schuld, in erster Linie aber mir.

»Dir gibt sie keine Schuld?«, fragte ich. »Dafür, dass du Nora ermutigt hast?«

Er war freundlich gewesen, vielleicht allzu freundlich, aber freundlich. Ich war gemein gewesen.

Ab dem dritten Tag war die Polizei involviert und gab eine Suchmeldung heraus. Owen teilte seine Zeit auf und fuhr jeden Morgen durch die Gegend – wohin, konnte ich mir nicht vorstellen – und leistete später Alison Gesellschaft. Alison, die seinen Berichten zufolge beinahe zu erschöpft war zum Atmen. Ich beobachtete ihn, wenn er über die verschneite Anhöhe zu ihrem Haus stapfte und dann ein paar Stunden später wieder nach Hause zurückkehrte, mit düsterem Blick und grimmiger Miene. Ich fragte mich, ob er seinen Gesichtsausdruck etwas mäßigte, wenn er zu ihr ging, für den Fall, dass sie ihn beobachtete und versuchte, den Grad seiner Besorgnis abzuschätzen. Mir hatte er erzählt, dass er nichts anderes tat, als ihr zu versichern, dass alles gut werden würde, dass er aber eigentlich nur dort sei, um sie für eine Weile abzulenken, bis sie ihn wieder losschickte, Nora zu suchen. »Ich sage ihr, dass es anders wäre, wenn sie gekidnappt worden wäre. Aber sie ist einfach nur von zu Hause weggelaufen. Und sie ist absolut imstande, auf sich selbst aufzupassen. Sie ist kein Kind mehr.«

Ich fragte ihn nicht, ob er das glaubte. Und ich fragte ihn nicht, ob auch er mir die Schuld gegeben hätte, wenn sie irgendwo von einer Klippe gesprungen wäre. Ich kannte die Antwort. Er würde uns beiden die Schuld geben.

Drei Tage lang kam alles zum Stillstand. Alles außer der Sorge und der Suche und den Schlimmster-Fall-Albträumen. Und dann, am vierten Tag, rief sie an. Einfach so. Owen war gerade bei Alison, als ihr Handy klingelte. Es war die Nummer ihres Vaters. Nora war dort. Es tat ihr leid. Sie hatte eine Weile in Deckung gehen müssen, um wieder einen klaren Kopf zu bekommen. Sie war bei einer Freundin untergetaucht, die Alison nicht kannte. Sie wusste, dass sie einen Fehler gemacht hatte. Aber sie war nicht auf die Idee gekommen, dass irgendjemand glauben könnte, sie hätte sich umgebracht. Sie waren die meiste Zeit betrunken gewesen. Sie wollte einfach niemanden mehr sehen. Nicht einmal Alison. Und sie würde nie mehr hierher zurückkommen. Aus offensichtlichen Gründen. Doch sie war in Sicherheit.

Die Polizei wurde informiert, die Suche abgeblasen. Owen lieh Alison sofort unseren Van, damit sie sie besuchen konnte. Ich konnte mir nicht vorstellen, dass sie in der Verfassung war, einen Wagen zu steuern, doch mir stand in dem Ganzen keine Rolle mehr zu. Er kannte ihre Geschichte so gut wie ich. Er traf die Entscheidung.

Und dann waren wir beide allein.

Ich werde mich immer an das Mittagessen an jenem Tag erinnern, das wir zu uns nahmen wie ein Hochzeitsmahl – es war speziell genug, um sich mit allen Einzelheiten im Gedächtnis zu verankern, obwohl es eigentlich gar nichts Außergewöhnliches gab. Salat, Brot. Ein großes Stück Cheddar und eine kalte Hühnerbrust, aufgeschnitten und auf unsere beiden Teller verteilt. Bier für uns beide. Ein ganz gewöhnliches Mittagessen.

Doch Erinnerungen sind nicht so. In meiner Erinnerung schimmert jedes einzelne, seidige Salatblatt in einem anderen Grün, neue Schattierungen, ausschließlich für uns erdacht; und das Brot ist eine Symphonie verschiedener Texturen, eine Offenbarung des Wohlgeschmacks. Der Käse, das Huhn, alles ist mit Aromen gesättigt, die tröstlich vertraut und dennoch erfrischend neu sind. Wir teilen unser Mahl, wir füttern einander. Und jedes Mal, wenn diese Szene wieder heraufbeschworen wird, wird sie intensiviert, wird dieses unser einfaches Mahl noch schöner.

Die Krise ist vorüber. Noras Krise, ja, aber mehr als das. Irgendwo inmitten der Hysterie und der Angst kamen erkennbar unsere alten Ichs zum Vorschein und erwarteten uns wie gut eingetragene Kleider, in die wir wieder hineinschlüpfen konnten. Owen. Mein Mann. Der Mann, mit dem ich mir ein Leben aufgebaut und es dann zerstört und wieder neu aufgebaut hatte und es dann beinahe noch einmal zerstört hätte. Einfach Owen. Der Mann, dessen Körper sich den meinen eingeprägt hatte, dessen Herz sich geweitet hatte, um den Forderungen des meinen zu entsprechen. Wie lange war es her, seit ich das letzte Mal dieses eigentümliche, vertraute Gefühl empfunden hatte, zu zweit allein zu sein?

Ich wusste genau, wie lange.

»Glaubst du, Alison wird jemals zurückkommen?«, fragte ich.

»Nur um ihre Sachen zu holen«, sagte er. »Und den Wagen zurückzubringen, schätze ich. Das wird sie müssen. Es sei denn, sie schickt eine Freundin.«

Ich wollte sagen: *Es ist vorbei, nicht wahr? Das Ganze. Wir sind wieder normal, oder nicht?* Aber ich war besorgt, dass er, falls ich zu sehr nach Bestätigung suchte, das Gefühl hätte, er müsste sie zurückhalten.

»Wahrscheinlich nicht schon morgen«, sagte ich. »Ich kann mir nicht vorstellen, dass sie es so eilig hat.«

»Wer weiß? Ich bin nur froh, dass es ihnen beiden gutgeht. Und ich bin froh, dass sie beide weg sind.«

Und dann sprachen wir über das Haus. Unser Haus. Über eine Schindel, die sich in den letzten Tagen gelöst hatte und in den Schnee gefallen war, wo sie immer noch lag, ein eigenartig gleichmäßiges schwarzes Rechteck in einer ansonsten urwüchsigen Landschaft. Und wir tranken unser Bier aus. Und er sagte, er werde in die Scheune gehen, und ich sagte, ich würde ein wenig arbeiten, und er berührte im Vorbeigehen meine Schulter.

Ich hörte das Auto, dann sah ich es, ohne es zu erkennen, bis Paul ausstieg. Ich konnte mir nicht vorstellen, warum er hier war, in unserer Auffahrt parkte, bekam es aber auf der Stelle mit der Angst zu tun. Er ließ die Tür offen und ging geradewegs in die Scheune, zielbewusst, am ganzen Körper gespannt. Ich griff nach meinem Handy und rief im Hinauslaufen 911 an. »Hier ist ein Einbrecher, ein Angreifer«, sagte ich. »Schicken Sie jemanden, schnell.«

Doch als ich in die Scheune kam, lag Owen bereits auf dem Boden, und Blut floss von seinem Kopf auf die Steinfliesen. Paul trat auf ihn ein. »Lass die Finger von meiner Tochter. Lass bloß deine dreckigen Finger von meiner Tochter.« Er sagte es wieder und wieder. Ich rannte auf ihn zu und versuchte, ihn zurückzuhalten, aber ich war eine Fliege, ein Floh, den er beinahe beiläufig wegschlug, wenn auch mit solcher Kraft, dass ich hart auf dem Fußboden aufschlug. Ich versuchte es noch einmal und ging wieder zu Boden.

»Lass die Finger von meiner Tochter.«

»Aufhören! Aufhören! Um Himmels willen.«

Endlich hörte ich Sirenen und schrie: »Aufhören! Die Polizei ist da! Aufhören!« Doch Paul hörte nicht auf, bis sie praktisch im Hof standen. »Nun, ich schätze, du hast deine Lektion gelernt«, sagte er und spazierte aus der Scheune, den heraneilenden Beamten direkt in die Arme.

Inzwischen war ich bei Owen, über ihm, und flehte zum Himmel, dass er in Ordnung war, obwohl ich im Herzen bereits Bescheid wusste. Da war zu viel Blut, sein Hinterkopf war zerschmettert, sein Blick leer. Ein Krankenwagen kam, doch es gab nichts anderes zu tun, als es offiziell zu machen und dann zu versuchen, mich zu beruhigen.

22

Owen war Owen. Owen war ich. Ich war Owen. Und dann war Owen tot.

Owen ist tot.

Ich erinnere mich an Blut, und ich erinnere mich an Schnee. Dafür kann ich mich verbürgen. Den Rest glaube ich, erinnere mich aber nicht daran. Nicht genau. Natürlich. Es ist eine Geschichte. Es ist die Geschichte, die ich erzähle – hauptsächlich mir selbst. Aber auch meinem Vater, der immer noch lebt und von Zeit zu Zeit sogar aus seinem Nebel auftaucht wie ein verschämter Planet, der sich hinter seinen eigenen Wolken verborgen hatte.

Nach Owens Tod besuchte ich meinen Vater mehr als zwei Monate nicht. Ich verließ überhaupt kaum das Haus. Doch dann begann ich, ihn mehrmals in der Woche zu besuchen, manchmal viele Tage hintereinander. Jan, die dazu übergegangen war, mich jeden Tag anzurufen, fand, es sei nicht gesund für mich, so oft mit ihm zusammen zu sein, doch in gewisser Weise empfand ich es als tröstlich.

Und niemand war besonders darauf erpicht, mir zu sagen, was ich tun sollte. In diesen ersten zwei Monaten war es unvorstellbar, dass ich je wieder irgendetwas würde tun wollen. Ich starrte nur immerzu aus diesem Fenster. Und ich ging um den Teich – siebenmal, vierzehnmal, einundzwanzigmal. Ich weinte ganze Bäche. Ich hörte auf zu malen. Für wen sollte ich malen? Ich aß sogar kaum.

Und ich hätte mich vollständig auflösen können (ich kann es mir immer noch leicht vorstellen, mir vorstellen, wie ich einfach immer weniger werde), wäre nicht Laine zur Stelle gewesen, die mich nicht gehen ließ. Sie kam im Frühjahr und blieb bei mir, *platzte* in mein Leben – ihr Ausdruck – und richtete sich in dem Zimmer am Ende des Flurs häuslich ein; und sie – wieder ihr Ausdruck – *bemutterte* mich. Und allmählich begann ich wieder zu leben. »Genau das hast du für mich getan«, sagte sie, sobald ich mich stotternd bei ihr bedankte. »Wie man in den Wald hineinruft, so schallt es heraus.«

Sie stellte nicht viele Fragen, und das war gut so, denn Bills Tochter hätte ich niemals die ganze Geschichte erzählen können. Und vielleicht war das auch teilweise der Grund, warum ich die Gesellschaft meines Vaters brauchte, des einzigen Menschen auf der Welt, mit dem ich schließlich, endlich über alles sprechen konnte.

Und so erzähle ich ihm jetzt meine Geschichten.

Ich erzähle ihm die Geschichte, wie Owen starb. Dass ich wochenlang nicht mehr die Augen schließen konnte, ohne den schwarzen, blutbefleckten Stein zu sehen. Wie ich mich an ihn klammerte, bis sie mich bei den Schultern packten und mich wegzogen. Wie ich schrie, als sie ihn davontrugen; und danach noch stundenlang; und danach noch tagelang. Und ich erzähle ihm von dem gelben Polizeiband, das so lange vor der Scheune blieb, bis seine Farbe mir Angst einflößte – mir, der Malerin, die bis zu jenem Tag jeden erdenklichen Farbton geliebt hatte.

Ich erzähle ihm auch von dem Sommertag, an dem ich mit Laine an meiner Seite schließlich wieder die Scheune betrat, um die Arbeit zu suchen, an der er gesessen hatte, aber dort nichts fand. Keine Ordner, die ich als bedeutend identifizieren konnte. Kein großes Projekt. Nur die gleichen Anfänge und Enden, von denen ich auch vorher schon gewusst hatte. Manchmal, wenn ich eine glücklichere Geschichte daraus machen will, erzähle ich ihm von dem phantastischen Manuskript, das ich draußen in der Scheune gefunden habe. In einer Version handelt es sich um ein Buch über einen Mann, dem das Herz gebrochen wurde; in einer anderen ist es ein Buch über einen Mann, der sich verliebt hat; oder über einen Mann, der ganz allein aufbricht, um einen Berg zu besteigen, und anfängt, überall um sich herum Gott zu erkennen.

Ich kann meinem Vater alles erzählen.

Ich erzähle ihm, nur ihm, von der E-Mail, die Bill geschickt hat, in der Form konventionell, im Herzen zärtlich. *Es tut mir so leid, das zu hören. Falls es etwas gibt, was ich tun kann...* Und von Lillian und Wolf, den Armen, von den Anrufen, die ich immer noch von ihnen bekomme, und von denen, die ich mache, Anrufe, in denen jeder von uns sich für eine gewisse Zeit daran erinnert, dass der andere ebenfalls leidet, und jeder dem anderen die Hand reicht.

An meinen dunkelsten Tagen erzähle ich ihm die Geschichte von der Nachbarin, dass ich mir erlaubt hatte, sie zu mögen, und dass sie Monate nach Owens Tod zu mir kam und mich bat, ihrer Tochter zu verzeihen, mich inständig darum bat, denn das Mädchen sei für das, was es getan hatte, schon über Gebühr bestraft worden. Dass sie nicht ihr ganzes Leben die Last des väterlichen Verbrechens zu tragen haben sollte. Und in einer Version der Geschichte vergebe ich beiden, erkläre dem Kind, dass keiner von uns so unschuldig ist und wir alle unseren Anteil hatten an dem, was passiert ist, dass ihre Sünden, auch wenn sie in einer Tragödie mündeten, alltägliche, gemeinsame Sünden waren.

Doch in einer anderen Version schreie ich die Mutter lediglich an, bis sie es mit der Angst zu tun bekommt und in dieser ihrer verwegenen, Kopf und Kragen riskierenden Art davonfährt; danach stehe ich vor meinem Haus, genau dort, wo ich ihr zum ersten Mal begegnet bin, und frage mich, ob ich innerlich völlig leer geworden bin, ein Hohlraum und nichts sonst; so viel von mir ist ausgeflossen, es scheint unmöglich, dass noch etwas übrig ist.

An meinen besseren Tagen erzähle ich meinem Vater, wie Laine mich überredet hat, wieder zu malen, die Bilder von den Jungen fertigzustellen, und wie dann am diesjährigen Tag des Waffenstillstands alle Familien des Ortes kamen, um sie sich anzuschauen. Ich erzähle ihm, dass ich äußerst hart daran gearbeitet habe, eine Balance zu finden, um die Soldaten weder als Heilige darzustellen noch als gewöhnliche Jungen, wie sehr ich geschuftet habe, um zu vermitteln, dass der Tod den Betroffenen keineswegs Perfektion verleiht und sie dennoch über unseren Schmutz und unsere Sorgen und unseren Schmerz erhebt und erheben muss. Und manchmal, wenn ich diese Geschichte erzähle, sage ich ihm, dass ich meine Mutter und Charlotte zwischen diese Jungen gemalt habe, dass es sich um die Bilder all derer handelt, die wir geliebt haben und noch immer lieben, derer, die uns noch immer in unseren Häusern heimsuchen.

Und als die Bilder fertig waren, erzähle ich ihm, und die Familien wieder gegangen, hatte Laine mir geholfen, die Zeitungen erneut zu zerknittern und sie den Wänden zurückzugeben; wir beide arbeiteten bis spät in die Nacht, schwangen Schlegel und Hämmer, zerschmetterten die Kacheln und stopften das Papier in die Lücken, und als wir erwachten, stellten wir fest, dass die Wand sich von selbst wiederaufgebaut hatte, dass die Kacheln von allein hielten und der Dreck sich von allein weggekehrt hatte.

Doch die Lieblingsgeschichten meines Vaters, dessen bin

ich mir sicher, sind die, in denen Owen nicht stirbt, in denen ich nicht jeden Morgen aufwache und in unserem Bett nach ihm suche und nur Leere finde. Die Polizei ist rechtzeitig eingetroffen. Oder Nora hat ihrem Vater nie erzählt, was zwischen uns allen vorgefallen ist. Oder Alison hat ihrer Tochter meine Geheimnisse nicht enthüllt. Oder sie mietet nicht das Haus nebenan. Oder sie tut es, hält aber Distanz. Oder sie freundet sich mit uns an, allerdings nicht so eng. Oder ich habe Owens Vertrauen in meine Loyalität nie verraten.

Und an jenem Januartag trennen er und ich uns nach dem Mittagessen nur für ein paar Stunden, um den kurzen Nachmittag über zu arbeiten, getrennt und dennoch vereint, und zwischen uns fließt eine Energie, die für uns beide unmissverständlich ist und notwendig. Und dann, nachdem die Sonne hinter dem Teich untergegangen ist, taue ich fürs Abendessen einen Eintopf auf, den wir miteinander teilen, auf der Couch vor dem Feuer, das Chaos und die Schönheit eines Hutmachergeschäfts vor Augen.

Dank

Die Idee zu diesem Buch entstand, als ich mich mit einigen Schriftsteller-Freundinnen zu einer jährlichen Klausur getroffen hatte, und deshalb richtet sich mein erster Dank an sie. Habt vielen Dank, meine lieben Damen von Avalon: Carlen Arnett, Catherine Brown, Shannon Cain, Helen Cooper, Janet Crossen, Marcia Pelletiere, J.C. Todd und Lauren Yaffe. Es macht mich glücklich, eine von euch zu sein.

Glücklich machen mich auch die hervorragende Sachkenntnis und das Einfühlungsvermögen meiner Lektorin Kate Medina. Es hat mich absolut begeistert, ihr zuzusehen und zuzuhören, wenn sie ihren unvergleichlichen redaktionellen Scharfblick auf einen Abschnitt, einen Punkt der Handlung, eine Figur richtet. Ich fühle mich gefordert und in ihrer Obhut gut aufgehoben.

Einen herzlichen Dank auch an Lindsey Schwoeri, Anna Pitoniak, Sally Marvin, Avideh Bashirrad, Erika Greber, Barbara Fillon, Vincent La Scala, Deborah Dwyer, die Grafiker Kimberly Glyder und Jo Anne Metsch und all die wunderbaren Menschen bei Random House, die diesem Buch (und mir) ihre Aufmerksamkeit, ihre Begeisterung und ihre Fachkenntnis widmeten. Danke auch an Nina Subin für ihre Geduld bei den Fotoaufnahmen und für deren Ergebnis. Ihr gigantisches Talent bezwang sowohl meine übliche Grimasse als auch meine unmögliche Frisur an jenem Tag.

Die stets freundlichen, unendlich herzlichen Paul Baggeley,

Kate Harvey, Sophie Jonathan und Emma Bravo, alle von Picador Books, London, sind eine große Freude und immer ein Quell der Weisheit und Unterstützung. Ich habe den Zeitunterschied zwischen meiner Stadt und der ihren aus dem einfachen Grund lieben gelernt, weil es so schön ist, beim Aufwachen ihre Mails vorzufinden.

Als ich dieses Buch schrieb, unterrichtete ich am Bryn Mawr College und beim Lighthouse Writers Workshop in Denver, zwei sehr unterschiedlichen Orten, die jedoch durch die Ernsthaftigkeit der Absichten und den Geist der Großzügigkeit miteinander verbunden sind. An beiden Orten waren mir meine Studenten eine solche Hilfe, wie sie es sich wahrscheinlich gar nicht vorstellen können. Ein liebevolles Dankeschön an Daniel Torday am Bryn Mawr und auch an Andrea Dupree und Michael Henry bei Lighthouse für dieses Zuhause abseits von zu Hause – und auch für ihre sehr geschätzte Freundschaft.

Jim Zervanos, Bonnie West, Jane Neathery Cutler, Erin Stalcup, John Fried, Marta Rose, Karen Russell, Alice Schell, Randy Susan Meyers, Nichole Bernier, Kathleen Crowley, Julliette Fay, Jane Isay und Steven Schwartz, ihr wart meine Leser, meine Kumpel, meine klugen Ratgeber und zählt zu meinen Lieblingsautoren. Danke für alles, was ihr mir gegeben habt, und das ist mehr, als ich sagen kann. Einen gewaltigen Dank auch an meine früheren und derzeitigen Blog-Freunde im worldwideweb. Ich empfinde großen Respekt vor euch, für eure kreative Leistung, eure Großzügigkeit und eure Beiträge zur Welt der Literatur.

Eleanor Bloch und Fay Trachtenberg, meine lieben Freundinnen und wichtigsten Händchenhalterinnen, ein riesiges Dankeschön an euch beide.

Der wunderbare Maler Perky Edgerton nahm sich Zeit

und half mir bei einigen »Kunst-Sachen«, dafür bin ich ihm außerordentlich dankbar.

Henry Dunow ist einfach der beste Agent der Welt und außerdem einer meiner liebsten Menschen. Mit ihm zu arbeiten hat mir nicht nur einen hervorragenden beruflichen Verbündeten eingetragen, sondern auch einen lieben, engen Freund.

Ein lebenslanger Dank richtet sich an meine Familie, meine Geschwister, Cousins, Tanten und Onkel, angeheiratete Verwandten, die lebenden und die, die uns fehlen. Ein lebenslanger Dank und sehr viel Liebe. Ein besonderer Dank geht an ein neues Mitglied unserer Familie, danke, lieber Schwiegersohn Tom Faure, der selbst Schriftsteller ist und mich durch sein Beispiel daran erinnert, was Hingabe an diesen Beruf bedeutet.

Alle meine Kinder inspirieren mich und geben mir Kraft, und dieses Buch gehört ihnen und meiner Mutter, die zudem meine erste und beste Leserin ist. Doch dieses Mal, seit meine beiden Ältesten erwachsen sind, war es vor allem meine Jüngste, Annie, die es ausbaden musste, dass ihre Mutter damit kämpft, Schriftstellerin zu werden. Sie ermutigte mich, wenn ich deprimiert war, feierte mit mir, wenn ich Hoffnung schöpfte, machte mir Käsemakkaroni und gab mir das Gefühl, unter allen Umständen geliebt zu sein. Ohne dich, mein Mädchen, hätte ich es nicht geschafft.

Für Richard nur ein Rätsel: In einem so erfüllten, glücklichen Leben wie dem meinen, wie kommt es, dass Du immer noch mein Ein und Alles bist? Ich kenne die Antwort nicht. Du bist es einfach.

Robin Black
Oktober 2013